U0723750

似是故人来

野野的风　著

台海出版社

图书在版编目（CIP）数据

似是故人来 / 野野的风著 . —北京：台海出版社，
2021. 6

ISBN 978 - 7 - 5168 - 2982 - 0

Ⅰ. ①似… Ⅱ. ①野… Ⅲ. ①长篇小说—中国—当代

Ⅳ. ①I247. 5

中国版本图书馆 CIP 数据核字（2021）第 075285 号

似是故人来

著　　者：野野的风

出 版 人：蔡　旭　　　　　　　　　封面设计：中联华文

责任编辑：王　萍

出版发行：台海出版社

地　　址：北京市东城区景山东街 20 号　　邮政编码：100009

电　　话：010 - 64041652（发行、邮购）

传　　真：010 - 84045799（总编室）

网　　址：www. taimeng. org. cn/thcbs/default. htm

E - mail：thcbs@ 126. com

经　　销：全国各地新华书店

印　　刷：三河市华东印刷有限公司

本书如有破损、缺页、装订错误，请与本社联系调换

开　　本：710 毫米 × 1000 毫米　　　　1/16

字　　数：300 千字　　　　　　　　　印　　张：16

版　　次：2021 年 6 月第 1 版　　　　　印　　次：2021 年 6 月第 1 次印刷

书　　号：ISBN 978 - 7 - 5168 - 2982 - 0

定　　价：68. 00 元

版权所有　翻印必究

一

怅然遥相望，似是故人来

初夏时节的早晨，微微的山风还是有些凉意。沿着半山土沟边缘，老吉一路慢慢地走去，裤脚被露水打湿了不少，刚才爬坡出了些汗，现在一走下坡路就感觉凉意袭人。朝阳给山坡披上了一层红色的纱幔，但热度却不足以让人感到多少温暖，他赶紧把冲锋衣的拉链一直拉到脖子上，把自己严实地包裹起来。回乡这些天每天早上的晨练就变成了爬山，毕竟是六十岁的人了，每次走急了喘不过气来的时候，老吉就会想起儿时在山梁间上下飞奔的情景，山还是那座山，就是自己老了。

回到故乡住一段时间一直是老吉的心愿，这个心愿终于在今年退休后实现了。

小镇就在山脚下，疫情基本结束后，年轻人大多跑出去求学或者打工了，小镇又恢复到原来的宁静，从东往西的大街上，靠着墙根晒太阳的都是上了年纪的人。原来山坡上的地，因为没人种荒了不少，夏季山上洪水冲刷，原本不好走的山路更是坑坑洼洼的，有些地方要手脚并用才能翻过去。

地里玉米苗已经一尺多高了，绿油油的很是招人喜爱；谷子和粟子苗虽然不太高，但已经可以根据叶子分辨种的是什么；山药蛋种得晚些，小苗苗刚刚出了头，向上使劲地翻出自己那几片稚嫩的叶子。路边野棘蔓还没有展开，鲜嫩的苔条正跃跃欲试地向上伸展；野喇叭花倒是早早开了，紫色的粉色的，一串串沿着地头延伸着；米袋花刚绽开小芽，幽幽的清香沁人心脾。远远地有叫天子在细声歌唱，中间还不时穿插着几声双声布谷鸟的长调，让人不由得想起几十年前那炊烟袅袅的小镇的清晨，只是现在的烟火气也少了许多，更少了当年镇上高音喇叭里《大海航行靠舵手》的鼓舞和激昂。

老吉一路走去，在山圪梁上总想放声喊几嗓子，那句"是我的哥哥你就招一招手，不是我的哥哥你走你的路"的民歌就回荡在耳边，内心里却没有那种激荡的情绪了。从山梁上下到沟里，老吉被周围那无比的寂静感染，向上望着朝霞映红的天空，仿佛一切都进入了静止状态，甚至感觉不到时间在悄悄地流逝。爬不动的时候，老吉就找个野花多的地方停下来，深深地呼吸着充溢花香的清新空气。

　　一大圈转下来，已经过了八点，回到表姐家，老吉感觉有些疲惫。洗了手，表姐已经把早饭端到炕上的饭桌，招呼老吉，说表姐夫一大早去地里锄草了，不用等他。端起饭碗，老吉又是对小镇变化的一番感慨，说起早上爬山经过石嘴崖，原来崖边的那块大青麻石怎么就不见了："那么大的一块石头，谁搬得动哟？"表姐听到老吉的问话，也没直接回答他的问题，一边给自己盛粥一边说："连胜，你这么多年没回来，不见的东西多了。那块青麻石，我还记得你从上面摔下来跌断了胳膊，把姑姑都急坏了。两三个月上学都不能写字，我那时候还想，你是乘机不想写作业是吧？"表姐略带浑浊的眼睛看了老吉一眼，把剥好的煮鸡蛋给老吉放在碗里。

　　老吉赶紧伸过碗去接了鸡蛋，嘿嘿笑了笑说："姐，五十多年前的事你还记得啊？那时候不知道深浅，西河口那个二黑猫一起哄，啥也没想就从青麻石上往下跳，脚底沙一搓就摔了，当时要是头磕在石头上，现在坟头都找不着了。"

　　"净瞎说！吃菜！"表姐对老吉不吉利的话有些不满，把桌子上的酸白菜炒山药丝往老吉跟前推了推说道："前两年到处搞基建，但凡像点儿样的石头，都被人拉走了。2015 年的时候，县政府要建个啥'新时代纪念碑'，来了一拨人，听说带头的是个姓林的女的，在山里转悠了好几天，最后看上那块青麻石，让人切成大块给运走了。我那几天身上不舒服，也没出去看，就听得山上闹哄哄的。光切石头就花了三天的时间，一开始还用炸药了，家里玻璃都给震碎好几块。"

　　"那纪念碑建成了吗？"老吉吸溜了一大口稀粥，夹了快咸菜放在口里边嚼边问道。

　　"建成了呀，那个碑就在县城新时代广场，碑座就是那块青麻石做的，我上次去城里看病，还路过那个广场呢！"表姐放下了碗，又看了一眼老吉的碗问道："还要粥吗？再给你盛点儿？"

　　吃完早饭，老吉想着表姐说的事儿，决定去县城去看看那块碑，就和表姐打了声招呼，说是去县医院开点儿药，中午不回来吃饭。

　　小镇距离县城不到三十公里，坐公共汽车用不到一个小时就能到。上了车，出示了健康码，老吉就找了个座位坐了下来。旁边座位上是个戴眼镜的中年黑汉子，手里的手机正打着游戏，情绪激动，嘴里还不时呼出味道浓烈的粗气，老吉不由得把口罩边缘压了压，让口罩和老脸紧密贴合在一起。

到了县城，已经十点多了，老吉怕去晚了医院医生下班，就先赶到县人民医院，挂了号，到普通门诊处等候叫号。

听到叫号进到诊室，老吉看到医生办公桌里面是一位穿着白大褂的女大夫，浅蓝色的口罩几乎遮住了眼睛以下的大半张脸，细细的眉毛下是一双弯弯的眼睛，头上白色的医生帽，边上露出几丝头发，看起来大约三十来岁的样子。老吉定了定神，点着头和大夫打招呼："大夫，您好。"

大夫点了下头，示意老吉坐下，扫了一眼老吉的挂号单和病历本，突然停了一下，又看了一眼病历本上的名字，抬头慢慢看向老吉："您坐，您哪里不好？"

老吉坐在桌子的侧面，把要开的药在心里默念了一遍，笑着说："人老了，哪里都不太好，都是慢性病，需要长期用药，您看病历，就是需要开那些药，二甲双胍、理舒达、西拉普利、顺尔宁、散利痛……还有艾司唑仑，都需要开一点。"

大夫在处方签上方填写了老吉的名字，写完又看了一眼老吉问道："您是叫吉连胜？"

"对，对。"老吉赶紧回道。

"您不在本地工作吧？"大夫在处方上写着什么，随口问道。

"不在，本来在南方工作，这不刚退休，回老家住一段时间。好在现在医保可以异地结算，解决了于药的大问题。"老吉解释着，把手里的医保卡给大夫看。看不到口罩后面大夫的表情，只觉得她又审视了自己一遍，这多少有些让他不大自在。老吉突然觉得这双眼睛好像在那里见过，略想了想，却又啥都想不起来，微微摇了摇头。

取了药出来，已快到中午了。老吉觉得自己还不太饿，就打算先去新时代广场看看。

阳光有些热烈地照射着，广场两侧的树荫里还有些人在乘凉聊天，广场中间的景观水池是干的，水池中间有些嶙峋的太湖石，并无多少生气。广场上除了一两个奔跑的小朋友和跟在后边追的爷爷奶奶，几乎再没有什么人了。那座新时代纪念碑在靠近广场南边的位置，说是碑，却更像一尊巨型日晷雕塑，很容易让老吉联想起北京的世纪坛来。眼前的纪念碑显然比世纪坛小了不少，但看起来却属于同有一个类型。一个小县城，广场上放这么一尊日晷模样的所谓"纪念碑"，这是出于什么样的设计思想？老吉想起上高中时在教室窗台上"刻痕计时"的一段往事，心里不由就动了动。

慢慢走了过去，老吉围着"世纪坛"转了一圈。四四方方的碑座正是用青麻石建的，被切割成一米见方的青麻石块，整齐地组合成纪念碑的基座。基座西北方向接近地面的地方，嵌着一块光滑的黑色石板，上面写着建筑时间和设计单位。看到设计者的名字，老吉突然像被什么击中一样，呆在了那里，难道表姐说的那个带人搬走了石嘴崖边大青麻石的"姓林的女子"是她？

这个广场所在的地方，是原来老吉读书的中学，那是全县唯一的一所省重点中学，进入新世纪，学校大幅度扩张，就在县城东边新开了块地，建了新学校，老校址原本是要做商业住宅开发的，结果来了一任县领导，说是县城政府街要宽敞，政府门前还要有个大广场，于是这个地方被重新规划，中学的老建筑就再也看不到了。

老吉又围着纪念碑转了两圈，伸手去摸那一块块青麻石，触手的清凉让他心里平静了许多。抬头去看像日晷指针的纪念碑，刺眼的阳光正好从那个刺向蓝天的尖尖上照过来，老吉眼睛瞬时有些发花，赶紧把头低了下来。目光还是落在设计者那个名字上，多少往事在心头回荡，但终究是无可奈何。眼看已到正午，老吉收回思绪，情绪有些低落，想着先去吃点儿东西，然后乘车回小镇。

沉吟半晌，老吉刚要转身，背后传来了一个女性的声音："吉叔，您在这里啊？"

转身看去，一位身材苗条的女子推着自行车站在离自己不远的地方，那女子穿着白色半袖衬衣，一袭鹅黄色长裙几乎到脚踝，高挑的身材和浅色的衣服让她在头顶上直射的太阳下格外耀眼，脸反倒有些看不清楚了。老吉想不起来在县城里还有谁认识自己，但人家叫自己吉叔，想必是老同学或者亲戚家的孩子吧。

那女子往前走了两步，笑着说道："吉叔，估计您不认识我，咱们上午见过的呀！"看清楚女子那双弯弯的眼睛，老吉一下子想起来了，原来正是医院里给他开药的那位医生，因为在医院她是戴着口罩帽子穿着白大褂坐在那里，要不是这双眼睛与众不同，老吉肯定想不起她是谁。怎么会是她？还叫自己"吉叔"？难道是……

老吉也向前迎了过去，边走边说："大夫，您下班了？您认识我？"

"吉叔，您就别'您您的'，我姓梅，叫梅哲诗，您就叫我小梅吧。"梅医生一笑，一双眼睛就弯成两个月牙儿。看到老吉有些疑惑，她又接着说道："我的妈妈叫林迪，您应该还记得吧？"

"啊？你是林迪的女儿？"老吉的问话脱口而出，难怪这双弯弯的眼睛有些熟悉，原来是基因如此强大，眼前的小梅医生，抛开年龄因素，活脱脱就是当年林迪的模样，老吉恍惚间觉得站在自己跟前的，就是记忆里的林迪了。

小梅笑着点了点头，接着说道："吉叔，这边热，咱们别在这里晒着。您还没吃饭吧？我家就在前面，您一起去坐坐？到家里可以简单吃点，您别介意。"

老吉刚点了点头表示自己没吃饭，但听到小梅邀请自己去家里，还是觉得很唐突，赶紧摇了摇头说道："谢谢梅医生，我就不打扰了。嗯，那个，你妈妈也在县里吗？"

听到老吉问自己的妈妈，小梅的神情突然就黯淡了下去，低低地说道："她已经走了。"

"什么？走了？"老吉感觉胃里有什么东西像是要翻涌上来，强行压了压情绪："去哪里了？"

"去世了。"

"啊？怎么会？"

"今年的新冠肺炎疫情，她是咱们县唯一因肺炎去世的，不过，"小梅顿了顿，强忍着眼里的泪水，继续说了下去："她是在武汉去世的。上个月取回了骨灰，已经安葬了。"

听到小梅的话，老吉大脑瞬间出现了短路，身子晃了晃，脸色变得惨白，刚才看到设计者名字的时候内心那些种种激动彻底被打入冰窖，心底里的那个人，从此变成了一个名字，再也无法见到了。

看到老吉神色不对，小梅赶紧扔下自行车，上前一步扶住老吉，扶着他到广场边树荫下的长椅上坐了下来。

天边飘过几缕白云，慢慢地挡在了太阳的前面，刚才刺眼的阳光略微暗淡了些。坐在长椅上，喝了两口水，老吉刚才上冲脑门的昏热逐渐冷却了下来，看着眼前这位与林迪神似的小梅，一幕幕往事从记忆里浮现出来，心里合计一下，那已经是四十多年前的事了。

二

树头结的相思子，可是郎行思妾时

恢复高考的第二年，吉连胜进入县中学上高一。当时的高中是两年制的，初中也是刚刚转为三年。老吉，当时是小吉，他的初中实际上就上了两年半，基础很一般，能上县中学，也多亏了在镇农机站工作的父亲，他在县教育局有个老朋友，使了点儿力气就让小吉进去了。

刚进校的时候，家里非常担心小吉的学业，怕他跟不上学校的进度，但开学一个多月后的测验，小吉的成绩居然是全班第三，连班主任都觉得不可思议。原来，老吉的父亲是镇农机站的技术员，他办公室里有几本农机方面的资料，小吉在父亲那里玩的时候，非常喜欢翻这些书籍，他觉得里面关于农业机械的内容，比电影小说还有趣。这让他不知不觉地接触了一些数理化方面的知识，有时候父亲还给他讲一些农机原理，让他"直观"地学习了数学和物理的有关内容。进入高中后，小吉的这些积累发挥了作用。第一年恢复高考的数学题出现了鸡兔同笼、流水问题、追击问题等现在属于小学高年级学习的知识，当时却是难倒很多学生的难题怪题。所以学校的教学，还是会兼顾一下初中的一些基础性知识。小吉因为看了不少虽然没有完全理解的东西，但被课堂上新学的知识所印证，数学和物理课一下子进入了开阔自如的天地，让他在课堂上可以不假思索地回答出老师关于杠杆、滑轮、圆柱、圆锥、功率、速度、距离等方面的问题，全班同学都对他刮目相看。

同桌的林迪是从邻县转学过来的，学习成绩也非常好，这也刺激了小吉不服输的学习劲头，觉得自己无论如何也不能学不过一位女生。但那时候班上男生女生之间几乎不说话，进了教室就埋头苦学，很多时候是在学习上暗暗相互较劲，哪怕比对方多会一道题，都会得意好久。

第一次班级测验，林迪比小吉总分高了一分，是班上的第二名，小吉思前想后，觉得自己没考过林迪的根源在于吃不饱。

校园生活十分艰苦，每个月的伙食费每人八块五，女生还勉强吃到不饿，男生则大多数时候处于饥饿状态。每天最难熬的是上午第四节课，饥肠辘辘自带晕眩效果，听课的时候，经常感觉老师的话是从几里外传过来的，时有时无。每天这个时候，最期盼的就是早点听到下课的铃声，奔赴食堂打回自己那虽然吃不饱但勉强果腹的午饭。

开学没多久，小吉就盯上了教室玻璃窗投进的太阳光影。当时手表、自行车和缝纫机号称"三大件"，娶媳妇的彩礼里才会有，学生手上根本不可能有手表，所以判断时间全靠日月星辰和时灵时不灵的生物钟。小吉发现，当午间窗户格档的影子移到窗台某个地方的时候，下课铃就会响起来。观察了两天，他就找了粉笔在窗台上做了个记号，听课的时候饿得头晕眼花，他瞟一眼影子离记号的距离，心里就会多一分安慰，努力集中注意力去把课听好。

第四节经常是政治课或者生物课。带政治课的是校长，他一张大嘴大讲唯物辩证法，客观事物是普遍联系的，是不断发展变化的，世界上唯一不变的是变化；带生物课的是个工农兵大学毕业的老师，就喜欢讲条件反射，讲巴甫洛夫的狗训练得听到铃声就分泌唾液……

林迪坐在小吉和窗户之间，小吉每次去看记号的时候，眼角的余光就会看到林迪一副聚精会神听讲的样子，那张白皙的脸在光影里一片模糊，只有鼻梁挺在那里，有些像雨后小镇旁边那直直亮亮的山脊一般。小吉内心里就认定，越饿越要好好学习，一定要翻过旁边这座"山"！

经过一星期的"训练"，小吉就很好地把"事物是普遍联系的"落实在自己的脑子里了：饿和影子记号相联系，记号和林迪的脸相联系，林迪的脸又和饿相联系；铃声快响的时候，看周围一切都会发飘，肚子"咕咕咕咕"叫个不停，唾液也开始分泌了，越饿越想去看影子和记号的距离，看记号就会瞟到林迪在光影里的脸，然后就越发感觉到饿。

一开始，林迪以为小吉在偷偷看自己，心跳总会加速，低下头去做读书状，等他用粉笔做上了记号，就明白了他的用意，知道他不是看自己，内心里还是有些小小失落。每次小吉转过头来看记号的时候，林迪就昂起头朝着讲台方向，做出一副认真听讲的样子。一次，小吉侧脸去看光影和记号的时候，眼角余光看到林迪的脸颊有些微微泛红，那鲜艳的色泽不由让他想起了秋天枝头上成熟的苹果，又饿又渴的他感觉肚子里的饥饿感更折磨人了，赶紧收回了视线，吞了一口口水，继续听生物老师讲"条件反射"的建立。

光影移到记号附近是最让人激动的时候，如果铃声在光影还没到记号的地方就响起，那真是世界上最美好的事情，幸福可谓从天而降！每次下课铃响过，老师一说"下课"，浑身绷得紧紧的小吉就放下书和笔，快速冲出教室门，哪怕晚一秒，就会被别的抢着出去的同学给挡住，然后，就变成了晚一分钟，晚两分钟……那真是要命啊！

但是，世事总有不尽如人意的地方，比如，老师拖堂。铃声是响起来了，但是胖胖的校长总是不着急，非要把他的"普遍联系"再重复一遍总结一遍，听到其他班级的同学下课后的喧闹声渐渐远去，而校长还在慢条斯理地讲"如何辩证地看待事物之间是普遍联系的乌鸦叫丧喜鹊叫喜是不是客观联系"，小吉内心逐渐走向崩溃，这是要"杀人"啊！饥饿让小吉出现了幻视幻听，肚子里好像有好多只手在向上抓挠，要把自己的心都掏空……

小吉下意识地再次去看那个记号，光影早已移了过去。他看到那白色的粉笔记号变成了一条黑色的裂痕，慢慢向两边张开，逐渐成了一个漆黑漆黑看不见底的深渊，仿佛要把他陷进去，陷进去……教室外面正午的阳光也随之暗淡下去，周围似乎变成了一个黑黑的窟窿，他在那黑窟窿里挣扎着，想喊叫却发不出声来，遥远的地方丝丝缕缕地传来的，是校长的"普遍联系"。突然，小吉眼角的余光又看到了林迪，她的鼻梁在阳光下格外挺直明亮，她专注的神情让他在黑暗里似乎看到一线光明，把他拉回到了现实。饥饿感虽然没有得到缓解，但那种令人绝望的幻觉却在一点点消失，逐渐远去，小吉刚才被拉入深渊的灵魂得以回归。他想，校长讲的没错，世界是普遍联系的，太阳影子联系着记号，记号联系着铃声，铃声联系着校长，校长联系着饥饿深渊，能把自己拉出深渊的，是那个专注听课的林迪和她挺直明亮的鼻子，那就是座"山"，自己要翻越的"山"。

小吉有意无意地开始训练自己的"条件反射"了。实在是饿得受不了的时候，小吉就侧脸假装去看记号或者窗外，用眼角的余光去找寻那个专注听课的神情，那个挺直的鼻子，那泛着红晕的脸颊……把这些意象，这些符号一样的视觉印象，刻到自己的脑子里，完成被饥饿冲击时的自我救赎。

天阴下雨的时候，没有阳光进来，那个记号就失去了它存在的价值，下课铃响起的预期变得更加强烈，然而，煎熬的静默的下一秒又直接击破了希望的肥皂泡。校长在讲台上挪动着胖胖的身躯，他又开始讲"主要矛盾和次要矛盾，矛盾的主要方面和次要方面"了。小吉内心里盘算着，好好学习是主要矛盾，饥饿只是次要矛盾，所以不要在意饥饿，要抓好学习；下课铃是矛盾的主要方面，记号是矛盾的次要方面，只有铃声才是可以下课的，而光有记号是没有用的。所以，饿就饿吧，讲就讲吧，看就看吧，记就记吧，你们有折磨人的手段，小吉自有破解的妙招。就这样不知不觉中，同桌的林迪作为要翻越的"山"进入了小吉的精神世界，成了他战胜饥饿的秘密"法宝"。

秋末冬初，太阳南移，影子逐渐向教室内部延伸，为了跟上下课铃的脚步，小吉把窗台上的记号校正了好几次。当误差再次增大的时候，小吉又去找了粉笔来"纠偏"记号。小吉用粉笔在窗台上使劲地来回划着，手里的粉笔却因为用力太猛"咔"的一声折断了，捏着粉笔的指头一下子直接戳在窗台上，疼得他"哎呀"一声叫出声来，赶紧把手撤了回来，定睛看时，食指指甲从根部折断，鲜红的血液从指尖渗了出来。

"真笨！"一声低嗔从旁边传来，刚才还低头写作业的"山"已经站了起来，轻轻地推了小吉一下，把一块洁白的手帕递了过来。感觉到被人推了一下转过身来，猛然看到林迪递过来的手帕，小吉一下子慌了神，像被马蜂蜇了似的向后退了一步，撞在身后的课桌上，差点没向后翻倒下去。虽然同学两个多月了，除了暗自较劲，两人从没有正面相对说话，这次突然发生的"遭遇战"，让两个人都红着脸站在那里，有些不知所措。小吉偷眼去看班里的其他同学，发现后排的几位同学已经在窃窃私语，这更增加了他的慌乱和茫然。

看到小吉的手指还在流血，林迪先镇静了下来，把手帕塞到小吉左手里，示意他包上止血。等小吉接过手帕，她一低头，转身绕开课桌向教室外走去。

"手帕事件"让小吉和林迪由泛泛的"普遍联系"进步成了"有机联系"。虽然两个人还是相互不说话，但眼神相对的时候不再像以前那样躲闪了。凝固在手帕上的血迹有些顽固，小吉用肥皂洗了又洗，但白色的手帕上总还是有些淡淡的痕迹。上晚自习的时候，小吉在折叠好的手帕里夹了个纸条，装作若其事地放到了林迪摊开的作业本上。林迪并没有抬头看他，好像小吉所做的事情早在她的预料之中一样，她默默地把手帕收起来放到上衣的口袋里，继续写她的作业。

小吉本以为她会看那个纸条，没想到她直接把手帕收了起来，也不知道她知不知道那里面有"夹带"，内心又有些焦虑起来。其实纸条上的内容很简单，感谢林迪在他受伤时及时出手"救助"的同时，也为没有洗净手帕表示抱歉，但林迪不看，就让他很不踏实，生怕那个纸条被林迪忘记或者遗失，落到别的什么人的手里就麻烦了。

小吉有些坐卧不宁的样子被林迪看在眼里，虽然她也一直想着口袋里手帕中可能有"夹带"，但还是一副若无其事的样子继续写作业，她知道在教室里肯定不能打开看，不然让别的同学瞧见了，影响多不好！感觉到小吉的焦虑，林迪不由又在心里暗叫了几声"真笨"，任由他在旁边"哗哗"地翻书也不做理会。

学习和饥饿构成了校园生活的两大主题。家庭条件好的同学会从家里带些干粮来，比如晒干的馒头片和土豆干，实在饿了的时候嚼几口；家庭条件不好的就没有这样的"享受"了，只能煎熬着。

给影子做记号"折戟"一事，让小吉有些沮丧，他不再去追寻影子了，被林迪窥探到自己的内心，小吉多少还是有些不甘心，做记号的事情也就从此作罢，总不能再让林迪看自己的笑话。无论如何，到了第四节课快下课的时候还是会饿到发昏。每每目光溜向窗台上光影的时候，小吉总是有些恍惚：时间！下课铃响起前的这段时间，怎么那么漫长那么难熬？

这天中午，又是校长在讲课，又是那黑色的"停滞时间"。小吉的目光又望向了窗台，眼角的余光里仍然是林迪专注的听课神情，仍是那挺直明亮的鼻梁。收回目光，却发现一张折起来的纸正从桌子中间向自己滑了过来，纸的另一边，被林迪的手肘顶着，好像是无意一般，缓缓地朝自己滑动着。

小吉突然心跳加速，饥饿感也一下子离开了自己。他尽量平抑着内心的激动，快速瞟了一眼讲台上的老师和周围的同学，伸手慢慢地把那张纸拉了过来，夹到课桌上那本薄薄的《辩证唯物主义和历史唯物主义》课本中。

三

蹚过了岁月的长河，听一曲相思的牧歌

吃了一大碗热乎乎的汤面，老吉逐渐缓过神来。

小梅的家就在离新时代广场不远的一个环境优美的小区里，收拾得非常干净整洁。由于是中午时分，周围显得格外安静。小梅把老吉让进家，让他在沙发上坐下，说下午还得上班，中午就简单吃点吧。她一个人去厨房里忙乎了一小会儿，老吉就吃上了香喷喷的西红柿鸡蛋面。跑了一个上午，老吉还真是饿了，所以一碗面吃了个没抬头。吃完了才想起自己这样狼吞虎咽吃面还是有些不太礼貌，放下筷子的时候，感谢中带点儿歉意地对小梅笑了笑。

看老吉吃得满头大汗，小梅抽了两张纸巾递给老吉。看着洁白的纸巾，老吉一下子想起当年林迪递手帕给自己包扎手指的情景，情绪不由得又消沉了下去了，好多想问的话涌到嘴边儿，却又不知道该从何说起。

小梅自己的一小碗面也吃完了，收拾好碗筷，又取了几个丑橘放在茶几上，拿了一个给老吉。看着老吉剥橘子，小梅略一沉吟，转身去书房拿出了一个陈旧的木盒子，对老吉说这是上个月整理妈妈遗物的时候看到的，里面有些东西可能和老吉有关，所以让他看看。

盒子里是些信件和照片，整整齐齐地叠放在里面。老吉翻了翻照片，大多是黑白旧照，有林迪中学和大学时期的单人照，也有些是合影。翻到一张有些发黄的二寸"彩"照的时候，老吉的视线一下子变得模糊起来：那张照片，是他年轻时候穿着军装的标准照，照片上的老吉，双目炯炯地看着前方，帽徽和领花格外引人瞩目。老吉想起来，那是他结束三个月新兵训练后照的照片，当时的照片都是黑白的，但照相馆提供"染色"服务，就是在黑白照上上色，让照片变成了"彩色"的。当时照相馆给老吉照片脸上的红晕涂得有些重，还让他很是忐忑了一番，但还是从千里之外寄给了林迪。那时候，林迪已经是北京建筑工程学院大二的学生了。

说起林迪去武汉的事情，小梅眼圈儿又红了。听小梅讲，林迪前两年就退休了，但还在省建筑设计院兼职做些工作。这次去武汉，也是参加一个设计研讨会。到了武汉没多久就有些感冒发热，自己也不太在意，吃了些药感觉好起来了。按照日程，本已经订好了返程的机票，结果那天因为武汉封城，航班取消了。这一拖就过了春节，病情加重了，虽然会议接待单位给予很多支持和帮助，但还是没有好转，两周后就在武汉病逝了。

老吉默然无语，也不知道说些什么好。又翻了翻那个盒子，书信下面有个小纸包，打开看时，却是一个木头制作的小日晷，中间树立的那根指针上已经锈迹斑斑，长年被包在里面挤压，指针不再垂直于圆盘的平面，而是歪向了一边。抚摸着有些滞涩的发黑的圆盘表面，老吉想起了制作这个日晷那点点滴滴的往事来。

那天中午下课，小吉虽然还是饿得有些发昏，但第一次没有蹦起来往外跑，而是强抑着内心的激动，慢慢地给钢笔套上笔帽，慢慢地合上书，慢慢地收拾着课堂笔记和作业本，故作淡定地等着同学们呼呼啦啦地从教室里跑了个干净。等确定没有人注意到自己今天的异常，他才急急地打开政治课本，拿出林迪推给自己的那张纸，小心翼翼地翻开来看。

那张纸透出了一点淡淡的清香，显然那是林迪留在纸上的，而纸上，则是一幅图。

一幅用铅笔细致描绘的图，图上画的是一个圆盘，圆盘内分成不同层次的同心圆，各层之间还有些刻度，中间是一个垂直于圆盘的指针。

这是什么？给自己这个是什么意思？小吉不知道林迪为什么要送这样的画图给自己，也没有任何文字说明，他不禁有些茫然了。看了半晌，外面传来了吃完饭返回教室的同学的说话声，肚子也不争气地又叽叽咕咕叫了起来，小吉仔细地把那幅图折好，夹在课本里，又把课本放到课桌里面书本的最下面，走出了教室。

那幅图算是搁到小吉的心上了。无论是吃饭还是睡觉，小吉总是不停地琢磨，这到底是个啥东西？送图过来的林迪好像什么都没发生过似的，小吉几次都想找机会问她，却总是被那个不服输的念头摁了下去。既然她画这个东西，自有她的用意，说不定就是考量自己，也许还是一种挑衅，自己贸然去问，那不是说自己不如她？

夜深人静的时候，小吉会把那幅图拿出来仔细研究。尽力撇开纸上清香的干扰，小吉努力把注意力完全集中到图上，但这个在书本上从没有见过的东西，任凭小吉想破头也想不出来它到底是什么。小吉也动了去找老师问的念头，但又怕老师问到这个图的来历，牵连出和林迪的事情，说不清楚就麻烦了。

真是张令人头疼的图！

十几天过去了，"图解"仍然没有找到，每天的饥肠辘辘并没有让小吉的脑子开了这一窍。

太阳没有意外地每天晨起暮落，而生活的意外却会随时降临，小吉的中学学习生活在进入腊月的头一天戛然而止。

蹲在镇农机站一排青砖红瓦平房的屋檐下，小吉怎么都不能相信，不到半个月时间，自己竟然由一名高中生变成了农机站的学徒。

父亲是在测试那台经过维修的五十五马力的拖拉机的时候失事的。天寒地冻的山路上，那台拖拉机突然失控翻下了路边的深沟，接到噩耗的小吉从县城学校赶回小镇，父亲已经永远离开了他。父亲是家里的天，天塌了，小吉和多病的母亲生活一下子就陷入了黑暗。镇里给父亲报了因公牺牲，给了小吉顶替父亲工作的名额。权衡再三，小吉放弃了完成高中学业参加高考的道路，进入镇农机站成了一名有正式编制的学徒。

镇里可用的农机不多，小四轮就占去了三台，两台三十马力的拖拉机，一台五十五马力的拖拉机，一辆破旧的小卡车，还有些抽水机柴油机，大多半新不旧的。这些大大小小的所谓农机，常年在农机站检查维修的就有一小半，越是农忙的时候，这些铁家伙越是容易坏，"四化"中的农业现代化指望这些老旧的机器，基本无望。

那台唯一的五十五马力的拖拉机翻到沟里，彻底报废了。县里拨款给镇里再买一台解放牌的卡车，但订货的周期很长，估计要到秋后才能用上。农机坏了可以换，人没了就从此长别这个世界了。老站长顾援朝和小吉一家一直相处得非常好，他也是看着小吉长大的，知道这小子继承了他父亲那股灵性，脑子好使，学什么东西都快，所以就着意培养他，想等着过了春节，安排他去市里的农业机械学校进修。春节前这段属于农闲的时间，顾站长也没给小吉安排具体的工作，很多时候他就是一个人在院子里发呆，让内心的挣扎去舒缓丧父的悲痛。

虽然临近中午，但腊月的寒风还是有些砭骨，小吉却宁愿蹲在屋檐下晒太阳也不想进办公室里面去。看到父亲留下来的那些书，小吉心里就会泛起各种苦涩，想起父亲给自己讲解那些农业机械时候的各种情形，眼泪就会止不住地往下掉。所以，小吉就在寒风中把自己冻透了，努力不去想父亲和自己在一起的各种时刻。

要是还在学校上课，临近中午的第四节课正是挨饿难熬的时候。小吉想起在学校里盼望着填饱肚子的那些时光，现在看来那么遥不可及，又好像是别人的故事，在自己身上从来没有发生过。那个太阳影子记号已经成为回忆，和记号一起成为回忆的，还有林迪那张白皙清秀的脸，那双弯弯的眼睛和那明亮挺直的鼻梁。那记号，那眼睛，那鼻梁，随着寒冷的午间阳光在游移，他竟有些恍惚了。

小吉猛地站了起来，眼前一阵发黑，晕眩过后，他一把拉开办公室的门，直奔父亲留下来的那张破旧的办公桌，从抽屉里找出从学校带回来的那本《辩证唯物主义和历史唯物主义》课本，翻开来，里面夹的那张折成两折的纸跳了出来。

虽然对纸上那张图已经熟悉得可以默想出每一个细节每一个刻度，但小吉不自觉地还是想要把图打开来看。展开纸瞬间散发出来的清香，就是一剂致幻的灵药，让小吉感觉自己还能抓住高中生活的一点点尾巴，提醒自己曾经有过那么一段学习生活。他至今仍旧不能相信，半个月多的时间，就让他从一名高中生变成了学徒。

"吉连胜！"正当小吉还沉浸在各种幻象中的时候，一个女子的声音在院子里响起。

听到那个声音叫自己的名字，小吉突然就愣住了：这个声音和林迪的声音那么像，不会是林迪来了吧？可是，她怎么会在这个时候来农机站？她家在邻县，放寒假应该回去了，一定是自己看那张纸想得太多出现幻觉了吧？

"吉连胜！"

当那个清脆悦耳的声音再次响起，小吉终于确定，是林迪来了。他迈步跨向办公室的门，却不小心把桌子旁的椅子带得翻倒在地下。他并未回身去扶椅子，直接推门冲了出去。

临近中午，严冬的酷寒略微退却，低平的午间阳光有些耀眼，一个穿着黄色军大衣、裹着厚厚格子围巾的女子，正站在院子里那有些倒塌的镂空花圃围墙旁边，围巾上边露出的那双弯弯的眼睛让小吉心里一阵狂跳，这不是林迪，还会是谁？

四目相对，却仍旧无言，从来没有相对说过话，突然面对面了，彼此都不知道说什么才好。看到林迪在不停地跺脚，小吉才意识到外面的寒冷，让林迪站在冷风里很是不妥。

林迪被小吉让进了办公室，她一边解开围巾，一边打量着屋内的布置。顺着林迪审视的目光，小吉也跟着四下看去，等目光扫向办公桌的时候，小吉看见桌子上仍然摊开的《辩证唯物主义和历史唯物主义》和那张图画，内心不由一阵着急，赶忙过去手忙脚乱地把那张图画夹到书里，将书放到拉开的抽屉中去。掩饰着内心的慌乱，小吉低头扶起刚才匆忙出门碰翻的椅子，略想了想，又把椅子搬到了房间中间的大火炉旁边，接过林迪脱下来的军大衣放到办公桌上，然后示意林迪坐到炉边取暖。看着林迪冻得通红的双手，小吉略一迟疑，就又去用父亲留下来的被磕得疤痕累累的大搪瓷茶缸倒了一缸热水，塞到了林迪的手上。

其实进门的时候，林迪就看到了办公桌上摊开的书，和自己的那幅图画，看着小吉一阵猛虎般的操作，不由觉得好笑又好玩，但从小吉手里接过热乎乎的茶缸，内心还是一阵感动，知道自己下决心来小镇的决定是正确的。

为了抵御三九的严寒，办公室窗户下层的两孔玻璃糊上了一层报纸，上层可以打开的六孔玻璃，则任由阳光恣肆地倾泻到屋里来。炉边热气流不断上升，搅动着只有在强光下才可以看到的飞舞的灰尘。房间里的气氛，竟然有些当初教室里第四节课时候的情形，只是这里只有小吉和林迪两个人相对而坐，小吉不再需要侧脸用眼睛余光去看林迪那张脸的"剪影"。

"你怎么来了？"小吉曾经设想了好多句想和林迪说的话，但今天一开口却变成了尴尬的问话。

"怎么？不欢迎是吗？"林迪目光从茶缸上抬了起来，看着小吉，有些俏皮地反问道。

"这……嗯……欢迎，当然欢迎……"小吉没想到自己的问话好像变成了质疑，赶紧用肯定的语气回应着。他那两只不知道该怎么放才好的手在工作服上划拉半天，才插进口袋里，稍一停顿，又拿了出来，搓了又搓后相互握在了一起。

看着小吉手足无措的样子，想起刚才他一进办公室抢到自己前面去收拾桌子上课本和图画的忙乱，林迪忍不住笑了，一双弯弯的眼睛眯了起来。小吉不禁有些看呆了。

四

天寒远山净，日暮长河急。解缆君已遥，望君犹伫立。

老吉放下手中摩挲的木日晷，掰了一瓣橘子放在嘴里，却分辨不出那橘子的味道来。老吉抬头去看梅哲诗，见她眼圈儿红红地坐在旁边，不由叹了口气："唉，小梅，命运对我们这代人，开了很多玩笑，很多时候阴差阳错，命运的河流真不知道会把人飘向何方。人呢，走着走着就散了，走着走着就老了……当年……"老吉嗓子眼儿一时有些发堵，后面的话就说不下去了。

"您说的是，吉叔，"小梅接过了话头："我参加工作的时候，也曾经面对和妈妈当年一样的抉择，妈妈就给我讲过你们当年的事情，但有些坎儿，不是知道道理就能绕得过去的。今天上午我在诊室看到您的名字，就想起了妈妈说过的青春往事，只是不能确定是不是您本人。当时门诊人多，我也不方便细问，下班后路过新时代广场见您在那个纪念碑前转，我猜想您应该就是妈妈和我说起的那个人。"

"我一直以为，你妈妈可能早就不记得我了，围着那纪念碑转了几圈，我方才逐渐体会到她的用心。"老吉顺着小梅的话回应着。

"妈妈退休后经常回来县城看望我们，黄昏时分一起在广场上散步的时候，她还经常说起碑座下面的那些青麻石块，就是从您老家山上拉来的。"说到这里，小梅看到满头华发的老吉低下头去，就没再往下说。

"你妈妈安葬在哪里？我能去看看吗？"老吉低着头，强抑着内心的悲伤情绪，向小梅提出了一个请求。

"妈妈的墓地在城东边，路有些远，我也得上班……要不后天吧，我爱人在市里上班，孩子也在市里上学，周末孩子和她爸爸从市里回来，让她爸爸开车带咱们去……"小梅说到这里，突然意识到了什么，赶紧问道："吉叔，您是住在城里吗？"

"不是，我在老家镇里的表姐家住。没关系，后天上午我到城里来找你们吧。"

坐上回小镇的公交，老吉有些疲惫，旁边一个中年黑汉子正在刷短视频，放出来的声音有些吵人，老吉皱了皱眉头，把无线耳机塞到耳朵里，隔绝了那些嘈杂的声音。把双肩包抱在怀里，老吉伸手到里面摸了摸，那个用纸包着的木日晷躺在两大包药的上面。把背包的拉链和外扣都扣好，老吉向后靠到椅背上，慢慢合上了眼睛。

朦胧中老吉脑子里闪过一个念头：当年林迪第一次去小镇农机站找自己，那时候公共汽车上的她，又是一种啥样的心情？

放寒假的第一天，林迪来找小吉，是劝他复学的。

炉前相对，林迪却又不知道亥从何说起，低头看着炉盖缝隙里煤块已烧得有些发白，便伸手拿起炉钩在火炉下边捅了捅，一股炉灰轻轻荡起，炉火又重新闪烁起来。

小吉经过刚才的忙乱，也逐渐平静下来，看天色已是正午，让林迪稍坐，自己拿了饭盒去后边伙房找吃的去了。

不一会儿，小吉盛了一饭盒白菜豆腐，饭盒盖上放了四个大馒头，从外面进来，招呼林迪到办公桌前吃饭。

林迪嘴里说"不饿"，眼睛却跟着小吉的身影转动，看他把饭盒放在办公桌前，馒头上还冒着热气，不由就吞了一口口水。

只有一双筷子，小吉把筷子让给林迪，自己跑到院子花圃边的杨树上折了根枝条，一折两段，拿回屋子用小刀把一端截齐，刮去树皮上的毛刺，用茶缸里的水冲了一下，算是做了一副筷子。

林迪拿了筷子，却因为没有碗不好放菜和馒头，正迟疑间，小吉用自己做的一根筷子插了一个馒头递给林迪，让她就这样吃吧。

其实林迪早就饿了，从小吉手里接过树枝挑着的馒头，也没多说话，"吭哧"一口咬了下去。

看到林迪大口吃馒头，小吉终于放松了下来，笑着抓了一个馒头掰开一半，伸到饭盒的菜里去蘸饱菜汤，半个馒头一口全塞到嘴里，一下子噎得有些难受，"嗯嗯"地叫出声来。

林迪看到小吉一副"饿鹅"的样子，想到刚才自己啃馒头的样子，估计也好不到哪里去，低头一笑，放慢了咀嚼的节奏。

四个馒头一盒菜很快就都吃完了，小吉把饭盒里所剩的一口菜汤也仰脖倒进嘴里，抹了抹嘴，才想起问林迪吃饱没，林迪点了点头。

外面的阳光透过玻璃照到屋里，炉火也烧旺了起来，办公室里暖烘烘的。

林迪也暖和过来了，脸红扑扑的，让小吉又想起了秋天树上结的苹果。感觉到小吉一双眼睛直直地看自己，林迪有些不自在，盯着地上炉边铁簸箕里的煤块低声说："你看什么啊？"

"看你。"小吉听到林迪的问话，下意识地回答道，说完又觉得不太好意思，赶忙跟着问了一句："林迪，嗯，有没有人说你的眼睛好看？"问完还是觉得唐突，赶紧一弯腰拿起簸箕去给炉子添煤，手有些微微发抖，簸箕里的煤便掉了两块在地上。

"他们说……他们说我这是秋眉杏眼。"林迪还是低着头，说话的声音却大了些。

"你放假不回家吗？怎么还能跑出来？"小吉边用炉钩通着火炉边问道。

"我爸爸调到县里来工作了，我们一家都搬到了城里，我不用再住校了。今天早上，我和妈妈说是到同学家讨论寒假作业才出来的。"林迪觉得不能再这样漫无目的地说话，要把来意说清楚，一定要劝小吉回学校去读完高中考大学！

想到这里，林迪抬头对着在炉边忙乎的小吉说道："吉连胜，你不能放弃高中，一定要回去上课，一定要参加高考！"

听到林迪的话，小吉手里的炉钩停止了活动，他之前已经隐约猜到林迪的来意，但她这么严肃地对自己说出来，他内心还是一震。

扔下炉钩，小吉回过身来，慢慢走到办公桌边坐了下来，神情也从刚才愉悦灿烂变得忧郁起来。

小吉转向林迪，看着她那双弯弯的眼睛，内心挣扎片刻，还是说了出来："林迪，我知道你这是为我好，来劝我回去上学。我也知道如果我好好上完高中，再次也能考个中专，刻苦点也有机会考上大学。上大学，那是咱们每位同学的梦想。你记得吗？咱们班主任郝老师说过，只要录取通知书到了，中专也是大学，大学也是大学，人生就会大大不同了。但是，我家里发生了变故，我实在是没有办法。"说到这里，小吉的心又沉了下去，他不禁在内心再一次质问，苍天对自己到底是好还是不好？

小吉退学，从学校领导到班主任，都觉得非常可惜，郝老师还专门找他谈了一次话。但小吉面对的情况是，妈妈常年卧病在床，爸爸带着妈妈去市里去北京求医，病情一直没太大起色，各种费用早就把家里掏空了，还借了不少钱。爸爸意外身故，家里失去了唯一的经济来源，妈妈身边还没人照顾。爸爸去世这些天，虽然家里有表姐一直帮着看护妈妈，但终究不是长久之计，所以让小吉接爸爸的班，可以就近照顾妈妈，成了家庭的最佳选择。

听小吉说完，林迪沉默了。她只听说了小吉父亲去世的消息，却没想到情况这么复杂，这样的现实，让自己怎么劝小吉或者帮助小吉？她一下子还真没什么主意了。

房间里的气氛变得压抑起来，两个人都不再说话了。过了好一会儿，还是林迪打破了沉默："你能带我去看看你们石嘴崖的那块青麻石吗？"

"你怎么知道石嘴崖的青麻石？"小吉有些诧异。

"开学第一篇作文，写自己的家乡，你的作文被老师评为优秀，在班上读过，你忘了吗？"

林迪的话让小吉想起来，自己的确在作文里提到了青麻石，但也是几句话带了过去，并没有特别说明，亏得林迪还记得。

"天太冷了，好多地方雪都没化，上山的路不好走，今天就别去了，等春暖花开的时候再去看好吗？"小吉说完这句话就有点犹豫了，等春暖花开，林迪还会来小镇吗？

"一言为定，你可要记得哦！"林迪却干脆利索地接过话来，看青麻石就这样成了他们两个人的第一个约定。其实，刚才林迪内心里一直在激烈地思考，小吉的问题能不能有更好的解决办法，而现在，林迪已经想好了，所以还要和小吉再来个约定：让他参加工作也不要丢了功课，她下定决心帮助小吉自学完成高中课程，一定要他参加高考。虽然从县城到小镇有些距离，但坐公共汽车最多也就一个多小时就能到，她可以每个月来一次，把自己的课堂笔记给他抄一份，把他的作业带回学校请老师批改，这些都是可以做到的，所以说到春暖花开来看青麻石，她不假思索毫不犹豫地答应了下来。

两个人的谈话又随意起来，小吉说起小时候调皮从青麻石上跳下来胳膊摔骨折了，林迪的表情就有些夸张，一定要让小吉给她看看，现在胳膊是不是真的长好了。小吉没办法，就把棉袄袖子撸了起来，不成想棉袄袖口破了露出了棉花，林迪看着暗暗地笑了。

说服了小吉不放弃高中课程学习，林迪说要赶下午的公共汽车回城，怕晚了走不了。小吉心头有很多不舍，但也毫无办法，看着林迪把那件军大衣穿好，裹上厚格子围巾，一起走出了农机站。

冬天白天时间太短，刚才还是太阳偏西，一转眼天色就开始转暗了。站在车站等车，两个人都觉得有好多话要说，又却是默默无语。车来了，车门打开，等车的人一起往车上挤，林迪突然想起了什么，伸手在自己的书包里掏出几张纸，塞到小吉手里，挤上车去了。

车启动了，小吉看到林迪在车窗边用手比画了几下，嘴里好像在说什么，他下意识地举起手挥了挥，公共汽车已经拖着一股黑烟远去了。

　　直到汽车翻过前面的圪梁不见了踪影，小吉才回过神来，看了看攥在手里的那几张纸，才想起刚才林迪匆匆忙忙塞到自己手里后就上车了，隔着车窗她好像在和自己说什么。小吉赶紧打开那几张纸来看，却见又是四张用铅笔精细描绘的图画。

　　回到办公室，小吉把那四张图铺开到桌子上挨张细细看去，在第四张图的下面，看到两个娟秀的钢笔字：日晷。小吉突然明白，原来这正是在学校时林迪给自己那张图的"图解"。

　　显然，这四张图是这个叫作"日晷"的东西不同角度的"画像"。根据图上的指示，小吉明白了这原来是个计时装置，中间那个垂直于圆盘表面的指针就是竖起的"光线标杆"，而那些同心圆里的刻度，不正是他用粉笔做的记号吗？

　　夕阳西下，天色完全暗了下来，办公室里失去了午间那样的温暖。小吉没有开灯，炉火的光透过炉圈和炉盖边缘缝隙投射在屋顶上，忽明忽暗地跳跃着。独自坐在办公桌前，小吉想起妈妈说的，前世修了福报，今世才有好事，那自己的前世一定和唐僧一样，是修行了十世的好人，不然怎么会有林迪这样好的女孩子全心全意地为他着想，还瞒着家人天寒地冻跑这么远来激励他？他暗暗下决心，一定要好好学习，一定要考上大学，一定不能辜负了她的期望，让她看到他最好的人生！

　　看着整整齐齐地排列在桌子上的五张纸，小吉脑海里不时闪过林迪的影子，一会儿是她低头看着簸箕说话的样子，一会儿是她看到他破袖口露出棉花时的笑容，一会儿是她大口咬馒头的情景，一会儿是她隔着车窗边比画边说着什么，当然，还有教室里她聚精会神听讲时那个挺直的鼻梁……

　　"春暖花开。"小吉在心里默默地念叨了一遍。

　　"春暖花开。"小吉又念叨了一遍。

五

人似秋鸿来有信，事如春梦了无痕

回到小镇表姐家已是黄昏时分，表姐接过老吉手中的双肩包放在柜子上，打了半脸盆水，又从暖水瓶里倒了些热水，伸手试了试水温，就让老吉过来洗脸洗手。

里屋的表姐夫正在沙发上抽烟，咳了几声，老吉隔着门和姐夫打了招呼，他怕烟味，就回到了自己的房间。

看到老吉情绪不高，表姐跟了进来，关心地问老吉是不是累了，还是身体哪里不舒服。老吉看着表姐关切的目光，心里一热，就问表姐，记不记得当年来农机站找自己的那个女同学。表姐一愣神，说怎么会不记得，就是那个姓林的丫头片子，害得你五迷三道的，你后来辞了农机站工作去当兵不就是因为她吗？

听到表姐说起自己心底里的事情，老吉赶紧把身子转了过去，泪水一下子就下来了。等心情稍稍平静下来，老吉转过身来，表姐好像知道自己刚才哪句话说过了，肯定让老吉难受，所以也不再说话，默默地从脸盆架上拿了毛巾递了过来，看着老吉用毛巾擦了把脸，才低声问道："那个女娃儿好像是叫林迪吧？她出什么事儿了？"

"她去世了。"老吉的声音略带哽咽，但显然已经平静了许多。坐下来喝了口表姐给倒好的热水，看着眼前有些老态的表姐，老吉不禁微微叹了一口气。

和表姐简单说了一下这一天在城里开药遇见林迪女儿的事情，老吉也逐渐平复了心情，带着歉意向表姐笑了笑，觉得自己一把年纪了，还这样失态。表姐宽容地笑了笑，那样子仿佛在说，表姐眼里，你吉连胜仍旧不过是个毛头小子。

说到梅哲诗，表姐说好像知道这个医生，有两次她去看病，就是梅医生给看的，态度也好，医术也高，只是不知道她就是林迪的女儿，经老吉这么一说，想起来这梅医生还真有些当年林迪的样子。

老吉和表姐说和梅医生约好了，后天到林迪墓前祭奠，表姐想了想，表示还是不去为好。她怕老吉心脏不好，触景生情太过伤感出毛病，再说人都没了，去不去都没什么关系，内心里知道自己有过这么一段感情就好了，不是非要去看看那个土堆子不可。

一个"土堆子"，又触动了老吉，但这次老吉已经没那么容易激动了。虽然觉得表姐说的也对，但老吉还是强压着心里又有些澎湃的情绪，故作轻松地笑了笑说，都这么多年了，又早就没啥联系，在家闲着也是闲着，出去走走看看，也算了却一段心思，请表姐放心，不会有问题。见老吉这么坚持，表姐就没再说什么，走出房间张罗晚饭去了。

看着表姐出了房间，老吉从包里拿出那个木日晷细细看着，中间那个弯曲的有些生锈的指针好像在那圆盘上慢慢转了起来，逐渐加快了旋转速度，到后来就看不清指针和圆盘了，一切都飞逝而过。老吉眼前变得一片模糊，思绪又回到了那个送走林迪的夜晚。

时间有些晚了，小吉封了火炉，锁了办公室，和看门的王大爷说了一声，就向家里走去。

寒冷的北风吹着清冷的街道，孤寂的街灯拉开了长长的影子。

回到家里，昏暗的电灯下勉强能看到屋里的情形，妈妈围着被子靠在炕头上，表姐正在忙乎着做饭。

看到小吉回来，表姐笑了笑说："都参加工作了，了不起啊小吉。"一边说一边把他拉到灶前："也不知道咋的了，今儿个有些倒灶，生了半天的火才生着，你给拉几下风箱吧，要不吃不上饭。"

小吉坐在灶前，把风箱拉得呼呼响，灶中的火很快就旺了起来，火光从灶火口映出来，把他的脸照得红彤彤的。

锅里的水开了，表姐揭开锅盖，一股蒸汽冲了出来，屋子里瞬间就弥漫了热乎乎的白气，气氛一下子热烈起来。

"小吉呀，这小脸红的，今天有什么好事儿了？跟姐说说。"表姐一边往锅里下米，一边打趣着小吉。

小吉知道瞒不过表姐，小镇本来不大，农机站的事情根本用不了半天大家都会传个遍，想必有嘴快的已经把林迪来的事情传到表姐那里了。

"就是一个同学来给我送书。"小吉低声回答道。

"男同学女同学？"表姐还在故意逗小吉。

"……女同学。"小吉又往灶火里添了两铲煤，把风箱呼啦呼啦拉得山响。

"好啦好啦！姐不问了，看把你紧张的，那风箱都让你给拉坏了，看明儿你咋吃饭！"表姐嗔道。

小吉放缓了拉风箱的节奏，又往灶里火头上添了一铲煤。

一人一大碗豆子稀饭煮山药蛋，三个人围坐在炕上的饭桌边。妈妈看着小吉蒙头喝粥，想着小吉爸爸突然的亡故，想着小吉这么小就得去上班挣钱养家，而自己却啥也干不了，眼泪就下来了："小吉，是妈拖累了你，好好的高中不上就参加工作了，要不说啥你都能考个大学，比在这农机站有出息。"

妈妈刚才听表姐讲了今天来戈小吉的那个闺女的样子，又看到小吉回家来心事重重的样子，心里就知道是怎么回事儿，但现在这样安排小吉接他父亲的班，也是老顾忙前跑后给张罗的，算是最好的结果了。

"妈，你别说了，我现在挺好的，过了年去进修三个月，学门手艺也能养家，你就安心养好身体，别的都别操心。"小吉头也没抬，边喝粥边安慰妈妈，他的心里却想着和林迪约定继续自学到时候参加高考的事，碗里的粥就没了滋味。

"姐，我出去学习三个月不在家，家里还得你再照顾一段时间。"小吉放下碗，转向表姐说道。这话说出来，他心里更没数了，白天满腔热情地和林迪约定了的事，真要去实现，却又了无头绪。

吃完饭，表姐收拾了饭桌，都弄干净了，又去院子煤仓搬了两大块煤进来，小吉急忙接了，在灶台前用锤子丁成小块儿。表姐给火炉里加了煤，把炉火拢旺，又用小铁簸箕装满煤块，放在火炉前面，叮嘱小吉半夜起来给炉子加煤，不然煤烧完了火炉熄灭会把人冻着；加完煤炉盖一定要盖好，免得煤气跑出来害人。

安顿妈妈睡下，小吉送表姐回舅舅家去。腊月十五刚过，东方天空升起不久的月亮还充盈明亮。路上白天晒化的雪水，现在又冻上了，踩在雪和冰上，还是要非常小心才不会摔倒。每一脚下去，都会听到"咯吱"的声音，安静的巷子里，两个人踩着冰雪走路的声音就格外清晰。

一路走一路有一搭没一搭地聊着，表姐突然就站住了，回身看着小吉说："小吉，姐下半年就要结婚了，嫁了人，就不能天天来照顾你和姑姑了。姑姑的身体不好，以后可能全靠你了。"

小吉一下子没反应过来：怎么？表姐要嫁人？小吉从来没有想过表姐会嫁人的。表姐比小吉大三岁，漂亮温柔敦厚，妈妈身体不好，小吉差不多是表姐带着长大的，表姐几乎就是家里的一员。虽然上高中后和表姐见面少了，但表姐就是表姐，表姐那是仙女儿下凡，仙女儿怎么能说嫁人就嫁人？性格好人品好人样好的表姐，怎么一句嫁人就要走了？怎么可能嫁人？怎么可能？小吉一急，心里越发乱了起来，一阵阵苦涩的滋味在心头滚过。

看到小吉傻在那里，表姐眼圈也有些湿润。她太了解这个表弟了，知道他心里在想什么，她也非常舍不得离开姑姑和表弟，但是人总是要长大的，不可能永远跟孩子似的。表姐揉了揉眼睛，左手搂住小吉的胳膊，右手去拉起他的手向前走去。

"别不高兴，我嫁人是好事啊，你总不能看着姐变成老姑娘没人要吧？"表姐比小吉矮半个头，侧脸抬头看了一眼小吉说道，"再说，姐嫁了还是在镇里，咱们还是可以见面的呀，只是不能天天来照顾你和姑姑了。"

小吉有些不情愿，但又找不出反对的理由，本来刚才还想和表姐说一下林迪的事情，说一下自己一晚上的纠结，但现在表姐要嫁人的事情让他的心一下掉到冰窖里。人为什么要长大啊？小吉觉得天上的月亮仿佛也一下暗淡了许多，眼前有些发黑，两腿有些发木，只是任由表姐拉着自己在冰上打着滑地走着。表姐的手拉自己手的时候，小吉懊恼失望中有些想把她的手甩开，但表姐手心里传过来的温暖，让他一下子抓紧了表姐的手。跟着表姐向前走着，小吉内心来回翻腾着，一想表姐要嫁人，他就觉得没有力气走下去，也不想再说话了。

回到家，帮妈妈掖了掖被子，小吉闷声钻进自己的被窝。躺下很长时间，翻来覆去难以入睡，小吉脑子里全是这些天来发生的事，一会儿是接父亲班要填的各种表格，一会儿是郝老师在和自己谈前程谈未来，一会儿是妈妈流泪的样子，一会儿是表姐出嫁的情景……但想得最多的，还是林迪。

说到春暖花开带林迪去石嘴崖看那块青麻石，他当时根本没想起自己要去市里进修的安排，林迪那么郑重其事地和自己约定，他隐隐觉得不妥，但看着林迪秀气的脸上那双弯弯的眼睛，他一点儿也不想多想，毫不犹豫地答应了下来。直到送走了林迪，看着书架上那几本农业机械的书籍，他才反应过来，春暖花开的时候他根本不在小镇上了。

小吉前半夜在炕上烙饼，折腾得妈妈也跟着没怎么睡。但妈妈也没办法，想着自己拖累了小吉，妈妈在被窝里面偷偷地流眼泪。

正胡思乱想间，小吉依稀听得外面有人叫自己，一听就是林迪的声音，他裹了棉袄就跑出去，原来天早就大亮了，林迪远远地笑着招呼自己，要他带她去看青麻石。刚才还说等不到春暖花开，现在看漫山遍野开满了野花，单片片的喇叭花，满瓢瓢的野雏菊，地上的车前子开出了小紫花，摇曳在空中的是成片的向阳花，花朵们在春风里怒放着，热烈地展示着春天的魅力。小吉拉起林迪的小手，两个人在野花丛中向石嘴崖走去，原来林迪的手，和表姐的手一样温暖。小吉觉得两个人像燕子一样，不是在花丛中穿越，而是在花海上飞翔，他看到林迪在开心地笑，听到林迪在像云雀一样歌唱。

偶尔一低头，小吉突然看见棉袄破袖口露出了棉花，便赶紧偷偷用手去往里掖了掖，这个时候他可不想被林迪看见自己那破旧的袖口。林迪明亮的眼睛却早已洞察秋毫，看到小吉在往袖子里"藏"棉花，莞尔一笑，也没说话，直接拉了小吉坐到路边的石头上就给他补袖子。林迪的手真好看，飞针走线，针脚细密，和表姐做的针线一样好，小吉不由就看呆了。缝好了，林迪侧脸用牙咬断袖口的线，看到小吉还在看她，脸一红就拿手里的针假装来扎小吉。小吉虽然知道她是假意扎自己，一咧嘴，还是急忙向后躲去，不成想后边就是沟崖，一脚踏空，就往沟里摔了下去，好在沟坡上有不少野棘蔓，小吉顺手抓住那些藤蔓，但身体还是在缓缓往下坠，吓得他大声地喊叫起来："林迪，林迪，快拉我上去！"眼看着林迪在沟帮子上焦急的脸越来越远，那张脸逐渐模糊起来，又好像变成了表姐的脸，小吉再喊两声"林迪"，手中拉住的野棘蔓"咔嚓"一声断了，他直直地向沟底掉了下去……慌乱中一翻身，却发现自己还是睡在黑沉沉的炕上，身上一身冷汗，哪里还有什么鲜花和林迪，原来只是一个梦。

妈妈听得小吉在喊"林迪"，知道他做了梦，就边低声叫着小吉，边伸手来推他。小吉已经醒了过来，听到妈妈在叫自己，想着刚才梦里喊林迪，可能让妈妈听到了，内心一阵羞愧，翻了个身，假装又睡着了。

装睡也是件辛苦的事情，小吉装了没多久就真的睡着了。这一次，他睡得很沉，很沉。

六

若教眼底无离恨，不信人间有白头

突然开播的大喇叭，把吉连胜从梦中惊醒，他一下子坐了起来，黑漆漆的房间里透着一股寒气。原来院子里架在楼顶的高音喇叭正转播中央人民广播电台的特别播报。

灯亮了，四张上下铺，除了靠门那张下铺没睡人外，其他的六个人都起了身。这是到市农业机械学校进修的第三天，前两天早晨都是被起床号叫醒，然后集合起来到操场上跑操，再回教室上早自习，但今早没听到号声，直接被广播声吵醒了。边听广播边穿衣服，大家逐渐清醒过来。

寒假过去得既快又慢。快到寒假结束的时候，顾站长张罗着送小吉到市里进修。于小吉而言，还没完全适应农机站的工作和生活，就又要去一个新环境，恍然觉得这一个多月转眼就过去了；慢则是他在每一天黄昏来临直到清晨的那些思念林迪的漫漫长夜，时间过得静止了一般，太慢，太慢……

林迪一去，杳无音信。

小吉几次冲动起来，想去城里找林迪，但想到即使坐长途车进了城，学校放假，自己又根本不知道林迪的家在哪里，上哪里去找她。所以，要找林迪，还是要等到开学吧。

学徒的工作，其实是给师傅打下手。顾援朝亲自带小吉，他是个刚直的汉子，很多的时候重在身教，言传很少，他对小吉的要求丝毫不放松，做不好的事情，就一遍一遍地要求他重复去做。比如清扫工作面，别的师父本来就大大咧咧的，所以对学徒几乎没什么要求，但老顾却是不允许任何形式的脏乱差发生。每次完成一项检修，他就要求小吉把环境和工具都整理好擦洗干净归置整齐，没达到他的标准，那就再来一遍。

老顾要求小吉每天天不亮就要到农机站来，和其他几位年轻人一起去发动拖拉机。农机站的几台拖拉机在这严冬里要发动起来就不是件容易的事情，虽然是大家一起干，但每天发动车的事情都会让小吉在冰天雪地里出几身汗。

首先要在发动机下面用炭火盆烤一阵，让发动机里的机油软化些，然后用铁摇臂去带动发动机打火。摇车就是个力气活儿，有时候几个人轮流摇了半天，却就是打不着。每次看到柴油机排气筒里开始"突突突"地正常往外喷黑烟，小吉就会开心地站到一边去享受那一刻成功的喜悦。

该出车的都走了后，老顾会带着小吉和那些躺下不肯积极干活的机器做斗争。小吉虽然就是扛个大杠递个改锥扳手的工作，但也很忙碌充实。没干几天，小吉新发的一套棉工作服已经是油渍斑斑，栽绒帽下面稚嫩的面孔上蹭上几道黑黑的机油，开始有些老工人的样子了。让老顾感觉意外且惊喜的是，小吉学东西非常快，机器上的部件和工作原理，只要说一遍他就能记住，再遇到相同的问题总是能按照老顾前面所教的去检修，比别的学徒上手快了许多。

空闲的时候，小吉还是会对着那五张纸发呆，纸上的清香已经散发得差不多闻不到了，但每次打开的时候，小吉心里就能感受到那股让他舒畅的气息，他会闭上眼睛，静静地享受那一刻。老顾在院子里面喊起来，小吉就会赶紧睁开眼，一边答应着，一边仔细地把那几张纸夹到政治课本里，小心翼翼地放到抽屉中。

过了腊月二十五，农机站开始放假。放假前，老顾联系老战友，从山里林场拉回来一拖拉机废木料，分给大家拿回家去大年初一早上点"旺火"用，其实就是让职工家里多一些引火柴，省得大过年的还去山上砍荆条当柴火。

小吉也领到了几块大木头，他就在院子里用大斧子劈成小块，每天回家的时候带几块回去。有一块木头，又沉又硬，非常难劈，老顾过来看了看说，这个榆木疙瘩，要不是长拧巴了，倒也是块好材料，劈不开也别硬砍了，晾上一个夏天，干透了就好劈了。

小吉从地上捡起两小块劈下来的榆木，心里有了主意：他每次看那几张图的时候，就想着做两个日晷，自己留一个，送一个给林迪。现在有了这两块硬木头，正好可以试试自己的"手艺"。

榆木实在是太硬了。上小学的时候，班主任李老师老说班上一位差生的脑袋是"榆木疙瘩"，当时小吉不是很理解，现在自己用榆木做东西，才知道李老师的比喻是多么恰当。好在农机站有的是工具，还有一台小车床，虽然老旧，但还是可以用。小吉和管配件的老吴套了半天近乎，老吴就给他用车床把两块榆木镟了两个扁圆柱出来，小吉如获至宝，日晷算是有了雏形。

小吉用砂纸细细打磨着这两块榆木宝贝，直到木头圆润光洁到没有半点毛刺儿。林迪给的几张图，有一张是日晷正面视图，有了样本，小吉就用铅笔把那些同心圆和刻度一点一点地描在木头上，然后用刻刀细细地去雕琢，日晷上的刻痕清晰细腻，比当初教室里那粉笔做的光影记号精致多了，简直就是冷兵器时代的大刀长矛和基干民兵背着的冲锋枪的差距。每每想到他精心制作的日晷会放到林迪的书桌上，小吉内心就无比欢欣，笑容不自觉地在脸上绽放开来。

过完春节假期，农机站开工了。小吉去库房里找来两根废铁丝，同样用砂纸打磨到发亮，装到榆木中间打好的小孔里，日晷就基本成型了。中午时分，小吉会把日晷放到窗台上，仔细观察着太阳的投影，记录着指针光影走过各个刻度的时间，想起在学校里挨饿熬着下课的时候，内心还是有一种说不出来的滋味。

白天都在辛苦且快乐的工作中度过，但夜晚的降临则会给把焦虑带给小吉。困扰小吉的还是和林迪的两个约定：自学高中课程，春暖花开去看青麻石。他虽然总是提醒自己去看课本，但除了那本夹着图纸的政治书，他一次都没有拿起过课本。那两个约定逐渐变得模糊，变得遥不可及。随着时间的推移，小吉心里开始产生了怀疑，林迪真的来过吗？真的和他有约定吗？这一切是不是他自己想象出来的？只有当他从政治书里拿出那五张图纸，他才会回归到现实的真实。他暗暗提醒自己，无论是不是要自学高中课程，无论会不会像梦里那样在春暖花开的时候带林迪去看青麻石，他一定要把自己亲手做的日晷送给林迪，必须当面送给她！

送日晷的想法又变成了小吉给自己规定的一项任务，他计划着等开学后去县中学去找林迪。他想象着从教室里把她叫出来，或者在下课后回宿舍的路上假装和她擦肩而过的时候突然叫住她，把日晷送到她手上。她那弯弯的眼睛里会是怎样的惊喜？那情景会多么令人开心啊！

开学的日子到了，小吉还没找好去县里的时间，老顾却已经安排到市里采购柴油机零件的车，顺道把小吉送到市农业机械学校去。小吉虽然暗暗焦急，但顾站长已经安排好了，自己就只能服从了。

同宿舍的钟跃进和小吉是一个县的，他的父亲是县粮食局局长，高中毕业后，他父亲找人把他安排到了县供销合作社上班，已经参加工作两年了。这次钟跃进也是被"选派"出来，到市农业机械学校进修。据他自己说，完成进修后就可以进入省农学院学习。大家也不知道他是不是在吹牛，但看他每天器宇轩昂地进进出出，还真当他是一位真神。

一个宿舍七个人，小吉年龄是最小的，其他六位都比他大。在钟跃进看来，虽然小吉来自同一个县，但他就是个小屁孩儿，啥啥都不懂，要不是沾了接父亲班的光，还是个在学校里啃书的生瓜蛋子。他并不曾想过，要是他没有一个当局长的父亲，他凭什么进县供销合作社，又凭什么来进修？钟跃进性格傲慢，对谁都一副高高在上的栏子，唯独对宿舍里唯一的退伍军人杜少辉比较客气。小吉总觉得那是因为杜少辉平时话很少，天生一张铁青脸，冷不丁看谁一眼都是要打人的样子，钟跃进不敢惹他罢了。

当然，最让小吉闹心的，是这个钟跃进第一天来就宣称自己有女朋友，还拿出了一张一寸小照片向大家炫耀，而那张照片上梳着一对麻花儿辫子眼睛弯弯的漂亮女孩儿，分明就是林迪。

这三天来，小吉即使在课堂上也是心神不宁，眼前总是闪过钟跃进那副得意扬扬的样子，内心里百思不得其解。可是钟跃进那么说，而且手里还有林迪的照片，难道世界上还有另外一个长得和林迪一模一样的女孩子？事情怎么会是这样呢？不可能啊！林迪，你怎么能和钟跃进这样的人在一起？

上了几天课，眼看快到星期日了。小吉内心里那蠢蠢欲动的小秧苗随着休息日的临近逐渐滋生长大，星期天回县里找林迪的念头也逐渐坚定起来。

星期六中午吃完饭，钟跃进宣布，下午只有两节课，他已经向班主任曹老师请假，回县里去看女朋友。小吉当时就有些蒙了：什么？钟跃进凭什么这样张狂？凭什么这就回去看女朋友？他回去是看林迪吗？自己谋划了好几天回县里的事情，也只是想着明天上午搭公共汽车回县里，去学校找林迪，可是钟跃进今天下午就要回去，还那么一副狂妄的样子？钟跃进的几句话把小吉原来设想的周密计划冲了个七零八落，他内心乱成了一锅粥。

下午的两节课是讲能量转化的，这个课本来是小吉最喜欢的一门课，尤其是柴油在气缸里燃烧，把热能转化成机械能，通过活塞带动机器运转，这种奇妙的联动让小吉产生了很多遐想，总有种自己去发明一种装置把热能和机械能的转化利用发挥到极致的幻想产生。可是，今天上课，小吉看着前面钟跃进空着的座位，老师讲的一句也没听进去。老师在黑板上画机械图，各种粉笔线绕来绕去，在小吉眼里，那些线都在勾勒着那个弯弯眼睛的林迪的轮廓。他的心，已经飞回县中学了。

又是一个难以入眠的夜晚，一想到钟跃进和林迪在一起的样子，小吉就情不自禁地想马上起床下地，一路跑回去，跑回到县里。

林迪，林迪！等着我，别忘了春暖花开的约定，我们一起去看青麻石……小吉心里呼唤着那个名字，眼睛瞪着黑漆漆的天花板，等待着黎明的到来。

七

愁因薄暮起，兴是清秋发。时见归村人，沙行渡头歇。

天麻麻亮的时候，老吉醒了。他看了看手机上的时间，离定的闹钟还有十几分钟。差不多也到点儿了，老吉翻身起来，把床头保温杯里的热水喝完，定了定神就下了地。

不想惊动表姐表姐夫，老吉悄悄地穿好衣服，背起随身包，也没洗漱就出门了。

出到门外，有些清冷的空气让老吉激灵一下，人马上完全清醒过来了。天色微明，东方已经现出霞光，老吉瞩目天际，略微有些担心，谚语云"朝霞有雨晚霞晴"，这看着有些绚烂的朝霞，可别给招来一场雨来，今天和梅哲诗约好了，要去林迪的墓地的。想起昨晚的天气预报说好像降水概率不高，雨应该不会来给这份陈年的情感加戏吧？

迎着万道霞光，老吉出了小镇，折向北边的山梁向上攀行。看着漫山遍野的野花，老吉想起少年时候的那个梦，恍然好像真的拉起过林迪的手在这花丛里穿行，虽然理智告诉他那只是个梦，但第一次拉林迪的手的感觉，真的是那么温热，到底是在梦里，还是现实中？老吉模糊的记忆出现了混乱，怎么只记得林迪手的温热，却忘记了是在现实还是在梦里……

老吉前天就想好了，去山上采集一大束野花，送给已经在另一个世界的林迪，让林迪看一眼春暖花开的时候漫山遍野的野花，那单片片的喇叭花，那满瓢瓢的野雏菊，那地上的车前子开出的小紫花，那摇曳在空中的成片的向阳花……就让当年春暖花开的约定，以这样的方式实现吧。

沿着山路一路走过去，到达石嘴崖的时候，天已经大亮了，老吉衣服袖子和裤腿都已经被露水打湿，怀里却已是一大抱散发着清香的野花。石嘴崖的青麻石已经没有了，老吉到现在还是不知道林迪为什么会把这块青麻石带去了县城，去做那个新时代纪念碑的基座，也许，除了已经去了另一个世界的林迪，没有人再能告诉他事情的原委和真相了。老吉伫立在山口，望着东方蓬勃而出

30

的红日，耳边仿佛又响起了那首悠远嘹亮的民歌："是我的哥哥你就招一招你的手，不是我的哥哥你走你的路……"

从山上回来，表姐和姐夫早已起床，正在院子里浇菜。看到老吉湿漉漉地抱了一抱花进来，表姐赶紧过来帮他把花放下，让他去换件干衣服。换了衣服，老吉拿出昨天备好的彩纸彩带，细心地去把那些野花扎成一个美丽的花束。

吃了早饭，老吉准备出门，表姐拿过来一个篮子，里面是四色点心和小菜，还有香烛纸钱。老吉有些感动，自从母亲去世以后，最亲最近的就是表姐了。自己已经年过花甲，但还是处处都要表姐照顾，表姐跟自己的母亲一样，关心自己生活的点点滴滴。她没办法让他放弃去看林迪的想法，就默默地为他的出行做了这么多的准备。看着表姐拿过来的篮子，老吉胸口里又有些异样的情绪涌动，沉吟片刻，老吉还是和表姐说，不用这些东西了，只带一束自己采摘的野花就好。表姐看了老吉一眼，把篮子放到旁边，叮嘱他早去早回，略一停顿，又跟了一句："年纪大了，别跟年轻人似的瞎激动，别让姐给你操心。"

老吉答应着，又和表姐说中午不用等他回来吃饭，和姐夫也打了招呼，老吉出了门。

抱着鲜花上公共汽车，老吉还是挺引人瞩目的。花白头发的他，身板还是挺直的，一身蓝黑色立领中山装，金边的眼镜，老吉自觉自己自有一番不同的气度，但一想到再也见不到那个曾经最欣赏自己的人，知道自己这样的装束其实已经没有什么意义了。公共汽车上后排座位上一个小年轻故意大声和旁边自己的女伴说笑，女伴咯咯地笑着。

旁边座位是一位中年的黑汉子，对着手机大声说话，一口一句粗口，老吉把无线耳机戴上，调到主动降噪模式，周围一切都安静了下来，杰奎琳·杜普雷低沉的大提琴乐曲《殇》从耳机里传来，老吉深吸一口气，闭上了眼睛。

到达县城的汽车站，小梅已经在那里等候。小梅的丈夫是市理工学院的一位教哲学的老师，名叫任可武，文质彬彬，和老吉打了招呼，就上车出城一路向东开去。为避免尴尬，老吉随口问起了市理工学院的情况，可武说就是原来的物资学校、农业机械学校和煤炭学校合并成立的一所二本。听到农业机械学校，老吉不禁想起了在那里进修的三个月的日子，尤其是入学的第一个星期，那个永生难忘的星期天。

天还没亮，小吉就醒了。为了不惊醒室友，他蹑手蹑脚地穿好衣服，简单洗漱后，背起老顾给的军挎包，伸手摸了摸包里用纸包了又包的两个榆木日晷，出了宿舍楼。

正月还没过完，黎明的寒风一阵紧似一阵，小吉缩着脖子跑到刚刚开门的食堂，买了两个馒头揣在怀里，直奔长途汽车站而去。

从市里回县城，五十多公里的路，长途车大约要走一个半小时。乘上车已经是早上八点多了，车上的人不多，小吉坐在车后边一个靠窗的位置上，把军挎搂在怀里，通过冻着冰花的车窗看着车外的风景。汽车在冬日光秃秃的黄土高原上奔跑着，东方天边太阳懒洋洋地从地平线上升了起来，红红的，还有些发暗，并不刺眼，也感觉不到一丝温暖。

凭着对林迪的满心喜欢"策划"了这次行动，但坐上车以后小吉才发现，这次行动只有开头是经过"深思熟虑"的，就是赶早班车回去，找到林迪澄清钟跃进说的"情况"，别的事情都是两眼一抹黑，全等回去了再说，根本就没有细想。现在坐在长途车上往回走，见了林迪要怎么说，怎么解释自己不能履行那春暖花开的约定，怎么解释自己一个寒假都没有学习更别说完成自学高中课程参加高考，小吉了无头绪。如果这些约定都没有了，那林迪还能对自己好吗？

小吉前一个问题还没想明白，另一个问题突然就出现在眼前：林迪说过她家已经搬到了县城，不用住校了，今天可是星期天呀，林迪会去学校吗？如果林迪不在学校，自己上哪里去找她？满县城转悠着去找，那无异于大海捞针啊！小吉真是有些心焦了。

想不明白就不想了，小吉横下心来，别的都不管，今天就是要找到林迪，就是要把榆木日晷送给她，只要送了，今天回县里的任务就完成了。无论林迪怎么看怎么想，他的行动代表了一切！

进了学校大门，周日的校院格外安静，路边的两排钻天杨笔挺站立，几只麻雀在有些发抖的树枝上不时发出一两声简短的鸣叫。大路两旁分列着几排教室，远处一个宽大的拱形门洞，通向小吉曾经坚持晨跑的大操场。

小吉突然有些迈不动步了，他想起背过的一首古诗里好像有一句叫"近乡情更怯，不敢问来人"，这个时候到学校，碰到原来的同学则罢了，要是遇上班主任郝老师，自己怎么解释来学校的目的。想到这一层，小吉没有走中间的大马路，更有意识地避开办公区办公楼，从侧面小路直奔教室。

因为天气寒冷，教室外面空无一人，小吉溜到教室的后门，慢慢推开一点儿门缝向里看去。教室里很安静，稀稀落落坐着些同学，基本上都在看书写作业。显然，家在城里的同学今天几乎都没来。教室后部有一位男生正侧着脸看向旁边，小吉顺着他的视线看去，原来那位男生是在看他同乡的一位女生。那个女生看起来好像在看书，但注意力也并不在书上，有些故意地侧脸过来，带着点儿娇羞之色，一副若有所思的样子。

林迪的座位果然空着，虽然早在预料之中，但小吉还是有些失落有些茫然，一时不知道该怎么办。自己原来的座位上坐了一位女生，正在伏案疾书，看背影好像是和自己同镇的吴怡。小吉心里突然升起了一个愿望，那就是进去看一眼窗台上自己用粉笔做的记号还在不在，但这个想法又很快被按了下去。想到早已经不是这个班上的学生了，小吉有些沮丧地退了下来，把教室门轻轻地关上了。

"吉连胜？你咋回来了？是要复学了吗？"小吉被背后传来的声音吓了一跳，回身去看，原来是上个学期和自己相处得很好的同学辛世远。

"辛世远，我接了我爸的班，不能再来上学了。"看到是好朋友，小吉紧张的心情舒缓了许多。

"那你小子来学校也不是看我的吧？"辛世远一把拍在小吉的肩上，小吉往后一躲，假装被他拍疼了，故意"哎哟"一声叫了起来，两个人一起开心地笑了起来。

随便聊着天，小吉的心里却一直在激烈地斗争着，来学校见不到林迪，到底该怎么办？辛世远也发现小吉有些心神不宁，就收住话头，问小吉到底有什么事儿，要不要哥们儿帮忙。小吉狠了狠心，说是来找吴怡的。辛世远有些奇怪地看了一眼小吉，随后想到吴怡和小吉都来自小镇，就恍然大悟了，又是一巴掌拍到小吉的膀子上，哈哈一笑说："你小子色大胆小，不敢进去喊人是吧？你等着，哥给你叫去。"

小吉被世远拍得一咧嘴，但神情却是默许的，世远就扭头奔教室去了。

几分钟过去了，辛世远还没出来，小吉感觉跟过了一个世纪似的。不知道发生了什么事，小吉再次来到教室的后门从门缝往里瞧，却见辛世远站在教室后边抓耳挠腮，并没有去教室前面找吴怡。小吉马上明白了，这个家伙也是个纸老虎，吹了牛却又不敢当着那么多同学真的去和吴怡说。小吉又好气又好笑，正着急间，却见辛世远好像下了天大的决心，咬了咬牙，一跺脚，眼睛咕噜噜向周围的同学看了看，就向吴怡的座位走了过去。

小吉看到辛世远去找吴怡了，就从后门边退到教室的旁边，心里在想怎么和吴怡说，让她帮忙找林迪。

正思忖间，辛世远鬼头鬼脑一路小跑溜了过来，又要伸手拍小吉，小吉赶紧闪身躲开。辛世远就嘟嘟囔囔地说："躲啥躲，哥这可是为朋友两肋插刀，你迎亲的时候可别忘了哥们儿！"

看到吴怡并没有出来，小吉就有些懊恼，瞪了一眼世远："我都看见了，你不敢和吴怡说，就在这里瞎嘞嘞，有意思吗？"

　　世远一下子急了，颇带委屈地说："你看见啥了？我怎么没说？光天化日的，我给你叫女生出来，郝老师要是知道了，我还能在班上念书吗？"

　　二人正相互抱怨间，吴怡从教室门里走了出来。也许感觉到有些冷，她用一块红黄格子头巾对角打折，从头顶上罩下来，包住大半个脸，围巾的两个角在下巴的地方打了个结。她边把耳朵和鬓角的头发掖到围巾里，边左右看了看。当看到辛世远这边是两个男生，吴怡就有些犹豫，稍一迟疑，还是低着头慢慢地走了过来。

　　吴怡在距离两人两米多的地方停住了脚步，低着头，看着地，脸孔红红的，也不说话。辛世远看了看小吉，又瞅了瞅吴怡，撂下一句"是他找你的"，转身跑掉了。

　　虽然是一个镇上的，小吉家和吴怡家偶尔有些往来，但从小学毕业以后，两个人就从来没有面对面说过话。吴怡的脸更红了，抬头快速瞟了小吉一眼，就又低下头去。

　　"你知道林迪住哪里？能帮我找一下她吗？"小吉鼓足勇气，几乎用了全身的力气，才把要问的话说了出来。

　　听到小吉的话，吴怡一愣，慢慢地抬起了头，神情有些失望有些恼怒，脸上的红晕慢慢退去，鼻梁两侧的几粒小雀斑逐渐清晰起来，长长的睫毛下那双乌溜溜的眼睛盯着小吉，分明是在说："原来你不是来找我，是找林迪的呀！"

　　天空中一只乌鸦路过，"呜哇呜哇"的叫声裹在寒风里，聒噪着远去了。小吉闪烁的眼神看着吴怡，心里一阵慌乱，一时竟不知道说什么才好。

八

天下有多大，随它去宽广；大路有多远，思念长万丈。

站在林迪的墓碑前，老吉反倒不像之前想象的那么悲伤了。

下葬的时间不长，坟头上的土还是新盖上去的样子，周围零星长出了些小草，稀稀落落。

任可武张罗着清理了墓碑边的一些杂物，上了三炷香，焚化了纸钱，鞠了躬，就退回到墓地外面停车的地方去了。梅哲诗向老吉确认不用她陪，也跟着可武回到了车上。

老吉把手中的那束野花，摆放在墓碑前。凝视墓碑上林迪的照片良久，老吉觉得照片上的人并不是自己记忆里林迪的样子，除了一双弯弯的眼睛依稀有些相似，别的都是那么陌生。有那么几秒钟，老吉甚至怀疑，小梅她们是不是搞错了，这墓中的，根本就不是林迪。

近午的阳光有些晒人，老吉脑门发热，汗滴一粒粒渗了出来。他觉得自己的中山装实在穿不住了，就解开衣扣，把上衣脱了下来，平放到旁边还没长齐的草坪上，转身从双肩背包里取出那个从小梅那里拿到的日晷。他昨天已经把它"翻修"一新，对有些模糊的眭痕重新做了些刻画，中间的指针也进行了打磨调校。今天带着榆木日晷到林迪墓前，跟那年跑回县城去林迪家的心境，竟然又有了些许相似。老吉又去包里取出一个封装好的立式大信封，信封上端端正正六个楷体大字：林迪（小姐）亲启。老吉把两样物事放在墓碑前，默祷了三分钟，打开那个信封，取出两张按同辈礼敬方式折叠的蓝格信笺来，展开信笺，上面是整齐的竖排工笔小楷，正是老吉昨天在桌前坐了一个下午写的祭词。

老吉抬头看了看天空。骄阳似火，周围并无半点树荫，四下无人，只有远处天边传来几声云雀的单调鸣叫，衬托着这阴阳两隔的孤寂。老吉展开信笺，清了清嗓子，对着林迪的墓碑朗声开读：

青山绿水，白云悠悠。

辗转千载，难别情愁。

双木灼灼，由车聚首。

美目盼兮，顾予左右

蒙卿错爱，一诺双修。

青鸟探看，缳飞金钩。

苦难相伴，青春袭人。

琴心秀胆，倾力支撑。

昼夜萦绕，翩若惊鸿。

麻石记事，日晷留痕。

今夕何年，难见故人。

士口肠断，连胜凄清。

怅然悲歌，宫角微音。

蕙茞辟芷，兰秋桂菁。

卿岂踽踽，魂断鄂城。

天见际遇，一魄有灵。

引余至此，伏枥随行。

碧落黄泉，雁心归南。

呜呼我爱，情何以堪。

老耄将至，残躯熬煎。

上苍有鉴，啸宇九天。

与卿相许，来世尘凡。

不求比翼，旦无离翰。

伏惟尚飨，勿嗔妄言。

读毕，老吉极力控制着内心的激动，依旧按原折痕折叠好祭词，封入信封中。划火柴的时候，手却抖得几乎抓不住火柴盒，终于划着了，老吉把那祭词和榆木日晷放在一起点燃，装着祭词的信封很快灰飞烟尽，日晷却一时难以烧完。老吉就地坐了下来，静静地看着那一缕青烟缓缓上升，然后消散在空中，眼前闪过林迪第一次到农机站找自己，两个人分吃一盒白菜豆腐四个馒头的情景，泪水再一次模糊了双眼。

直到日晷的榆木部分都已烧化，老吉才从灰烬中捡起那个发灰的铁丝指针，把它慢慢埋到墓碑前的土里，手触到草皮下凉凉的泥土，老吉想起那句"来自尘土复归于尘土"的宗教箴言，心中又是一阵喟叹。

　　缓缓起身，拿起上衣和双肩包，整肃伫立，老吉的目光再次在墓碑上停留片刻，想起那年从林迪家出来，自己心里想还会再来的，可今天之后，他还会再来看林迪吗？

　　回城的路上，巨大的疲惫一下子袭来，这三天紧绷的思绪一下子放松下来，老吉瘫坐在小车的后座上，竟然睡着了。

　　面对吴怡略带恼怒和疑问的眼神，小吉脑子里快速转着要怎样才能让吴怡帮自己去找林迪的法子。

　　"嗯，开学多长时间了？"小吉终于找出了消除当前窘态的一句话，其实不用问他也知道，老顾安排车送他到市农业机械学院培训的那天，他远远地看见吴怡在镇公交站等车进城，开学的时间应该和自己差不多。

　　"一星期了。"吴怡并未觉得小吉明知故问，但还是隔了几秒才回答。气氛又一次陷入了尴尬，吴怡的目光不再像之前那么逼人，脸又有些红了，头低了下去。

　　"别在这儿说话。"吴怡突然抬起头来，低声说道。

　　小吉马上就明白了吴怡的意思，她不想让同学或者老师看见她在和他说话，想了想就转身快步向那个操场的拱门走去。吴怡迟疑了一下，也小步跟了上去。

　　空旷的操场上一个人都没有。跑道围着的足球场上，一个球门翻倒在场边，另一个球门显得孤零零的，一副落寞的样子。径赛场边的单、双杠虽然立在那里，但在冬日的寒风中也显得有些没精打采。

　　小吉和吴怡一前一后走到离拱门边不太远的一排胡杨树下，有意无意用那几棵歪歪扭扭的胡杨把自己"掩蔽"起来。再次相对，两个人就少了些站在教室前的别扭，站立的姿势也放松了下来。

　　"你们家的事，我听你表姐来我们家和我妈说了。"吴怡瞟了一眼小吉先开了口，"你不用再在学校念书受苦，当工人挣工资了，吃上了国家的饭，挺好的。"

　　"也不是，我这不是没办法吗？"小吉挠了挠头，说话有些不利索，他心里着急的是去找林迪。

　　"你找林迪有什么事。"吴怡终于问到了"正题"，小吉又紧张起来。

　　刚才从操场大门往这边走，小吉就在心里想着吴怡如果问找林迪的事由，自己到底该如何回答，多种答案在脑子里转一下就都被否决掉了，直接说喜欢林迪肯定不行，说找林迪问问题也不行，说帮人找林迪那更是瞎话，直到现在吴怡问他了，他还是没想好怎么回答。

　　"我，我还她东西。"小吉终于找了个理由，一说出来自己就后悔了，但实在没办法，但凡诚实行得通，谁又愿意撒谎？

　　"啥东西？"吴怡也有些好奇，啥东西值得小吉大老远跑来送还？

　　"一块橡皮。"被逼到悬崖边上，小吉索性破罐子破摔，扯个弥天大谎和撒个小谎其实没什么差别了。

　　"一块橡皮？"吴怡乌溜溜的眼珠瞪了起来，她无法相信小吉居然用这样的话来搪塞她。

　　"呃，也不是，我上学期借了她的钱，要还她。"这次小吉突然就把话说利索了，欠债还钱，天经地义，吴怡应该没什么话好说了吧！

　　"这样啊……你借了她多少钱？"吴怡还是有疑问，但很快觉得这个不是自己应该问的，就把话头转了回来："你不来上学了，郝老师就让我坐你原来的座位，林迪挺好的，经常帮我解答问题。"

　　"你知道她家住哪里吗？"小吉赶紧打断吴怡的话，找到林迪的希望就寄托在吴怡身上了。

　　"具体位置我也不知道，不过我听她说过，她们家搬来的时候他爸爸单位临时给安排在粮食局的一个家属院里。好像是 2 号，我记不清楚了。"吴怡已经完全放松了，说话自然了许多。

　　"粮食局家属院，你知道在啥地方吗？"小吉听吴怡提供了大概范围，但对粮食局家属院在城里什么位置依然没有概念。

　　"我也没去过。不过，好像在将军巷粮食局附近吧。"吴怡这次回答直接了许多，眼睛看着小吉，脸又红了，显然，她挺想和小吉一起去。

　　小吉也觉察到了吴怡的神情有异，但带不带吴怡去又让他很是踌躇，让吴怡带着自己去找林迪的家当然要容易些，而且面对林迪家人的时候也比自己一个人贸然上门好说；不过，带了吴怡最大的麻烦就是极有可能失去和林迪单独说话的机会，如果找到林迪之后让吴怡自己回学校，那也说不过去。

　　考量再三，带吴怡去的理由可以有千万个，但一个"不能和林迪单独在一起"就全部否决掉了，小吉觉得既然已经知道是将军巷附近的粮食局家属院，那就应该不愁找到了。

　　小吉向吴怡说了自己去找林迪家的话，吴怡眼神里充满了失望。小吉隐隐觉得不忍，就说吴怡回镇里如果有什么需要，可以到农机站找他，他一定帮忙。想了想，又补充说他现在正在市农机学校进修，如果需要他从市里带什么东西，也可以告诉他。

　　吴怡看出小吉着急要走的意思，就故意沉吟了一下，又做出一个思考的样子，然后才说最近看到班上有位同学手里有一本数学参考书非常好，书名是《数学千题解》，县里的新华书店没这个书，如果小吉在市里新华书店看到了，就帮忙买一本，书钱请他先垫着，到时候再给他。跟在小吉身后走出了操场，吴怡看着他头也不回急匆匆地向学校大门走去，四下里扫了一眼空荡荡的校园，发现并没有人注意到自己和小吉刚才的"接头"，内心里微微有些失望，怏怏地回教室学习去了。

小吉走向校门口的时候，并不是没想到要回头。辛世远帮自己叫了吴怡，吴怡给自己提供了找到林迪的重要线索，他都应该有所表示，但他现在一门心思要尽快找到林迪，别的都顾不上了。辛世远，下次请他吃烧饼吧，想到烧饼，他又想起那些难挨的第四节课，不过，他现在有了工资收入，请他吃烧饼还是吃得起了；而吴怡，下星期去书店看看，争取给她买到《数学千题解》，当然，也要买一本送给林迪，既然是好书，那刻苦努力学习的林迪更应该拥有一本。

将军巷是县城里一条比较有名的古老街巷，据说当年八国联军打进北京，慈禧太后带着光绪皇帝"西狩"经过本县，就住在那里的一个大户人家的院子里。小吉虽然没有去过，但大概位置还是知道的，应该是在县城十字街以西的某个地方。

临近中午，天空上飘过朵朵白云，刺骨的小北风也停了，阳光给人以少许温暖的感觉。这已经足够了，小言感觉从里到外都暖洋洋的。从学校出来，小吉凭着印象欢欣鼓舞地向将军巷奔去。

看到前面一排敞亮的商店，小吉知道已经接近了将军巷。仔细看着走过的大门的标牌，都是将军巷几号几号，原来县里的重要部门都集中在这条街上，物资局、商业局、文化局、财政局……一家一家看过去，终于看到了挂着白底黑字木制大牌子的粮食局大门，小吉又有些迟疑了。

鼓起勇气，他走到粮食局门房处去敲门。门房里烟雾缭绕，大火炉旁边有两个人在下棋，口里正吆喝着"吃车吃车"，旁边还有三两位在观战，对敲门进来的小吉并不理睬。小吉再次大声询问："各位叔，粮食局家属院在哪边？"

一个微胖的中年人回过头来，打量了小吉一眼，嘴里说着"你找谁"就又转头去看棋了。小吉想了想说，找从外县调来的一位姓林的。那人转来又看了小吉一眼，说道："你是找林局长是吧？旁边胡同进去，2号院。"边说边用手去扒拉那位拿起棋子要走的老头儿，嘴里嚷嚷道："臭棋篓子，哪能吃车？人家将你的军呢！"

有了指引，小吉抽身从门房出来，跑向旁边的小巷。2号就在离巷口不远的地方，两扇普通的木质大门，上面过年贴的春联，写的是"四海翻腾云水怒，五洲震荡风雷急"，用的是毛主席的诗词，这气吞山河的气势，镇守一个大门足够了！小吉朝巷子两边看看，并没有什么人，凑到门上通过门缝往里看。那门虽然有些破旧，但质地紧密，居然什么都看不见。小吉依稀听得院子里人家有人在说话，便把耳朵凑到门上，但里面的人说的是什么却依然不甚分明。

小吉狠了狠心，觉得既来之则安之，也不能再犹豫了，壮了胆子去敲门。

听到里面有人答应了，小吉开始有些心慌。

正觉得手足无措间，门开了，出来的是一位披着大衣的中年妇女，一双弯弯的眼睛看着门外的小吉，开口问道："你找谁?"

九

梅花不品伤心泪，化作飘飞玉雪身。

"吉叔，醒醒，咱们到家了。"梅哲诗的轻声呼唤，把睡得很沉的老吉叫醒来。

歪在小车后座上的老吉睁开眼，一时有些茫然，等看到小梅带着笑意的弯弯的眼睛，才想起这是刚刚从林迪的墓地返回县城。看到小梅从副驾的位置上递过来的纸巾，老吉知道自己刚才睡得太沉，睡相定是颇为不雅。

离开墓地刚上车的时候，老吉潜意识里有种期望，那就是林迪会到自己的梦里来和自己说说话。刚才一上车倦意来袭，老吉的脑子里就闪过《唐人传奇》里常有的情节，这是有人要来托梦了啊，但老吉这个想法在脑子里还没转开的时候，他已经酣然入睡。

被小梅叫醒过来，老吉回想起睡前的情景，却为"魂魄不曾来入梦"感到一丝遗憾。也许，和林迪的缘分真的是早已尽了吧，要不然为什么他看到墓碑上林迪的照片，怎么会感觉有些陌生呢？

按了按微痛的太阳穴，舒缓着压麻了的双腿，老吉下了车。任可武早已收拾好东西，又来帮老吉拿了双肩包，先一步上楼去了。

第二次来小梅家的小区，老吉心头却萦绕着一种恍惚的感觉，好像自己来过好多次，对这里似乎非常熟悉。穿过小区绿化带中间碎石铺的小路，脚底小石块的凹凸感让老吉这种熟悉感愈加清晰。正午的阳光从银杏树叶子中间洒落下来，地上斑驳的影子摇曳间让老吉觉得好像有什么东西在地面上浮动。一只画眉鸟落在树梢上，单调慵懒地叫了几声，一种巨大的空灵感环绕着老吉，仿佛有个悠长高亢的声音从远处隐约传来，那不正是那首《信天游》吗："是我的哥哥你就招一招手，不是我的哥哥你走你的路……"他觉得有些晕眩，下意识地停住脚步，不再前行。

走在前面的小梅感觉到老吉没有跟上来，回头看了一眼，发现老吉站在那里不走了，眼神有些空洞，就赶紧返回来招呼他："吉叔，您没事儿吧？"

　　小梅轻柔的声音让老吉摆脱了那种空灵的感觉，回到了现实中，耳边那歌声也随之消失了。树梢上那只画眉鸟用尖尖的小嘴理了几下背上的羽毛，一展翅膀，飞向了高空。

　　"茜茜！"进了门，小梅边招呼老吉进屋边朝里面喊道。一个留着娃娃头的小姑娘从里面的一个房间跑了出来。小梅招呼着孩子："茜茜，叫姥爷！"又回头对老吉说："吉叔，我女儿茜茜，在市里上小学，五年级了，明年小升初呢。"小女孩儿听到妈妈介绍自己，略微有些羞涩地望向老吉，笑着喊了一声"姥爷好！"

　　老吉迎着跑出来的茜茜看过去，孩子那双清澈明亮的眼睛让老吉心里不由就是一紧，这弯弯的眼睛，分明就是一个小号的林迪呀！老吉略一迟疑，还是赶紧答应了一声："哎，好，茜茜好！好孩子！"

　　茜茜又回屋去写作业去了，小梅洗了手，进厨房张罗午饭。可武拆了一小包真空包装的金骏眉，在茶台上边烧水泡茶，边和老吉说话。简单寒暄了几句，可武问起老吉今天在坟前烧化的物件，老吉说是一个榆木做的日晷，可武手中洗茶的水壶就停了一下。

　　昨天晚上可武带着茜茜回来，小梅说起老吉和林迪的一些事情，说老吉带走了妈妈遗物中的那个旧木头日晷，想必还是有一段故事的。听小梅这么说，可武心里就是一动，小梅还说今天要陪老吉一起去扫墓，可武觉得可能要见到的老吉就是林迪保存的那些论文的作者了。老吉一说今天在坟前焚化物件就是那个榆木日晷，可武心里已经确认那些论文应该就是出自老吉之手了。

　　洗了茶，冲好第一泡，可武把茶杯端到老吉跟前请老吉品尝，自己转身去书房里拿出一个精致的密封档案袋来。这是林迪书房抽屉里和重要票据放在一起的一个档案袋，可武整理的时候还以为是什么重要的资质文件或者证书，当时打开看，却是一个活页装订的论文复印件册子，里面有些纸张已经发黄，显然不是同一时期复印的，而论文的作者都是吉连胜。

　　可武从档案袋里取出论文复印件递给老吉，笑了笑说："吉叔，我妈珍藏的这些论文复印件，应该都是您的大作吧？"

　　老吉接过来看，第一篇论文题目是《中国古代计时探幽》，点了点头："这是我从部队转业到地方后第一年写的一篇文章，应该是发表在2004年的《思考与探索》上，还获得了当年研究院的一个奖。"论文题目下面第一作者正是吉连胜，作者单位是岭南计算研究院，那个单位名称下面，有用黑色笔标记的波浪线，旁边是个大大的惊叹号。看到那黑色波浪线和惊叹号，老吉的眼眶又湿润了，失去联系那么多年，原来林迪一直关注着自己。

老吉写这篇论文，一方面是在部队上做了多年的弹道偏转计算工作，翻阅了大量有关计时的文章，也算是小有积累；另一个更重要的因素，却是高中时候那个太阳影子的记号和林迪的日晷图成了自己的一个心结，所以在查阅大量古文献的基础上，对中国古代四大计时方法进行了探寻和整理，写成了论文。

后面的十几篇，都是老吉在各类学术刊物发表的关于计时计算方面的论文，有两篇还与建筑设计有一定关系，林迪用不同颜色的笔在这两篇论文上做了标记。简单翻过去，这个册子是按发表时间整理装订的，期间老吉换了工作单位，也被标了出来，同样打了个叹号。最后一篇，是老吉退休前写的，发表在去年十二月份的《南方人文与科技》上，是关于超稳定结构偏振控制理论与计算方法的研究，林迪在标题旁边画了个大大的问号，不知道代表何意。

老吉从来没想到，世界上真的有那么一个人，她似乎和他不在同一维度的时空中，却又仿佛上帝一般注视着他的一举一动，她关注自己的时候自己从来无感，等知道她关注的时候，却已然是阴阳两隔……如果没有看到这个册子，自己可能永远也不会知道自己在林迪心中的位置。而知道了林迪的关注，那关注却已经戛然而止，再也没有将来了……看着想着，老吉的头低了下去，低到脸都快贴到纸上了，他假装翻看着论文，不敢抬起头来，他不希望可武和小梅看到他那抑制不住的泪水。可武默默地坐在旁边，他非常理解老吉的心情，但又不知道说些什么才可以安慰老吉。想了想，可武把茶几上的纸巾盒向老吉跟前推了推，说去给水壶加水，站起来向厨房走去，把空荡荡的客厅留给了老吉。

开门出来的中年女子那双弯弯的眼睛，让小吉迅速做出了判断：出来开门的人就是林迪的妈妈。

尽管来的路上小吉在自己脑子里思考了敲门时候出现的各种可能性，包括如果是林迪的妈妈怎么应对，但现在真的面对面被问一句"你找谁"的时候，心中早是一阵慌乱，刚才脑子里的模拟"演练"全不管用。

正在小吉心中慌乱之间，一只黑猫在门缝里"喵"了一声，似乎想要往外挤，林迪妈妈轻斥一声"二黑，不许出去"，一伸腿把它挡了回去。猫的叫声让小吉脑子里乱糟糟的东西一下子清理了出去，他意识到都到了这个时候，他其实已经没有退路了。

"阿姨，林迪在家吗？我是她的同学。"小吉淡定地迎着林迪妈妈的目光，压抑着胸口狂跳的心，神态平静地说道。

林迪妈妈上下打量了一下小吉，一边拦着黑猫，一边把门让开，轻声说："林迪出去买东西了，很快就回来，你进来等她吧。"

　　小吉微笑着点了点头，向院子里走去，他感觉到自己的脸在发烧，两腿有些微微发抖，进门的时候右脚抬得不够高，鞋头踢在门槛上，让他的身体晃了两晃，好在没有摔出去。

　　进到院子里，正面是三间正房，一堂两人的格局。院子很整洁干净，也不像街上那么清冷，隔着玻璃，小吉看到西屋里好像有人。林迪妈妈俯身下去，把黑猫抱到怀里，对小吉笑了笑，带小吉穿过堂屋，进到了西边的屋子。

　　屋子里很暖和，炕上的小饭桌上排列着一排排刚捏好的饺子，锅台边的案板上还有些用来擀饺皮的面团，半盆饺子馅放在饭桌边。炕上坐着两个人，一个清瘦的中年男子正在给手里的饺子皮上放馅儿，一位十一二岁的小姑娘也坐在饭桌旁伸着秀气的小手捏饺子。

　　林迪妈妈让小吉就在靠门的炕沿边坐了，向炕上的男子说："小迪的同学，来找小迪的。"说着又转向小吉问道："你叫什么名字？找小迪啥事儿？"

　　小吉逐渐适应着屋子里的氛围，听到林迪妈妈的问话，赶紧回答道："我叫吉连胜，是林迪的同学，和她是同桌……呃，去年我家里发生了些事情，退学了，林迪帮我垫过伙食费，退学走得着急，没还她，今天来就是……"

　　"吉连胜？"炕上林迪的父亲抬头看了小吉一眼，又去捏他的饺子，嘴里说道："没听小迪说起过啊，她还帮你垫伙食费了？"

　　小吉说垫伙食费的事儿是在和吴怡说向林迪还钱的时候就想到的一个可以作为"借口"的谎言，这时话是说出去了，心里却非常忐忑，生怕林迪的父亲深究这件事情。

　　炕上的那个小姑娘却笑着嚷嚷起来："姐姐真有钱，还帮人垫伙食费！"

　　"别瞎说！"林迪妈妈制止了小女儿的搅闹，又转头和小吉说道："我听小迪说过班上一位学习很好的同学因为家庭变故退学了，我们还都感到挺可惜的，原来就是你。"林迪妈妈一副遗憾的样子，幽幽地叹了一口气，又接着说道："今天家里吃饺子，没醋了，让小迪去买点醋回来，走了一阵子了，也该回来了。"

　　林迪爸爸把包好的饺子放到桌子上整齐的饺子队列里，拍了拍手上的面粉，向后靠了靠，上下打量着小吉。

　　小吉被林父看得心里有些发毛，就低了头假装去看铺在炕上油布的图案。

　　"吉连胜，是叫吉连胜吧？嗯，这个名字不赖哦！"林父的话好像在夸小吉的名字，但语气却是冷冰冰的："你退学是参加工作了，还是……？"林父不太友善的口气让小吉感觉很不舒服，但他还是抬起头来，看了一眼这个被粮食局门房那个胖子称为"林局长"的男人。目光一接触林父那审视的神情，小吉心里不由就又一阵发慌，感觉自己像是没穿衣服一样，刚才自己的谎话恐怕早就被这个人看穿了。

"我爹去世了，我接了他的班。"小吉说到自己的情况，稍稍镇静了些。

"你爹？你家不是城里的吧？好像过了桑干河那边，都叫爹，不叫爸爸，对吧？"林父依然有些咄咄逼人。

"是，我家是桑干河南边小镇的，我爹在农机站工作，开拖拉机出了事，人没了，镇里安排我接了他的班，这段时间在市农业机械学校进修。"小吉尽量降低自己颇显急促的语速，把退学的事情简单说明了一下。

"这样啊，那你现在是在市里上学了？"林父的语气和缓了些。

"是，今天是星期天，早上从市里坐车回县里来了。"小吉本来想说是回县里找林迪来了，但想到那个"垫伙食费"就是个谎话，马上有意识地把后边的话吞了回去。

林迪妈妈用一个旧搪瓷缸给小吉倒了一缸开水，放在小吉旁边的炕沿上，看了一眼林父，回头示意小吉喝水。小吉伸手扶了一下搪瓷缸，却没把它端起来。

林父的问话让小吉感觉浑身不自在，伸手向前扶林迪妈妈放过来的水缸也觉得非常别扭，斜跨在炕沿上的腿便有些麻木了，稍微转了下身体，却也不知道自己怎么坐着才舒服些。

正难受间，院子大门一声响，有人进来了。炕上林迪的妹妹扭头从窗户玻璃向外看了看，一转身就下了炕，趿拉着鞋向外跑去，边跑边喊："姐姐回来了！姐姐回来了！姐姐，姐姐，有个男同学找你呢！"

听到林迪妹妹一通嚷嚷，小吉的心忽悠一下起来，又忽悠一下下去了，他赶紧从炕沿上下来站到地上，眼睛尽量不去看门的方向，却启动了全身的感觉细胞，接收着所有来自门外的信息。

林迪被妹妹拽着手走了进来，从外面晃眼的阳光里进来的她一下子还不能完全适应屋里的光线。林迪侧脸看向小吉，林迪的爸爸妈妈和妹妹却全在看她。小吉回过身来看向林迪，屋子里目光交错，空气仿佛凝固了一般。

那只黑猫不知道从哪里跑了出来，噌地一下跳上了炕，理了一下胡子，对着小吉叫了一声："喵呜！"

十

执笔流年，醉枕墨香。挥毫成痴，泪洒成行。

饭菜上桌，小梅招呼大家一起吃饭。老吉把自己从伤感的情绪中拉了出来，站了起来。可武把老吉让到了上首的位置，他和小梅陪坐两边，茜茜帮着妈妈来回端菜，颇有些小大人的模样。

满满一桌子菜：卤猪耳朵、凉拌绿豆芽、黄瓜丝拌凉粉、五香花生米，四个凉菜看着非常爽口；红烧带鱼、土豆炖牛肉、炝炒土豆丝、蒜蓉芥蓝，四个热菜香味四溢；中间是一盆紫菜西蔬蛋花汤，浮在汤上的细碎青菜煞是诱人。可武拿出一瓶竹叶青，边开酒边笑着和老吉说爷俩喝两口，老吉伸手拦住了，说自己三高，医生建议戒烟戒酒的。小梅很是赞成，说吉叔的身体状况，的确需要注意了，可以喝一点红酒，白酒就别喝了。

可武放下竹叶青，起身要去取红酒，小梅又拦住了他，说道："要不就别喝酒了，随便喝点饮料吧。饭后休息一下，我带吉叔去云林寺看看，你还得把吉叔送回小镇，喝了酒就不能开车了。"

听到小梅的安排，老吉心里颇为感动。云林寺是老吉回来就想去的地方，但一直没抽出时间来城里；而安排可武开车送自己回小镇，则让老吉颇感过意不去。略一思忖，老吉就对可武说："可以喝点儿红酒，下午我自己回去，公交车很方便的，不用一个小时就到了，不用你们送。"

茜茜吃饭很快，转眼就说饱了，和大家打了招呼，就回自己房间写作业去了。老吉酒量不佳，三杯红酒下肚，开始有些头晕。老吉看到可武又举起的酒杯，就推辞道："你能喝自己多喝些，我不灵了。小梅……"说着转向了小梅："我和你妈妈这么多年都没有联系，她的情况我还真是不太了解。有个问题我想问问，就是今天看墓碑上也没留你爸爸名字的位置，为什么呀？当然，你妈走得早了些，但一般情况还是要考虑……"

听到老吉问起父亲，小梅看了一眼可武，示意他也别喝了，转头对老吉说道："父母离异有些年了。我还很小的时候，父亲就和妈妈离婚了。现在他另有

46

家庭，将来也不可能和妈妈合葬。妈妈的事情我们和他说了，开始的时候他说出殡的时候回来，但最终也没来。"老吉听了小梅的话，不由一怔，看着小梅黯然的神态，一点点悲凉的情绪又绕上心头。

满桌子都是老吉爱吃的菜，他却没吃多少东西进肚，喝进去的红酒却有些闹腾。从卫生间出来，小梅关切地问老吉是不是不舒服，老吉摇了摇头，没再坐回饭桌前，而是去沙发上拿起冰迪做的那个册子再次翻看起来。文章中不少地方都有林迪的圈圈点点，老吉细细体会林迪读文章时候的想法，却又始终不得要领。

小梅也没多说话，去厨房煮了饺子，盛了一大盘端出来，让老吉趁热吃几个。饺子是猪肉大葱馅儿的，一端上来香味扑鼻，老吉蘸着醋蒜汁，连吃了四五个饺子，心情逐渐和缓了下来。

身体不舒服的感觉消退了，老吉对着一大盘饺子却有些发愣，多年前第一次去林迪家，林迪爸爸妈妈和妹妹一起包饺子的情景又浮现在眼前。那件事情已经非常久远，但老吉却觉得就好像发生在昨天，林迪第一次对他发脾气的情形现在想来，反倒成了一段略带苦涩的甜蜜记忆。

林迪怎么都没想到小吉会跑到家里来。听妹妹说来了"男同学"，她也没特别在意，想着就是家里来了普通客人，还准备礼貌地问候一声。

进屋瞬间，林迪猛地发现所有人的眼睛都在看着自己，顿时感觉有些不妙，当她看清妹妹所说的"男同学"是吉连胜，心里更是一阵慌乱。

一声"喵呜"，黑猫的叫声把凝滞的气氛冲开了一个小口，所有人都紧绷着的神经也放缓了下来。看着黑猫在炕上向后压低身体，舒服地伸了个懒腰，林迪妈妈率先打破静默，笑着对女儿说道："小迪回来了？醋给我。你看看这是谁来了？"她顺手接过林迪的醋瓶子，也把大家的注意力从林迪那里引向了小吉。

"是你？你怎么来了？"林迪的脸一阵发烧，穿过窗户玻璃洒在炕上油布的阳光反射到她的脸上，原本白皙的脸被映照得红彤彤的。

"我……"看到林迪略带恼怒的神情，小吉一下子乱了方寸，刚才敲门时面对林迪妈妈的镇定被一扫而空，一时间竟不知道如何回答。

"他说是来给你还钱的。"林父的声音从炕头上传了过来。他冷冷地看着女儿，分明是要对质小吉的"谎言"。

"老林，先把剩下的几个饺子包完，赶紧煮了给她钟叔送点儿，不然一会儿人家吃完饭了。"林迪妈妈见林父的话头不对，赶紧打圆场，"还钱的事儿让孩子们自己说吧。小迪，你带连胜去那边屋坐一会儿，饺子煮好了叫你们过来吃饭。”

善解人意的妈妈一下子把小吉和林迪面对的困境化解开了。林迪妹妹却拉住姐姐的手，有些不满地噘了小嘴：“我也要和姐姐玩儿!”

“小珂，别闹，上炕包饺子去!”林迪妈妈把小女儿一把扯回来，让她上炕去。林珂一脸不高兴，但还是乖乖地爬上炕，看到黑猫还蹲在小桌边，一伸脚丫把猫推到桌子底下去了。

东边的屋子是姐妹俩学习的地方，炕边上没有灶台，屋子就显得干净整洁了许多。一张写字台贴着东墙摆放，一把靠背椅子，看来是林迪的“领地”；靠西墙边还有一张小书桌，估计是林珂学习的地方。正北的墙上挂着一面镜子，镜子上喷了红色的毛主席头像，下面是一行字，写着“敬祝毛主席万寿无疆”。镜子下面是两个书柜，半人多高的样子，书柜里和书柜上都放着书。

一进屋子，小吉就闻到一股熟悉的清香，稍微一想，原来就是林迪送给自己那几张图纸上的味道，小吉不由就有些心旌摇荡。

林迪坐到了写字台前的靠背椅子上，小吉则还是跨坐在炕沿边。两个人再次独处一室，心境却和一个多月前林迪去农机站找小吉的时候大不相同。虽然都有很多话要说，但都不知道从哪里开头才好。

沉默的时间其实没多长，但小吉却觉得好像过了一万年似的。他最想问的，还是钟跃进的事情，但看到林迪还是有些恼怒的样子，几次要开口说话，都又忍了回去。

两只手来回搓着，小吉突然想起什么来，扯过军挎包，解开包扣，从里面拿出一个纸包来。林迪虽然恼怒小吉的“突访”，但看到小吉从包里掏东西，还是有些好奇。看着小吉剥去层层“包装”，露出那个圆润的做工精致的日晷，林迪的眼神由恼怒转成惊奇，又由惊奇变成了惊喜。

小吉把包装日晷的纸揉成一团放到旁边，把日晷递给林迪，林迪接了过来，摩挲着那光滑的表面和细致的凹槽，一双弯弯的眼睛露出了笑意。

小吉又把另一个也从包里取出来，剥开包装纸放到了写字台上。林迪把手里的日晷和桌上的那个并排放在一起，端详了一番，又都拿起来，放到炕上太阳晒得到的地方，反复调整着角度，仔细观察着指针的太阳影子投射情况，脸上露出了开心的笑容。

看了一会儿，林迪直起身来，把两个日晷拿在手里，看着小吉说：“做得还不错，图纸没白给你啊!”小吉挠了挠后脑勺，也笑了起来。

不知怎么的，火炉里的火一下子活跃起来，铁皮烟囱里传出了呼呼的响声，透过窗户的阳光也格外明亮耀眼，屋子里升腾起一阵暖洋洋的气息。

林迪又看了看手中的日晷，笑着问道："做了两个，是你一个我一个是吗？"

小吉点了点头说："碰巧有两块木头，还是一个榆木疙瘩上砍下来的。"

"好吧，你一个呀我一个！这个木头上有好多小花纹儿，归我；这个上面有个小疤，给你吧！嘿嘿！"林迪把那个有个小木疤的日晷推给小吉，自己的那一个则摆放到了写字台上一个小相架边，然后有些得意地看了小吉一眼，又把注意力集中到桌子上摆放的日晷上了。

小吉这才注意到那个相架，仔细看相架里的照片，就是林迪的一张半身单人照，那是黑白照片洗出来再染色的"彩照"。扎着一对小辫子的林迪，纯真无邪地四十五度角向上仰望，脸蛋被染得红扑扑的。看到照片，小吉猛地想起钟跃进的事情来，一阵阴霾裹住了心头。

小吉想起钟跃进拿着林迪照片炫耀的那副张狂模样就有些生气，看着林迪的眼神也不对了。正要开口询问林迪，却听得西屋那边门响，林迪的妈妈的声音也传了过来，原来是叮嘱林珂要小心看路，别把盘子摔了。

从窗户望出去，却见林珂正端了一大盘饺子向院门外走去。小吉想起刚才林迪妈妈说要给什么钟叔家送饺子，看来这是已经煮好了。

"是钟跃进家吗？"小吉顺着自己的思路开口就问林迪。

"什么？"林迪一愣，但很快就明白了小吉的意思，点头称是，"是钟局长家，就住我们隔壁院子里。我爸调过来，还多亏了钟叔帮忙。哎，你知道钟跃进？你认识他？"林迪反应过来，小吉应该和钟跃进没什么交集呀！

"我们都在市农机学校进修，他和我住一间宿舍，他……"小吉本来要说下去，却莫名有些卡壳，挠了一下后脑勺，还是继续说了下去："他说，呃，他说你是他女朋友……"

"他放屁！"听到小吉的话，林迪一句粗口爆了出来，很快又反应过来自己不该这样说话，赶紧用右手去捂嘴，脸又涨得通红。

"他有你的照片，还给我们看了。"小吉根本没有注意到林迪在说粗话，林迪的否定让他略微心安一些了，但他还是对钟跃进手上有林迪的照片无法释怀，一句话就跟了出来。

"这个钟跃进，就是个二流子，讨厌死了！要不是他爸是我爸的领导，我早就骂翻他了，"林迪有些愤恨地说道，"自从我们家搬过来，他有事儿没事儿往我们家跑，那天我正在往学籍表上贴照片，让他看到了，就死皮赖脸地抢了去，我怎么都要不回来，跟爸爸妈妈说了，爸爸一副息事宁人的态度，说刚调过来，不要因为一点小事儿闹得两家人不好相处。所以就没再找他要回来，谁知道他这么不要脸，还到处去说，真丢人！"林迪一着急，眼泪就在眼圈儿边打转。

　　看到林迪着急的样子，小吉一颗悬着的心放了下来，但看着林迪眼泪都要出来了，一下子又慌了神，不知道怎么安慰她才好。

　　林迪回身掏出手绢儿稍稍抹了一下眼角的泪水，愤怒之情逐渐缓和下来，但一想到爸爸妈妈一会儿还会询问自己和小吉的关系，心中难免又有些着慌，自己刚才当着小吉的面闹情绪，好像也不好，一时又有些不痛快，念头转了好几个，就打算先从头疼的事情说起。林迪转头看着小吉，一脸严肃地说道："算了，不说他。说你吧，吉连胜！"

　　小吉突然听得林迪直呼自己的名字，这可是前所未有的事情，不由心里一震，赶忙坐直了身体，用目光去询问林迪，到底要说什么？

　　"你怎么能就这样跑到我们家里来？一会儿我爸爸妈妈问我，我怎么向他们解释？刚上高中才一个学期，就和男同学……"林迪觉得实在不好说，就把后边的话吞了回去，略一停顿，看着小吉心里还是恼火，就又质问出来："你说吧！你让我怎么说？让我怎么和爸爸妈妈说？"

　　看到林迪生气的样子，小吉觉得到了这个地步，再解释也无济于事，只好把刚才向林迪爸爸撒的谎，又和林迪说了一遍。说完后他脑子里居然出现了一个词："攻守同盟。"想一想又觉得自己荒唐，林迪怎么可能和自己一起撒谎骗自己的父母亲？

　　听了小吉的话，林迪的恼怒并未减少，一双弯弯的眼睛也有些瞪了起来，小吉不由有些害怕，自己这样跑到林家，的确有些莽撞，光想着找到林迪送日晷给她，但对她可能产生的影响却考虑得太少，也难怪她会发脾气。但自己也不知道林迪怎么去向她的爸爸妈妈解释，只希望能用那句"还钱"搪塞过去。

　　正胡思乱想间，林迪妈妈在外面用脚敲门，林迪赶紧去打开门，妈妈一手端着一碗饺子进来，看了一眼小吉说道："刚煮出来的，你们就在这边吃吧。醋蒜都放在碗里了，没多放，怕你吃不惯。"前面的话是对两个人说的，后边的话，显然是对小吉说的。

　　小吉赶紧接过林迪妈妈手里的碗筷，想说点儿什么，却早就失去了刚进来时候那股豪气，知道林迪妈妈让他们在这边吃，还是为他着想的，内心一阵感动，便愈加觉得对不起林迪。

　　那只黑猫居然跟着林迪妈妈跑了进来。它对屋子的环境倒是熟悉，"喵"了一声，先跳上椅子，然后蹦到写字台上，顺着墙边跑上炕去了。

　　把手里的饺子和筷子递到两个人手上，林迪妈妈又看了一眼小吉，笑了笑就出去了。

　　小吉有些缩手缩脚地把手里的碗筷放到写字台上，看了一眼林迪，发现林迪也把饺子放下了，虽然饺子的喷香那么诱人，但两个人都没有吃。

"喵呜"，黑猫已经爬到窗台上，隔着玻璃对着外面叫了一声。院门开了，原来是林珂送完饺子回来了。

小吉和林迪看着院子里林珂关了院门，蹦蹦跳跳地跑进堂屋，"咣当"一下拉开屋门冲了进来。林迪对妹妹的冒失非常不满，正要呵斥她，林珂却先对她嚷嚷起来："姐姐，跃进哥哥听说你的同学到家里来，说吃了饭过来看看呢!"

"啊?"林珂带来的消息让林迪和小吉结结实实地吃了一惊，二人相互看了一眼，都愣住了。

十一

新栽杨柳三千里，引得春风渡玉关。

去云林寺的路上，小梅说起那年省里出资重修云林寺，当时县城建局和文化局的工作组，代表县政府委托省建筑设计院进行重修方案设计。那时候林迪已经是省院设计二室的主任，带领一个小组，从省宗教局请了相关的专家一起到县里，前后用了半个多月时间，对云林寺进行了全面勘察，提出了一套完整的整修方案，现在的云林寺就是按林迪的方案进行维修重建的。

云林寺离原来的县中学很近。吉连胜刚到县城读高中没多久，好像就在期中考试前的一个周日，一个偶然的机会路过云林寺，跑进去看了看。

那时候，学校一到周日就只有两顿饭，下午四点就吃完第二顿饭了。傍晚时分，吉连胜和辛世远觉得太饿，怕是晚上难熬，就一起跑出学校去买烧饼吃。当时改革开放刚刚开始，像寺庙这样的地方都处于封闭状态。他和辛世远路过这个"大寺"的时候，正好开着门，两个人一合计就溜了进去。大寺的院子空空荡荡的，一个人也没有，不仅没人，连个喘气儿的都没有。正面的大殿有些破败，好多窗格子上糊的纸都破了，里面黑乎乎的，好像随时都有什么东西会钻出来。东配殿已经被拆掉了，剩下了一堵斑驳的后山墙；西配殿还在，屋檐上的滴水猫头也已不全，露出了开裂发糟的椽头。院子中间有两棵侧柏，树龄太大，顶部已经焦稍。

时值黄昏，太阳已经落山，但天空尚有彩霞，也不显得太过黑暗。两个人被院子里的破败和寂静给镇住了，辛世远扭头就想往外走，小吉一把把他拉住了，指着正殿和世远说："别着急跑啊，进都进来了，还是看看有啥好玩的。"辛世远却不愿往前走，缩了脖子说："那里面的塑像有些吓人，要去你去，我在这里等你。"

小吉看世远实在不愿上前去，就带着警告意味地对他说："我去看看，你可不许跑了！"

小吉沿五级石阶上到大殿的基座，三步两步来到大殿门前，爬在门上从门缝向黑魆魆的殿里看去。首先看到的是正对着大门，倚着供桌斜立着一块完全

52

褪色的旧牌匾，仔细辨认，上面是"云林禅寺"四个刚劲的楷体大字；大殿正面的塑像因为光线太暗，啥都看不清楚；再往右边看去，忽然就看到两条粗壮的彩塑人腿来，小吉不由心里有些发颤，但还是忍不住好奇沿着腿看上去，原来是一尊四五米高的神像，身上顶盔掼甲罩袍束带，威风凛凛，虽然彩塑斑驳，但一双鼓出来的大眼泡正对着大门，小吉吓了一跳，不敢多看；转向左边，好像也是一尊巨神，小吉还想再看一眼，却听得上边窗户发出一阵急促的"嗒嗒嗒"的声音，那声音在空寂的院子里回响起来，令人毛骨悚然。站在院子里侧柏树下的辛世远听得响声，大叫一声，抹头就向大门外跑去。小吉被他的喊声一吓，也慌了神，转身从大殿门口跑向大门，他也顾不上从基座的五级台阶下去了，直接跳向院子。左脚掌着地的时候冲击力太大，一阵剧痛从脚底传上来，他却啥也顾不上了，三步两步飞一般地跑了出去。

小吉和世远在街上跑出去老远，直到看见远处有人过来才停了下来，两个人脸色煞白，好半天才喘过气来。这时左脚底的疼痛感再次上来，让小吉想起小时候从青麻石上跳下摔断胳膊时的经历，他不禁有些担心这次左脚会不会骨折。

那是吉连胜唯一一次去云林寺的经历，想起那个瘆人的"嗒嗒嗒"的声音，其实也许就是破了的窗户纸在空气对流的时候震动发出的声响，但还真不好说，不然为啥早不响晚不响，偏偏在那个时候响起来？那吓人的情形，吉连胜生平没有再遇到过。后来回老家的次数也不算少，但再没到过那个寺庙。听表姐说起云林寺重修了，规模大了好多，他心里就一直想来看看，今天听小梅说云林寺的重修和林迪有这么一层关系，就觉得此行有了特别意义。

小梅说，县里对省建筑设计院重修云林寺的方案非常满意，所以后来又把新时代广场的设计工作交给了省院。林迪又带人对广场进行了规划设计，跟进了施工建设的全过程。为了那个新时代纪念碑的基座，林迪几乎跑遍了全县的采石场，最后还是确定用小镇山上的那块青麻石。小梅说当时也不是很理解妈妈为什么要那么做，直到妈妈退休后跟她讲起老吉的事，她才稍稍理解了妈妈的心思。

云林寺位于县城的西南部，离小梅家也不算太远，两个人一路走一路聊着过去的事情，很快就来到了寺前。

重修后的云林寺建了一个气派的山门，门头顶上一幅横匾，彩画鎏金四个大字："云林禅寺"。老吉依稀记得那次和辛世远进寺院里，从大殿门缝看到的那个破旧的匾额，好像就是这几个字，于是转头问起小梅这匾额的来历。小梅笑了笑，说妈妈曾经给她讲过一段往事，说的就是这块牌匾的来历。

云林寺始建于明朝，原来叫灵云寺，后来战乱滋扰，屡建屡败，至大清同治年间，本籍高僧无相禅师云游四海，开悟禅宗心法，归乡清修于灵云寺。禅师广结善缘，远近善男信女为之云集。某次禅师在积善富家弘法，讲到妙处，一时空中瑞霭飘荡，法坛之上天花乱坠，富家以为得见活菩萨，乃许下宏愿，施金数万，重修灵云寺，再造佛金身。灵云寺从此名声远播，成了雁门关外一处佛家圣地。

灵云寺修好之时，适逢一等恪靖伯大学士左宗棠奉旨前往新疆平叛，京师辞驾一路西行，途经本县，县尊为讨好左大帅，就在酒席款待之后，请左大帅游览重修后的灵云寺。

左宗棠虽是举人出身，但也算文武双全，军情虽紧，还是抽空前往灵云寺。寺方自是隆重接待，全寺上下盛装迎接。看到殿内过去现在未来三世佛祖慈悲，随行众僧小心勤勉，县尊更是一口一个大帅，左宗棠一时兴起，说要为灵云寺题写寺名。县尊自是兴奋不已，赶快叫人安排纸墨笔砚，请左大帅赐字。

左大帅仗着酒兴，提起如椽大笔，饱蘸浓墨，就着一幅上等宣纸挥毫而下。那天合着也是中午的酒喝得有些多，左大帅一笔下去，一个雨字头先占了半个字的地方。灵字的繁体是"靈"，雨字头只应占全字的三分之一，现在一个"雨"就已经占了一半，下面还有三个口一个巫，无从放置，左大帅这笔就落不下去了，中午的酒瞬间也醒了一大半。左宗棠性格刚毅，争强好胜，官场向来对他不是进士出身就有非议，所以非常注意文字方面的功夫，再说本来题字的事情是他自己提出来的，这字写错了，顾忌面子的大帅实在不能轻易换纸重来，一时就僵在那里。

无相禅师在旁边早看出了究竟，低诵一声"阿弥陀佛"，迈步来到左大帅身边，右手伸了指头蘸了墨汁，在左手手心写了一个"雲"字，用僧袍袖挡了众人视线，展开掌心给左大帅观看。左宗棠一眼看去，心中登时亮堂起来，挥笔写下了"云林禅寺"四个大字。从此灵云寺就被称作云林寺了。

小梅一指山门头顶上的四个大字，说这就是当年左大帅的墨宝，还是林迪请省宗教局的大家来对破旧的牌匾进行修缮，重新刷漆描金，才让这块匾重新以其原来风貌示人。左宗棠是文人武将，笔画粗壮有力，字体雄浑，这牌匾自然是气象非凡。

进了山门，新修的天王殿里笑弥勒居中而坐，四大天王分列两侧，转过弥勒佛背后，韦陀尊者的降魔杵架在两臂之上。老吉明白林迪原来是按中等规模设计云林寺，让云游四方的和尚至此也可以免费用上一天斋饭。也许是当初上课时候自己挨饿的情形被林迪记在心里，林迪这样设计，是否暗示自己有朝一日回归故土，还可以有个"蹭饭"的地方也未可知。老吉心里这么想着，觉得自己来到这佛门清修之地心头却杂念丛生，离"凡所有相皆为虚妄"的境界，还是差了百丈千寻。

穿过天王殿，进到中院，钟楼鼓楼都已重新修建；大雄宝殿前，两棵侧柏被用砖砌的镂空短围墙围了起来，顶部焦稍部分秃掉了更多枝条，但总体还算旺盛；东西两边都是新修的禅房，门户紧闭；大雄宝殿修缮一新，大门敞开，有几位外地游客在游览参拜。

第一次踏入大殿，中间三尊佛像宝相庄严。当年小吉在门缝里看到的两尊巨神，也已经重新修补上彩，那威风凛凛的样子让老吉想起鲁智深醉打山门时两边的泥塑金刚，目光不由就落在已经站立上百年的哼哈二将的腿上。前后三进的院子，后边是新修的药师佛殿，基本上和前面的天王殿一样，都不是文物，但看了全部建筑的布局和层次，老吉觉得林迪的设计水平确实不低。再次想到林迪，老吉内心里一声叹息，摇了摇头。

寺院里几处香烟缭绕，让敏感体质的老吉还是有些不适应，转了一圈就有些气喘心跳，便和小梅走出了云林寺。

正说话间，小梅的手机响了。看了看来电显示，小梅转头对老吉说了句"吉叔，不好意思，是我小姨"，就接了电话。

听到小梅说"小姨"，老吉脑子一转，想起林迪有个妹妹，就是当年自己去林家的时候，那个咋咋呼呼到处嚷嚷的林珂。当时她送饺子去钟跃进家，回来进屋的一句话，把他和林迪都吓了一跳。

林珂说的钟跃进要过来的话让小吉颇为着恼，因为他实在不想在林迪家里和钟跃进碰面。敲响林家大门前，小吉还特意左右看了看，潜意识里是不希望被人看到，其实内心里最不希望的是被钟跃进看到。现在林珂说钟跃进要过来，小吉脑子里快速转过许多念头：是不是现在告辞？是不是叫林迪一起出去，不要被钟跃进堵在家里？林迪会同意和自己一起出去吗？林迪的父母会同意林迪和自己出去吗？

这些念头很快又让小吉否决掉了，自己来找林迪正大光明，林迪也不是他钟跃进的什么人，自己凭什么要避他？况且，钟跃进过来，正好可以当场揭穿他拿着林迪照片蒙人的嘴脸，看他以后在宿舍还怎么跋扈？只是，考虑到林珂这个小丫头口口声声"跃进哥"，显然林家和钟家的关系并不一般，如果自己和钟跃进正面冲突，那林迪父母肯定会偏向林家，自己这次登门有可能就成了上门挑事儿，所以还是不能率性而为。想到这里，小吉瞥了一眼一脸无辜的林珂，转头去看林迪。

林迪也正为妹妹的话懊恼：肯定是林珂多嘴说了小吉来的事情，所以钟跃进才说要过来。虽说钟跃进过来本来也没什么，但鉴于他和小吉在农机校同宿舍，还吹牛自己是他女朋友，现在过来见了小吉肯定会有麻烦发生。怎么向父母解释小吉这次突然来家的事情还一直是林迪心头挥之不去的乌云，如果钟跃进再来捣乱，那小吉以后来找自己就更加困难重重了，说千道万，都是林珂到处乱说话惹的祸！

想到这里，林迪对着林珂的表情就不太友善了，林珂见姐姐要对自己发火，赶紧声明："不是我说的，是他们问的，我也没说是男同学，我就说是同学，跃进哥哥就说要过来看看……"说到后来，看到姐姐的眼神越来越凶，刚才跑进来兴奋的情绪早就低落了许多，声音越来越小，头也低了下去。

一口一个"跃进哥哥"更是惹火了林迪，她看着妹妹压低声音说道："去和你的跃进哥哥说，咱家不欢迎他！"林珂听到姐姐的话，内心害怕，人也矮了下去，眼泪哗地就出来了。抹了一把泪水，林珂嘴里说了一句什么话转身就要出去，却一头撞进了正要进来的妈妈的怀里。

林迪妈妈让小女儿一撞，手中端的一盘拌凉粉差点摔到地上。本要责备林珂，却看到她满脸泪水，而林迪和小吉神情都有些异样，林迪妈妈就摸了一下林珂的头，说了句"慢点儿"，然后把端着的盘子放到写字台上，回身拉过林珂，边用手给她抹眼泪，边看向林迪。

见妈妈略带责备和疑问地看着自己，林迪低了下头，想了想又抬起来，和妈妈说了妹妹刚才说的话，言语间流露出对妹妹多嘴的恼恨。听姐姐叙述事情没有强调自己说的是"同学"而不是"男同学"，林珂马上仰头看着妈妈说："我没说是男同学，我说的是姐姐的同学！"

林迪妈妈知道钟跃进喜欢林迪，抢林迪照片的事情多少有些出格，但毕竟老林是钟局长的下属，再说年轻人有些玩闹也正常。她看着一直亲密无间的姐妹俩因为这个发生了冲突，严肃的神态就放了下来，笑着对林迪和小吉说道："也不是什么大事儿，跃进想来就来吧，不用那么紧张。刚拌的凉粉，可能盐放得有些多了，你们尝尝？"说话间一指桌子上的凉粉，搂了小女儿的肩膀向外走去，嘴里低声说了句"来回跑得饿了吧？赶紧过去吃饺子"，随手在身后掩上了门。

屋子里再次剩下了小吉和林迪，妈妈那句"也不是什么大事儿"也稍稍缓解了两个人紧张焦虑的情绪。二人对视一眼，又都坐了下来，却都没有去拿筷子吃饭，一时间又是一阵沉默。

那只黑猫也许在窗台边觉得外面没什么风景可看，屋里的气氛又有些压抑，轻摇着尾巴从窗台上跳下来。它依旧沿着墙边跑到写字台边，轻轻一跃，没发出一点儿声音就落在了地上，从林迪妈妈刚才没有完全关严的门缝里挤了出去，临出门时把一声荡气回肠的"喵呜"，留给了两个相对而坐默默无语的年轻人。

十二

三十余载还旧国，花开时节谱新章

　　小梅一边讲电话，一边向老吉这边看来，好像是说到了老吉的什么事。就见她笑着又说了几句，然后说了句"行，我问问吧"就挂了电话。

　　看到小梅收起手机走过来，老吉朝她微微一笑，问道："是林珂？"

　　小梅也是一笑，点点头："您知道我妈这个妹妹？"

　　"在你姥姥家见过，那时候她还小，很单纯的。"老吉想起林珂当时满脸是泪委屈的样子，不禁又笑了。

　　"那您也知道钟跃进吧？"小梅又问了一句。

　　"钟跃进？当然知道，我们一起在市农机校进修，还在一个宿舍住过。"听小梅这么问，老吉一愣，顺嘴说道。

　　"他是我小姨夫，估计吉叔您肯定想不到！"小梅嘴角有些俏皮地上抬，弯弯的眼睛带着笑意看着老吉。

　　什么？林迪的妹妹嫁给了钟跃进？这个的确是老吉从来不曾想过的事情。

　　原来，虽然钟跃进追求林迪相当长一段时间，林迪却死活看不上钟跃进，反倒是林珂却一直把钟跃进当偶像崇拜。80年代初期，钟跃进率先穿起花衬衣喇叭裤留着大鬓角，扛着个录音机放着邓丽君的歌带着一帮待业青年满大街转悠，林珂就认为他才是真正的时代弄潮儿。虽然她的爸爸妈妈一直警告他少和钟跃进来往，但她却颇不以为意。林珂中专毕业后回到县里工作，恰逢钟跃进第一次婚姻失败，颇受打击。虽然两个人年龄差了八九岁，而且钟跃进的工作也不稳定，但林珂还是不听爸爸妈妈和姐姐的劝阻，嫁到了钟家。后来钟跃进乘着改革开放的春风下海，掘到了第一桶金，回县里成立了一家外贸公司，背靠县粮食局，做一些统购统销以外的农牧产品进出口贸易，中间虽也有些起起落落，但生意却越做越大，还成了县政协委员。现在的钟跃进已经退居二线，公司由林珂和小儿子负责打理。

　　刚才打电话过来，林珂是听朋友说上午看到小梅和任可武去林迪墓地了，觉得非时非节，怎么想起去扫墓，所以问问。小梅说妈妈年轻时候的一位朋友吉叔回来了，知道妈妈去世，就说去祭奠一下，今天是带吉叔去扫墓的。

林珂听小梅这样说，就问是哪个吉叔，小梅说是吉连胜，林珂马上就想了起来，当年吉连胜还救过她。老吉和钟跃进的一些恩怨她也有所耳闻，只是这么多年过去了，也没啥联系。既然老吉在城里，她也想见见，还说拉了钟跃进一起过来。小梅觉得今天老吉舟车劳顿，情绪上又大起大落的，怕身体吃不消，就说征求一下老吉的意见，看看见面的安排是否合适。

听小梅说完，老吉抬头看了看天色，觉得也该往回走了，再晚怕是没有公交车了，就让小梅和林珂说，下次来城里再见吧。

小梅说可武中午喝了酒，她可以开车送老吉回去，反正也没多远，老吉却坚持自己坐公共汽车，不让小梅送。小梅想了想就说要不那样吧，下周她安排时间，带着林珂和钟跃进一起去小镇看老吉，省得老吉来回跑，老吉同意了。

坐上返回小镇的公共汽车，已经是下午四点多了。因为是休息日的出城方向，车上的人不多。老吉坐下后，隔着风挡和小梅挥了挥手，让她赶紧回去，小梅的右手在胸前摇了摇，说了"再见"就转身朝着来的方向走去。

看着小梅渐渐远去的背影，老吉想起了第一次从林家出来返回农机校时林迪送自己的情形，眼睛又有些模糊了。老吉把眼镜取了下来，擦了又擦，重新戴上，在林迪家那个短暂却美好的下午又浮现在了眼前。

饺子凉了，两个人还是没有动筷子。

在镇农机站一起分吃四个馒头一饭盒白菜豆腐连汤都喝干净的情景，不过是一个多月前的事情，而时移世易，尽管小吉和林迪都觉得肚子很饿了，但却没心思吃东西。

钟跃进要来的事情虽然并不是那么令人紧张不安，但却是万里晴空上的一大块乌云，挥之不去，时刻笼罩在两个人的心头。

"你还在看高中的课程吗？"林迪率先打破了沉默。

"呃……农机校现在开设的两门基础课程，涉及一些高中物理的力学和电学的内容，但大部分课程还是靠近农机实际操作。"小吉有些心虚，回答得若即若离。

"听说明年高考要考英语了，说是按百分之三十计入总成绩。虽然说占比不大，但每一分都很关键。"林迪也没深究小吉是否学习高中课程的事情，又说起了另一件事，"开学一周，学校既没有英语老师，也没有英语教材。课程表上虽然有英语课，但都安排自习了。爸爸把他的那个两波段半导体给了我，让我跟着中央人民广播电台学英语，可是，电台用的那套《英语九百句》教材，根本就买不到。"林迪的眉头皱了起来，那副忧心忡忡的样子让小吉内心里一阵焦急。

"你们怎么不吃啊？"林迪妈妈又端了一大碗烩山药进来，看到桌子上的饺子和拌凉粉都没动，小吉和林迪看着都不怎么开心，就对林迪说道："有啥事也得先吃饭，同学来家怎么能让人家饿着？"伸手摸了一下饺子碗，摇了摇头："你们先吃烩山药，我去给你们把饺子回下锅，马上就热好了。"说着端了两碗饺子走了出去。

林迪稍稍舒展了眉头，招呼小吉过来吃菜，小吉就侧着身子坐到写字台右边的炕沿边，写字台本来不大，林迪又坐得比较靠近炕沿一边，两个人的距离一下子近了许多。小吉侧身的时候，一不小心膝盖就顶到了林迪的右腿上，他赶紧往炕上坐了坐，尽量拉开些距离。林迪却似乎并不以为意，从桌子上拿起筷子，递到了小吉手里。看小吉没有伸筷子的意思，林迪又住了手，努了下嘴，示意小吉赶紧的。小吉就伸筷子去夹了一块山药往嘴里送，结果没夹好，还没到嘴边就掉了下去，小吉运动神经触发条件反射，赶紧伸左手去接，结果那个调皮的山药块儿根本不屑小吉的动作，在他手指上一弹，直奔林迪而去。两人坐得太近，林迪根本没有反应的时间，山药块儿已经从她的胸前滑落到裤子上了。

小吉涨红了脸，看着山药块儿在林迪的裤子上，却又不敢伸手去捡，手里的筷子也掉了一根在地上，煞是狼狈。林迪虽然也有些慌乱，但还是比小吉镇定些，用右手尖尖的拇指和食指捏起衣服上的土豆块儿，放到了写字台上，又掏出手绢，清理了一下上衣和裤子上的菜汁，看到小吉傻在那里，红了脸一笑，曲身到写字台下把他掉在地上的筷子拣了起来。

小吉赶紧从林迪手里接过那根筷子，用手使劲擦了擦，和手中的那根并在一起，两手捧着筷子，看了一眼林迪红红的脸孔，"嘿嘿"笑了笑。

"山药块儿事件"尽管让小吉手忙脚乱，但还是缓和了刚才严肃紧张的气氛。小吉觉得没碗接着吃菜怕是还要出问题，就干脆把筷子放到写字台上，对林迪眨了眨眼睛说："我还是跟你说件事情吧。"

看林迪眯了一下弯弯的眼睛微微点了点头，小吉就讲起了在市农机校进修，听班主任老师讲的一件事：十一届三中全会后，中央已经确定了国家发展目标，就是要在二〇〇〇年全面实现"四个现代化"。四化里的农业现代化，就是以农业机械为主，实现从播种施肥锄草一直到收割脱粒晾晒，全程都是机械化。现在农业机械学校，就跟当年的延安抗大一样，是培养建设农业现代化的骨干基地，大家要是学得好，就有机会去省农学院进修，一路上去，和上大学一样。所以小吉自己不一定非要考大学，通过农机校的进修争取进省农学院的机会，然后就可以和明年高考考到省城大学的林迪会合了。

小吉刚说完，自己也吓了一跳，因为这个话都是看着林迪，潜意识里一心想着要和林迪在一起上学才想起来的，之前自己根本就没考虑清楚这件事。小吉说完就有些后悔，他怕林迪觉得他在吹牛，说半天大话却根本无法实现。可话已出口，小吉转念一想，三中全会以后，党中央再次发出了“向科学进军”的号召，全社会都重视人才培养人才，只要自己努力学习，取得优异的成绩，一定会有机会的。念及此处，小吉就暗暗下定决心，回到农机校一定加倍用功，把培训课程和高中课程结合起来学习，在培训学员中脱颖而出，实现刚才自己“吹”给林迪听的“理想”。

听小吉从中央大政说起，一直说到两个人一起去省城学习的未来，林迪的表情一点一点严肃起来，眼睛里却放出了异样的光芒。她没想到寒假前那个每到上午第四节课被饿得眼儿蓝的小吉，却有着这样的雄心壮志，这倒也激发了她的豪情：考到省城去，胜利大会师！

“来来来，赶紧吃饺子。可别再放凉了，羊肉馅儿的，凉了膻气重不好吃，吃了也容易闹肚子。”林迪妈妈端了两碗饺子进来，伸长手臂穿过两人之间狭窄的“通道”，把饺子放到了写字台上，继续说道：“刚给你们下锅汆了一下，有几个煮破了，可能没味儿，你们赶紧吃吧。”说完对两个年轻人一笑，转身出去了。

这么多年走过来，小吉早已变成了老吉，却再也没吃过那么好吃的“回锅”羊肉馅儿饺子。两个人也是真的饿了，厘清了思路，解决了小吉是不是要高考的“路线”问题，两个人突然觉得前途是那么光明美好，未来有着无限的可能，饺子烩山药拌凉粉转眼之间被一扫而光。林迪妈妈又给端了两碗饺子汤过来，一看写字台上的东西都被吃完，也是暗暗吃了一惊，这说不吃就不吃，说吃转眼就吃了个盆干碗净！

喝完饺子汤放下碗，小吉又想起了“春暖花开”的约定，就和林迪说，农机校的课程排得很满，春暖花开一起去小镇看青麻石的约定怕是时间上不允许。

林迪突然就噘起了嘴，一副非常生气的样子，看着小吉说：“不是说什么‘大丈夫一言既出驷马难追’，说好了的事情，你凭什么说不去就不去？”

看到林迪生气，小吉一下子尴尬起来，挠了挠头刚要解释，林迪却“扑哧”一声笑了出来，用手指指着小吉说道：“好啦好啦，学习要紧，你说不去就不去呗，再说，好像谁稀罕去爬你们那个干山梁似的。”

本来以为林迪真的生气了，却原来是在逗自己玩儿，小吉紧张的神经又放松下来。看到林迪的手在自己眼前轻轻晃动，那股清香的味道又若有若无地飘过，小吉突然伸出右手，把林迪纤细的小手握在了自己的手中。林迪没想到小吉竟会如此大胆放肆，急忙往回抽自己的手，却被小吉紧紧抓住不放，挣了两下没能抽回来，就低了头红了脸任由小吉握着了。林迪手心温润的感觉让小吉内心深深地为之战栗，青春之花幸福之花象庆贺打倒"四人帮"的时候绽放在夜空里的礼花一样，多姿多彩，梦幻一般迷人美丽。小吉多么希望可以一直这样握着林迪的手，两个人永不分开。

盘旋在两人头顶上的那片乌云绕了很久，最终还是远去了，一个下午钟跃进都没有来，小吉却是要赶汽车回市里了。

两人来到西屋向林迪的爸爸妈妈打招呼说再见，小吉兴奋得有些忘乎所以，进门的时候忘记低头，"咣"的一声撞在了头顶的门框上，疼得他倒吸一口凉气。林迪爸爸的脸色本来还是不大好，但看到小吉撞了头，冷哼了一声，却也不再说话。林迪妈妈赶紧过来，让小吉低下头来看，倒是没有撞破，就是脑门儿顶上起了个大包。在炕上本来不开心的林珂，这个时候却"咯咯咯"地笑了起来，林迪狠狠地瞪了妹妹一眼。

出了林家大院，巷子里还是空空荡荡的。小吉回身看了林迪一眼，又抬眼看向巷子口，好像有个人影闪了一下，然后就不见了。两个人一前一后从巷子里走了出去。小吉虽然非常希望林迪能和自己一起走一段路，但觉得这大冷天让她送到汽车站还是有些不忍，犹豫了片刻还是和林迪说让她回去。林迪在大街上不愿多和小吉说话，尤其是从粮食局门前经过的时候，就没有搭小吉的茬儿，只是默默地跟在小吉身后。小吉看林迪低头走路不说话，恍然明白了她的意思，就在前面快走了几步，和林迪拉开了距离。

冬天日短，太阳忽闪着就要落下西山了。坐在车上的小吉隔着车窗玻璃，看着林迪，对她挥挥手，让她赶快回家去。林迪看到小吉挥手，稍微犹豫了一下，也把右手放在胸前对着小吉摇了摇，转身离开了汽车站。

在车上等了十几分钟，寒气袭了上来，小吉把栽绒帽的护耳放下来，把耳朵和脸包了起来。司机已经发动了汽车，正要起步的时候，一个人气喘吁吁地边跑边冲司机晃着手里的车票，售票员打开车门，那个人上了车，关上车门，汽车就开出了车站。

上车的那个人转过身来寻找座位，借着车窗外射进来的微弱灯光，小吉猛然发现，最后赶着上车的，正是万里晴空中那朵飘荡的乌云：此人正是钟跃进。

十三

此生流浪随苍溟，偶然相值两浮萍

回到表姐家时天色都黑了。

在车上的时候表姐就打电话过来，怕老吉有什么情况，老吉说已经在车上了，很快就到家。挂了电话，他有些内疚，上车的时候光回忆自己和林迪吃饺子了，忘了先给表姐打个电话说一声，六十多岁了还让表姐给操心，实在说不过去。

表姐看老吉回来后精神还可以，就让他去洗了手来吃饭。

表姐做的晚饭依旧是红豆稀饭焖山药加拌凉菜，老吉中午没怎么吃饭，还真是饿了。拿起筷子，突然发现桌子上多了一道撒了芝麻粒儿的荤菜，老吉夹了一筷子，麻辣香味儿直透心脾，却原来是正宗川味儿牛心牛肚牛肉拌的夫妻肺片。老吉就问表姐这个菜是谁做的，表姐笑了笑说是昨天镇上有人从成都回老家来了，听说他也回来了，中午就拌了这个送过来，让他品尝一下。

老吉又夹了一筷子放到嘴里细品，那股麻椒的香味儿从舌尖儿串进喉咙，恨不得把全身的毛孔都打开来，一下子胃口大开。他喝了两口粥，又忍不住去夹了两块牛肚放到嘴里。

又喝了些粥，吃了半块焖山药，老吉感慨道："喝粥吃焖山药，还有正宗川味儿夫妻肺片吃，人生的幸福其实就是这么简单啊！"老吉又夹了一块粘了芝麻的牛肚放进嘴里，一边品着味道，一边对表姐说，这麻椒的味道，只有四川才有，从四川回来的带香料，那也一定是做川菜的好手了，能把夫妻肺片做得这么地道，在四川的年头也应该不少了，咱们镇上去四川的人……老吉说着说着，突然停了下来，镇上从四川返乡的人，知道自己回来还专门送做好的夫妻肺片，除了她，还能有谁？

想到这里，老吉慢慢抬起头来，看了看那盘夫妻肺片，又看了看表姐，心情复杂地问道："姐，是吴怡回来了？"

旁边一直吃饭不说话，看着老吉大讲特讲"四川香料"的表姐夫，听到老吉终于想起来问"送菜人"了，不由哈哈大笑，用筷子点着老吉说："表弟啊，其实你才是真正的有福人，当初不娶人家，现在还能吃上人家专门给你做的菜，连我都跟着沾光呢。"

表姐瞪了一眼表姐夫，回头对老吉说："别听你姐夫瞎说，吴怡他们家和我们一直有往来的，原来走动也算勤的，只是这几年她们回来少了，见面的机会就不多了。中午吴怡过来说，这次回来好像也打算住一段时间。反正儿女们都成家立业了，老人想到哪里都行。除了这个菜，她还送了一大罐郫县豆瓣，说用这个做菜特别香。"表姐说着指了指后边柜子上的一个坛子，果然不小。她们远天远地地从四川带这么大的坛子回来，真不嫌麻烦。

说起吴怡的情况，表姐摇了摇头，说有几年没回来，这次看着也显老了，年轻时候那个活泛，那个水灵，现在连影儿都没了。表姐夫插嘴道："人家现在也水灵着呢，你瞎说啥？我今天看，吴怡比你水灵多了，当初要是跟了连胜，现在得更水灵！连胜啊，你那得多有福？嗯？那得多有艳福啊？嗯？那得多有口福啊？后悔了吧？"说完又是一阵大笑。

听表姐夫还在乱说，表姐就作势拿筷子去打他，表姐夫端了碗向后躲闪着，还不忘对老吉猛眨眼睛，又用嘴角指向表姐，显然是挨打也开心。老吉心里想，最有福的就是表姐夫你了，娶了表姐这样的好老婆，都六七十岁了还能信口开河胡说八道。

表姐和表姐夫结婚还这么多年还能这样开玩笑打趣，老吉真是由衷地为他们感到高兴。当初表姐说要嫁人，吉连胜真的一千个不愿意，一万个不愿意，心里难受了好多天都没缓过来。其实表姐夫人非常好，是镇上数一数二的棒小伙儿，对表姐更是无微不至地关心，表姐也是真正的有福人。

上午在林迪墓前，老吉就想着林迪现在一个人躺在冰冷的地下，要是有灵也是孤苦伶仃的。当初要是没那么多阴差阳错，又怎么会这么多年隔绝了消息不曾往来？很多时候就是一念之差，开哪扇门是个人的选择，但门后边有什么则是上天的安排了。

说起来吉连胜当年还真的差点就娶了吴怡，但要真是娶了吴怡，而老吉心里还记挂着林迪，那对吴怡公平吗？吴怡能幸福吗？婚姻能走多远，还是不好说的。

那个时候吴怡选择辞去中学老师的工作出走他乡，就是要逃离小镇这个绕不开的圈子。她能有现在的生活，老吉还真是为她感到高兴，愧疚感也会因之稍稍减轻些。

想到吴怡，想到林迪，又想到自己的婚姻，老吉突然觉得表姐夫的玩笑话里充满了生命所无法承受之重。人生哪有那么多"如果"？人生一个"如果"都没有！就像法兰克福学派马尔库塞所说的"单向度的人"那样，走过了就无法回头，更别说什么"穿越"了。相信一切都是命运的安排吧，相信命运会善待那些善良美丽的女孩子。林迪和吴怡都没有和自己在一起，也许是一种更好的选择，也许。

晚饭后，老吉一个人搬了把小椅子在院子里小坐，各种思绪在脑海里左冲右突，内心却难以平静。小镇的夜晚和大城市完全不一样，少了那么多"点亮城市"的光污染，静谧的夜空才格外神秘而美丽。穹顶之上，繁星点点，迢迢银汉，牵牛织女分列两边，牵牛担子里的两个孩子稍显暗淡，看起来不甚分明。一道流星划过北边天际，老吉想起"反斗牛之冲"的隐喻，心头那些郁结，更不知道从何排遣。

院子东南墙角好像有一两只蝈蝈在叫，老吉甚感奇怪，这才初夏，这小虫就出来了，天时还是早了些吧。记得父亲在世的时候，每到夏末秋初就捉好多蝈蝈回来，自己编了笼子养，天冷就放到热炕头上，用棉被捂着，有的能养到腊月，有一年有一只"蝈坚强"，一直养过了春节，虽然震动的翅膀已经几乎磨秃了，但这个"老家伙"感觉舒畅的时候还是会磨一磨，发出低微的声音，刷一波存在感。那只老蝈蝈彻底颠覆了"蟪蛄不知春秋"的学院派经典教义，当时来家的客人都觉得非常神奇。不过，对于吉连胜来说，因蝈蝈而带来的最深记忆，却是那个冬末帮了自己多次的齐梦欣。

齐梦欣在春天来临之前出现，在秋天来临之前消失，恰似流星一般，在吉连胜的夜空拖一条亮亮的尾巴划过，然后又让黑暗和沉寂重新回归。而这短暂的光辉，却又都缘起于那年在市农机校进修的吉连胜，他一门心思要帮林迪和吴怡买书。

从县城返回农机校，小吉立即着手两件事情，一是要帮林迪买到《英语九百句》，二是要帮吴怡买到《数学千题解》。其实两件事，还是一件事，就是要安排时间去市新华书店买书。

那天黄昏返回市里的车上，钟跃进找座位的时候小吉就认出了他，但小吉实在不想在这个时候和他相认，于是把栽绒帽往低压了压，头扭向窗外不去看他。钟跃进找了个前面靠近司机的座位坐了下来，昏暗中也没发现车上还有他的室友吉连胜。

到站后，小吉等钟跃进下车走出去好远，自己才慢慢背起军挎包下了车。到了公交车站，小吉远远看到钟跃进也在那里等车，小吉想了想，回学校也就三站多路，就没等公交车，一路走了回去。

回到宿舍，住在附近利用周休回家的同学都已经返回学校，钟跃进又在大讲对越自卫反击战的事情，回了趟县里就跟上了一次前线一样，也不知道他从哪里来的消息，讲得唾沫星子飞溅。杜少辉则坐在自己的床边上一个人默默抽烟，对钟跃进讲的东西不置可否。

小吉从挎包里摸出两个冷馒头来，那是林迪偷偷从家里给他带的，怕他回学校赶不上食堂晚饭。倒了一大杯开水边喝边吃，小吉开始算计自己手头的钱了。

要去市农机校进修，小吉收拾着出门的行李，妈妈靠在炕上反复说的就是"在家千日好，出门一日难"，叫小吉不用给家里留钱。妈妈叮嘱他把刚发的一个月的工资都带上，家里暂时有表姐照顾，也不用他管，去了学校就好好学习，练好本事才是最紧要的。

小吉的学徒工资是每个月十九块八，顾站长还另外给他塞了五块钱，表姐给了两块，出门的时候感觉真的是好有钱。到了学校，小吉先买了十五块钱的饭票，想着起码一个月不用为吃饭发愁，其他的事情走一步看一步吧。开学几天买了纸笔文具牙膏肥皂等用得着的东西，花掉了三块多钱，还给自己买了一本《钢铁是怎样炼成的》，没事儿就翻翻。一周吃饭花掉了五块多饭票，这样下去一个月十五块都不够吃，如果像钟跃进他们每天都买肉菜吃，工资花光都养不活自己。看来生活费都要精打细算的，小吉决定以后尽量不吃肉菜，实在馋了，一周吃一回肉菜，算是犒劳自己。

这次回一趟县城来回的车费一块八毛，早上坐公交去车站花了五分，好在今天晚上是走回来的，还省了五分钱公交车费，但这次出行也让小吉的"金库"又一次大幅缩水。现在计划着要去帮林迪和吴怡买书，书钱估计够，但恐怕再回县城的路费就不够了。

小吉把手里剩的钱又数了数，抽出一块八用纸包了放在褥子下，算是下次回城的路费，以后公交也不坐了，去哪里都走着去。剩下的钱就是买书的钱了。小吉一想到林迪拿着自己给买的《英语九百句》学习，心里就格外开心。明天中午午休的时候就去书店，一定要把书买到！开心的小吉就这样计划着，在钟跃进的高谈阔论中迷迷糊糊睡着了。

第二天早上，吃了早饭去上课，小吉开始有些心神不宁。《数学千题解》是计划给吴怡和林迪一人买一本的，是不是应该给辛世远也买一本呢？自己要自学高中课程，是不是也应该买一本？四本《数学千题解》加上给林迪的《英语九百句》，手里的钱恐怕不够吧？要不先买三本，给辛世远的书先自己看，看完了再送给辛世远也可以，但是即使买三本好像钱也不富裕啊……

第四节课一下课，小吉就跑回宿舍从褥子底下把纸包里的一块八取了出来装在口袋里，他觉得还是先买书，买到了以后再说回县里的事情。跑到食堂买了两个馒头揣在怀里，小吉就急匆匆地向市新华书店进发了。

彤云密布，小北风渐起，寒风砭骨，急速奔走在街道上的小吉内心却是热乎乎的。新华书店离学校有七站多地，走路要差不多四十分钟，小吉计算了时间，午间吃饭加休息的时候应该可以打来回。走着去走着回又能省一毛钱的车费，还不耽误下午上课，还是非常划算的。

新华书店到了，迎接小吉的是书店两扇门上的一道横木杠和一把锁，显然是关门休息了。大中午的，天气也不好，街上也没什么人，小吉趴在门玻璃上向里看，里面除了柜台外面当地一个燃着的大火炉说明书店没停业外，里面一个人也没有，小吉的心就凉了半截。他伸长脖子使劲去看柜台里书架，想看看自己要买的两本书在哪里，但因为离得太远，根本看不清书架上到底有些啥书。一下课就急匆匆赶过来，走得身上微微出了汗，现在一停下来，冷风就侵袭到棉衣里，趴在书店门玻璃上的小吉不由得打了个冷战。

"大哥哥，别看啦，书店中午不开门。"一个细细的声音从身后传来。

听到有人说话，小吉转过身来，一个五六岁的小女孩儿正看着自己。

"书店中午不开门？你知道什么时候开门吗?"小吉弯下腰来，向小女孩儿问道。

"就是中午不开门！"小女孩又嘟了小嘴重复了一遍刚才的话，长长的睫毛呼扇呼扇，样子非常可爱。

"雯雯，快过来！"一个女子的声音从身后传来，那个小女孩听了就从小吉身边跑开了。

小吉回过身来，看到一位不到30岁身材高挑的女子正拉着小女孩的手，低声对她说"不要和陌生人说话"。那小女孩看向小吉，细声细气地说道："妈妈，妈妈，那个大哥哥不是陌生人，你告诉他书店不开门吧。"

小女孩的友好让小吉心里一阵感动，也许她妈妈知道书店开门的时间，正好问问吧。小吉就对着那位女子笑了笑："小妹妹真聪明。嗯，阿姨，我想买几本书……."小吉突然觉得叫阿姨不合适，但又不知道怎么称呼，顿了一下，继续说下去："同志，我是想买几本书。学校一下课就赶过来了，可是书店门关了，跑一趟挺远的。你知道书店几点开门吗?"

听小吉叫自己阿姨，那位女子脸微微一红，俯身抱起小女孩儿，看了一眼小吉说道："书店中午休息，下午两点开门。"说完这句话，又上下打量了一眼小吉，转身离开了。

望着母女俩渐渐远去的背影，小吉有点发愣，想着下午上课的时间正好也是两点，自己出来也没请假，看来今天这一趟算是白跑了。

十四

梦随海月乡心远，愁逐江流客路分

因为书店中午关门，吉连胜没有买到书，回学校的路就没有来时那么好走了。

从食堂买的两个馒头，来的路上就都吃掉了。满心以为可以给林迪和吴怡买到书，尽自己最大努力解决她们当前学习中遇到的问题，这是一件多么开心的事情。来的路上唯一担心的，是自己带的钱不够买书，当然，如果实在不够，《数学千题解》可以少买一本，也不是问题。天气方面，虽然有些阴沉，北风也不大。心里激情澎湃的时候，小吉都没有意识到冷，大步向前，走了四十多分钟也没觉得时间长。

回程的情况完全不一样了。两个馒头根本不顶饱，那种饥饿感又上来了，想到回去还得上一下午课，肚子里莫名其妙就更饿了。最要命的是白跑一趟，一本书都没买到，书店不开门，根本就没到计算书钱够不够的时候。出来的主要任务没完成，情绪难免低落了许多。而天气，却好像故意要为难小吉似的，北风倒是没有了，天空却飘起了雪花。

虽然没出正月，但已经是雨水节气，像今年这么冷，还真的是少有。雪刚下起来的时候是一些小颗粒在飞舞，打到脸上只是觉得有些像针扎一样微微的疼痛和凉意，但是没多久，小颗粒的前哨部队已经过去，像白蝴蝶一样飞舞的雪花大兵团就铺天盖地地下来了。视野里望出去，到处都是白茫茫一片，转眼间没有了天和地的分界线了。原来这大雪下起来，除了没有狂风雷暴，一点儿也不比暴风雨好受。

小吉在雪里艰难地前行，棉袄领子袖口很快就被融化了的雪水浸湿了。脚下的棉鞋里好像也有些湿冷，鞋底踏在浮雪上稍有打滑，脚指头就在鞋里发生错位相互扭动，本应荣辱与共，却开始了相爱相杀。路上的小坑小洼被大雪掩盖，根本看不清楚，小吉几次差点就滑倒，因此格外小心起来，步子再也不能迈得那么急那么大，行进的速度明显慢了下来。

　　下午上课铃响的时候，小吉总算回到了教室。看到小吉冻得有些狼狈的样子，杜少辉过来捅了捅他，还没说话，一摸他那完全湿透的衣领，就扯着他一起回宿舍，把自己的一件旧军棉袄给他换上，又让他把棉鞋脱下来放在火炉边，把自己的一双踢开花的破棉鞋给小吉穿上，才和他回到教室上课。

　　他俩因此迟到了十多分钟，正在讲台上比较汽油机和柴油机气缸构造和功能不同的康老师非常不高兴。等他俩回到座位上，康老师就放下手中教材，从革命前辈抛头颅洒热血才有了新中国讲起，讲到"四人帮"不尊重知识不尊重文化，大肆迫害知识分子，讲到实现四化的宏伟目标，讲到"为中华之崛起而读书"的伟大使命，对现在如此不珍惜来之不易的读书机会的学员，实在是令人痛心疾首！

　　小吉知道自己应该被批评，所以一副认真聆听康老师谆谆教诲的神情，头却开始有些发昏，折腾了一个中午的疲倦袭来，上下眼皮不自觉地打起架来。"要挺住！"小吉在心里提醒着自己，不能打瞌睡，一定不可以在课堂上睡觉，一定不可以！一定不可以……

　　"啪啪啪"几声响亮的声音把小吉惊醒了，他迷迷瞪瞪猛地睁开眼抬起头，就看到康老师那张因为愤怒而扭曲的大脸。他边大力拍着小吉的桌子，边大声申斥着："迟到，上课睡觉，是谁给你的权力？广大劳动人民含辛茹苦养育你，党和祖国花钱培养你，难道就是让你在课堂上睡觉的吗？你对得起谁？说！你对得起谁？"

　　小吉慢慢站了起来，满脸羞愧，全班的同学都注视着他，让他觉得自己就是一个万恶的罪人。小吉从小到大都是班上的优等生，从来没有被老师这样批评过。康老师根本不管他是不是优等生，爆发出来的语言直击灵魂，非常具有冲击力。他知道自己课堂上睡觉的事也没法向康老师解释，就低着头站在那里，在中午遭到暴雪"袭击"后，再领受另一场精神上的暴风骤雨。

　　下午的课终于全部结束了。小吉一直觉得肚子饿，但进了食堂却又没多少胃口。回到宿舍，小吉瘫在床上，整个人昏昏沉沉的，但还是想着要去理一理纷繁的头绪。

　　买书，一定要帮林迪买到书！小吉猛地从床上坐了起来，觉得脑袋愈发沉重，他从墙上摘下书包，拿出文具盒，打开来看课程表。明天上午第三节课是焊工操作，第四节是体育课，小吉算了算时间，决定这两节课不上，请假再去一趟新华书店买书。

　　雪，不停地下了一夜。

　　天亮的时候雪停了，这场大雪，覆盖了人间多少黑白，藏匿了世上几多善恶。古人有打油诗一首形容雪后大地的银装素裹：

天地一笼统，并口黑窟窿。
黑狗身上白，白狗身上肿。

起床铃响的时候，小吉正云遮雾罩地胡做烂梦，醒过来觉得眼皮沉重异常。楼道里班干部已经在招呼大家赶紧起床出去扫雪，小吉起身穿好衣服，跟在杜少辉后边出了宿舍。

到了外面，小吉觉得浑身发冷，有些头重脚轻，想着扫一会儿雪出点儿汗可能就好了，于是跑去领了一把六扫把，"哗哗"地扫了起来。果不其然，扫了一会儿浑身开始发热，小吉觉得舒服多了，就继续蒙头扫雪。

早饭后到教室上了两节课，小吉向班主任请了假，摸了摸口袋里的书钱，踏上了第二次去新华书店的路。

路上的积雪很厚，很多路段的积雪都没来得及清扫，街上不时就有行人滑倒在地，路比昨天中午回来时候更难走了。小吉裹紧棉袄，低头看着前面的雪地，小心翼翼地一路前行，四十分钟的路走了差不多一个小时才到。

在书店门外使劲跺了跺脚，把鞋上的雪和泥尽量跺掉，小吉推门进了书店。书店里的大火炉燃烧正旺，一股热气扑面而来，让人精神为之一振。书店里的人不多，三四位售货员正在帮柜台边的几位顾客挑书。小吉觉得时间富裕，先沿着柜台转了一圈儿，大致看明白架上展示图书的分类情况，就到教学书籍的柜前寻找自己要的书。

"你要买啥书?"小吉正专注地看柜台里的书名，一个女声传了过来。小吉回头去看，却是一位售货员帮那边顾客结完书钱，就走过来招呼小吉。

"是你?"两个人同时发出了稍带惊奇的疑问。走过来的售货员，就是昨天那位乖巧的小女孩的妈妈，只是今天在室内，她没穿厚重的大衣没裹围巾，显得苗条而精干。

看到小吉又来到书店，售货员朝他笑了笑问道："今天不用上课了?"

居然还记得他昨天说下课赶来的话，小吉赶紧回道："今天请了两节课的假，专门来买书的。"

"嗯? 你在哪里读书? 今天这么大的雪还过来买书? 很着急用吗?"售货员面带微笑，又是一连几个问题。

"在农机校进修，有两本书，是有些……想早点儿买到。"小吉被她炯炯的眼神看得有些不自在，就又掉转头去看书架，装作找书的样子。

"农机校？进修？挺远的哦！今天下大雪，你不会是走过来的吧？"

"嗯，走过来的。"

小吉的回答让售货员很是吃惊，为了买书，一趟不行跑两趟，还踩着这么厚的积雪，几乎穿越了大半个城市。这种为了书啥都不管不顾的劲头，令她动容。

"你这孩子，书非得今天买？不能等天气好点儿再来吗？你要买什么书？我帮你找找。"

"《英语九百句》和《数学千题解》。"

"农机校进修还要学英语？"售货员奇怪地问道。

"我是县里小镇农机站派到农机校来进修的，只是一个机械维修短期班。英语书是帮同学买的，明年高考要考英语。"

"这样啊，还以为你要学英语。你这么小就工作了？"

"嗯，我父亲去世了，我接了他的班。"

"唉，这才多大就参加工作了？！嗯，你说的这两本书这几天卖得特别快，《数学千题解》还有，《英语九百句》前天就卖光了。"售货员边说话边从柜台里取出一本《数学千题解》，放到了小吉跟前。

小吉拿起来翻了一下，好像是在看书的质量，其实是去看书的定价的。八毛六，小吉看着封底上标的定价，心里默默算了一下，买四本，需要三块四毛四，好在带上了留作路费的一块八，不然真还不一定够。自己应该有五块多钱，只要《英语九百句》不超过一块钱，他的钱够买了，但是没有《英语九百句》，光回去送《数学千题解》，还得顺带给林迪一本，她俩现在又是同桌，不然到时候林迪会怎么想？

他抬起头来，看着售货员问道："这本书我买四本，可以吗？"

"四本？"售货员一愣，"你买那么多干吗？"

"我帮同学带的。"小吉心里想着，吴怡一本，林迪一本，辛世远一本，还有自己一本，对，就是四本。

售货员低头去书柜下面去翻了翻，又拿出三本来，说道："正好四本，多要一本都没有了。"

小吉听了这话还是挺高兴的，伸手去裤子口袋里掏钱出来，然后一张一张地数着。刚数了两张，他就觉得不对了，里面好像没有从裤子底下翻出来的那一块八。小吉的汗一下子就下来了，赶紧又伸手到口袋里摸，里面是空的，摸另一边的口袋，也没有，估计是一路手冷插在裤兜里，几次差点摔倒的时候手掏出来找平衡，把钱带出来丢了。

看到小吉的窘态，售货员似乎明白了小吉的困境，小声问道："怎么？钱丢了？"

小吉心里有些发慌，摇了摇头，又点了点头。

"别急，再找找。"售货员还是小声地安慰小吉。

再翻一遍，只在裤兜底部翻出个二分的钢镚儿，那一块八还是没有。小吉只好把刚才掏出来的钱数了数，算上那两分钱，一共三块四毛二，四本书全买的话，还差两分。

小吉实在心有不甘，就又把口袋都翻了一遍，没有就是没有了，再翻还是没有。

售货员看着着急的小吉想了想，问道："你叫什么名字？"

"吉连胜。"

"嗯，小吉，你手里的钱够吗？"

"差两分钱。"

"差两分？"

"是，差两分。"

"这样吧，反正你还得来买《英语九百句》，这两分钱我给你垫上，下次来的时候你再还给我好了。'售货员先替小吉垫钱，这让小吉心里感到非常温暖。

"谢谢阿姨！"小吉话刚出口就觉得自己又错了，赶紧改口道："嗯，同志，谢谢你！谢谢！"

"齐梦欣。别阿姨同志地乱叫了，你就叫我欣姐吧。"齐梦欣对着小吉又是一笑，露出红唇里几粒细细的白牙。

收了小吉的书钱，齐梦欣又去找了张报纸，把四本书包了起来，用细纸绳扎了个十字结，递给小吉。

齐梦欣的细致让小吉不禁又一次感动了，说着"谢谢欣姐"接过了纸包。

"别客气，走路小心点儿！小吉，书店明天会再进一批书，估计会有《英语九百句》的，这书卖得快，你要是着急用，后天再过来一趟吧，晚了恐怕又卖光了。"齐梦欣又对小吉叮嘱道。

小吉再次感激地点了点头，和齐梦欣说了再见，转身就要离去。"等等，"齐梦欣又叫住了小吉，"你的脸色很差，身体有什么不舒服吗？"

"还好吧，昨天从书店回学校，路上下雪受了点儿寒，晚上可能没睡好，今天回去睡一觉就好了。"小吉虽然还是感觉头疼身上冷，但觉得没事儿，就要往外走。

"先别急着走，回来，让我看一下。"齐梦欣把小吉唤回到柜台边，凑近了察看了一下他的脸色，小吉就有些不好意思要往后躲，却早被齐梦欣拉住。她又伸手用手背蹭了蹭他的额头，脸色一变，说道："这个愣小子，发烧了还乱跑，等一下……"说着回到后边的房间去了。

不一会儿，齐梦欣一手端了一杯水，另一只手里拿了两颗白色的药片出来，对小吉说："这是安乃近，你吃一片，带一片回去，赶紧裹着被子睡一觉，发发汗好得快，晚上睡觉的时候再吃一片儿，明天要是再不好就得上医院！"

看着小吉吃了药，把另一片药用纸包了放在口袋里，齐梦欣又掏出一毛钱塞给小吉："这天寒地冻的，你还发着烧，别走回去了，去坐公交车，别省钱不要命啦！"

小吉答应着，声音有点异样，"谢谢欣姐"差点儿都没说完整，眼泪就在眼圈里打转。他赶紧一低头，假装收拾那包书，转身向书店的门口走去。

另一位售货员看到齐梦欣前前后后来回忙乎，走过来指着出了门的吉连胜问道："梦欣，这是谁啊？"

"我弟弟。"齐梦欣笑了笑回答道。

"啊？我怎么不知道你有两个弟弟？"

"这个是堂弟，我叔叔家的二小子。"

隔着玻璃看着小吉站到了外面的公交车站牌下，齐梦欣还是有些感到不安，正准备再出去，却看到公交车来了。看到小吉上了公交车，齐梦欣方才略略舒了一口气。

十五

争奈相思无拘检，意马心猿到卿卿

从新华书店回来，小吉病倒了。

吃了齐梦欣给的另一片安乃近，前半夜小吉一个劲儿地出虚汗，浑身上下虽然难受，但还算好。后半夜药劲儿过了，小吉体温就高了上去，迷迷糊糊中开始说胡话。杜少辉爬起来摸了摸小吉滚烫的脑门，知道不妙，赶紧穿了衣服去找班主任借了辆自行车，和宿舍的几位同学把小吉送到了附近的煤炭医院。

值班医生给小吉测了体温，已经到了40.1度，又用听诊器听了听胸部，用手电筒照了照喉咙，翻看了眼睑，把了把脉，让去做了个X光透视，验了血，说可能是急性肺炎，典型性的。做完皮试，医生给开了每天180万单位的青霉素和500毫克硫酸链霉素联合用药输液，加安痛定退烧，如果是肺结核也一起治了。医生说先输三天液，看看用药的效果，要是体温能降下来，问题就不是很大了。

三天过去了，肺炎被压了下去，小吉体温正常了，除了偶尔咳嗽几声，身体基本恢复了。医生说再输两天液，没什么特别症状就可以出院了。三天来班上的同学轮流来陪着他，令他异常感动，但也觉得是自己的任性连累了大家，想着尽快好起来，回到教室里和司学一起学好本领，为实现四化建设祖国而努力奋斗。

钟跃进来了。

钟跃进来到小吉的病房是在周六午饭后，他来之前，小吉还在输着液。坐在病床上，小吉一只手上扎着输液针，用另一只手翻着《钢铁是怎样炼成的》，正读到保尔和同志们在冰天雪地里修筑铁路，一列客车因为路断了停了下来，筑路队要求车上的旅客参与修路。保尔意外地与冬妮娅和他的设计师丈夫相遇。已经结婚且裹在一身裘皮里的冬妮娅竟然对保尔说出了这样的话："老实说，我真没有想到你会弄成这个样子。难道你不能在现在的政府里找到一个比挖土好一点的差事吗？我还以为你早就当了委员或是有了什么同样的职位了呢。你的生活怎么搞得这样惨啊……"，保尔的回答是"我也没想到你会那么布尔乔亚，一身的酸臭"。读到这里，小吉又翻回到保尔和冬妮娅第一次相遇的那章去看，当时保尔正在树林里的小溪边钓鱼，冬妮娅在他身后大叫"咬钩了咬钩了"。然后是和两位恶少打架，保尔完胜对手，冬妮娅在岸上忍不住哈哈大笑起来，"打得好，打得好！"还拍着手喊，"真有两下子！"

小吉合上了书，耳边仿佛听到了冬妮娅开心的喊叫声。他转头看向了窗外，窗前几棵钻天杨的枝条丫杈向上，树身上的疤痕像竖着的眼睛一样空洞地望向四方，树上落的几只麻雀不时单调地叫上几声，议论着残冬的逝去。想到保尔和冬妮娅从开心偶遇到分手决裂，小吉心里不禁感慨万千。

筑路队伍中衣衫褴褛的保尔和冬妮娅的对话，也让小吉内心里把自己和保尔做着比较：冬妮娅是林务官的女儿，而林迪是粮食局副局长家的孩子；保尔出身穷苦家庭，自己来自小镇，家境寒微；冬妮娅和保尔是偶遇，自己和林迪相识于高中课堂；冬妮娅是在林子里看书的时候被溪边钓鱼的保尔所吸引，而林迪和自己的沟通则是源于在窗台上做太阳影子的记号……想起在林迪家吃完饺子两个人手拉手坐在那里，小吉内心里再次情绪激荡，希望自己尽快好起来，能再去新华书店帮林迪把《英语九百句》买回来。

正遐思间，钟跃进推开病房门大步走了进来，看了一眼坐在床上发呆的小吉，把手里的一本书扔到了小吉盖着腿的被子上。

前几天轮班，钟跃进也来陪过床，但那时候小吉烧得昏天黑地的，两个人也没什么交流。这次钟跃进以这样一种方式"闯入"，小吉有些愕然。他快速扫了一眼钟跃进扔过来的那本书，蓝色的封面上是一个大大的三个电子围着原子核飞绕的图案，穿行期间的是一艘宇宙飞船，飞船的玻璃舷窗里有一个戴着透明头盔的孩子，一排飞行式设计的字体印在封面的上部：小灵通漫游未来。

钟跃进大大咧咧地在小吉的病床边上坐下，用下巴点着那本书说道："知道你爱看书，这本《小灵通漫游未来》，是我舅春节前去北京出差排了半天队才买上的，北京那边可流行了。一个寒假我看了三遍，太震撼了！哎，借你看看，别在医院给闷死。"

旁边病床上的那位觉得钟跃进最后这句话有些不着调，一脸厌恶地看了他一眼，他却颇不以为意，一脸傲慢地等着小吉的回应。

小吉看了一眼钟跃进，扎着输液针的左手慢慢挪到旁边，右手把怀里的《钢铁是怎样炼成的》放到枕头边，拿过了那本《小灵通漫游未来》翻了翻，里面的插图全是未来世界科技发展的风格，他一下子就被吸引住了，读了好几页才想起钟跃进还在床边。再次抬起头来看钟跃进，小吉眼里满是感激，嘴里说了声："谢谢。"

钟跃进却觉得小吉的"谢谢"根本不足以表达对自己带书给他的高尚之情的褒奖，但有这句话，聊胜于无吧，就点了点头，表示接受了小吉的感谢，眼睛却又直直地盯着小吉，一副高深莫测的样子。看着钟跃进盯着自己犀利的眼神，小吉突然想起上周日返回市里的公共汽车上他似乎有意不往车后自己的座位方向看，坐到了前面司机的后边，联系从林迪家出来巷子口一闪就不见的那个人影，他不禁开始怀疑当时钟跃进其实是知道自己在车上的。

沉默片刻，钟跃进稍微收敛了一点目光里的锋芒，瞟了一眼旁边病床上的病人，往前探了探身子压低了声音说："上周去林迪家的，是你小子吧？"

听了钟跃进的问话，小吉心中一凛："看来刚才自己的猜测是对的，难道这家伙要趁我生病来找我的麻烦？"

看到小吉没说话，钟跃进就当小吉默认了，接着说道："林迪是我的女朋友，即使现在不是，将来也肯定是！我们家和她家的关系，想必你也清楚，所以啊，吉连胜你少掺和，别的事情看在同学兼老乡的情分上我让你，这件事情你就别想了！"

小吉眼睛直直地瞪着钟跃进，觉得有点儿好气也有点儿好笑，"呵呵"冷笑一声说道："钟跃进，你心里也清楚，林迪根本不喜欢你，你凭什么就那么肯定她会跟你？如果你是真心喜欢她，就支持她好好学习，让她考上一所她理想的大学，而不是抢人家的照片！要是想靠一本书就从我这里夺走林迪，你觉得可能吗？把你的书拿走！"说着合上了《小灵通漫游未来》，向前一推，示意自己不再看了。推的时候小吉忍不住还是看了书一眼，内心万分不舍，但还是毅然决然地把书推给钟跃进。

听小吉这么直接揭自己的伤疤，钟跃进的脸由白变红，又由红变紫。他呼地站了起来，咬着牙看着小吉说道："书是借给你看的，跟林迪没关系！今天看你生病，我先让着你，等你好了咱们再算账！照片的事情，你最好给我闭嘴，再乱说话，别怪我钟跃进翻脸不认人！"说到后边，钟跃进侧身挡住旁边病床上那个人的视线，把拳头挥了挥给小吉看。

小吉看他虚张声势，也不想吵了旁边的病人，就冷笑一声不再说话。钟跃进看小吉不吭声了，以为他的威胁奏效了，就又有些得意扬扬地说道："哥们儿一会儿回县里，很快就又能见到林迪了，就不给你向她带好了。你好好养病，咱们下周见啰！"看到小吉又有些愤怒的样子，他也不等小吉说什么，转身向病房门走去。临出门的时候，他回身伸了右手，用食指点了点小吉，很有深意地看了小吉一眼，随手把病房的门带上了。

　　看着钟跃进关上病房门，小吉收回视线，扫了一眼被子上放着的那本《小灵通漫游未来》，刚才那种急切地想阅读的心情被按了下去，心里开始琢磨钟跃进这个人。小吉觉得他还真不是平时显露出来的那种浪荡公子哥形象，自己去林迪家的事情他一直隐忍不发，生病这几天也和同学们轮班陪护自己，今天又拿这么好一本书来"收买"自己，最后用"武力"威胁，这到底是要自己为他吹牛林迪是他女朋友还抢了林迪照片的事情保密，还是真的要和自己全面争夺林迪呢？

　　想到林迪，小吉的内心还是暖暖的，她知道林迪喜欢自己，凭这一点他钟跃进就没法和自己抗衡。冬妮娅可能会离开保尔嫁给一个有钱有地位的设计师，但林迪肯定不会离开自己去和钟跃进这样的人在一起。一想到林迪父亲那阴冷的眼神，钟跃进说到他们家和林家的关系那副傲慢的神态，小吉还是有些无力的感觉，家庭出身是无法选择的，这真是个令人痛苦但永远无解的问题。小吉思前想后，又在内心里给自己鼓劲，只要自己加倍努力学习，获得优异的成绩，用自己卓越的表现得到林家的认可也不是不可能。要做到卓越，的确不是件容易的事情，但自己一定要全力以赴。为了林迪，未来的日子将只有四个字："艰苦奋斗"。想到这里，小吉恨不得马上回到学校去，把这几天落下的功课全都补回来。

　　去书店买书的时候，小吉想的是书买齐了，这个星期天就回县里给林迪送去。可是那天身体不舒服，拿了齐梦欣的一毛钱坐上了公交车，想到自己不小心丢了一块八，心疼到绝望，也知道回县里的计划因为没钱而更加困难了。买书之前小吉就好多次在心里想象着林迪从自己手里接过《英语九百句》的时候弯弯的眼睛里会放出怎样的光芒，但现实的问题是买了书怎么才能送到林迪的手上。如果寄回去，寄丢了就什么都没有了；有顺路回去的人给带回去最好，而那个顺路回去的人，现在看来则只有钟跃进了。小吉认真思考了让钟跃进把书带回去的可能性，觉得依着钟跃进的性格，很可能把自己给林迪买的书给黑了，他才不愿意看到自己和林迪交往得这么近，或者他在给林迪的时候干脆说是他给买的，即使自己有机会见到林迪的时候能够解释清楚，但毕竟买书的事情会因此失去了应有的光彩。所以，小吉之前就决定了不能让钟跃进带书回去送给林迪。今天钟跃进跑过来主动借书给自己看的表现，让小吉的心眼儿又有些活动，只是想起他出门时候指向自己的右手食指和那个颇具深意的眼神，小吉还是退缩了。

　　先找杜少辉借点儿钱，把目前的困难度过去，等自己下个月发工资了再还给他，希望这条路可以走通吧。这样合计着，小吉心里就又开始想怎么找杜少辉借钱，借多少合适，得把《英语九百句》的书钱和回县里的路费都借出来，还得还齐梦欣的书钱和公交车费。估计至少要借五块钱。他能借给自己吗？如果杜少辉不借的话，再找谁借合适呢？小吉想到了齐梦欣，但马上就否定掉了，萍水相逢，人家能这么关心自己就已经非常不容易了，还要向人家借钱，又不是自己的亲姐，凭什么啊？

齐梦欣来了。

周日上午，小吉躺在病床上，刚输上液没多久，杜少辉从病房外走了进来，后面跟着一位身材高挑的年轻女子。小吉开始也没在意，以为是来探望邻床病友的，等杜少辉把她让到病床前，小吉才看清楚，来人正是新华书店给自己垫钱买书还借车费给自己的齐梦欣。

"欣姐，你怎么来了？"小吉张罗着要坐起来，齐梦欣却一边用手示意他不用起来，一边走到床边在椅子上坐了下来。杜少辉看到小吉和齐梦欣很熟悉的样子，不禁有些惊讶，他从没听小吉说起在市里还有个姐。

刚才齐梦欣出现在宿舍门口，她的美丽和气质让宿舍里的人都为之一震。听说是找小吉的，大家更是感到奇怪，都觉得小吉是暗藏在宿舍里的一个特别人物。杜少辉说小吉生病住院了，齐梦欣就说要过来看看，平时待人冷淡少言寡语的杜少辉，这次却主动说带她去医院。

齐梦欣看到小吉的气色很好，刚才悬着的心才放了下来，从手里鼓鼓囊囊的包里取出两个玻璃瓶装的水果罐头，一个里面是黄澄澄的橘子瓣儿，另一个则是糖水梨。她把罐头放到病床边的小桌上，摆手示意小吉不用客套，笑着说道："那天你的脸色那么差，还发烧，压根儿就不该跑出去。第二天那本书到了，我还想着你隔天会来买，两三天没来，我就估计你身体顶不住了。今天休息，我送雯雯去爷爷家，顺道过来看看。"

小吉没想到齐梦欣这么关心自己，又有些激动起来，也不管手上扎着针，一翻身就坐了起来，想要说点啥，嘴张了张，却一句话也说不出来。齐梦欣起身扶小吉坐好，把被子给他搭上，又回身从包里拿出一本书来，正是小吉要帮林迪买的《英语九百句》。她把书递给小吉说道："这书特别抢手，怕卖完了你又买不上，我就给你留了一本。"

"欣姐……"小吉接过书来，激动得话都说不出来了，眼泪在眼眶里直打转。

杜少辉在旁边看着欣姐周到地招呼着小吉，眼睛瞪得老大：这位气质高雅谈吐不凡的"欣姐"和小镇上来的普通学徒小吉，到底是什么关系呢？

十六

往诉不堪逢彼怒，最难消受美人恩

早上起来，外面白茫茫一片，原来是起了大雾。

老吉把床头保温杯的热水一口气喝完，简单洗漱了一下，看表姐和表姐夫已经在院子里侍弄那些青椒黄瓜西红柿了，就打了招呼，出门向野外走去。

镇外的雾更大了，路边的杏树李树叶子分外清新透亮，但稍微远一些就被雾气镶上了一圈儿毛边，十几步外就连树枝树冠都看不清楚了。空气湿度很大，露水也足，老吉顺着山路一路缓缓向上攀行，躲避着路两边伸出来的枝条和草梗，但还是免不了湿了裤腿。

翻过石嘴崖，老吉陡然发现自己已经走到了晨雾之上。东方一轮红日蓬勃而出，掩盖在山川大地之上的浓雾变成了云海，在朝阳的万道霞光中波涛汹涌，变幻出各种迷人色彩，直看得老吉心情激荡，豪气丛生，对着下面的山谷一声长啸，空谷回音传向远方，逐渐消失在天边云海之中。

太阳升起一人多高，地上的雾气逐渐消散。小镇错落的屋顶上炊烟袅袅，掩映着绿树灰瓦；若有若无传来几声鸡鸣犬吠，和着镇里那座古旧砖塔檐角下风铃清脆的响声，寂静和灵动之间随心所欲地杂糅在一起，正是一番世外桃源的平和胜景。半山处依然是云雾玉带环绕，流云飞泻流淌，时而将小山峰上的嶙峋怪石托出云海，时而又掩蔽了山崖上地质断层披下来的褶皱，好似一幅颇具古意的三维水墨山水图，别是一番旖旎风光，让人流连忘返。

自从父亲意外身亡，无奈中断学业接了父亲的班之后，老吉四十多年来从没有像现在这样无拘无束地享受身边的青山绿水，让自己的躯壳和精神完全融入大自然之中。解开领口紧扣的衣扣，老吉脱下紧紧包裹着自己的冲锋衣，清凉的空气瞬间浸绕着只剩下一件薄 T 恤的上身，那些遥远的声音和着云雾一点一滴地渗透进来，直入灵魂深处，涤荡着多年尘封在记忆里的善与恶，美与丑，真与假，是与非，虚与实，明与暗，冷与暖，富与贫，爱与恨，情与仇，卑微与尊荣，勇敢与怯懦，失败与成功，欢乐与痛苦，冷漠与热情，坚强与脆弱，慌乱与从容，迟钝与敏捷，喧闹与安宁，过去和未来，瞬间与永恒。老吉突然发现，多年来的畏寒毛病，折磨自己多时的焦虑，在这一刻竟然消退得无影无踪。一刹那，忽如灵台空明，一直以来听诵的所谓"不生不灭不垢不净不增不减"，不就是现在这样自在逍遥的境界吗？

沿着细麻绳一般的山路盘旋而行，不知不觉中，老吉比前些天走得更远，若不是肚子咕咕叫着提醒，他几乎忘记了返程。回到表姐家已经是九点多了。看老吉一副舒畅开心的样子，表姐也觉得轻松了许多，她把热在锅里的早饭取出来，让老吉洗了手来吃。表姐坐在旁边，像看着自己孩子一样看着老吉吃饭，这让老吉反倒有些不大自在。

"姐，你该干吗干吗去，不要守着我。"老吉吃着粥蛋，嘴里呜噜呜噜向表姐表达"抗议"。看到老吉还不愿意自己坐在旁边，表姐笑了："小时候我一到姑姑家，你就跟块麻糖一样黏在我身边，你是不是都忘了？行，我不看你，去看看有没有熟了的黄瓜西红柿，这第一茬菜，啥也好吃，一会儿吴怡来，给她拿一些回去生吃都好。"

"吴怡要来？"老吉停下了手里的筷子，抬头去看表姐。

"她倒没说来，但我看啊，昨天她来你不在，今天上午八成还得过来，中午也不知道又有啥好吃的啰！"表姐边说话，边拿了个塑料筐走了出去。

老吉想了想，和吴怡大概也有二十多年没见过了，所谓的活泛，所谓的水灵，到这个年龄都已经远去，剩下的只有眼袋里的人生积淀和额头上的岁月勒痕。要是没有当初那个星期天回县中学找林迪，也许就不会和吴怡扯上关系；要是没有答应吴怡买《数学千题解》，吴怡也就没理由到市农机校来找自己；要是自己没有因为买书折腾出那场大病，吴怡就不会那么轻易闯入自己的生活……

老吉扒拉完碗里的小菠菜烩山药，端起表姐给热好的一大碗牛奶一饮而尽。收拾着碗筷，他不由就又想起自己第一次躺在医院病床上的情景来……齐梦欣和吴怡在医院的不期而遇，就像冥冥中有人故意安排的一样，让病中的吉连胜"遭遇"了一场意外的"情感折磨"，不知道到底是得到了何方神圣的"眷顾"，人生际遇的现实，竟然比志怪传奇里的恩恩怨怨更加让人喟叹。

接过齐梦欣手里的《英语九百句》，小吉异常感动。等心情稍微平复点儿，另一件闹心的事情就又涌上小吉心头：书钱！

欣姐大老远跑过来探望自己，送了那么贵的水果罐头，给自己"走后门儿"留了书，现在自己却拿不出书钱来，着实是头大啊！小吉"故技重施"，低头假装去翻那本书，眼睛却偷偷瞟向了封底上的定价：1.02元。加上前面齐梦欣替自己垫付的二分钱和一毛钱的车费，一共需要给一块一毛四分钱给欣姐，但是他现在囊中羞涩，一分钱也没有，刚才还合计着找杜少辉借钱，现在当着欣姐的面，他也无法说出口了。脑子里转着钱的事情，却不能不说话，小吉假装翻完书，抬起头来看着齐梦欣说道："欣姐，你怎么对我那么好？"说完又看了一眼旁边站着的杜少辉说道："少辉哥，你也坐啊！欣姐在新华书店工作，那天多亏了她，不然我可能都回不了学校了。"

杜少辉听了小吉的话，虽然还是有些摸不着头脑，但觉得自己傻站在旁边也不合适，就向小吉点了下头，走到病床的另一边，坐在床尾处听他们说话。

齐梦欣看着小吉刚才低着头的样子，早就知道了他的心思，但也不好说破。她帮他掖了掖被子，笑着问道："那天我叮嘱雯雯不要和陌生人说话，雯雯说你不是陌生人，你知道为什么吗？"

雯雯！那个对自己颇有好感的乖巧的小女孩的样子一下子就回到了小吉的眼前。他好奇地问道："为什么呀？"

"雯雯有个小舅舅，就是我弟弟，可能比你大两三岁吧，去年秋天参军走了，你的样子跟他可像了，就是看着比他小一些。雯雯跟小舅舅的感情很好，所以看到你就天然有种亲近的感觉，小孩子是最单纯的，回家还大哥哥大哥哥地说起你呢！"说到这里，齐梦欣低了下头，慢慢抬起头来看着小吉："小吉，姐就那么一个弟弟，现在……"说到这里，她又低下头去，再次抬起头来的时候，虽然脸上还是在微笑，但眼圈里却有了泪水。

"你弟弟怎么了？"杜少辉看出齐梦欣的异样表情，就忍不住问了一句。

"他所属的部队开上了越南前线，收音机里每天都有打胜仗的消息，但我们一家都不知道弟弟现在怎么样了……"齐梦欣的头又低了下去。

小吉有些理解齐梦欣为什么会对自己那么好，显然她真的把自己当成了她的弟弟，可是，她弟弟上前线，打仗哪有不牺牲的，她的担心也完全可以理解。

房间里的气氛一时有些压抑，三个人都不再说话。

"别担心，欣姐，我是退伍军人，咱们当兵的平时训练刻苦，上战场英勇杀敌，不会有事的。"杜少辉低沉的声音打破了沉寂。他跟着小吉一起叫"欣姐"，开始有些别扭，但他本心是想安慰齐梦欣，顺嘴就说了。当然，他自己对"不会有事"也没太大信心，作为曾经的军人，他深知战争的残酷。

齐梦欣听得杜少辉也叫自己"欣姐"，就抬头看了一眼杜少辉，这个胡子拉碴自称退伍军人的汉子，看起来年龄并不比自己小，但听他后面的话，也知道他是在安慰自己，就强努出一个微笑对他表示感谢。她眼角余光扫到杜少辉那张棱角分明冷峻的脸，让她莫名地有了些信心。避开与杜少辉目光的碰触，她的头又低了下去。

小吉虽然也想说几句安慰欣姐的话，却又不知道从何说起，内心里同时还在纠结怎么还齐梦欣的书钱。

"少辉哥，"小吉想了半天还是没有办法，就想冒险冲一把，看看杜少辉能不能理解自己的意思，"少辉哥，我的钱在宿舍里，你能不能帮我回去取一下，我得把书钱给欣姐。"

"你放在哪里了？"杜少辉顺嘴就问道。

"也许在我书包的文具盒里，也可能在褥子下面……"小吉一边说着，一边使劲儿给杜少辉使眼色，杜少辉一开始根本没注意小吉在挤眉弄眼，等小吉把话说得慢下来，才注意到他的表情，再琢磨他的"也许"、"可能"，心里就明白了一大半。他想了想，从床边上站了起来说道："我身上带了钱，先给欣姐吧，你病好了，回宿舍再还我好了。"说着就到上衣口袋里去掏钱。

小吉平时和杜少辉并不是特别亲近，但今天他能这样"配合"自己，真是难得，小吉向杜少辉投去了感激的目光。

小吉在那里挤眉弄眼使眼色，齐梦欣早看在眼里。从上次小吉步行那么远去书店买书，她就知道小吉经济状况不好，而且那天他还丢了钱，估计现在更是没钱了。和杜少辉演戏，更证明了他手头紧张。她看杜少辉从口袋里掏出些散钱来正准备数，就挥挥手让他别数了。她的眼睛看着小吉说道："小吉，你又生病又一下子帮同学买那么多书，正是用钱的时候，我呢，也不着急用钱，书钱也没多少，你就先别急着给我。等你病好了宽裕些再给我吧。"

听欣姐这么说，杜少辉数钱的手就停在了那里，眼睛看向小吉。小吉被欣姐说破了窘境，大为不好意思，想一想欠着杜少辉也是欠，欠着欣姐还是欠，一客不烦二主，索性这次的书钱就欠欣姐的吧。想到这里，他红着脸对欣姐说道："欣姐，唉，也不知道怎么说才好，还真被你说中了，刚来的第一个月，用钱的地方多了些，我也没计划好，等我下个月发了工资，第一时间给你送过去。"

看小吉着急的样子，齐梦欣就又笑了："不用那么急，我也没什么着急用钱的地方。小吉，春暖花开的时候，找个星期天，你带雯雯去野地捉蝈蝈吧，她可喜欢听小虫子的叫声。"

听到齐梦欣转移了话题，小吉一下子轻松下来，嘴里一迭声地答应说"没问题没问题"，但一想到又是一个"春暖花开"的约定，心里总有一种怪怪的感觉。

正说话间，有人敲了敲病房门，病房里的人都转头看向门口，门被慢慢推开了，一个中学生模样的女孩子探头进来，有点羞怯地问道："请问，吉连胜是在这间病房吗？"

吴怡来了。

医院的楼道和病房里充满了来苏尔的味道。从齐梦欣进到病房里，小吉就感觉到一股淡淡的清香在空气里流动，有些刺鼻的来苏尔味道被冲淡了许多。窗外的阳光照进来，强烈的光线里可以看到一些细小的尘粒在飞舞，直到后来读了军校，小吉才知道那种无规则的尘粒飞舞，也被取了个洋气的名字，叫布朗运动。进来的吴怡改变了病房里无规则布朗运动的"规则"，一种类似野花的芬芳开始搅扰着小吉的嗅觉，他觉得有些晕乎了。

吴怡看着一屋子的人都看向自己，心里有些发慌；明艳的齐梦欣对她审视的眼神，更让她浑身不自在；杜少辉的目光虽然有些冷，但却相对比较友善；而小吉的表情则有些怪异，好像非常意外看到自己的到来，惊奇里还混杂着一些复杂的情绪，那种情绪显然和床边那位女子有关。

"吉连胜，你怎么生病了？"吴怡下意识地评估了一下眼前的情形，觉得在无法判断病房里形势的时候，还是直接和小吉说话为好。

"就是急性肺炎，已经好了。"小吉虽然对吴怡的"闯入"缺乏思想准备，但做出的判断和吴怡的最初想法是一致的，就是千万别把事情搞复杂。

"你怎么来了？"小吉问话刚出口就知道自己又冒失了，赶紧向齐梦欣和杜少辉介绍吴怡："吴怡，高中同学，我们是一个镇上的。"转头又向吴怡说道："这位是欣姐，在市里工作；这位是少辉哥，和我一个宿舍的。"

吴怡分别向两个人点了点头，心里却在暗暗打量那个"欣姐"，想着小吉家在市里也没什么亲戚，哪里跑出来的漂亮"欣姐"？

"我来市里是想看看你有没有买到那本书，要是你没时间去买，我就自己去书店找找。刚才去你宿舍，他们说你生病在医院，我就过来了。"吴怡解释着自己的来意，心却有些虚。她犹豫了一下，低头从自己的书包里摸出一样物事，探身放在了小吉的病床上，说道："前天我回小镇，见到你表姐，我和她说我可能到市里来买书，她说给你织了双袜子，让我捎给你。"众人的视线齐刷刷地落在床上那件东西上，原来是一双手工织的灰毛线袜。

"你是替这位吴怡同学买书的？"齐梦欣看着那双毛线袜，稍一思索就明白了究竟，笑吟吟地看着小吉问了一句，又回头仔细打量了一下吴怡。她觉得小吉为了这个女孩子不辞劳苦一趟一趟地跑书店，这女孩子还为小吉织毛袜，两人应该有些特别的感情吧？

"是是是，呃，不不不。"欣姐这么问话，又那样去看吴怡，小吉就知道欣姐误会了他和吴怡的关系，一下子有些语无伦次。床尾被子上的毛线袜似乎烫了他的脚，被窝里的腿使劲地往回收，嘴里赶紧解释道："那本《数学千题解》是帮吴怡买的，《英语九百句》不是……"说完又觉得解释得有些乱，伸手去挠了挠后脑勺，不说话了。

吴怡见齐梦欣又在打量自己，下意识地抬了抬下颚，挺了挺胸，并不去迎接她的目光，却做出一副惊喜的样子说："啊？书买到了？太好了，看来今天我没有白跑！"

"你要的书买到了。"小吉刻意把"你要的"三个字说得重一些，说完看了一眼齐梦欣，又转头对杜少辉说道："少辉哥，还得麻烦你跑一趟帮我取过来，我那天买的书，就放在桌子上，那个用细纸绳捆着的报纸包。"

杜少辉看了一眼齐梦欣，答应了一声，有些不情愿地向病房门口走去。

齐梦欣朝往外走的杜少辉说了句"少辉，你等一下"，转向小吉，眼神里满是笑意地说道："我也得走了，我和少辉一起回学校，骑我的自行车会快一点儿。你要安心养病，快点好起来！"说罢绕过吴怡，向外走去。到了门口，她又回过身来，看着小吉说道："对了，以后你同学需要什么书，到书店来找我就行，别让人家来回跑了。"说完对小吉眨了眨眼睛，跟在杜少辉身后出了病房门。

毛线袜，小吉看着被子上毛茸茸的毛线袜，百般滋味从心头升起，也不知道该如何是好，抬头去看，一双毛瞪瞪圆溜溜的眼睛正看着自己，野花的芬芳飘荡开去。小吉伸手在被子里使劲掐了一把自己的大腿："吉连胜！春光虽好，你却不能迷失啊！"。

十七

巨耐痴心云作泪，浮世梦里雨相随

"中央人民广播电台，下面播送中国人民解放军中央军事委员会公告：中国广西、云南边防部队从一九七九年二月十七日开始，被迫对越南侵略者进行自卫还击，已经完全达到预期目的，奉命自一九七九年三月五日起开始全部撤回中国境内。截止一九七九年三月十六日，中国广西、云南边防部队已全部撤回中国境内。中国和世界上绝大多数爱好和平的国家一样，反对任何形式的霸权，也从不谋求任何霸权！中国不要越南的一寸土地……"

课外活动时间，正在教室里打扫卫生的吉连胜和校园里的所有人都停下了手头的事情，聆听着学校高音喇叭突然转播的中央人民广播电台公告。

"仗打完了！我们胜利了！"学员们和教职工都跑了出来奔走相告，全然不顾依然料峭的春寒。校园里一时间欢腾起来，有人搬出了春节时没放完的鞭炮开始燃放，喧闹声响彻整个市农机校。

小吉裹在校园欢跃的人群里，仰头看着突然受了惊吓四散飞逃的麻雀，脑海里出现了齐梦欣那总是笑着的神情，她那和自己很像的弟弟也终于可以回来啦！

肺炎痊愈出院后返回农机校，小吉的危机意识大增，开始了宿舍教室车间食堂四点一线的学习生活，他知道三个月非常短暂，如果将来不能上大学，那现在就是自己仅有的在校学习时间了。一想到三个月后再也没学上，他就紧张得喘不过气来，恨不得每天二十四小时不吃不喝不睡觉，把全部的时间都用在学习上。他利用空闲时间把住院期间的课程全部补上，还开始做《数学千题解》上的题，他要求自己无论多忙，每天至少要做三道题。有时候下晚自习又饿又困，但如果自己规定的任务没有完成，就马上趴在床上就着宿舍昏暗的灯光开始做题。进修的日子过得紧张而充实，小吉始终看不清楚未来，只是觉得就这样在暗夜里低头前行，也许某一天一抬头，一个清亮亮的早晨就会出现在眼前。

明天又是星期天，他打算再去新华书店一趟，去看望齐梦欣，把欠她的书钱还上，更重要的是，还是要问问她那个和自己很像的弟弟，是不是已经平安归来。可是，就这样去还个钱，两手空空啥也不带，好像很不合适，但小吉自己实在没什么拿得出手的东西送人，要买什么贵重的东西，他那点儿可怜的工资也不够啊。

想了很久，那个叫自己大哥哥的雯雯在脑海里浮现出来，小吉打开文具盒，从里面找出一根带弹簧的红蓝两色圆珠笔，那是自己一直舍不得用的宝贝珍藏，把这支笔送给雯雯，也算自己的一点心意吧。

周六不用上晚自习，很多家近的学员不吃晚饭就回家了，宿舍里只剩下小吉一个人。他正准备整理一下这一周的功课，看看还有哪些问题没弄明白，生活委员赵哥推门进来，递给小吉一封信，说是上午就从传达室拿到了，因为庆祝对越自卫反击战胜利忘了给他，刚才才想起来，就送了过来。赵哥还神秘地指了指信封，说这信没有发信人的地址，吉连胜你真是班上的神秘人物呀！

小吉知道他暗指住院期间齐梦欣和吴怡去探访的事情，自己出院后回校才知道全校都传遍了。更有甚者，说小吉生病的时候，病房外的女同学排着队等着进去看他，那些女同学个儿顶个儿的漂亮，说得都有鼻子有眼儿的。还有别班的女学员借故跑到小吉班上来串门，都想看看这个吉连胜到底是个啥样的神奇人物，怎么会有那么大的魅力。小吉觉得赵哥也是开玩笑，接过信来，朝着他笑了笑。赵哥顺势捶了小吉膀子一拳，哈哈笑着走了出去。

看着赵哥出了宿舍，小吉就回到自己桌子边看那封信。

信封上娟秀的字迹小吉一看就知道是林迪的，寒假第一天林迪给他的日晷图纸上简单的说明文字就是这种字体。他强压着嘣嘣跳的激动心情，一把就把信封顶部撕开去掏信纸，却发现太着急，信纸的一部分也跟着信封被他撕掉了。一打开信封，小吉就闻到了那种熟悉的清香，那是林迪特有的味道。他小心翼翼掏出信纸，把被自己撕掉的那部分对接了上去。两页信纸没有写满，小吉站着匆匆读了一遍，了解了大概内容，才坐了下来，把信纸铺在桌子上，逐字逐句地读了起来：

连胜：

你好！见信如面！

上次你托吴怡带给我的《英语九百句》和《数学千题解》都收到了，谢谢你！《英语九百句》很难买到，我是全班唯一拥有英语教材的人。从拿到书开始，我已经开始跟着中央台学习英语了。吴怡说是你认识新华书店的一位漂亮售货员才买到的，非常不容易，所以真的非常感谢你。

听说你生病住院了，我非常焦急，但客观情况不允许我去看你，希望你能理解。吴怡说你是为了买书受寒才生病的，这也让我很是过意不去，每次拿出书来学习，都能感觉到你就在我身边，一直给我鼓舞和力量。一个人在市里学习，你要自己保重身体，千万不要再生病，别让关心你的人着急。

不知不觉已经开学一个多月了，班上的同学都在刻苦学习、暗自较劲，下了课都没人出去玩儿了。郝老师经常在课外活动时间进来把同学们轰出教室，但出了教室的每个人手里都还是拿着书，一点儿时间都不想耽误。住校的同学很多都学习到凌晨一两点，回宿舍睡两三个小时就又回到了教室。

刚刚过去的月度考试我的成绩不理想，下滑到了班上第五名，爸爸妈妈都认为我学习退步与你有关。我并不这么想，觉得还是自己学习不够刻苦，今后我会加倍努力，争取期中考试回到班级前三名。上次你走了以后爸爸妈妈和我谈了很长时间的话，希望我不要和你来往。看着他们焦虑的神情，我不得不答应了他们的要求，我不想让他们为我操心。

连胜，我想和你说的是，无论发生了什么事情，我们的约定没有变，以后也不会变，所以你也一定要克服所有困难，为建设祖国实现"四化"而努力学习，珍惜现在的进修机会，实现我们在省城"会师"的理想！

祝身体健康，学习进步！

此致

革命的敬礼！

林迪
1979 年 3 月 12 日夜于学校

读着林迪的信，小吉的心情起起伏伏，久久不能平静。他从桌子里取出信纸，铺在桌上准备给林迪写回信。拿掉笔帽的笔在手里握了半天，却还是没想好怎么回复。就在他为回信烦躁的时候，宿舍门开了，杜少辉走了进来。

杜少辉的家就在市郊，差不多每个周六晚上都会回去，今天没有走，这让小吉颇感奇怪。看到杜少辉进来，小吉朝他点了点头，尽量装出一副若无其事的样子，用身体遮掩着把林迪的信收了起来，又去床上取了《数学千题解》，坐回到桌子前。杜少辉也没留心小吉的"小动作"，坐在自己的床边上，点了一根烟，有点心神不宁地抽了起来。

小吉背对着杜少辉，看着桌上摊开的《数学千题解》，昨天晚上做不出来的那道难题又横亘在眼前。其实小吉根本无心思考书上的数学题，脑子里反复翻腾的还是给林迪回信的事儿。

林迪信中说的几个事儿，小吉刚才读了不下三遍，他希望自己不仅仅是看懂林迪说的每句话，而是要在字里行间去理解林迪的本意。信中首先说的一件事情，就是吴怡把书带到了，但肯定也带回去一些话刺激了林迪，比如说书店漂亮的售货员，尽管他不知道吴怡是怎么向她表述的，但林迪在信中特别提出，说明她还是有些在意的。这件事情在回信中要不要向林迪解释，如果没解释好是不是会产生相反的效果，小吉一时还没想好。

另外，小吉生病林迪不能来看他，他非常理解，估计是因为小吉上次跑到她家，林迪父母担心她和自己交往会影响到学习，所以严令她要和自己断绝往来。从林迪信里的语气看，可能在高考前都不会允许他们交往，尤其是这次林迪成绩下滑给了父母口实，所以林迪也没有办法，这件事小吉完全明白情况，他在回信中要表达理解和部分认同。

还有就是，关于努力学习把握进修机会实现省城会师的约定，那是要小吉一定拿到培训优秀学员的名额，争取到省农学院进修的机会。然而，小吉现在就是有些头疼这件事情。这一个月来的努力学习并没有给小吉带来信心，反倒令他觉得离当初在林迪家夸下的"海口"距离越来越远了。小吉不知道是不是应该在回信中把自己的顾虑和想法告诉林迪，但真要那样说了，林迪会怎么看他呢？他和那个夸夸其谈的钟跃进又有什么差别？不就成了五十步笑百步了吗？

小吉正在为怎么写回信踟蹰之间，却听得身后杜少辉一声叹息。转过身去看，只见杜少辉把烟头扔在地上，用脚后跟狠狠地踩了踩，眼神却甚为空洞，也不知道他为了什么事情发愁。

生病住院让小吉和杜少辉的关系近了许多，小吉知道他的性格，要是自己不问，他肯定什么都不会说。小吉迟疑了一下，还是开口问道："少辉哥，今天没回家？是不是发生了什么事？"

"没事。"杜少辉看了一眼小吉，又恢复了沉默。

没事就是有事，小吉心里想着这句话，就站了起来，来到杜少辉床边，和他并排坐了下来。

杜少辉看小吉过来坐下，欠了欠屁股往旁边让了让，叹了口气，斜着眼看着小吉问道："齐梦欣的钱你还了没有？"

"还没有，想着明天休息去趟书店，正好还钱。"

"刚才出去遇到原来的一位战友，说这次和越南人打仗，前线有些部队伤亡比较大，我问了问，好像就有齐梦欣弟弟所在的队伍。你那个欣姐，唉，也不知道她弟弟怎么样了，明天你去了，问问吧。"杜少辉一副忧心忡忡的样子，低了头又不说话了。小吉看杜少辉那么关心齐梦欣，就想着明天要不要叫他一起去，但齐梦欣有孩子有家庭，杜少辉喜欢她也不会有结果。小吉摇了摇头，约杜少辉一起去书店的事就作罢了。

第二天吃了早饭，小吉收拾了一下正准备出门，齐梦欣带着雯雯来了。宿舍里只有小吉和杜少辉，看到齐梦欣，两个人都感到有些意外，但惊喜之情更甚。二人赶紧起来一阵收拾，让乱糟糟的宿舍尽量整洁起来。

雯雯兴奋地在宿舍里来回跑，一会儿过来拉住小吉的手大哥哥大哥哥地叫个不停，一会儿又爬到桌子上去看窗外飞过的小鸟，还对小吉桌子上几个废旧的发动机零件表现出了超常的兴趣。

每次出现都面带笑容的齐梦欣，这次却在眉宇间流露出一种淡淡的哀愁，小吉和杜少辉都有了一种不好的预感。安顿齐梦欣坐下，杜少辉用自己那个伤痕累累的搪瓷缸倒了一缸热水过来，双手递给齐梦欣，她看了一眼那个茶缸，礼貌地接在手里，端了几秒钟就放到了桌子上。

"欣姐，自卫反击战胜利了，你弟弟有消息了吗？"小吉还是忍不住，问了杜少辉也想问的问题。

"有消息了。"齐梦欣淡淡地回答道，一低头，眼泪扑簌簌地流了下来，她赶忙从风衣口袋里掏出手绢，捂在了脸上。

小吉和杜少辉都明白了，那个年轻的生命，已经长眠在祖国南疆边陲的高山下了。

小吉也不知道怎么安慰这位可亲可敬可爱的姐姐，萍水相逢，却把自己当亲弟弟一样看待，处处替自己着想，但姐姐有事，自己却帮不上一点忙。无力感瞬间淹没了小吉，再细想和林迪胜利会师省城也可能就是个美丽的肥皂泡，原来自己是这样一无是处。人生的挫败感一阵一阵袭来，小吉突然觉得有些天旋地转，一屁股坐在自己的椅子上，两行清泪夺眶而出。

杜少辉铁青着一张脸，坐在自己的床上也是一声不吭。房间里的气氛压抑到了极点，只有雯雯不知道发生了什么事，跑过去拉住妈妈的手问道："妈妈妈妈，你为什么哭了？"齐梦欣左手的手绢掩在嘴边，右手在雯雯脸上轻轻抚摸了两下，却并没有回答女儿的问话。见妈妈不说话，雯雯又转身跑到小吉身边，小心翼翼地拉住他的右手摇了摇，细声细气地问道：

"大哥哥大哥哥，你怎么了？"

十八

钟期久已没，世上无知音

　　"雯雯，到妈妈这里来！"齐梦欣看到吉连胜脸色苍白地坐在那里，眼泪顺着脸颊往下掉，雯雯还在旁边摇动他的手臂，就用手绢擦了一下自己的泪水，招呼雯雯回到自己身边。

　　"雯雯，以后不要叫大哥哥了，叫舅舅好吗？"把雯雯搂在怀里，齐梦欣看着女儿的眼睛认真地对她说道。

　　"为什么呀？他就是大哥哥，不是舅舅！"雯雯也看着妈妈的眼睛，认真地回答道。

　　"他是妈妈的弟弟，你要喊舅舅的。"齐梦欣转头去看了一眼小吉，又对女儿说了一遍。

　　"可是，他就是大哥哥嘛！"雯雯还是不能理解。

　　母女俩的对话让小吉从刚才有些崩溃的情绪中一点一点地恢复了过来，细想一想，自己叫齐梦欣"欣姐"，她的女儿叫自己"大哥哥"，这层关系的确有些说不清楚，之前齐梦欣一直不纠正女儿的称呼，今天却为了此事专门到学校来找自己，看来在战争中失去亲弟弟的欣姐，是真的要认下自己这个弟弟了。

　　"姐，雯雯爱叫啥就叫啥吧，叫大哥哥可能更亲一点。"小吉用袖口擦干自己的眼泪，看了看有些执拗的雯雯，轻声对齐梦欣说道。

　　听到小吉叫自己"姐"而不是"欣姐"，齐梦欣的眼泪又涌了出来。

　　坐在旁边床上的杜少辉实在忍受不了宿舍里压抑的气氛，猛地站了起来，头却磕在上铺的床沿上，疼得他一栽歪，但还是站稳在那里。他眼睛望向窗外，嘴里却是对齐梦欣和小吉说道："咱们出去走走吧，昨天看到雁澜湖的冰都消融了，水面上还有几只野鸭子。"

　　听说有野鸭子，雯雯挣开妈妈抱着自己的手，在地上转着圈儿地拍起手来。

　　雁澜湖离农机校不算远，走过去只要十几分钟。齐梦欣把雯雯放在自己那辆永久牌的二六自行车横梁上，让小吉推着车子，自己和杜少辉跟在后面，一起出了农机校的大门。

湖面一望无际，在少雨干旱的北方，能有这么一大片水，实属难得。湖的北侧有一座高灌引水渠，是六十年代大搞农田水利建设时修的，曾经是雁澜地区著名的水利工程，据说附近十万亩农田都因这条引水渠得到灌溉，被命名为"人民渠"。这座英雄的人民渠显然已经过了她最辉煌的年代，尤其是经历了过去一个冬天的风霜雨雪，有些地方出现了颓塌。从湖边延伸向远方的拱形主体坝上，隐约可以看到有些褪色的套着白圈的红色大字：水利是农业的命脉。

湖边沿岸和人民渠的两侧种植了大量的杨树和柳树，有不少鸟儿在高灌渠的石缝里筑巢，在树林里栖息觅食，天空中不时飞过成群的麻雀，叽叽喳喳地为即将来临的春天鸣唱。

初春的风已经失去寒冬时候的凛冽，尽管是在开阔的水边，大家都没感觉到冷。沿着湖边一路向北，一行四人逐渐走近了那座人民渠。

一路走来，齐梦欣说起弟弟从小的理想就是当一名军人，参军的时候誓言要为祖国"征战疆场，马革裹尸"，出征越南的时候他刚满二十二岁，在队伍撤退执行掩护任务的时候踩雷牺牲的，被授予一等军功章。消息传来，对整个家庭的打击是可想而知的，过去一周，全家人都陷入了巨大的悲痛之中。

听着齐梦欣的话，小吉又被激发了干云的豪气，如果自己结束市农学院进修后无法进一步实现自己在林迪家宣布的"理想"，那就去参军，到战场上去磨炼自己，杀敌立功！

雯雯对湖中的野鸭念念不忘，一路都说要看野鸭。来到湖边，却只是远远看到几只水鸟，还没等靠近就飞走了，雯雯觉得十分不过瘾，从自行车上下来，捡了些芦苇残枝蹦蹦跳跳地扔向湖里。齐梦欣怕她掉到水里，不时弯腰去扯住她的衣服，雯雯却对妈妈拉扯自己颇为不满。齐梦欣有些无奈，就说给雯雯讲一讲这雁澜湖的故事，一听有故事听，雯雯果然就回到了妈妈身边。

阳光细碎地洒在湖面上，拂过湖面的清风吹动着齐梦欣的长发，长发随风微微向后飘荡，飘荡的湖水让齐梦欣演绎出一段关于雁澜湖的凄美传说。

北宋年间，杨家将镇守边关，屡败辽兵。老令公杨继业兵败撞死在李陵碑上，杨六郎继承父亲遗志，统帅大军抗辽，战绩彪炳。宋朝的政权本是宋太祖赵匡胤陈桥兵变黄袍加身得来的，对被自己夺权的后周皇室还是比较宽待，太祖前东家柴家获得了御赐免死丹书铁券，所获封赠世袭罔替。杨六郎的妻子柴美容就是前朝周氏皇家公主，在本朝得封郡主，传统戏剧里一般叫作柴郡主。

郡主有个弟弟名叫柴可夫，善骑射，通音律，与郡主姐弟情深。可夫常随姐夫杨六郎左右，阵前杀敌，骁勇善战，深得将士们的喜爱。一次，柴小将军率队出巡边关，行至一处地面，山峦叠嶂，玉树青峰，景色颇为优美。柴小将军驻马山头，感叹大好河山竟为辽人践踏，拿出玉笛吹奏了一曲《雁箜篌》。一时间佳音泛雾霭，天籁绕山梁，引得山间虎啸龙吟，百鸟齐鸣。众将士正陶醉间，崖后一支辽军伏兵杀出，柴小将军令所率队伍先退，自己断后，独力支撑，终因寡不敌众，死战力竭被杀。

弟弟阵亡噩耗传来，柴郡主痛不欲生。杨六郎陪郡主至可夫阵亡处设灵位祭奠，郡主长哭不起，日月霎时无光，草木为之色变，瞬间山崩地塌，现出一个巨大的地坑来。郡主哭到眼发蓝，眼泪不绝汇入地坑中，遂成一大湖。此湖因之被称为"眼蓝湖"。边关消息传至东京汴梁，仁宗皇帝为之所感，改"眼蓝湖"为"雁澜湖"，流传至今。

小吉听得入神，看讲故事的齐梦欣已是眼泪涟涟，知道她借古怀今，心里还是放不下弟弟，跟着也是心中黯然，一阵唏嘘。

冷不丁杜少辉在旁边说道："怎么可能？别说一个郡主哭个眼儿蓝，就是一千个一万个郡主哭瞎了，眼泪也不可能流成一个湖。"

齐梦欣本沉溺在悲痛之中几不可自拔，杜少辉一句话插进来，差点儿把人噎死。擦了一把泪水，齐梦欣白了杜少辉一眼，看杜少辉一脸无辜，也是无可奈何。

杜少辉见自己乱说话扫去了悲伤气氛，就又转头对齐梦欣严肃地说道："当兵打仗，保家卫国，哪有不死人的？死了的是英雄，活着的人更要坚强，要化悲痛为力量，生活还得继续！梦欣，以后小吉就是你的亲弟弟，有什么事找他，他办不了找我，都一样！都是亲人，不用担心，都会好起来的。"

杜少辉插话的时候小吉就是一愣，现在听杜少辉这样说，还直呼齐梦欣的名字，才知道这个粗犷的汉子别有一番细致的心思。

雯雯正听故事间，被杜少辉打断，就拉住妈妈的手问道："妈妈，你说柴小将军用玉笛吹了一首雁什么猴儿？真有那么好听吗？比《两只老虎》都好听吗？"

"雯雯，是《雁箜篌》。柴小将军吹得当然好听，但是《两只老虎》也很好听，它的曲子起源于一千多年前的格里高利圣咏，自然是因为好听才能流传千年的，在国外有着很多不同的版本。你现在学唱的是填中文词儿的儿歌。"齐梦欣看着雯雯，耐心地给女儿解释着。

"妈妈，我知道你想舅舅了，我们一起给舅舅唱这首《两只老虎》好不好？"雯雯不是很明白妈妈说的话，但还是忽闪着大眼睛看着妈妈认真地想了想，就说要妈妈和她一起唱歌。

　　看着女儿也有些忧郁的眼神，齐梦欣点了点头。见妈妈同意了，小雯雯转过身去，对着寥廓的湖水，用她稚嫩的童声唱了起来：

　　　　两只老虎
　　　　两只老虎
　　　　跑得快，跑得快，
　　　　一只没有眼睛，
　　　　一只没有尾巴，
　　　　真奇怪！真奇怪！

　　女儿声音起来的时候，齐梦欣跟着唱起了和声，声音和缓，意蕴悠长；等雯雯再重复唱第二遍的时候，齐梦欣的和声又换一个声部，节奏沉稳，韵律高亢，伴着湖面掠过的风声，将雯雯的声音衬托得清澈悠扬。小吉从没想到，一首简单的儿歌竟会被五岁的孩子和她的妈妈演绎得如此美妙，一时间竟然听得痴了。

　　歌曲唱罢，小雯雯扑到妈妈的怀里，用小手去擦拭妈妈脸上残留的泪水，齐梦欣一把抱住雯雯，把她紧紧地搂在怀里。

　　杜少辉也没想到在一个郡主的故事之后，还听到了一段如此美好的儿歌，刚才有意搅散悲伤氛围的心也为之折服。他看到雯雯的脸被冷风吹得通红，就解下自己的围巾递给齐梦欣，让她给孩子围上。雯雯看妈妈要给自己围围巾，却并不领情，挣脱妈妈的怀抱跑开了

　　小吉有些好奇地问齐梦欣，刚才所讲的柴可夫的故事，还有和雯雯的合唱，是不是姐姐受过专门的音乐培训。齐梦欣淡淡一笑，说自己祖籍武汉，爷爷是冼星海在上海音专时候的同学，因为家族环境因素，家里人或多或少懂些音乐，她们家里经常开展一些文艺小活动，刚才的曲子她和雯雯一起练了很多次，还得到了七十多岁爷爷的指导。

　　讲完和雯雯合唱《两只老虎》背后的故事，齐梦欣侧脸看着小吉，笑着问道："怎么样？唱得还可以吧？"

　　齐梦欣所讲的家世，是小吉今天的又一次"没想到"，为了买书偶然结识的一位姐姐，竟然来自音乐世家。听到齐梦欣问自己话，小吉才从无限的神往中回过神来，赶紧回答道："此曲只应天上有，人间能得几回闻。"

　　听到小吉开始掉书袋儿，齐梦欣莞尔一笑，把雯雯抱上了自行车。沿着湖边走了一大圈，四人又回到了人民渠下。看看时间已是临近中午，太阳照在湖上，水雾渐起，却真有几只麻鸭飞落在近岸水边。这又让雯雯嚷嚷着从自行车

上下来，在水边一阵欢呼。野鸭受到惊吓，水下的鸭掌快速划动，上身却稳稳地在水面上漂向远方。

从雁澜湖回来的路上，齐梦欣问起给小吉织毛线袜的吴怡，小吉赶紧解释说明一番，齐梦欣却是一副不信的神态。想着齐梦欣对自己的各种好，小吉觉得也不用再为林迪的事情隐瞒什么，看了一眼走在旁边的杜少辉，就把自己和林迪的事情讲了一遍。

齐梦欣听完小吉所讲的事情，脸上终于露出了久违的笑容，说道："小吉呀，你还挺招人喜欢的，长得帅不是你的错，乱招惹女孩子可就不好了。"小吉听齐梦欣批评自己，赶紧"洗刷"自己，说对林迪绝对是一心一意，和吴怡就只是来自同一个镇上的同学而已，不可能有任何发展的。

杜少辉听着小吉有些着急的表白，一张铁青脸也松动下来，嘿嘿地笑了起来。

回到学校，小吉把书钱还给齐梦欣，她却坚持不收，说是给自己将来的弟媳买本书，怎么能收钱呢！小吉被齐梦欣这样一说，脸又涨得通红，拗不过齐梦欣，还钱的事情也就作罢。小吉把红蓝圆珠笔送给雯雯，雯雯拿着一声欢呼，直到吃午饭的时候都拿在手里，觉得大哥哥真好。

中午四个人在学校食堂简单吃了点东西，齐梦欣就带着雯雯离开了学校。

多年以后，参加农机校的同学会，小吉跟着大家再次来到整修一新的雁澜湖边，人民渠的位置已经被湖边的别墅和会所取代。回忆起四人一起漫游雁澜湖的那个初春上午，他不得不承认，那是促使他立志改变人生的一个重大转折点。

今天齐梦欣的到来，为小吉打开了一扇窗户，他第一次意识到自己的世界是那么狭隘，原来历史和音乐可以如此提升人生的境界，让人因眼界不同而深刻去感受这个世界的美好。齐梦欣的静和动，哭和笑，语言和歌唱，凝思和远眺，知性和温婉，都深深地印在小吉的记忆里，久久不能消失。

送走齐梦欣母女，小吉和杜少辉回到宿舍，他本来想着休息一会儿起来给林迪回信，但躺在床上却始终无法入眠，于是干脆爬下床来坐到了桌子前，取出林迪的那封信，再仔细读了一遍。铺开信纸，拧开钢笔，昨天晚上想好的回信思路，一句一句落在了信笺上。在信中对林迪说着话，思念之情也点点滴滴涌上小吉的心头。想起那天在林进家握着她的小手的情景，他再一次暗下决心，绝不能辜负林迪的情谊和信任，要通过自己不懈的努力和奋斗，实现和林迪"会师"的梦想。

杜少辉也没睡着，看着小吉床上床下折腾，他也坐了起来，点燃一支烟，深深吸了一口，缓缓喷出几个烟圈儿，再次陷入了沉思。

十九

万千喇叭听无语，一片痴情诉向春

　　五一临近，校园里的两株泡桐开花了。

　　市农机校里的树很多，毕竟沾个农业的边儿，农林牧副渔全面发展是毛主席的指示，所以在农机校里树是不缺的。教学楼的前后，体育场的两边，操作训练车间的外面，都有很多树，但大多数是杨树和柳树，也有些槐树和侧柏，不多。教学楼后边五十年代种的钻天杨，一个人都搂不过来，树冠高高挺向天空，老远地就能看到，成了外边的人找农机校的一个标志；体育场边则是六十年代的馒头柳，枝条低垂，春天来临的时候，的确有"万条垂下绿丝绦"的景象，学员们在树下做单双杠的拉伸，柳枝拂面，春意清新，还是非常舒服的。

　　随着天气一天天变暖，小吉突然发现，学校图书室门口的两棵树有点儿与众不同，无论是枝条还是树干，和普通的杨柳差别很大。杨眉儿柳絮漫天飞舞的时候，这两棵树好像很沉默，不屑和大家分享这个春天。直到杨眉儿落尽，柳絮飘完，新叶的嫩芽在枝头绽放出一片一片的鹅黄绿，这两棵树才突然发威，开出满树的花来。那花紫色套着白色，呈圆柱形或者圆锥形，有的像极了金字塔，有的却是倒挂起来的小花钟，一簇簇一串串，格外繁盛。

　　小吉跑到图书室里，去问里面的老师，这满树繁花的是什么树。胖胖的图书管理员抬起头来，摘下自己的花镜看了看小吉，用很慢的语调说这种树叫泡桐。图书室除了一些陈旧的机械和工程类的书，基本上很少新书，所以常年少人问津，突然跑进来一个小伙子，不说借书的事情，却问门外的树，让管理员有些诧异。不过，她还是被小吉那种热情的求知欲所感染，便给小吉讲了讲这两棵树的历史。

　　一九六五年春天，校领导跟着省里的农林考察团去河南兰考考察学习，回来在校园里种植了一些泡桐树。然而雁澜地区无论气温和湿度都无法和兰考相比，所以移植来的树苗纷纷干裂死掉，最后活下来的就是图书室门口这两棵了。

　　听管理员老师说完，小吉心里就有了看法，他认为这种树一定很有文化，喜欢站在图书室前，享受飘溢的书香，陪伴读书的儿郎。爱读书就会充满活力，永葆青春，这就是泡桐树的精神。

小吉每天中午下课，不再是直奔食堂，而是跑到那树下去看花，一站就是好久，看着树上千朵万朵的紫花白花，被纯净的蓝天和洁白的流云衬托着，那种浸润在紫色里的白真是令人心醉，令人忘我，小吉甚至为它忘记了饥饿，那淡淡的花香让小吉把所有烦恼忧愁都抛到了九霄云外。每次在树下看花的时候，他就想，要是林迪也在这里，那该多好啊！两个人手拉手一起享受这春风拂面繁花满树的情景，该是一种怎样的幸福啊！

小吉突然就想叫林迪来看花了。一个念头升起来，就像浮在水面上的瓢一样，怎么也按不下去。可是，花期有限，如果林迪不能尽快来农机校，这繁盛的花朵随时都会飘零，也许春天里一场常见的大风，一夜之间泡桐花就会散落殆尽，再想看的话，也要等明年的花期了。而明年的这个时候，自己很可能在小镇上修柴油机，林迪则会为七月的高考做最后的冲刺，根本不可能和自己来这里了。所以，让林迪尽快来一趟，是两人一起看花的唯一机会。

小吉首先想到的是给林迪写信，请她来看花。可是一封信路上要跑三四天，每耽搁一天就会多一天"无可奈何花落去"的风险；即使林迪收到信，也可能读完想一想就放到柜子里了，一封信是很难把自己的感受传递给她的，让她能坚定地把"赏花"付诸行动的可能性太小了。要是真的想让她来，最好就是自己跑一趟，去把她"请"来。想到要自己亲自去"请"，小吉突然觉得林迪就像仙女儿一样飘在云端，可以看到却无法接近。小吉知道，那是自己内心的怯懦和自卑在作祟。自从上次林迪在信里说她的父母严令她和自己断绝往来，尽管林迪在信的后面"重申"了和他"会师"的约定，但他还是开始觉得和林迪之间有了一道看不见的鸿沟，尤其是钟跃进在病房里说的"钟家和林家的关系"，更是深深刺痛了他的心，让他感觉和林迪的距离，就像大禹父亲鲧从天帝那里偷来治水的"息壤"那样，一天天地增长。林迪就像是被天兵天将抓走飞向云端的七仙女儿，而自己则成了那个在地上绝望流泪的董永。

再一次站在泡桐树下，小吉暗自思虑，什么"鸿沟"，不试一试怎么知道就无法逾越呢？心中的勇气渐渐提升起来，小吉决定，马上实施一项"迎迪行动"，一定要把林迪接到市农机校来，和她手拉手站在泡桐树下看满树繁花。

时间，还是时间。只能让林迪瞒着家里来市里，她不住校，所以时间只能是上午来下午回去。小吉要是上午坐车回县里，叫了林迪再返回来，时间根本来不及。看着花期正盛，小吉觉得一刻也不能耽搁了。想到这里，小吉径直跑回宿舍，去翻看墙上的日历。

厚厚的日历已经被撕去了四个半月多了，绿色的星期六就是后天，红色的星期日就是大后天。小吉想，自己可以像钟跃进那样，周六下午坐车回县里，这样就多出半天时间，自己的计划可以执行。

小吉又有些兴奋了，觉得找到了打开困难之门的金钥匙。但细想之下，他不由又有些沮丧，原来以为阻隔自己和林迪共同看花的是短暂的花期和市县之间的距离，但到了现实中，小吉发现最大的障碍原来还是钱……

理想的情况是他周六下午回去，联系上林迪，周日一早和她一起来市里，看完花儿，中午吃了饭，和她一起坐车回县里，送她回家后自己再回来。但是这样跑一趟，光路费就是一笔不小的开支。上次回去见林迪，回来后又帮林迪和同学买书，自己一个多月只吃了四顿肉菜，还是得到齐梦欣的"资助"，才把窟窿填上了。这次"迎迪行动"还得帮林迪买车票，那也是一笔开销。等到"行动"结束，后边的日子自己就只能吃土了。

但是，请林迪看花的想法已经在心头生根，滋生的各种美好憧憬让小吉恨不得架起筋斗云飞回去把林迪接过来。小吉把自己剩下的钱数了又数，最后咬了咬牙，终于下了决心：吃土就吃土，为了林迪，吃土也愿意！

小吉在心里把自己的计划细细理了一遍，对可能出现的"意外"准备着应对的策略。比如在学校找不到林迪怎么办，遇到了郝老师怎么办，林迪不敢跑出来怎么办，等等，小吉都想好了对策。这次可不能跟上次那样，一腔热情跑回去，到学校见不着林迪却了无头绪，要是没有吴怡帮忙，连林迪家在哪里都找不到，很可能在县城空转一天都见不上一面。

小吉也想到了，自己周六下午回去，林迪应该是在学校上课的，如果真的找不到林迪，她家是不能再去了，那就只好再次请吴怡出马了。只是，想到吴怡，小吉也有些头疼，那双毛线袜现在还压在自己那个放衣物的小箱子最底下，就这个还被齐梦欣"批评"自己乱招女孩子。让吴怡帮忙找林迪，估计吴怡也不会乐意，但那也没辙，别的女生自己都不熟，根本不可能帮忙。当然，最好就是林迪在学校，自己直接在教室里找到她，谁都不用麻烦。

有了计划，就得着手实施。眼下的主要矛盾和矛盾的主要方面，就是财政问题，小吉小心翼翼地做了预算，压缩一切不必要的开支。本来计划给林迪买一件小礼物，思前想后，这有限财政实在无法支持，就不买了。礼物嘛，如果明天的操作训练课有时间，自己动手做一个小玩意儿送给她，估计她会更开心的。但是做个什么样的小玩意儿，小吉又有些挠头了。周日下午，把林迪送到车站，让她自己回去，自己"请神"不"送神"，也可以节省一块八毛钱，但减少了和林迪在一起的时间，也是让人痛心的事情。要钱还是要和林迪多待一些时间，很是折磨小吉，想多了就有些纠结得要命。

还有就是周六下午要请假回县城，很有可能和钟跃进坐上同一趟车，不过这一次小吉是回学校去，即使在同一趟车上也应该可以支吾过去。不过，依着钟跃进那个鬼心眼儿，他很有可能会判断出小吉是去找林迪，如果他跑去林家乱说，就会给林迪星期天溜出来造成麻烦。所以，最好还是不让钟跃进知道自己回县里，免得节外生枝，凭空生出事端。

这个钟跃进，还真是让小吉颇费心思，一想起林迪，钟跃进的样子就会跟着出现。住在同一间宿舍里，还一起上课，每天抬头不见低头见，钟跃进的形象在小吉的脑海里具体且实在，而林迪则随着时间的推移有时候却显得模糊了。虽然自从上次在医院"威胁"小吉之后，钟跃进再没有进一步的行动，在宿舍里有时候还故意表现出对小吉的"友好"，但小吉总是想着他在病房里侧身暗暗对自己比画"拳头"的样子，觉得他的"友好"后边，总是包藏着没安好心的阴谋。

钟跃进这段时间迷上了刚刚上映的日本电影《追捕》，不知道从哪里整了件风衣来，穿上在宿舍走来走去，学着杜丘的样子耍酷，嘴里还念念有词，一会儿是"我杜丘冬人身为检察官犯下如此罪行，真是追悔莫及，我决定就此结束自己的生命"，一会儿又冲着小吉阴侧侧地说："朝仓不是跳下去了？堂塔也跳下去了，你也跳下去吧！"小吉真是不胜其烦，但也毫无办法，只好用起"思想转移大法"，看着他表演，心里去思考那几道难解的数学题。

财政紧张，时间紧张，还有一些不可控因素，都让小吉有了迫切的危机感，如何才能完美实现这次"迎迪行动"，不仅需要智慧，好像更多的是要靠运气。小吉把计划对着日历想了一遍，又想了一遍，"吉人只有天相"，小吉想着自己姓"吉"，相信上天也会帮助自己的。

周六上午课间，小吉向班主任请了假，中午在食堂多打了两个馒头，用纸包了放在军挎包里，权做晚饭。找出自己平时很少穿的一件的确良白衬衫，配上蓝色的工装裤和解放球鞋，小吉觉得自己这副打扮不再像一个高中生，而是一名工厂里的工人。

有了上次出行的"教训"，小吉后来去哪里都不坐车了，走着去虽然耗时，但可以省钱。周日的时候学员们约了一起去市里玩，他则采取了躲避的态度，一是因为跟大家出去肯定要坐车，二是在市里吃东西喝水都要花钱，自己出去一趟，两天的伙食费就没有了。所以别人约他的时候，他总是以各种理由推托不去。自己要去市里，也是走着去的。这次回县里，小吉给自己的原则是，和林迪在一起，该花的钱一定要花，只有自己一个人的时候，能省的钱一定要省。

正午的阳光正好，暖风和煦，小吉背起军挎包，走出校门，直奔长途汽车站。

到了长途汽车站，小吉先在购票处研究了班车的时间。从市里回县里的车上下午各有三班，下午三班分别是二点、三点半和五点发车；从县里回市里的车同样是六班，但都是错后半个小时发车。小吉算了下时间，明天可以和林迪坐早上七点半的车，如果赶不上就坐九点的，中午之前肯定可以返回农机校；林迪坐下午三点半的车返回县里，回家的时间也不会太晚。

看到候车大厅的挂钟显示的是一点半，小吉觉得自己还是很幸运的，赶上了两点的这趟车。估计四点钟就可以回县中学了。想着很快就能见到林迪，小吉的心抑制不住一阵狂跳。

等坐上回县里的车的时候，第一个不祥之兆就降临了：钟跃进也进站上车了。小吉的座位在车的后部，他还想像上次那样，尽量不让钟跃进看到自己，就把脸转向了车窗外。但这次和上次不同的是，车里光线充足，车上的人也不多，钟跃进上车后一张望，就看到了小吉。他先是一愣，然后走过来在小吉后边的座位坐了下来。他扒拉了一下小吉的肩膀，等小吉转过身来，就斜着眼看着小吉，一副要追个究竟的样子。

午饭后回到宿舍，钟跃进就对大家说要回县里，小吉没吭声，现在在车上相遇，钟跃进就知道小吉避开自己来坐车，那定是有"不可告人"的目的，而对于小吉，这个"目的"只能有一个，那就是回县里找林迪。

看着钟跃进那副要把自己看透的样子，小吉还是有些心慌，他倒不是怕钟跃进和自己动武，他心慌的是担心他回去在林家说自己的事情，或者使坏让林迪的父母看住她不让她出来，那自己这趟回去的"迎迪行动"就彻底失败了。

尽管知道自己说什么钟跃进都可能不相信，小吉觉得自己还是应该采取主动，尽量缓和一下和他的关系，就对他笑了笑说道："真巧，你也回县里去？"

钟跃进听到小吉的话就觉得别扭，什么真巧假巧，什么也回县里去，老子每周都回你又不是不知道，想着这些，钟跃进哼了一声，看着小吉说道："你小子打扮得这么整齐，该不是回县里相亲去呀？"

"当然不是，上次帮同学买书，他们都没给钱，我这手头紧张，所以回趟学校……"小吉不紧不慢地解释了几句。钟跃进根本不信，但也奈何不了他，就冷笑一声说道："嘿嘿，依我说，你就别惦着林家那小丫头了。我爸说了，钟家和林家很快就要结成'秦晋之好'，哎，秦晋之好，你懂吗？"

小吉当然知道钟跃进是信口开河地胡说，但听了这话，还是一阵懊恼，小吉把头转回来，不再理睬钟跃进。

汽车在黄土高原的沟壑里蜿蜒前行，后边卷起了一股黄尘。看着渐渐接近的县城，小吉心里默默地说道：

"林迪，我来啦！"

二十

遥知湖上一樽酒，能忆天涯万里人

吃完早饭，收拾了碗筷，老吉觉得有些困顿，本想休息一会儿，但想着刚才表姐说吴怡要来，就打消了小憩的念头，搬了个靠背椅，坐在屋檐下看表姐在院子里的菜地忙乎。

人毕竟上了年纪，走了一个早上山路，回来粥蛋又吃多了，坐在那里看了一会儿就两眼发涩，有些小鸡啄米似的打盹。表姐看见了，走过来让他回屋睡去，老吉说不困，就喜欢坐在这里看她摘菜。表姐略一思索便知道老吉是在等吴怡，就没再赶他回屋。

阳光下的菜地里来回穿梭的表姐根本看不出有什么迟缓，那种麻利劲儿跟年轻时候一模一样，她时而掐去黄瓜秧上多余的支芽，时而把看着成熟的西红柿摘下来放到菜畦边上，嘴里还不时唠叨几句，无非是看你长得丑，天天浇水都不好好长，或者说看看哇，你又往歪了长，给你根杆都不好好爬。在表姐眼里，那菜都跟孩子似的，有没有问题都要说道说道。老吉眼前渐渐光影模糊，表姐的声音也逐渐缥缈起来，恍恍惚惚地斜靠在椅背上就有些迷瞪了。

老吉隐约看到自己做给林迪的那个日暑在身前不远处对着太阳光调整角度，指针的影子一开始很短，逐渐就变得长了起来，很快就超出了圆盘的边缘落在了地下，然后朝着自己的脚下延伸过来，影子到处，地上就裂开一条黑魆魆的缝来，那缝又迅速变宽，成了一条黑沟。延伸过来的黑沟深不见底，下面好像还涌动着什么。耳听得那黑沟里传出了一种滴滴答答奇怪的声音，还伴着人的或者什么动物凄厉的叫喊声。老吉听得有些害怕，眼看着那影子就要到自己的脚下，黑沟也跟着一路裂开过来，想向后躲避，两条腿却跟灌了铅似的，怎么都迈不开步。

猛地那沟里一声霹雳巨响，闪出一个巨大的黑影，瞬间就把太阳光线遮了个严严实实。那个日暑失去了光源，影子反倒无法向老吉延伸，地裂也就不再向前。老吉方才喘一口气，却见那黑沟里出来的黑影向自己压迫过来，像是要把自己压到那断裂的地缝当中去，上下夹攻，老吉知道这次是真的要完，心中又急又怕，就想喊人来救自己。老吉脑子里瞬间转过好多熟悉却又略带陌生的面孔，林迪、吴怡、钟跃进、辛世远、表姐、齐梦欣、杜少辉、梅哲诗、任可武、林珂、顾站长、胖校长、郝老师、左宗棠、无相禅师……眼看着这么多人在空中闪现，却只是看了自己一眼就飘走了，似乎没有一个是可以救自己的。

眼看那黑影已经压迫下来，老吉感觉一阵窒息，脚下的地沟也开始产生一种吸力，要把老吉拖进去，他心中完全绝望了，以为自己必死无疑，却在黑暗中又看到一线光明，原来是那个日晷在旋转搅动，那个巨大的黑影开始被搅成了一缕黑烟，被日晷的指针一点一点地吸了进去，太阳逐渐恢复了耀眼的光明，强烈的光线刺激得老吉睁不开眼，他不由地大叫一声，差点儿从椅子上摔下来，却原来是睡着了，做了一个怪异的梦。

老吉回过神来，发现太阳正好晒着自己的脸，难怪梦里觉得睁不开眼。表姐听得老吉在椅子上扑腾，转头看时却见他坐在那里发怔，表姐笑了笑说："叫你回屋里睡，你偏不听，大白天的在椅子上打盹，要是摔了就麻烦了。"

老吉想着梦中的那个日晷，制造危机的是它，收拾残局的也是它。一个被造出来的计时工具，曾经在一块榆木疙瘩上花费了那么多时间，雕刻，打磨，摩挲，赋予了自己青春年少时对林迪最美好的情感，一切之一切，在昨天林迪坟前焚化的时候本该结束，但出现在刚才的梦中，分明还是要和自己纠缠那说不清道不明的过去。老吉知道，潜意识里的那个情结仍没有放过他的意思，都已年过花甲，那一段刻骨铭心的感情早该尘封，但自己还是看不透时间吞噬一切的真谛，早上在山上那种觉悟后空灵的感觉，转眼间又消失殆尽。

想到这里，老吉不禁又摇了摇头，想着"人生若只如初见"的箴言，初相见真是美好，但仓央嘉措的"最好不相识，从此便可不相知"又跳到了自己的思绪中。这"如初见"与"不相识"，如果时光倒流，他会选择哪一个呢？

和林迪的"初见"应该是林迪第一次到镇农机站来找自己，再相见是自己闯到林迪家里去送日晷，第三次相见，就是那场轰轰烈烈的"迎迪行动"了。当年为了让林迪和自己一起看农机校的泡桐花，吉连胜几乎投入了自己所有的精力、智力和财力，动员了一切能动员的力量，那个"行动"的代价，除了自己又一个月没吃肉外，就是来自多方的压力，差点儿让他和林迪失去了坚持走下去的勇气。如果不是两个人都有着坚定的在一起的信念，"行动"差点儿就失败了。

回首往事，老吉不禁又有些迷惑，按照"唯结果论"的说法，和林迪一起看泡桐花，也许根本不是什么命运的眷顾，而只是俗世洪流的一次小颠簸而已。

上天创造了美丽的焰火转瞬又让它熄灭，却又是为什么，难道就是为了那瞬间的辉煌？

　　进入县中学校园，已经是下午四点多了，正是课外活动时间。校园里的一切，让吉连胜感到既亲切又陌生。主干道两边的大树都已是绿意盈盈，上次来的时候那灰秃秃的一排排教室，因为有学生在前面嬉戏，也充满了生机；校园的大喇叭正播放着《运动员进行曲》，熟悉的旋律再一次扰动着小吉的心。面对曾经熟悉的一切，他本应开心，但一股悲凉却从心底里升起，小吉忽然觉得，自己已经被高中的校园生活抛弃。刚才从长途汽车上下来的兴奋和喜悦，像退却的潮水一样，波涛声渐渐远去，沙滩上只留下被抹平的空白。

　　出站的时候，钟跃进紧走几步从后边赶了上来，搂着小吉的肩膀问他要不要去他家玩儿会儿，小吉对搭在自己肩膀上的那只手有些厌恶，但也没有甩开，只是淡淡地表示，自己还是先回学校去找同学。望着小吉离开的背影，钟跃进皱了皱眉头，轻咳一声，一口口水吐在了旁边的草丛里。

　　小吉不记得从汽车站到学校的路自己是怎么走过去的，心里只是设想着和林迪相见的种种情形，她会为自己的突然出现开心还是吃惊呢？

　　从来来往往的学生中走过去，小吉看到了自己曾经多少次为饥饿挣扎的那间教室。教室前的同学三三两两地聊天或者看书，几个男生在打闹追逐，五六个女生则站在窗户边拿着书说着什么。显然是值日生利用课外活动时间在教室里扫地做卫生，同学们都被"轰"了出来。

　　小吉今天特意穿了白衬衫，本以为自己站在那里会很显眼，但各个班的同学都在外面活动，穿白衬衫的着实不少，他就是汪洋中的一滴水，和别人并没有多少差别。他想了想，能注意到寒假前自己休学的也就是座位旁边的几个人，其他人可能根本就不会关心的，没有人会因为他的离开而感觉生活缺失了什么，毕竟每一个人都是平凡而渺小的。这样想着，他就不再有自己应该被人注意到的念头了。

　　视线越过人群，小吉远远地看着教室前的同学，搜寻了一遍，里面既没有林迪，也没看到辛世远。他想了想，就转身走向宿舍区。

　　一路过去，小吉想着如果课外活动时间遇不到林迪，那就在后面的自习时间再回到教室看看。刚转过前面的教室拐角，突然发现远处迎面走过来两位女生，正是林迪和吴怡。

　　小吉设想过很多种和林迪的相遇情形，但唯独没有想到她会和吴怡两个人一起和自己在路上相遇。他看到林迪和吴怡边走边说着什么，好像并没有注意到自己。很快就走近了，小吉下意识地停下了脚步，微微向着后方侧了下身，把自己隐在前面走着的两位男生身后。他不知道为什么会有意闪避她们，但他站下来侧身的举动，让他和两位专注谈话的女同学就这样擦肩而过了。

那种熟悉的清香突然飘了过来，小吉回头望向林迪和吴怡的背影，正在为自己躲避的行为有些后悔的时候，却突然发现，就在她俩要转过教室的墙角的瞬间，林迪微微转了一下头，转的角度明显超过了她和吴怡说话的正常需要。那双弯弯的眼睛的余光似乎瞟向了自己，然后又转回头去，和吴怡一起消失在教室拐角的后面。

小吉一时有些恍惚了，刚才林迪的回头，她到底是看到了自己，还是无意识地回了一下头呢？小吉恨不得自己能有一双透视眼，穿透墙角去看看林迪是否还会回头，但当他转身快步走到墙角边探头去看的时候，林迪和吴怡已经汇入到人群当中，越走越远了。

小吉站在墙角边，一下子有些不知所措了，前两天自己设计好的行动方案，和现实情况完全没有吻合度。他的大脑高速运转起来：怎么办？

正在有些一筹莫展的时候，小吉突然惊喜地发现，林迪又出现在人丛中，虽然没有抬头看自己，但显然是朝着自己走来。小吉一阵激动，看来林迪刚才是注意到了自己。他装作若无其事地四下看了一下，却看到郝老师远远地走了过来，虽然没有看见自己，但他显然站在郝老师去教室的必经之路上，再靠近些郝老师就会发现自己，他赶紧转身，朝着操场方向走去。

林迪和郝老师在那个教室墙角相遇了，小吉远远地看到郝老师和林迪说了几句话，就走向了他们班的教室。林迪站在那里，稍微停了一下，转身朝着操场方向走来。小吉从头至尾没看到林迪看自己一眼，她却准确地找到了自己所在的位置，这让他感到十分神奇：看都不看就能发现自己，她是怎么做到的呢？

在操场的大拱门边，小吉看着林迪低着头朝自己走来，等她抬头望向这边，两个人的目光稍一接触，很快就分开了。再次擦肩而过的瞬间，两个人都有意放慢了脚步，小吉听得林迪低声说道："你怎么来了？放学后到学校外面等我。"

林迪在操场门口稍微一转，好像找人的样子，然后就掉头回教室去了。看着林迪已经走远，小吉回过神来，终于接上头了，刚才一直悬着的心扑通一下掉到了肚子里。课外活动后的自习要上到六点半，然后是晚饭时间，平时的晚自习从七点半到九点，今天因为是星期六，晚自习是可上可不上的。

上自习铃响了，课外活动时间结束，偌大的校园很快就安静了下来，校园一下子就显得空空荡荡的，偶尔看见一两位辅导自习的老师从办公楼出来，走进了某一间教室。

　　离放学还有一个小时，小吉一个人漫无目的地游荡在操场上，有些百无聊赖，跑到双杠边撑了几下，发现自己的手臂比原来有劲儿多了，一个寒假给拖拉机打火，天天早起摇铁杠，还真起到了锻炼的效果。

　　自打刚才郝老师进了教室，小吉就知道自己肯定不能去教室附近晃悠了，否则碰上郝老师还得解释一番自己的来意，但小吉还是想着最好能和辛世远见一下，按照计划，今天晚上还要去宿舍和他挤一晚的。

　　天有些阴了，气温开始下降，小吉看了看天色，有些担心晚上会刮大风。明天带着林迪回到农机校，如果图书室前只剩下满地残花，那自己之前所做的一切就都白费了。

　　原来上课或者自习的时候，经常有校领导或者执勤的老师会在校园里巡查，把偶尔从教室里跑出来玩的学生轰回去。小吉在双杠上坐了一会儿，看着空荡荡的操场，觉得自己坐在这里太招摇，要是有老师过来问是哪个班的，还真不好说，想着反正林迪让自己放学的时候在学校外面等，那就先出去看看，选择一个合适的地点等她也好。

　　校门北向开着，门前是一条东西向的大马路。路的南边就是学校的围墙，北边是几个单位的院子，偶尔有一两家日杂食品的小卖部。这条街因为离县政府不远，绿化得还是不错的，两边的杨柳树也都舒展着叶子，比上次来的时候多了不少生气。

　　出校门右转，那是林迪放学返家的方向，道路两侧除了树，每隔一定距离会有一根架着电线的水泥杆子，粗细足以隐身。放学的时候站在电线杆子后面，应该不会太引人瞩目吧。又向前走了百多米，小吉看到有一个还算僻静的小胡同，胡同很短，走进去看了看，胡同尽头是一道不算小的大门。看到这道锁着的门，小吉猛地想起，这不正是上次和辛世远出来买烧饼进的那个"恐怖"大院吗？怪不得胡同里这么冷清，连个人影都没有。这个地方倒是不错，没人过来，适合说话。

　　看好地方，小吉又回到胡同口，从书包里摸出一个馒头，啃了起来。

　　这一个小时还是有些难熬，终于听到校园里响起了下自习的铃声，小吉就站在胡同口的一根电线杆子后边，有些紧张地盯着校门的方向。

　　第一拨出来的是家庭条件好的，一人推着一辆自行车，一出校门就嘻嘻哈哈骑上自行车绝尘而去；后边陆续出来的学生，有的一个人匆匆前行，也有三五结伴，边走边聊些老师和课堂上的事情。

　　眼看着密集的人流都已经过完，校门出来的人越来越少，林迪却依然没有露面，小吉又开始犯嘀咕了，难道林迪说的不是校园外面？或者刚才很多人出来的时候他没有注意到林迪已经混在人群中过去了？要不林迪说的放学的时间是晚自习结束的时间？小吉内心里暗暗焦急，不知道是要顺着刚才人流的方向追下去看看有没有林迪，还是进学校去看看林迪是不是还在教室。

等人的时间总是难熬，相对刚才放学前，小吉还有个放学就能等到林迪的确定信念，可是现在原来确定的事情，一下子变得有了多种可能性，小吉就觉得时间更难熬了

天色一点点暗了下来，远处有些地方已经亮起了灯光。站在电线杆子后面的小吉突然就觉得脖颈子后面有些发冷，想着背后胡同尽头的那个黑乎乎空荡荡的寺庙，小吉感到自己身上的衣服穿得有些少了。

终于，黑暗中的那一缕光明出现了，林迪推着一辆自行车，从校门里出来，往这个方向走来。小吉长出了一口气，刚才疑神疑鬼的感觉一下子消失得无影无踪，全部的注意力都集中到逐渐走近的林迪身上。

就在林迪快要走到小吉隐身的胡同口的时候，一辆自行车从远处飞驰而至，接近林迪身边的时候一个急刹车大回转，刚好停在了林迪的旁边。借着路灯灯光，小吉定睛一看，心里"咯噔'一下，骑在自行车上的人，不是钟跃进又是哪个？

二十一

青墩溪畔龙钟客，江花边月笑平生

看到钟跃进骑在自行车上，一只脚撑地挡在自己面前，林迪停下了脚步，一脸厌恶地瞪着钟跃进冷冷地低声喝道："让开！"

钟跃进却并不以林迪的态度为意，嘻嘻笑着说："小迪，我可是专门跑来接你放学的，怎么一点儿面子也不给？"

林迪却不再说话，眼睛有意无意看了一眼小吉隐身的胡同口，推着自行车绕开钟跃进继续向前走去。钟跃进蹁腿从车上下来，掉转车把快步跟了上来，嘴里还在说："小迪，我这一到周六就专门从市里赶回来，就是为了接你放学，我这一片真心，你能不能别视而不见呐？"

林迪对他的唠叨显然厌烦至极，猛地站住对他说："钟跃进，请你不要再来打扰我，否则别怪我不客气！"

钟跃进却还是一副嬉皮笑脸的样子："哎哟，看把小迪气的，别生气别生气，我可是诚心诚意地来接你，没打扰的意思，你要是想不客气，那就不客气，都听你的还不行吗？"

看着钟跃进不停地纠缠林迪，站在电线杆后的小吉实在无法按捺心头的怒火，"噌"的一下从电线杆后面跳了出来，对着钟跃进喝道："钟跃进！请你让开！"

路边突然跳出一个人来，还直呼自己的大名让自己让开，钟跃进被吓了一跳，脸上嬉笑的表情瞬间就凝固了。当他看清楚来人是下午和自己一起坐车回来的吉连胜，就又放松了下来，斜着眼看着小吉说道："吉连胜！你他妈的少管闲事，这里没你什么事，滚蛋！"

"吉连胜是来接我放学的。这里没你什么事，请你让开！"小吉还没说话，林迪冷冷的声音再次响起。听到林迪的话，小吉和钟跃进都吃了一惊：小吉没想到林迪在之前父母亲严厉警告的巨大压力下，竟能毫不犹豫地向钟跃进表明了和自己在一起的态度；而钟跃进也没想到林迪的态度是如此决绝，不给自己留一点余地。

　　看着林迪冷峻的表情，钟跃进一肚子鬼火无处发泄，猛地把自行车的撑架支起，气势汹汹地向小吉冲了过来。到了小吉近前，伸右手去推小吉的肩膀，嘴里恶狠狠地说道："吉连胜！你他妈的真不开眼，没挨过揍是吧？"

　　钟跃进的自行车撑架没支好就冲了出去，人刚到小吉身边，身后的车子就"啪嚓"一声倒在了地下，钟跃进也没顾上回头看一眼，右手已经推到了小吉的肩膀上。小吉被他冲过来的劲头带得打了个趔趄，晃了两晃才站稳，刚想说话，钟跃进的第二把就又推了过来。这次小吉有了防备，抬起左臂使劲往外一拨一带，钟跃进推过来的手臂还没碰到小吉，人就被朝旁边推了开去。钟跃进前冲的劲儿太大，而且也没想到小吉拨开自己的手臂这么有力，他一下子被小吉推得朝旁边抢了出去，踉跄了几步，差点儿就撞到电线杆子上。

　　回过身来，钟跃进一脸狼狈，被小吉拨了一下的小臂有些隐隐作痛，全没了刚才的跋扈劲儿。刚才这一把交手，他感受到一个和宿舍里那个小吉完全不同的人的力量。看着小吉紧攥的拳头，他自忖林迪并不向着自己，再打的话也不大容易在吉连胜那里讨到便宜，要是在林迪面前打架输了，以后更难抬头了。想到这里，钟跃进转眼看着小吉"嘿嘿"冷笑一声，点了点头说："行，姓吉的，爷今天不和你计较，咱们走着瞧！"他走过去扶起自行车看了看，车把有些摔歪了，他也不管，回头对林迪说道："小迪，那个穷小子不值得你这样，别忘了你爸爸妈妈的话！"说完飞身上了自行车，紧蹬几下，转眼之间就消失在黑暗中了。

　　小吉从小到大没和人打过架，刚才也是看到钟跃进纠缠林迪怒火中烧，冲出来就遭遇了短兵相接，虽然被推了一把，但自己下意识的反应已经足以抵挡钟跃进了，听到钟跃进都要开溜了还色厉内荏地威胁自己，心中也是一阵冷笑。刚才林迪旗帜鲜明地向钟跃进表明态度，让小吉很是感动，再次看向林迪的时候，就又有了别样的情愫，而林迪也收起了刚才冷峻刚毅的神情，一双弯弯的眼睛正望向自己。

　　四目相对，林迪长长地出了一口气。

　　下午课外活动时间，林迪和吴怡从宿舍里出来走向教室的时候，两个人本来是在讨论书信的书写格式，恢复高考后第一年的作文就是"给华主席的一封信"，好多人因为格式错误丢了分。正说到"此致"和"敬礼"的位置时，前面远处一个高个子白衬衣男同学的身影让她心中一动，和他擦肩而过的时候，那个给了自己一个背影的人，看着太像吉连胜了。可是吉连胜并没说过这个时候要回来，而且刚才侧身显然是不想和自己相认，细想一下，她反应过来小吉给自己背影极有可能是因为她和吴怡在一起的缘故。自从上次吴怡去市里找小吉买书，林迪就知道吴怡对小吉也有了心思，所以她并不想让吴怡知道小吉回来的事情。和吴怡继续讨论着，走到教室转角处，林迪借着转弯侧脸看过去，确认了那个人就是吉连胜，心中有了主意。

和吴怡一起回到教室，林迪借口郝老师找自己，又返回去找小吉，谁知道正好和郝老师走了个对面，郝老师叫住她问她明天有没有事，她说应该没啥事，郝老师就说教室外侧的黑板需要再出一期黑板报，最好明天利用周日的时间来趟学校，和吴怡等几位同学一起完成这个任务，争取周一同学们返校的时候，新的黑板报就和大家见面了。林迪心里记挂着小吉，匆忙中就答应了郝老师的要求。

和小吉约了放学后见面，林迪一直在想小吉的来意。上次接到小吉的回信，她本来还想给小吉写信的，但想到彼此学业都很紧张，自己也答应了父母要在期中考试中重回班级前三，要是老是书信来往，对集中精力学习也有影响，所以想着等期中考试结束了再联系小吉。上周总算考完了，直到今天才出了成绩，还没来得及写信给小吉，他反倒突然现身校园，也不知道他有什么事情，应该是专门跑回来找自己的吧？

放学铃响，林迪故意放慢了收拾东西的速度，避开放学涌出校门的众多同学，等人走得都差不多了才出来，一路还在琢磨着在哪里和小吉说话方便，一定不要让熟人看见。

钟跃进来纠缠的时候，林迪估计小吉可能在那边的胡同里，心里还在想要不要喊小吉出来想办法一起赶走钟跃进的时候，小吉就已经勇敢地冲了出来。一开始她还担心小吉打不过钟跃进会吃亏，结果却是钟跃进差点儿让小吉摔倒。钟跃进败走时留下的狠话，又让林迪有些担心，这个家伙肯定不甘心这么丢脸，可别跑到家里去乱说话，煽动林珂向爸爸妈妈告自己的黑状。

林迪左右看了看，见没人注意到刚才这一幕冲突，就低声向小吉说道："别站在这里说话，骑车带我走。"

小吉从林迪手里接过自行车，撩腿跨上座椅，右脚蹬在脚踏板上，左脚撑地，回头对林迪说道："你上来吧。"

林迪看了一眼小吉，轻声说道："骑着走，我能上来。"

小吉右脚用力一蹬，自行车就向前走了出去，他的左脚顺势收了起来踩在踏板上，就在他准备回身招呼林迪上车的时候，感觉到林迪的双手扶到了自己的腰上，紧跟着一股力量从后货架上传来，林迪已经轻盈地跳上了自行车。小吉扶着车把的双手快速调整了一下车子的平衡，两腿使劲一用力，自行车加速冲了出去。

林迪看车子是朝着自己家的方向跑去，就轻轻地拍了小吉的腰背一下说道："前面向北，去体育场。"

路口左转，自行车拐到了一条相对僻静的街道上。因为是晚饭时间，街上行人稀少，路边人家偶尔传出几声孩子的嬉闹声，县城的黄昏一片安宁祥和。

前行不到十分钟，两人已经出了城北门。再往北几百米，那里有一座建于六十年代的体育场，是县里举办各种集会的地方。体育场的南门本来有两扇铁栅栏门，一扇已经失去了踪影，另一扇也侧倚在那里，似乎随时都可能倒下。小吉带着林迪进了空空荡荡的体育场，直接骑上了跑道。开阔的体育场一片空寂，远处隐约传来一两声布谷的叫声，让黄昏的体育场显得愈加安静，只有自行车飞轮带动链条转动的"咯咯"声和轮胎压在跑道细沙石上的"沙沙"声格外清晰。小吉刚才蹬车急了些，微微喘着粗气，但还在使劲儿蹬，林迪就又拍了拍他说道："别傻蹬了，让我下来！"

小吉一个急刹，车速猛地减了下来，林迪身体前倾，脸一下子撞到了小吉的背上，她有些着恼，轻轻一跃，跳落在跑道上。小吉也从车上下来，推着自行车缓缓向前，黑暗中对急刹时让林迪撞了一下报以一个抱歉的微笑。刚才和钟跃进的冲突还在小吉的脑子里来回闪现，林迪并没看到他的笑容，只是紧走两步，在他左手边并行着。淡淡的清香又幽然袭来，钟跃进的事情瞬间就被小吉抛到了脑后。

"你怎么来了？嗯，我一会儿得快点儿回家，都在等我吃晚饭。"林迪看小吉不吭声，就侧过脸来看着他说道，那意思是有话赶紧说吧。

听出林迪话外的催促之音，小吉回过神来，把市农机校泡桐开花的事情和邀约林迪一起去看的想法说了一遍，并说明天早上的长途车是七点半和九点都有，看她可以坐哪班去。

小吉这样问是有他自己的想法的，如果征求林迪意见到底去不去，估计她会犹豫很长时间，说不定就不去了，而如果直接问她坐哪班车，就是默认她一定要去的，只是选择时间而已。

听小吉这么问，林迪虽然隐隐觉得有些不妥，但又没听出小吉的"小花招"来。她走了几步就停了下来，略一思索，就对小吉说道："期中考试出成绩了，我拿到了班级第一，爸爸妈妈会觉得他们的严格监管产生了效果，估计明面上会对我有所放松，但暗里肯定会对我更加严格。如果今天的事情钟跃进跑到我们家乱说，怕是有些麻烦，我也说不好明天能不能和你去。这样吧，明天早上你到长途汽车站等我，先选择七点半那趟车；如果我没来，你就再等等我，到九点我还没到，那就肯定去不成了。你午饭后到学校的操场来找我，我还有话对你说。"

小吉在黑暗中看着林迪那发亮的双眼，知道这已经是她尽最大的努力所做的安排了，心里一阵感动，就去拉她的手，发现她的小手也正伸向了自己。夜风吹起，小吉感觉到林迪凉凉的指尖有些微微发抖，知道她还在为刚才发生的事情担心。

和林迪分开后，小吉又回到了学校。趴在教室门上从门缝儿往里看，自己原来的座位也是空的，看来吴怡没来上自习；再找辛世远，看见他正在座位上神情专注地做题，就知道晚上住的地方有着落了。

周六晚自习，家在城里的、城里有亲戚的和附近村里的，都跑回去了，住校的也有些不来教室，在宿舍里洗衣服收拾东西，教室里上自习的同学就显得有些稀稀落落。

小吉推开教室门，轻手轻脚地溜了进去，在辛世远旁边的空位子上坐了下来，静静地看着辛世远。一道数学难题正让辛世远了无头绪，他眉头紧锁地思考着，感觉到旁边有人在看自己，下意识地扭头一看，见是吉连胜，一下子高兴地跳了起来。小吉赶紧对他做了个噤声的手势，朝教室门指了指，站起来走了出去。辛世远给手中的钢笔套上笔帽，合上桌子上的书和作业本，快步出了教室。

一出教室，辛世远对着小吉的膀子就是一拳："你小子怎么想起回来了？"看小吉夸张地一咧嘴，他又压低声音说道："今天吴怡没来上自习，你运气不太好哦！"看到辛世远故作神秘的样子，小吉也是一笑，反手给了他一拳。

走在黑漆漆的操场上，分开一段时间的老朋友各自叙说了自己的近况。说到这次回来，小吉隐瞒了自己的来意，说就是利用休息时间来看看辛世远的。辛世远嘿嘿笑着说："拉倒吧，想见吴怡就说话，我一会儿帮你去找找，估计是在宿舍洗衣服呢。说你回来专门找我，那怎么可能？我又没面盆那么大的脸，你怎么会大老远地来看我？"

小吉笑了笑说："实话实说，落难的兄弟今天晚上没地方去了，就来投奔你了。"

听小吉说要在自己铺上挤一晚，辛世远故意装出一副为难的样子摇起头来："这样恐怕不行，后勤的人经常来查宿舍，不让留宿外人；郝老师晚上也会来的，不行，不行不行！"

小吉听了一愣，马上想到是辛世远故意逗自己的，就笑着说："不行也得行，实在不行你睡操场上，我睡你的铺。"

　　回到宿舍，辛世远拿出上次吴怡带回来的那本《数学千题解》，问小吉有没有做上面的题，小吉说了给自己定的每天做三道题的任务，辛世远大为叹服，连说自己没做多少，对不起小吉买书的一番苦心。翻开书来，辛世远找出几道自己没想明白的难题给小吉看，小吉就让他取了纸笔，一道一道给他讲了起来。

　　熄灯铃响起，宿舍里也没几个人，十个人的大通铺显得有些空。小吉在辛世远旁边的空铺上拉开被子，钻进了被窝。再次和辛世远确认了学校周日也会在早上五点四十打起床铃，想着明天就可以带着林迪一起回农机校看泡桐花，奔跑了一天的小吉很快就进入了梦乡。

　　半夜里，小吉突然醒来，原来是什么东西在咬自己的肩膀，伸手去摸，一个米粒大小的家伙就被抓在指间。小吉用指甲使劲一挤，一声脆响，那个吸血的家伙就爆了一滴液体出去，小吉伸手把虱子皮扔到地上，再次酣然入睡。

二十二

似此星辰非昨夜，为谁风露立中宵

　　小吉一晚上醒了好几回，总是担心自己睡过了头。每次醒来看看外面天色，知道还早，就又开始迷糊。刚要睡着忽然又想起一个问题，要是学校的起床铃没打，明早自己酣睡未起，那就可能要误了大事。

　　不知道是第几次醒来，看窗户外面的天色好像开始亮起来了，小吉就蹑手蹑脚地跑出宿舍去看，却是昨天下午开始密布的彤云，偶然开了一道缝，把西天上一轮明月托了出来，月光铺洒一地，眼见得却是离天亮尚早。

　　起床铃响起的时候，小吉睡得正香。听到铃声，小吉猛地从铺上爬了起来，电铃犹然在拉着长声。辛世远睁开惺忪的眼睛，看到小吉要下地出门，就钻出被窝说和他一起出去。小吉说要出去赶早班的汽车，下次再来看他。辛世远虽然有些疑惑，却也没多问，缩回被窝接着睡了。

　　天阴沉沉的，后半夜出来露了一小脸儿的月亮早已不见踪影。小吉出了校门才觉得实在是太早了，大街上几乎没有人。看天色似乎是要下雨的样子，小吉就略略有些不踏实。

　　到了长途汽车站，由于时间太早，候车室的门都没开，小吉又转了出来，想着找个地方买两个馒头做早餐。

　　再次回到汽车站，已经是七点了，小吉看了看售票窗口，人也不多，便在候车室找了个可以看到进口的座位坐了下来。售票处窗口上边的挂钟时间已经是七点二十五了，依然没有看到林迪的身影，小吉被焦虑和失望折磨得有些坐卧不宁，忍不住跑出去往林迪来的方向看，晨雾淹没了远处的道路，目光可及的地方却没有人在往这边走。小吉心里明白，第一个时间点失效了。

　　候车室墙上有些残破的标语，小吉已经读到不知道第几遍：禁止吸烟，严防烟火；说话和气，礼貌待客；小心谨慎，注意防盗；文明候车，相互礼让。有个地方还残留着这样几个字的痕迹：阶级斗争，一抓就灵。大厅尽头的墙上，是一幅蜿蜒在崇山峻岭间的万里长城图。小吉走过去看了看，山岭之间有很多空白的地方，他有些诧异，往远站了站再看，才意识到那些是缭绕的云雾，站近了反倒看不明白。小吉突然有些恍惚，觉得自己这么执着地跑回来请林迪去和自己看泡桐花，是不是也和那山岭间的空白一样，站太近了就什么都不是了。

发现对"迎迪行动"的动机产生了怀疑，小吉不禁被自己吓了一跳，再仔细想想，似乎是等待林迪的时间有点长，而林迪能不能来还不好说，才产生了这样消极的念头。想起昨晚林迪说的三种情况，最坏的情况还是可以在午饭后去学校操场上去找她的，而且她还有话对自己说，小吉的信心稍稍恢复了些。

摸了摸军挎包，里面有自己给林迪精心准备的礼物，昨晚和钟跃进一冲突，竟然忘记给她了。林迪今天如果不能和自己去农机校，午饭后去学校见面的时候一定要给她，这次可不能再忘了。

八点一过，小吉就又开始翘首期盼了。星期天出行的人比较多，看着售票处开始排队，小吉又担心林迪来晚了车上没位置。眼看着到了八点半，林迪还是没等到，反倒等来了一位最不想见的人，钟跃进！

看到钟跃进跑进候车室东张西望，小吉吃了一惊，觉得这个家伙真是无孔不入，又跑到这里来搅和，这要是看见林迪和自己一起坐车走，估计麻烦就大了。小吉转过身去，尽量压低身子，把自己隐在人群里。钟跃进在大厅门口张望了半天，转身又出去了，可能他要找寻的目标是林迪，并未注意到人群中的小吉。小吉站起来追到门口，看见钟跃进骑着自行车出了车站大门，长舒了一口气，想着林迪还没到，一颗心又紧张了起来。

八点四十多了，林迪还没有出现，小吉觉得这个候车室就是个笼子，自己就是一头关在里面的老虎，来回转悠却没有出路。又过了五分钟，小吉已经到了绝望的边缘，自己所有的努力，都会因为林迪不来化为泡影，他的心情糟糕到了极点。他快快地走到候车室门口，猛地，他的心狂跳起来，那个俏丽的身影终于出现在了站外！小吉强力压抑着自己内心的激动，三步并作两步跑到售票口，把在手里已经攥出水来的钱递了进去："两张去市里的票。"

长途车缓缓开出了车站，看着坐在身边喘息未定的林迪，小吉都有点儿不敢相信，他的"迎迪行动"竟然就要成功了！林迪坐在车窗边，守在旁边的小吉正好看到林迪的侧影，那挺直的鼻梁，弯弯的眼睛，让他想起寒假前那些难熬的上午第四节课，每次去看太阳影子记号的时候，这鼻梁和眼睛都会莫名给自己一些力量，而现在的她居然和自己坐在同一趟长途车上。坐在一起，林迪离自己比在教室里还近了许多，两个人共同奔向一个美好的目标，这是多么令人开心的一幕啊！

突然，小吉和林迪同时注意到车的前方迎面出现了两个骑着自行车的人，一个是钟跃进，另一个好像是林迪的爸爸。林迪稍一犹豫，就回头向小吉这边靠了过来，两个人同时把头埋到了前面座椅靠背后面，躲避着车窗外经过的人的视线。

汽车很快就经过了钟跃进他们的身边，上了出城的路。小吉却并不想就这样把头抬起来，从来没有这么靠近过林迪，她贴近自己的脸那么清晰，鬓角边纤细的绒毛映着车窗外洒进来的旭日光晖，散发出动人心弦的光芒，鼻子里充满了她那清新的香味，小吉不由一阵心旌摇荡，内心里爆发出一种强烈的愿望，那就是希望自己突然获得一种超自然的力量，可以让这短暂的一刻，变成永恒。

汽车出城了，公路两旁高大的钻天杨搭起了一个长长的绿色通道，他们俩就在那通道里一路向前。林迪脸上羞涩的红晕一直没有消退，刚才躲避钟跃进和父亲让她的头和小吉的头碰在一起，小吉身上那种独特的气味让她心跳加速，而现在则任由小吉拉着小手，闪避着小吉热烈的眼神，眼睛看向车窗外。

过了一会儿，林迪转回头来，看到小吉还在看自己，就微微挣开小吉握着的手，用手指轻轻挠了挠他的手心。小吉感觉到林迪在挠自己，就又握紧了她的手。

两个人开始小声聊了起来。林迪娓娓地叙说了从昨晚到今早发生的事，小吉听得有些入神了。

和小吉分开后，林迪回到家，晚饭已经上桌了，妈妈招呼爸爸和妹妹赶紧吃饭。一家人围坐到饭桌边，林迪和爸爸妈妈说了期中考试取得班级第一的成绩，他们非常高兴，妈妈就使劲儿给林迪夹菜。冷不丁旁边的林珂突然说道："妈妈，刚才我放学回来，在巷子口碰到跃进哥哥，他说看到姐姐和上次在咱们家撞破头的那个男生在一起。"听妹妹又被钟跃进挑唆着出来捣乱，还故意夸张说吉连胜上次来家"撞破头"，林迪气得伸手就去打她，林珂说这话的时候早有防备，闪身躲到了妈妈的身后。听了小女儿的话，林迪爸爸妈妈交换了一下眼色，妈妈就问林迪到底是怎么回事，林迪就说上次小吉帮自己买了《英语九百句》，这次正好在学校遇到了，就把书钱还给他。林迪边说边狠狠地瞪着林珂，觉得这个妹妹比钟跃进都可恶。

爸爸妈妈没再深究这件事情，林迪赶紧扒拉着碗里的饭，想着吃完快点儿下饭桌，省得看着林珂闹心。林珂见爸爸妈妈没有批评林迪一声，林迪还在用恶狠狠眼神瞪自己，就怯怯地说道："跃进哥哥还说，姐姐明天要和那个穷小子约会……"

林迪这下真急了，自己怎么会有这样一个猪一样的妹妹，跟着那个钟跃进和自己瞎捣乱。她的盘坐在炕上的右腿突然伸开，一脚就踢在林珂的小屁股上。

林珂在油布上一滑，差点儿撞在饭桌上，手里的饭碗没拿稳，"啪"的一声反扣在炕上，碗里的稀饭溅得到处都是，既疼又怕，林珂"哇"的一声就哭了起来。

林迪知道自己气急了踢了妹妹会招来爸爸妈妈更为严厉的"谈话"，把碗筷往桌子上一放，下地穿了鞋回东边屋子去了。

写了一会儿作业，林迪气愤的心情有所平息，但想到妹妹说的和那个"穷小子"的约会，心里又有些焦急起来。让林珂这么一搅和，爸爸妈妈明天很可能就不会允许自己出门了，小吉从市里大老远跑回来，自己不仅不能和他去，连说个话的机会可能都没了。

正懊恼间，妈妈端了一碗豆子稀饭和半盘烩菠菜进来，轻轻地放在写字台上说道："别和你妹妹计较，她就是个不懂事的孩子。来，把饭吃完，稀饭刚热了热，菜也是热的。"妈妈的话让林迪一肚子的委屈瞬间涌了出来，眼泪在眼眶里转了又转，滑落到了脸颊上。

妈妈掏出手绢，给林迪擦了擦眼泪，就又催她赶快吃饭。看着林迪喝完稀饭吃完菜，妈妈默默地收拾了碗筷，准备回西边房间。临出门，又回身问道："小迪，明天早上几点起？还去学校吗？"

林迪听的妈妈话里有话，猛地想起郝老师让自己明天出黑板报的事情，但这个时候说明天去学校，爸爸妈妈肯定会相信妹妹的话，觉得自己是跑出去约会，可是要是不说，明天就真出不去了。稍一迟疑，林迪还是对妈妈说道："郝老师安排我们利用星期天的时间出一期黑板报，明天我得早点儿去，六点半吃早饭吧，我七点半到校。"听女儿这么说，妈妈推门的手略微迟疑了一下，微微摇了摇头，走了出去。

到了休息的时间，妈妈过来说妹妹在那边睡着了，就不过来了。看着妈妈慈爱的目光，林迪差点就想和妈妈说明天和小吉去市里看泡桐花的事，可是一想到爸爸严厉的神情，林迪到了嘴边的话还是咽了回去。

早上起来洗漱完，妈妈已经做好了早饭，妈妈问林迪几点回来，林迪犹豫了一下说今天是周日，中午可以在学校吃饭，有些回家的住校生的饭会多出来的。爸爸听林迪这么说，就盯着她看过去，林迪有些心虚，低了头闷声不响地去吃自己碗里的山药粥。

林迪推着自行车出了家门，一直到巷子口才准备骑上去。她假装看车锁，用眼角余光扫了一眼巷子里面，隐约看到爸爸在院门口探了探头，她就知道爸爸妈妈并不相信自己的话。骑行没多远，又看见钟跃进在路边坐在自行车上，单腿儿撑地，一副百无聊赖的样子。林迪明白自己不能直接去车站，七点半的汽车肯定是赶不上了。

　　到了学校，找到吴怡，两个人合计了一下板报的总体设计，林迪让吴怡去找班上另外两名平时爱画画的同学给板报做装饰，说自己要去县图书馆找些资料来。吴怡虽然觉得林迪要跑出去找资料的想法有些奇怪，但还是同意了。林迪就骑了车子向校外走去，经过教师办公楼的时候，远远看见爸爸在和郝老师说话，他显然是在验证郝老师是不是真的给自己安排了出黑板报的任务。林迪飞速冲出了校门，也不知道爸爸有没有看到自己。

　　快到汽车站的时候，林迪突然发现钟跃进跟了上来，她知道这个家伙还是不死心，但也不能让他看到自己和吉连胜一起坐长途车走了，左右看了看，路边正好就是县交通局的大院，林迪车子一拐就进去了。钟跃进发现跟踪的目标突然不见了，一路冲了过去，到汽车站转了一圈，仍然没有发现林迪的踪影，就又返出来沿路找回去。看到钟跃进回去了，林迪把自行车放在交通局的车棚里，自己快步跑到车站去找小吉。

　　说到这里，林迪停了下来，一双好看的眼睛看着小吉，分明是在等小吉表态。小吉从心底里觉得林迪真是有勇有谋，就报以热烈肯定的目光。林迪看了一眼对面开过去的一辆大卡车，回头对小吉说道："下午我得早点回来，不然黑板报完不成，可能会有麻烦。"小吉点了点头，说可以坐下午两点那趟车，不到四点就能回到学校的。

　　小吉突然想起自己准备的礼物，便放开林迪的手，去挎包里掏出一个信封来递给林迪，说道："看你跑得这么辛苦，奖励一下！"林迪接过去，打开信封，从里面抽出四张叠在一起的木片来。细细翻看，却原来是自制的书签，每张木片上部都粘了一枚喇叭样的紫色干花，下部是工整的正楷钢笔字写的一首五言诗。林迪看向小吉，用眼神问询那是什么花？小吉轻抚了一下木片上有点压褶的花瓣儿，对林迪说："这就是咱们一会儿就可以看到的泡桐花。"

　　听小吉说完，林迪也去抚摸了一下那朵花，接着看花下面的诗，那首诗的题目是《春》，排开四行字，写的是：

春

轻絮飘北国，

白露绕雁澜。

此诚云可鉴，

不负一简函。

　　林迪读罢，甚是惊喜，遂把另外三张逐次看过去，原来四张写的是四季，后面的三季诗是《夏》《秋》《冬》，分别写道：

夏

青青故柳荫，

西城更东城。

清晨思桐木，

日暮梦佳林。

秋

阅史拾唐宋，

少年亦悲夫。

两行离人泪，

零落满江湖。

冬

雪漫山行早，

孤旅江汉行。

燕去念归期，

依依见黎明。

读完四首诗，林迪又返回头头读了一遍，抬起头来看着小吉问道："这是谁的诗？是你写的吗？"

小吉的脸微微发红，对着林迪认真地点了点头，说道："憋了整整一个下午一个晚上，才写了这么八十四个字，难死我了。"

小吉承认了是他写的诗，林迪眼睛里一下子光彩四溢，她又把四首诗读了一遍，然后小心翼翼地把书签放进信封里，右手拉过小吉的左手，和信封一起捧在自己的胸前，深情地对小吉说道："连胜，就这四首诗就值得今天跑出来这一回了。今天回去，我要把这四首诗登在黑板报上。"她满脸彩霞地看了看车窗外面，转回头来看着自己双手捧着的那个信封和小吉的手，喃喃地说道："我想，我是捡到宝了……"

二十三

桃源靖节孰知梦，篱菊休元共倚香

吴怡来了。

年过花甲，能保养到这个程度，还是非常不容易的了。尽管如此，老吉第一眼还是没有认出她来。在四川生活多年，吴怡被"川化"得非常厉害，张口就是"好安逸哟""瓜兮兮滴"，老吉一开始还真有点儿不太适应。

可是让表姐说着了，吴怡又给带了两个菜过来，一个是怪味鸡，一个是辣子脆肠，色香味俱佳，看得人直流口水。

站在院子里说了会儿话，表姐张罗着把吴怡让到屋里，又泡了花茶，洗了四五个刚摘的西红柿，端了一盘炒瓜子儿，一碟果干儿，一盘干蹦胡豆，聊了几句，表姐说去摘菜，就到院子里去了。屋子里只剩下了老吉和吴怡两个人，相向而坐，好像有很多话要说，但又都不知道从何说起。

"都挺好的哈?"还是吴怡先开了口。

"都挺好。你也挺好?"老吉也应和着，这个"都"指是什么就不好说了。

"嗯，挺好的。"吴怡也是随口应着。

一问一答，然后又都不说话了。

院子里表姐在给菜浇水，接水的胶皮管子被从这畦地换到那畦地，拖了起来的水管就把水冲得哗哗响，表姐好像对水管子有什么意见，唠唠叨叨地，也不知道是说水管子，还是在说地里的黄瓜西红柿。老吉抬头隔着窗玻璃朝院子里张望了一下，吴怡也跟着向外看，什么特别的都没看到。收回目光，两个人相视一笑。

"看你瓜兮兮的，哪个不说话哟?"吴怡再次打破了沉默。

"呃，你爱人和你一起回来的?"被吴怡骂了，老吉找了一句平常的问话，算是要打开僵局。

"和老汉儿一起回来的，"吴怡眼睛还是圆溜溜黑洞洞的，只是少了当年那种清澈，"喊他过来一起耍，他说不想见我的前夫。"

"啥？"听吴怡这样说，老吉差点儿就跳了起来，"谁是你的前夫？"

"看你瓜兮兮的，激动啥？老东西就啷个一说，我都不搭理他的。哈哈哈……"看老吉着急的样子，吴怡开心地笑了起来。

老吉无可奈何地摇了摇头，当年山花烂漫般清纯的少女吴怡，和眼前的这个人，两个形象怎么都统一不起来。

也许老吉的反应有些过激，吴怡也感觉到玩笑可能有些过，就又正襟危坐，收敛了刚才的神态，有些小心地问道："你家老妞儿没和你回来？"

老妞儿？老吉又是一愣，但很快反应过来是问自己的爱人，就叹了口气说道："早离了。"

"娃儿嘞？"吴怡又问道。

"离的时候跟他妈了，现在都在国外，联系也不多。"老吉尽量用平淡的语气说着，掩藏着内心的波澜。

"那也是你的问题。"吴怡倒是不客气，直接就把责任定了性。

老吉苦笑了一下，也没去分辩，跟着问道："你的孩子呢？都成家了吧？"

"啥子我的孩子，那也是你的孩子！"吴怡似笑非笑地看着老吉说道。

"啥？"老吉又要跳起来了，"你可别胡说，怎么可能是我的孩子？"

"跳啥跳嘛？我的孩子就是你的孩子！我说是就是！"吴怡故意搅和老吉，逗他着急。

老吉这才发现吴怡是故意气自己，自己当年很是对她不住，现在也是活该受她的气。想着这些不由有些泄气，他朝着吴怡摆了摆手，意思是你随便说，我说不过你。

看老吉一副无可奈何认输的样子，吴怡觉得又烦闷又开心，烦闷的是当年自己为了跳出小镇这个圈子，不再和眼前这个人纠缠不清，辞职远走南方，多少往事不堪回首；开心的是今天小小欺负了一把当年折磨自己的家伙，也算讨回一点点公道。

两个人言辞较量了两个回合，吴怡算是出了气，心情平静下来，总算可以好好聊天了。

可是两个人要聊的，不外乎就是"你的我的"，还有就是当年"共同的"。除了家庭孩子，很快就说起了林进，吴怡还不知道她已经去世，听老吉一说，吴怡先是有些震惊不敢相信，等从老吉的神情里得到确认，眼泪哗的一下就下来了。虽说当年因为老吉两个人的关系有些微妙，但毕竟高中一起同学两年，如今阴阳两隔，吴怡哭得有些失控了。

表姐在院子里听得屋里不太对劲，趴在窗户玻璃上往里看了看，见吴怡哭得稀里哗啦，赶紧进来安慰了一番。擦眼泪的纸扔了一地，吴怡才好不容易稳住了悲伤的情绪。

吴怡这么一哭，老吉心里又有些难受，抽了纸巾频频擦拭眼角。两个人总算稍稍平静下来。表姐摸了摸茶杯，觉得有些凉了，把凉茶倒出去一些，重新加了开水，放在两个人面前的桌子上，擦了擦自己的眼角走了出去。

吴怡长长地叹息了一声，说要去看一看好姐妹，给林迪扫墓去，明天就去。老吉说先别急，林迪的女儿过几天会来，到时候一起商量一下，看看什么时候去合适，吴怡想了想，没再吭声，算是同意了。

说到林迪的女儿梅哲诗，吴怡又想和老吉起哄，就问老吉，他是不是小梅的爸爸，老吉再次苦笑起来，说吴怡想得真多。

吴怡已经完全从悲伤的情绪走了出来，麻利地收拾了地上的擦泪纸巾，扔到灶旁的小煤坑里。坐回到桌前，吴怡端起跟前的茶杯一口气喝干，恨不得把茶渣都倒到了嘴里，等发现嘴里多了些东西，就又取了纸巾，抹去嘴里的茶渣。

"不是我想得多，我为什么要离开小镇去南方，你不会真的不知道原因吧？"吴怡有些酸溜溜地看着老吉说道。

"你为啥要跑，我怎么知道？"老吉听吴怡说得幽怨，就想往旁边扯，吴怡却又紧着追了一句："那年林迪和你'私奔'，让我找人搞那个黑板报，你俩跑去市里看什么泡桐花，我觉得就是'有事'。小梅要真是你的孩子，我一点儿都不奇怪。"

老吉听吴怡把"迎迪行动"拿出来说事儿，感觉有些尴尬，立刻反驳道："胡说八道！什么'私奔'？看个花又怎么了？看个花就能生出孩子？"

"就知道你会嘟个说，都一把年纪有儿有女的人了，我都懒得和你计较。为了林迪，你耍尽手段，到了我这里，整个就是视而不见！"吴怡想起往事，就又有些不依不饶地声讨起老吉来。老吉看了一眼又有些激动的吴怡，苦笑着摇了摇头，任由吴怡去说了。

吴怡的话是有些不中听，但也是事实，那时候吉连胜的一颗心全在林迪身上，要说"耍尽手段"，的确不算过分，尤其是那场精心策划的"迎迪行动"，在林迪家里扔下了一枚"重磅炸弹"，引发她的全家震动。林迪爸爸暴怒之下，针对林迪和吉连胜提出了一项"打吉计划"，核心目标只有一项，就是向林迪宣布：今后决不允许她再和姓吉的那小子往来，如有违背，以后就没她这个女儿！

事情过去了半个多月，林迪爸爸去学校和郝老师沟通情况的时候，听说林迪让吉连胜的四季诗占据了黑板报的半个版面，还为每首诗都配上了插图。林迪爸爸跑到那块已经被雨水冲刷得字迹模糊的黑板前辨识那八十四个字，驻足半天，林局长一声长叹，从此"打吉计划"不再提起。

刚才吴怡提起了"迎迪行动"，老吉就想起昨天在林迪墓前，当年自己写给林迪的四季诗中的一些句子突然出现在脑海里，尤其是《冬》中的"孤旅江汉行"，几乎是"一语成谶"。当年自己为了那四季诗的每一句每个字"如切如磋如琢如磨"，而这句诗的本意和多年后的武汉没有一丝一缕联系，却"不幸"预言了林迪生命的终点。如果世界上真的有"最后的审判"，那自己是因为什么"罪过"才得到这样的"惩罚"？那场"迎迪行动"难道就是"原罪"？

孟夏季节，气温还不是很高。天空若有若无地飘起了小雨滴，刚下车被风一吹，一股凉意袭来，小吉觉得稍微有些冷，回头拉起林迪朝着公交站跑去，林迪轻盈的脚步跟在后面。小吉不时回头看她一眼，两个人相视一笑，并不停留，一起向前。

到了农机校，雨大了起来，两个人决定先跑回小吉的宿舍取雨具。到了男生宿舍，林迪明显有些胆怯，站在门口犹豫着不进去，小吉轻轻握了握她的手，让她稍等一下，自己先进去看一眼情况。周日的宿舍里没有人，非常安静，小吉出来招手示意林迪没人，让她进来。

刚才一路小雨，两个人的衣服都稍微有些湿了。小吉找出自己的一件还算干净的土黄色的外套给林迪披上，自己把白衬衣换成运动秋衣，人也一下子精干了许多。

刚换好衣服，生活委员赵哥推门探头进来，一眼看见窗边披着小吉宽大外套的林迪，他的眼睛瞬间瞪得溜圆，愣了一下问小吉道："这位是……好像不是上次来找你的那位同学吧。"这句话说完，他似乎感觉到自己说错了话，赶紧改口道："错了错了，没别的意思……连胜，有你一封信，昨天到的，你没在，我给你搁这儿了。快开饭了。今天中午有红烧肉，好菜呀！好好招待女同学哟！"他搁下信，颇有深意地看着小吉，笑着点了点头出去了。

林迪扫了一眼桌子上那信封上的字，赫然就是吴怡的笔迹，她又羞又气，扭脸望着窗外，眼泪在眼眶里打转。小吉则是又气又急，这个赵哥不说好话，这是诚心要害死自己的节奏。来到林迪旁边，看着林迪脸色发白眼泪汪汪的样子，小吉一时手足无措，想了想，就伸手去拉林迪的小手，林迪却一下子把他的手甩开了。

向林迪解释了半天，小吉发誓，他和吴怡就是个同镇老乡的关系，别的什么事情也没有，还说可以打开吴怡的来信给她看，以证明自己的"清白"。林迪看小吉指天画地着急的样子甚是好玩儿，"扑哧"一下破涕为笑，拦住小吉撕信封的手，说了句"刚才那谁呀真讨厌"，小吉的心才算放回肚子里。

两个人商量了一下，时间尚早，决定还是先去看花，看完吃了饭，再送林迪去车站坐车回去。

一把大伞，罩在两个人的头顶上，小吉一手打伞，另一只手去拉林迪的手，她却有意无意地躲开了。小吉知道她心里还是在意刚才赵哥的话，而且在学校里有些怕羞，不过，想一想两个人同在一把伞下，并肩走在一起，小吉心里已经是非常满足了。

沿着校园熟悉的小路，一起跳过有些泥泞的小坑洼，小吉和林迪很快就来到校图书室前面。远远地看去，有些古旧的图书室被两棵泡桐树掩在后面，两扇褪色的门，上半部分有些发白，而下半部分被雨水浸湿，显现出有些斑驳的黑色。守在门前的两株泡桐树上花开正旺，两树的树冠已经被那些恣肆地开放着的花携手连成了一片。

走近前去，那些原本偏紫色的花有些略微泛白，繁荣地热烈地开放着。带着雨露的每一朵花都是那么精致，那么清丽，那么娇艳，但融入花海之中，却只是一个泛紫的白点而已。那花就和汇入社会的人一样，每个人都有各自的精彩，但一旦汇入社会的洪流汇中，都会成为平凡的一员。没有人能说出这繁茂的云朵一般的花海是哪朵花单独造就的，但花的世界花知道，一枝独秀不是春天，只有这万花竞放，才有了这个美丽的花的世界。

站在树下，小吉把伞收了起来，任由空中雨水滑落。二人一起抬头仰望，头顶上就是一个巨大的泡桐花冠。那些金钟一样的花朵摩肩接踵心手相牵，花和花之间每一个空隙，仍然是花。层层叠叠的泡桐花朵占据了整个天空。花的清香浸透了周围的空气，那浓浓的花香像透明而无形的液体一样，在两个人身边缓缓流淌，两个人完全沉浸在这泡桐花的世界里。

小吉在林迪耳边轻轻说道："林迪，让我们一起闭上眼睛，一起倾听花的歌唱吧！"听了小吉的话，林迪慢慢地闭上了双眼，任由花瓣上的雨水滴落在自己的脸上身上。那带着花香的清凉丝丝沁入两个人的肌肤，一点一滴地把那种细腻的撩动心弦的感觉融入二人世界之中。林迪和小吉的手终于拉在了一起，他们听到了那满树的泡桐花在奏乐，在歌唱！两只轻灵的小燕子穿过那飘荡在雨中的音乐，翅膀轻掠着每一个美妙的音符……

那一刻，小吉和林迪抛开了曾经困扰他们的一切，来自泡桐花的音乐在雨中为他们涤荡了整个世界；那一刻，他们不再被饥寒所追逐，不再被分离所折磨，不再为世俗所羁绊，不再被恐惧所攫取，不再因得失而悲喜，不再因渴望而焦虑，不再因舍弃而纠结，不再因崇拜而迷失，不再因胆怯而逃避，不再因思绪而颓废；那一刻，他们一起玲听着泡桐花乐队的齐奏和共鸣：那优雅低沉的背景是那些掩蔽在后面的花乐手拉起的长调，那空灵回荡的是树冠中间的花乐手唱出的和声，那轻快欢乐的则是贴近头顶的那些花乐手在轻轻吟唱。是的，那是青春和爱情的美妙旋律，那是一曲绚丽雄浑的生命赞歌！

二十四

锦瑟无端五十弦，一弦一柱思华年

清晨，站在长江南岸江边，老吉伸展双臂，向后压了压肩，转了几下有些僵硬的老腰，深深地吸了一口气。一阵微风吹过，微腥的江水味道扑面而来，那种有些似曾相识的感觉，一点一滴地在老吉的记忆里挖掘着，他内心波澜渐起，"孤旅江汉行"，那句诗再一次在他的脑海里闪过。

一眼望过去，武汉长江大桥，这座新中国成立后修建的第一座跨长江铁路公路两用桥，历经六十余年，依然横跨在宽阔的扬子江面上，雄风不减当年；对面龟山上高高挺起的是那座已经成了风景点的电视塔，塔尖有点儿像哥特式教堂的尖顶，一路向上，大有刺破青天之势；晴川阁依稀可见，挑起的廊檐尽显古朴风貌；江上渡轮的汽笛声远远传来，唤醒着四十多年前的记忆，老吉的双眼不由就有些模糊了。

到武汉去看看的想法，萌发于跟着吴怡再次去给林迪扫墓的路上。从墓地返回城里，梅哲诗和任可武在金澜饭店订了个雅间，邀请林珂和钟跃进一起过来坐坐。钟跃进比老吉大三岁，虽然有些发福，但样子却比老吉显得年轻。林珂保养得很好，和小梅在一起，倒有些像姐妹。忆起当年的一些事情，众人都是唏嘘不已，林珂还为给老吉和姐姐的事情捣乱道歉，自罚三杯之后，又说老吉当年救过自己的命，闹着要和"救命恩人"喝三大杯。小梅适时出面劝阻了林珂，说吉叔血压血糖血脂都高，就别逼他喝酒了。

钟跃进早年身上那股"痞气"早已消失殆尽，一副"笑弥勒"的样子，眯着眼睛看林珂在那里闹。说起老吉当年和自己"过招"，他哈哈一笑，说那天晚上他并未走远，看到吉连胜骑车带着林迪出城去了体育场，当时就想找几个兄弟揍他一顿，只是后来遇上了林珂，三言两语就说动了林珂，让她回家"揭发"姐姐，这样反倒让吉连胜逃过了一劫。

林珂听钟跃进又提起当年"利用"自己的事情，就狠狠地在他胳膊上掐了两把，钟跃进一边"哎哟哎哟"地叫疼，一边还笑个不停。

席间，老吉向小梅问了问林迪在武汉最后日子的一些情况，就低声和她说自己想去武汉走走。小梅知道老吉心中对母亲有着许多难以放下的东西，略微思索了一下，表示支持，就是担心他一个人出门，别发生什么问题，叮嘱他把药带好，做好个人防护。虽然武汉已经解封两个多月了，站在医生的角度，小梅还是谨慎地给出了一些建议。

定下出行计划，老吉即刻订了票，翌日告别表姐表姐夫，踏上了前往武汉的行程。由于通了高铁，朝发雁澜，午经北京，傍晚时分已经抵达江城武汉。出发前老吉已经在网上订好了户部巷附近的酒店，安排住下，本来还想趁着夜色去江边走走，却因为一路思虑，北京换乘中转还有些折腾，感觉甚为困乏，洗了澡早早躺下了。

第二天一早，老吉起床洗漱后就出了酒店，沿着自由路向临江大道慢慢走去。虽然昨天晚上到达武汉的时候感觉天气闷热，但早晨的气温还算凉爽。一件宽大的白圆领T恤，一条浅灰色休闲七分裤，一双浅色纽百伦旅游鞋，从去年秋天以来，老吉第一次穿得这么简单舒服出门，身心都很是放松。

来到江边轮渡码头陈近，老吉舒展了身体，极目楚天，看长江烟波浩渺，层层江水拍向岸边，前浪回头的时候总被后浪迎上拍碎，激起一串串白色的水花。几只水鸟掠过江面，忽高忽低地自由飞翔。远处一艘多层游轮正溯江而上，依稀可以看到甲板上的游客也在欣赏着岸上的风光。回首身后，早晨的阳光照在蛇山上，掩映在绿树丛中的黄鹤楼别是一番大气恢宏的景象。

"大哥哥，大哥哥！"一个清脆的孩童声音在身后响起，回过头来，原来是一对年轻的父母领着一个五六岁的小女孩在江边玩耍，一个晨练的少年正踩着滑板打着弧旋，不时起跳，翻转滑板，落地滑行，所有动作一气呵成，帅气而潇洒。那个小女孩而则在他不远的地方跳着拍手，嘴里不时喊出的"大哥哥"，让老吉想起多年前那个初春畅游雁澜湖的美好时刻。

沿着江岸向轮渡码头走了一段路，几位大学生进入了老吉的视野，一位摄影师跟在那几位穿着学士服的大学生身后。估计是今年的大学毕业生，要在江边这无限的晨光里留下各自的青春丽影。他们摆着各种pose，还不时边起跳边把学士帽扔向空中。那位摄影师抱着一架佳能的"无敌小白兔"，弯着腰压低身姿跟在他们后边，在逆光或者侧光中寻找着动态拍摄的角度。

这肆虐的新冠病毒改变了多少人和事，但毕业季的留影依然是从校园走向社会前的最后一课。一路前行的少年人，终于停下了匆匆脚步，为自己磨砺屠龙宝刀的岁月，留下一个定格剪影。看着那些年轻的男女大学生，老吉想起了自己多年前结束在农机校三个月进修结业后的那个上午，那是他第一次把一个人当作自己的人生导师。她像一盏明灯，那一刻的闪亮，为自己照亮了迷茫的前路。

　　小吉在市农机校三个月的进修很快就结束了。学校在这届学员中评出了十名优秀学员，杜少辉、钟跃进和吉连胜都拿到了优秀学员的奖励，小吉所在的宿舍里出了三名优秀，他又一次被传为校园神奇人物。推荐到省农学院参加下学期进修学习只有两个名额，钟跃进和另一位优秀学员被推荐上去，小吉的校园生活，至此告一段落。

　　进修结业式后，晚上安排了聚餐。到了要分别的时候，依依惜别之情难以述说，同学间相互敬酒，都说要经常写信联系，有时间还可以去各自的单位看看，但每个人心里都明白，这一别，何时才能再相聚就很难说了。

　　小吉生平第一次喝酒，第一次喝多了。失去了去省农学院学习的机会，那就意味着和林迪会师省城的梦想成了泡影，失落的小吉酒后有些失态，吐了个一塌糊涂。

　　第二天是大家返回各自单位的日子，顾站长还是安排了一辆到市里采购零配件的农用车，顺道来市农机校接小吉回小镇，说好了是下午到。

　　一大早，杜少辉借了辆自行车，跑到新华书店把齐梦欣接了过来，也算是和小吉一起举办一个"告别仪式"。小吉穿一件白衬衫，袖子挽到肘部，深蓝色裤子，一双解放胶鞋，人显得格外精神，高高的个子站在忙碌着离校的同学当中特别醒目。齐梦欣直夸小吉帅气，杜少辉在旁边很郁闷。刚才蹬自行车蹬得上气不接下气的，接来的齐梦欣不说自己好却猛夸小吉，杜少辉表面上虽然若无其事，却独自跑到旁边抽闷烟儿去了。

　　距离午饭还有点时间，杜少辉建议出去走走，小吉和齐梦欣就跟着他再次来到雁澜湖畔。夏日的阳光格外耀眼，强烈照射下有些灼人，好在湖边绿树成荫，微风习习，还算宜人。

　　到了人民渠，在高大的桥拱下面，三个人在石阶上坐了下来，有一搭没一搭地聊了起来。小吉内心焦虑的阴云一直笼罩在心头，说话也有些心不在焉。没有拿到去省农学院进修的名额，将他打击得失去了方向。

　　三个月的进修虽然时间不长，但对小吉人生成长的影响非常深远。在农机校里，来自各个地方的同学带来了完全不同的思想，有些激进的想法让小吉大为震惊，比如有人就又提出了当年"三自一包四大自由"的问题，对其中的理念大加赞扬，这让一直接受建设共产主义要全面实现公有制教育的小吉感觉非常别扭。十一届三中全会号召解放生产力，那原来偷偷摸摸种自留地挖社会主义墙脚的行为，难道就要合法了？那些只在自家院子里出力，到了大集体的地里磨洋工的家伙，怎么还有道理了？鼓吹"私有制"，那是封建主义和资本主义的残渣余孽，怎么可以出现在市农机校这样社会主义办学的思想阵地上呢？

学校课程的教授也和高中非常不同，农机校的进修课程贴近应用，贴近实用，从基础课程跃进到应用课程，颠覆了小吉对于教育的认识。每次实习课结束，他内心都要对比初中和高中的劳动课，原来学习居然可以这样来进行！毛主席教导的"实践出真知"，但是"实践"和"实践"是多么不同！摸着那些车床、发动机、传送装置，他不禁怀疑起每天在地里挥舞锄头镰刀，那算什么"实践"？农业机械化，靠那样的实践永远都无法实现！

光鲜亮丽的大城市，橱窗里商品琳琅满目的高楼大厦，满街跑的可以自动开关门的公交车，到了夜里灯火通明的街道和鳞次栉比的万家灯火，都让小吉对小镇产生着疏离的感觉。尽管他内心里一遍一遍批判自己，绝不能产生那些"小资产阶级"的腐朽堕落贪图享受的思想，但他还是说服不了自己，同样是社会主义建设，城市和农村怎么会有着那么大的差别？自己已经走到了城市的边缘，深切感受到了社会主义建设的繁华，现在却又要回去小镇，一辈子慢吞吞懒洋洋的，去过那种父辈爷辈过过的多少年不变的生活，未来就是结婚生子，眼睁睁看着韶华逝去，慢慢地变成时代的弃儿，然后慢慢老去。如果他的人生就这样走下去，不要说和钟跃进比，就是过杜少辉那样的生活都变成了可望而不可即的事情。

同样是买书，在市里他只要走上四十分钟，就可以到新华书店去从那么多的书柜里选择自己想看的好书，那些书印刷精美书香四溢，捧一本在手里就会被它深深吸引，拥有它阅读它的欲望会让自己陷入巨大的"贪婪"而不能自拔，希望书店永远不要关门，希望自己可以爬在柜台的角落里眯起眼睛，就这样呼吸着书的香味入眠。小镇却根本就没有书店，只在狭窄的供销社里的一个角上，有几本可怜的过时的小人书摆在那里无人问津，那些能给自己开阔视野增长知识见识世界的书籍，小镇上根本就没有。

进修结束回到小镇，他将面对的是每天早起摇杠发动拖拉机的日子，是日复一日地活动在半径不到两公里范围的单调生活。和林迪在一起的可能性不是没有，但也微乎其微了。明年高考后，以林迪的学习成绩，考上大学应该是板上钉钉的事情，上大学的美好和自己已经绝缘，而当他沉寂在一个山区的小镇里，凭什么要求林迪将来和自己在一起？那些打磨日晷策划欣赏泡桐花的"小儿科"，根本无法对抗强大的现实。爱的旅程还没起步，自己就已经远远掉队了。

一想到这些问题，小吉就一阵一阵地痛苦起来，每一个问题都让他头疼心痛，每次挣扎在痛苦的深渊里的时候，林迪的形象一出现，绝望的情绪就会像一把无形的大手一样，把他死死按入深渊的底部，连挣扎都变得异常艰难。窒息，死亡，仿佛就在那黑暗中等待着他，等待在他回归小镇后再一起向他发难。

看到小吉心情不佳，齐梦欣开始以为他是因为即将离别才有的情绪，随着谈话的深入，她了解到他内心那种摆脱原来生活的强烈欲望和现实的巨大矛盾，尤其当小吉谈起失去了和林迪在一起的现实基础，她也跟着沉默了。

一阵风起，推动了几片云彩过来，太阳的光线就朦胧起来。本来平静的雁澜湖面也有了起伏，破碎的浪花反射着空中明亮的光线，没等到感觉刺眼，就又散开了。

齐梦欣从随身的挎包里拿出一个本子，缓缓递给小吉。小吉翻开来看，原来是一个剪报本。

第一篇，是从《光明日报》上裁剪下来的徐迟的长篇报告文学《哥德巴赫猜想》。齐梦欣招呼杜少辉，一起坐到了小吉的身边。那篇文章很长，连载在两天的报纸上。齐梦欣打开折叠在本子里的报纸，上面很多段落或者语句有她用红蓝铅笔做的波浪线标记。她指着其中的几段文字给小吉和杜少辉看：

"他跋涉在数学的崎岖山路，吃力地迈动步伐。在抽象思维的高原，他向陡峭的巉岩升登，降下又升登！……他无法统计他失败了多少次。他毫不气馁。他总结失败的教训，把失败接起来，焊上去，作登山用的尼龙绳子和金属梯子。……一张又一张运算的稿纸，像漫天大雪似的飞舞，铺满了大地。数字、符号、引理、公式、逻辑、推理，积在楼板上，有三尺深。忽然化为膝下群山，雪莲万千……"

读了几段之后，齐梦欣侧脸看着小吉，郑重地说道："人生都会遇到各种挫折和困难，即使是像陈景润这样伟大的数学家也一样，但不同的人会有不同的处理方式。陈景润之所以伟大，之所以能成功摘下哥德巴赫猜想这颗数学皇冠上的明珠，是因为他有着常人不具备的坚定信念，不惧困难不怕打击努力向前，最终突破自身的局限，攀登上了科学的险峰。小吉，我知道你目前所处的窘境，以我对你的了解，小镇肯定不是你生活的终点。回去以后，你在工作之余，还是要加强学习，不断积累知识和经验，只要不放弃，和林迪在一起也并非不可能。关键还是要有一颗上进的心，你的努力，姐看得见，你的林迪也看得见！"

看到小吉的情绪被自己的话语所感染，齐梦欣的语气也不再平静："姐今天过来得有些着急，包里只带了这本剪报本，我把它作为结业礼物送给你，算作姐对你的支持。多读一读里面的文章，你会知道，在黑暗中渴望光明的，不是只有你一个；而光明也不会因为你的消沉就会可怜你而来到你身边，他们都是通过艰苦卓绝的努力才走出了黑暗。"

双手捧着剪报本，小吉不知道说什么好了。自从得知去省农学院进修无望的消息，他的心情一直非常差，现在听了齐梦欣的话，她那母亲般的关怀就像春风拂过大地，几天来郁结在心头的苦闷，仿佛冰原融化成了潺潺流水，一时间百感交集，他竟然像个孩子似的号啕大哭起来。

齐梦欣掏出手绢，让小吉擦眼泪，笑着嗔道："男儿有泪不轻弹，你可不能这样没出息。我前几天还和雯雯说，要向你这个大哥哥学习，好好读书，天天向上，这要是让她看到你现在这个样子，榜样的形象可就全毁了。"

小吉的情绪渐渐平复下来，一直没怎么说话的杜少辉在旁边拍了拍小吉的肩头说道："回到小镇也不见得就是世界末日，不是只有你那个姐关心你。"说完还故意瞥了齐梦欣一眼，又接着说道："吃了午饭，我带你们去我们厂子走走，参观一下火车头的生产线，激发一下的你革命斗志！"

齐梦欣看了一眼杜少辉，又冲小吉说道："本来也给你准备了几本书，没想着你们这么快就结业了，今天走得着急也没带。雯雯还说要你带着去捉蝈蝈，现在看来暂时是无法实现了。暑假的时候，我们一起去你们家玩儿，到时候带书给你，当然，你可别忘了带雯雯捉蝈蝈的承诺哦！"

听说齐梦欣会来小镇找他，小吉的情绪一下子也高涨起来，他把那本剪报本搂在怀里，看着齐梦欣的眼睛，真诚地说道："姐，你对我实在是太好了！谢谢你！"

杜少辉在旁边冷冷地说道："哥还说带你去看火车头生产线，你怎么不谢谢哥呢？"

听杜少辉这么说，齐梦欣不由就笑了，小吉也尴尬地跟着笑起来。

看着齐梦欣明媚的笑容，杜少辉一时就呆在了那里。

二十五

怀旧空吟闻笛赋，到乡翻似烂柯人

　　傍晚时分，结束进修的吉连胜坐着农机站的农用车回到了小镇。农机站顾援朝站长对小吉拿到了优秀学员大加赞赏，让小吉先回家休息两天，安排一下家里的事情，下周开始正式上班。

　　培训期间，小吉也回过两次家，生病的妈妈一直由表姐照顾，他也就是回来看看而已。第二次回来，妈妈叮嘱他好好学习，别老惦记着往家跑，小吉答应着，心里也在计算培训结束的时间，想着表姐说下半年要嫁人，如果自己去省农学院进修，谁来照顾妈妈就成了问题。

　　没有拿到推荐的名额，情况倒是简单了，省农学院去不成，后边的事情也就都省了。小吉背着行李回到家，表姐早做好了晚饭，说顾站长一早就和她打了招呼，说小吉晚上就回来了，所以特意做了他爱吃的豆子稀饭煮山药，还端上来一大碗菠菜拌凉粉。看表姐在灶前忙乎，小吉心里一阵感动，也有一些愧意，拿出给表姐买的袜子和围巾送给她，表姐很是惊喜，摸了摸小吉的头，说他长大了。

　　吃着饭，聊起镇上的事情，表姐说小吉一参加工作就被派出去学习，很多人非常羡慕，但树大招风，也有些人会嫉妒他，所以进修回来后要低调踏实些，别太过张扬，不要给顾站长惹事。妈妈非常赞成表姐的意思，让小吉不要骄傲，尤其是得到了优秀学员，要是父亲在天有灵，也会欣慰的，但有些人未必会这么看，还是小心谨慎为好。

　　小吉答应着，把碗里的饭吃完，让表姐再给添一碗，表姐看了看小吉，笑嘻嘻地打趣他说，出去学习三个月，学问长了没有不知道，这饭量见长呢！表姐又说小吉的高中同学吴怡还在周日回镇上的时候来过家里两回，帮着洗衣服收拾家，和姑姑聊得很开心。妈妈听表姐说起这件事情，就说自己的身体一天天走下坡路，也不知道哪天不行就走了，要是能看着小吉成家娶媳妇儿，她走也会踏实些。

听着表姐和妈妈的话，小吉当然明白她们的想法，但眼下让他纠结的问题并不是要不要找对象结婚，而是去不了省农学院的事情如何向林迪交代，自己和林迪今后的道路该怎么走，想起来就一阵一阵地闹心。

吃完晚饭，帮表姐收拾了碗筷饭桌，小吉打开行李，整理了一下衣物，看到自己留下的那个日晷，上面的指针被压弯了些，就找出钳子调了调，但还是有些歪，怎么弄都不太正，心下懊恼，干脆放到一边，搬了小凳去院子里坐下，仰头看着满天星斗发呆。

表姐收拾好东西，帮妈妈洗漱完，要回去，小吉就说送送她。两个人走在黑乎乎的巷子里，表姐说小吉好像又长高了，小吉心情不好，就说猪八戒都说了，长得高没什么好，走路抗风，穿衣费布。表姐就说吴怡其实挺好的，人长得好看，脑子也好使，还有眼色，做事麻利，家庭条件也不错……听表姐唠叨这些，小吉有些心烦意乱，突然就站住了。表姐感觉到小吉不痛快，但又不知道他为啥闹筋，也就不再说话了，拉着他的胳膊继续往前走。想到表姐这三个多月辛辛苦苦照顾妈妈也非常不容易，自己不应该耍脾气，小吉就反手拉住表姐，就着微弱的星光从胡同拐上了大街。

第二天早上，天刚蒙蒙亮，小吉突然醒了过来。从炕上爬了起来，招呼完妈妈起床洗漱，小吉开始张罗着做早饭，妈妈让他别着急，说一会儿表姐会过来做的。小吉嘴里答应着，却去生了火，煮上粥，然后跟妈妈说要回农机站，表姐来了先吃饭，别等他了。

跑回农机站，除了看门的老三头，别人都还没来上班。小吉跑到后边伙房里，找了两个冷馒头揣在怀里，出了农机站向山上走去。

一口气跑上石嘴崖，小吉爬到那块巨大的青麻石上坐了下来。旭日东升，放眼四望，远山如画，山脚处层层梯田，长势喜人的庄稼绿意盎然，小镇上炊烟袅袅，无限晨光尽收眼底，小吉压抑的心情缓解了许多。

"去找林迪吧，今天就去，一会儿就去！"一个声音在小吉的心里回荡着，但是，去了县里，怎么找林迪？又去学校找她？和她说什么？说自己的失败？失败了怎么办？原来的约定还作数吗？不能去啊！小吉内心里一声叹息，如果自己就这样一脑袋糨糊去了，林迪得觉得自己多没出息呢！

"管它呢，去吧去吧，能见到林迪就好，和林迪在一起就是开心，不要管那么多！"那个声音又在小吉的心里捅咕他，让他跑下山去坐长途车进城的欲望一点点地提升着，如同一个小小的火种被一点点加入木材，直到大火熊熊燃烧起来，小吉终于被烧得坐不住了，跳下青麻石向山下跑去。

跑出去百十步远，小吉的脚步越来越沉重，步子越来越慢，终于又停了下来，他沮丧地发现，如果刚才脑子里的那些问题不解决，就这样去见了林迪，也不会开心的，弄不好见林迪就成了告别林迪了。

小吉快快地走回到青麻石边，慢慢爬了上去，又开始了磨人的思索。

太阳升起来了。

太阳到了半空。

太阳到了头顶。

太阳偏西。

枯坐在青麻石上的小吉经受着内心百般煎熬，却依然了无头绪。

远远地有人从山下上来了，看见小吉独自坐在青麻石上，那个人挥着手喊他的名字，原来是表姐来找自己了。

到了午饭时间仍然不见小吉的踪影，妈妈和表姐都有些着急。表姐跑到农机站去，看门的老王说小吉一大早来了一趟，什么也没说，出了大门好像朝山上走去了。

表姐很是担心，顺着山路一路找了上来，看到坐在青麻石上的小吉，她长舒了一口气。

回到家，三个人一起吃饭，妈妈和表姐有意避开了那些让小吉烦躁的话题。吃着饭，小吉的心逐渐静了下来，知道自己即使在青麻石上坐化，那些想不明白的问题还是会依然存在，既然如此，那就先顺其自然吧。一大块黄米糕蘸着菜汤下肚，小吉终于有了些顺溜的感觉。吃完饭，就着饭桌，小吉拿出了纸和笔，他要给林迪写封信，告诉她现在自己的情况，说自己会努力学习，暑假的时候欢迎她来小镇玩儿。

信写好了。小吉找出一个信封，写上了县中学的地址。看着中学的名字，小吉就又有些难过，自己已经告别了这个地址，下一步，这个地址里的那个人，会不会也告别自己呢？发了一会儿呆，小吉一笔一画地在信封上写下林迪的名字，把信纸折齐放进信封，封好了，跑到镇邮政所去买了八分钱的邮票贴上，把信投到了挂在邮政所外面的绿色信筒里。

看着信筒，小吉心里算了算时间，后天林迪就能够读到自己的信了。希望她能给他及时回封信，好让自己这颗漂泊的心有个方向。

到了晚上，妈妈发现小吉不再像昨天晚上在炕上折饼，很快呼吸均匀地进入了梦乡，也就放下心来。

漫步长江边，老吉心情逐渐开朗起来，看看已经七点半多了，老吉又做了几组拉伸动作，准备往回走。正在这时，手机一阵震动，有电话进来，一看是梅哲诗的手机号，老吉接通了电话。梅哲诗还是担心老吉的身体出状况，听老吉说一大早到长江边上云转，知道他的状态比较放松，也就放心了。小梅简单问了问老吉今天的行程，老吉说想去的就那么几个地方，金银潭医院，林迪辞世后火化的殡仪馆，还有就是省建筑设计院，那家邀请林迪参加研讨会的单位。

得知老吉的想法，小梅有些哭笑不得，她劝老吉不要去医院和殡仪馆，人都没了，去这些地方的意义也不大，而且从疾病防控角度说，去这些人多的地方还可能发生交叉感染；至于建筑设计院，倒是可以去看看，如果那边不接待，就算了，千万不要因为妈妈的事情和人家起冲突。小梅在电话里千叮咛万嘱咐，老吉也就答应了。

挂了小梅的电话，吴怡的电话又打了进来，一接通就是一顿嚷嚷："我说是那天你和小梅鬼头鬼脑地嘀嘀咕咕，原来是商量去武汉的事情嗦？你躲我就躲我，跑那个远做啥子嘛？"老吉真是有些无可奈何，没有告诉吴怡他要来武汉，就是怕她啰唆。今天她一大早跑到表姐家找老吉，听表姐说老吉到了武汉，她就不开心，当时就打了电话过来。

说了好半天才挂了吴怡的电话，老吉就在心里想，依着吴怡这个性格，即使当初真娶了她，婚姻也过不到头，他心里头住着的林迪，就是天天吵架的根由。

想起到了武汉也没给表姐报平安，老吉内心很是自责，赶紧给表姐打过去。电话里听得吴怡还在表姐旁边讲"川普"，他不禁摇了摇头。

太阳已经升到一人多高了，气温也跟着快速上升。老吉朝着莫泰的方向往回走，快到酒店的时候，想起了之前听说的"早尝户部巷，消夜吉庆街"的说法，就继续向前，到户部巷去"过早"。

户部巷街两边全是小吃店，疫情虽然过去了，但商家的人气却还没有恢复，并不像想象中人头攒动的样子。找了一家看着比较清静的小店，门头上挂着的店招写的是"老里份豆皮"，老吉就坐到了靠门的一张桌子边。精干的老板娘过来招呼着问吃什么，老吉说来份豆皮，一杯豆浆，一个茶叶蛋，老板娘说了声"稍等"，转身去张罗了。

制作豆皮的大锅就摆在门前，老板正在锅边忙乎。烙得金黄油亮的鸡蛋面皮中间夹着糯米，浇了炒好的香菇、五花肉、香干、笋子丁儿等汤汁，然后翻面烙好，老板切了两块，让老板娘给老吉端过来，果然是香气四溢，美味名不虚传。老吉边吃边夸赞老板的手艺，一来一往也就搭上了话。

听说老吉从北方来旅行，老板就说老吉真是好样的，好多外地人因为疫情，还是不敢到武汉来，其实四月份解除封城没多久，武汉很快就降为低风险地区，

"冒的事情的"，虽然错过了今年的樱花季，但武汉可以看可以玩儿可以吃的地方太多了。老板热情地告诉老吉，这几天可以抽空儿"克"（去）归元寺数数罗汉许个愿，一年都会大吉大利的。

一份豆皮吃完，老吉觉得满嘴冒油，就说老板豆皮的油太大，老板呵呵笑着说，没油就不好吃了。付了账，谢了老板的介绍，老吉看时间也差不多了，就回酒店收拾了一下，换了有领的 T 恤长裤，给保温杯加满热水，戴了遮阳帽，下楼出发了。

打开手机地图查找，酒店与省建筑设计院的直线距离不足三公里，老吉看了看天气，觉得还不算太热，就打算走过去。沿着粮道街一路过去，到小东门天桥跨过中山路，走了一段舒家街，抵达了位于中南一路的建筑设计院。这个单位的名头很大，牌子却挂在一座不起眼的小楼的入口处，不仔细看，还真注意不到。

例行查验绿码，测体温，登记，亮了岭南计算研究所的工作证，说明是来查些资料的，老吉被安排到了设计院的一间小会客室稍候。过了一会儿，进来一位年轻人，自我介绍姓杨，是设计院下属的工程咨询研究院的。小杨和老吉客气了几句，就转入正题询问老吉的来意。老吉说起设计院在今年一月份举办了一次关于中国传统建筑中的韵律美学专题研讨会，想查一些与会者的相关资料。小杨想了想，说那次研讨会是工程院和武汉音乐学院合办的，相关资料已经归档，不知道老吉想看什么。老吉就问小杨知不知道一位从北方来的名叫林迪的参会者，听闻老吉问的是林迪，小杨的笑容一下子从脸上消失了，略带警惕地问老吉和林迪是什么关系，老吉说是亲戚，小杨用审视的目光打量了老吉一眼，脸孔一板，一套标准的官样说辞脱口而出："关于参加研讨会人员的情况，工程院不方便透露，如果确有需要，可以联系设计院有关法律部门咨询，研讨会参会人员在疫情期间的相关事宜，院党委都有决议，都已经按照相关规定办理了。"

老吉想起早上小梅的叮嘱，就知道小杨误解了自己的来意，以为他是为了林迪的事情上门闹事的，就赶紧向小杨解释，请他不要误会，自己只是希望能够了解林迪在武汉时的一些情况，如果能提供一些影像资料，那就非常感激了。

见老吉态度很诚恳，小杨略略放下了戒心，说林迪是工程院邀请参会的专家，出席会议时还有一个主旨演讲，只是会议的视频资料整理由武汉音乐学院方面负责，现在还没交换过来，不过，他可以帮助老吉联系那边的项目负责人，看看能不能拷贝一份给他。

小杨拿起手机查找了一番，打了几个电话，就给了老吉一个音乐学院那边的联系人，让老吉直接联系莫博士。老吉接过小杨写的条子，看到上边是一个名字和一个手机号，那个名字是莫秀雯。

　　莫秀雯？难道是她？看到这个名字，老吉心里"咯噔"一下，脑海中浮现出多年前在雁澜湖边人民渠下清唱《两只老虎》的那个小女孩来。

二十六

深知身在情长在，怅望江头江水声

　　小吉给林迪的信发出去没几天，就接到了她的回信。对于小吉没能实现去省农学院进修的目标，她虽然也觉得非常可惜，但更多的是鼓励，希望小吉抓紧时间学习，一定不要把高中的课程放下，将来有机会的话，还是可以通过考学、进修等途径实现理想。林迪告诉小吉，这个学期期末考试，自己是全班第二；英语测验，她是全校第一，这也多亏了他帮忙买到了《英语九百句》，才能提前学习一些课程。林迪还说，爸爸妈妈和学校对自己的期望值很高，希望明年高考能考上重点大学。因为明年就要参加高考，所以学校在暑假里安排了些补习，功课也紧张起来了，她可能没什么时间来看小吉了，但两个人可以保持通信联系。

　　小吉读了好几遍林迪的信，对于她取得这样好的学习成绩，高兴之余也有些淡淡的悲伤。高兴的是林迪一直在努力学习，保持着很好的状态，在向着自己的理想稳步前进；悲伤的是自己本可以和林迪一起拼搏，成绩不见得比林迪差，但现在被越甩越远，眼睁睁看着林迪就要远走高飞自己却一筹莫展。虽然他每天还是坚持着做《数学千题解》上的三道题，但这跟在学校的系统性学习比差距太大，光靠这个就想参加高考取得好成绩，那无疑是痴人说梦。

　　读完信，小吉当时就有一种回信的冲动，想告诉林迪自己的喜与悲，愁与乐，告诉她自己此时的所感所想，但最终还是没有动笔。虽然林迪说两个人可以通信联系，但老是向她诉说自己在小镇上的柴米油盐忧愁苦闷，那连自己都会瞧不起的，何况是林迪那样心高气傲的人；可是要告诉林迪自己很好学业也有进步，那就是说谎了。欺骗林迪的事情，更不能干！林迪不能像寒假那样跑来看自己，可能是她的暑期课程安排得的确有些紧张，也可能是对自己未能实现当初吹出去的"豪言壮语"感到失望，故意要疏远自己呢！想着这些，小吉内心里又有些隐隐作痛，铺开了信纸拿起了笔，却一个字也写不出来。把林迪的信放下又拿起来，拿起来又放下，小吉还是没想好怎么给林迪写信。

时间过去了好几天，写信的欲望也渐渐没那么强烈了。再次打开林迪的来信读了读，小吉连铺开信纸的想法都没有了。信，看来是写不成了。

回到小镇一晃半个多月过去了，进入七月，骄阳似火，天气也一天热似一天。小吉每天跟在顾站长身后忙忙碌碌，见识了老站长处理实际问题的能力，小吉打心眼里佩服他。刚开始小吉还有些不适应这样从家到农机站两点一线的生活，随着时间的推移，他发现农机站的工作倒也没有在市农机校结业时候想象的那么枯燥。

今年夏天，雨水相对较少，小镇下面各个村的机井抽水灌溉需求量很大，抽水机故障发生率也上升很快，农机站的技术员经常是刚从这个村的机井上出来，就被其他村等着的人给接走了。跟着顾站长奔波在各个村的灌溉系统间，看多了顾站长检查故障和排除故障的方式，小吉逐渐对维修柴油机和电动机有了认识，在农机校学到的知识开始得到验证。不过，毕竟还是个学徒，顾站长还不会让他独立去承担机械维修的任务，他始终还是个给顾站长打下手的学徒。

这天早上，小吉吃完饭刚到农机站，一个中年黑汉子气喘吁吁地跑了进来，说他们村的机井抽了一夜的水，天快亮的时候抽水机停机了，怎么都发动不起来了。这几天的大太阳下来，地里的秧苗如果得不到浇灌，估计得干死一大半，所以抽水机坏了简直就是要人命的事情。站里的技术员都已经派出去了，能上手维修的人只有顾站长了。但按照计划，顾站长今天是要和小吉一起对付站里的那台三十马力拖拉机的。那台机器也趴窝了好几天，正是镇里需要拉东西的时候，它却歇了。站里请了县农机站的技术人员来帮忙查看一下，约的就是今天，一会儿人就到了，站长肯定不能走，因为最熟悉情况的只有他。再说，从县里请人来帮忙也是打了好多电话说了好多好话，能来个技术员非常不容易，人家来了，站长不在，也有失待客之道。

看着来人焦急的样子，顾站长想了想，把小吉叫了过来，让小吉跟着来人去看看情况。那个敦实的黑汉子一看小吉完全是一个毛头小子稚嫩的样子，就拉住顾站长不放了，说要去也得站长去，不能让这么个"生瓜蛋子"去，瞎耽误功夫。

小吉听到那黑汉子说自己是"生瓜蛋子"，脸上一红，心下着恼，转身就想离开，却被顾站长叫住。顾站长指着小吉对那个黑汉子说："申喜，你可别小看我们吉技术员，他可是刚从市农机校学习回来，拿了优秀学员奖的，别瞎叫啥生瓜蛋子，这是我们这里的专家苗子，等以后能耐大了，你八抬大轿都请不起。"

顾站长这么夸自己，让小吉非常吃惊。虽然说那个申喜的话不好听，但自己算上进修到现在也才工作了半年时间，的确是个"生瓜"，顾站长能在村里来人跟前这么高抬自己，实在大大出他的意料。不过，既然顾站长这么说了，小吉还是挺了挺胸脯，往前站了站。

申喜还是有些狐疑，但态度比刚才要好了些，撇着嘴角对小吉说道："那就麻烦小……吉技术员辛苦一趟吧！"还故意把"小"字说得很重，显然觉得小吉不可能有啥作为，但既然顾站长这么安排，只好死马当活马医，请到人回去总比自己空着手回去好。

小吉就问申喜坏了的机器是用柴油的还是用电的，申喜说那个机井离村子有些远，还没拉电线过去，只能用柴油。小吉便在心里过了一遍柴油机的相关构造和容易出现的问题，点了点头。

顾站长看着小吉有些跃跃欲试的样子，拉住他叮嘱道："带上常用的零配件，先查出问题症结，问题能解决就解决，解决不了别急躁！我接待完县里的技术员就过去瞧瞧。"

小吉检查了一下工具包，又去库房挑了几个新零配件，就要和申喜出发。顾站长又叫住了他，把自己那辆旧二八加重飞鸽自行车推了过来，让小吉骑车去，说这样快些。

小吉把工具包交给申喜背着，自己飞身上了车子，招呼申喜坐在后货架上，朝着那个五里外的村子出发了。

申喜坐在后边，看小吉把车子蹬得飞快，耳边风呼呼响，就开始担心小吉的车技不好，又怕他报复刚才他说话不好听，说不定就把自己给摔了，于是赔着小心夸小吉车子骑得好。跑出去三四里，开始了上坡爬山路，小吉蹬不动了，跳下车来推着车子，让申喜把工具包放到自行车上，申喜说包不重，背着不碍事，小吉还是坚持让他放到车上来。申喜把包固定在车子的后货架上，又看了一眼小吉，觉得这个高高瘦瘦的"生瓜蛋子"，说不定还真有些门道。

快到村子的机井边的时候，远远有人和申喜打招呼，说还是申喜厉害，请来了技术员。等着浇水的人都在树下乘凉，小吉他们走近了，那些人看到来的是个毛头小子，脸色就开始变了，失望之余还说些不冷不热的话。申喜赶紧出面打了圆场，说顾站长有紧急任务来不了，安排了小吉技术员来，大家别着急，还是让小吉技术员先看看抽水机的情况再说。

小吉来到机井边，看到井口旁的抽水机一头接着一根小碗口粗细的管子，伸到井里去，另一头接的管子则甩到了渠边。抽水机边上放着两个装柴油的铁桶，一个桶反倒在地上，显然里面的柴油已经用完了。小吉弯腰去查看那个抽水机，第一眼看过去心里就有了大概的判断。抽水机的核心机械是带动真空泵工作的柴油机，容易产生故障的不外乎是散热系统、内燃缸体和气压系统，而如果散热系统出现问题，对机械的损伤加大，机器可能就歇菜了。

眼前的抽水机可能就是散热系统出了问题。这样的小型柴油机，一般都采用风冷而不是水冷，冷却系统既不能太热也不能温度过低，否则对发动机都会造成伤害。小吉一眼就看到有人在发动机上接了根淋水的细管子，心里猜想这个可能就是故障的根源。

蹲下身来仔细查看一番，小吉的猜想得到了证实，他抬起头来问围在周围的人，是谁接的这根小管子。值夜班的一个三十出头的汉子就被推了出来。那人倒也不推辞，说是前半夜听机器的声音还挺好，到后半夜看机器有些发抖，他担心抽水机散热不好会烧了发动机，就停了机器，在水泵壳体上的放气螺丝上接了一根小水管，安在柴油机的上方，再启动柴油机运转的时候，冷水就源源不断地淋在柴油机的缸盖、缸套及机体等部位，机器也就不那么热了。

听那人这样说，小吉摇了摇头，说这是风冷的柴油机，用淋水的方法，可能导致缸体冷热不均，怕是里面的机械磨损加大，机器就无法工作了。申喜在旁边听小吉说得头头是道，就问他现在该怎么办，机器还能修好吗？小吉说可以试试吧。

先把那根小水管拆下来，小吉打开了冷却箱的盖子，仔细检查了一遍，发现是里面的节温器坏了，进气循不调节紊乱，再加上外面淋水，冷却系统就不干活了。小吉从工具包里找出自己带来的配件换上，又仔细检查了其他管路，觉得问题不大，就把拆开的部分装了回去。打着火，那个柴油机居然开始"突突突"地工作了。周围的人们一阵欢呼，小吉擦了一把脑门儿上的汗，长长地出了一口气。

蹲在那里检查修理抽水机的时间太长，站起来的小吉眼前有些发黑，身体晃了晃，旁边的申喜一把扶住了他，招呼其他人赶紧给吉技术员端水过来喝。就着抽到渠里清凉的井水，小吉洗了手，又在脸上拍了两把井水，人立刻精神了许多。村里的人热情地请小吉回村去吃午饭，说一定要感谢小吉技术员，小吉从来没有被这么多人围在中间说话，不由就脸红起来。看着时间还早，小吉说农机站还有任务，县里今天来人，他还得回去工作，不能去村里了。申喜见留不住小吉，就叫人去地里摘了七八个香瓜过来，把小吉的工具包撑得鼓鼓的。又叮嘱他骑车慢点儿，注意安全，还要给老站长带个好，感谢他带出了好徒弟，乡亲们农闲的时候再去看他。小吉被夸得有些不好意思，但心里还真是高兴。

一路下坡，小吉带着刹车，自行车还是跑得飞快，土路两边青纱帐快速向后退去。要不是老站长今天来不了，小吉根本不可能当学徒这么短时间就独立出勤的。第一次"担当大任"能解决问题完成了任务，这也是小吉自己都没想到的，他的内心里充满了信心和自豪。这个时候，他真想把自己这成功修好抽水机的快乐第一时间告诉林迪，拉着她的手，告诉她自己可以独立出勤，可以独立修理机器啦！他要把申喜硬塞到工具包里的香瓜送给她，和她一起分享自己的"胜利果实"！

回到农机站，小吉看到顾站长正陪着县里的技术员在拖拉机边上折腾，就过去把自行车钥匙还给顾站长，简单说了一下申喜那边抽水机的故障和自己维修的情况。顾站长听了非常开心，给小吉介绍了县里来的金技术员，又拍了拍小吉的膀子说道："好小子，就知道你是这块料，不会给你爹丢脸的！"金技术员看小吉年纪这么小就独立出勤，也觉得后生可畏，说回头有机会到县农机站来锻炼一段时间吧。

听金技术员说到去县农机站锻炼，小吉的心就"扑通扑通"地加快了跳动的节奏，刚才路上还想着要去县里去看林迪，如果能去县农机站"锻炼"，那离林迪就更近了。可是看金技术员也只是说说，老站长也没接这个话，小吉心里就稍微有些失望。

正说话间，农机站大门口进来了一大一小两个人，向看门的老王头询问吉连胜在不在。小吉耳听得问自己名字的声音非常熟悉，回头去看时，却是一阵惊喜。站在明媚阳光里的那个孩子，也已经认出了自己，边喊着"大哥哥大哥哥"边向自己飞奔过来，后边的那位身材高挑一身浅蓝色运动装的，当然就是说好暑假要来小镇看望自己的齐梦欣了。

跑到跟前，雯雯就要扑到弯下腰的小吉的怀里，小吉伸手拉住了她，笑着说道："雯雯，大哥哥就不抱你了，你看大哥哥这一身油泥，会把你漂亮的花布衫弄脏的。"看着穿着沾满油泥劳动布工装的小吉，走过来的齐梦欣满脸灿烂的笑容，开口说道："连胜！这才多久没见，你就真成了工人阶级的一员了？"

齐梦欣精干利索的装束和小镇上的人非常不同，她那好听的声音让院子里的人都为之一震。小吉回头看了一眼老站长和金技术员，看到两人正用疑惑的眼神看着自己和齐梦欣，脸不由得红了。

二十七

往来千里路长在，聚散十年人不同

　　先没理会顾站长和金技术员惊奇中带点儿怀疑的目光，小吉拉着雯雯迎向齐梦欣，紧走几步，从她手里接过了用报纸包扎好的书捆。这捆书沉甸甸的，估计有十几本吧，小吉心里一热，精神上受到了极大的鼓舞，感激之情一时无法表达，只是站在那里嘿嘿地傻笑。

　　向顾站长和金技术员介绍了齐梦欣，尽管顾站长对小吉说的这个来自市新华书店的姐姐的身份还是有些怀疑，但还是热情地表示欢迎，让小吉招呼客人到办公室去喝水。

　　从市里过来要坐一个半小时的长途车，还拎着这么一大捆书，小吉觉得齐梦欣对自己这个弟弟那是真心的好。给齐梦欣和雯雯倒了开水，小吉让她们稍微坐一下，自己跑出去和顾站长请了假，说要带客人上山走走，顾站长也没多问，让小吉带客人不要走得太远，山路不好走，城里人可能走不惯，要注意安全，不要把小孩子摔了，最后还叮嘱小吉早点回来，别误了食堂的中午饭。

　　回到办公室，打开捆扎那摞书的绳子，齐梦欣把每本书的情况都向小吉做了简单说明。除了六七本中学数理化的参考书外，一本小吉一直想看的《红岩》，一套新出版的《红楼梦》，一本《不结果实的智慧之花》，还有一本《傅雷家书》，名著，哲学，思想交流，每本书都是一扇窗，通向理想的未知世界。小吉觉得齐梦欣不是给自己带书来，而是给自己带来了阿里巴巴叫开藏满金银财宝山洞大门的"芝麻开门"的咒语。

　　抚摩着一本本新书，闻着书本中散发出的油墨的香味，小吉喜不自禁，他觉得自己已经是小镇上最富有的人。放下书来，小吉伸手到雯雯的腋下，稍一使劲儿就把她高高地举了起来，雯雯被举过头顶后也开心地笑了。转了两圈儿，小吉把雯雯放了下来，看着她认真说道："雯雯，大哥哥带你上山玩儿去，咱们去捉去大肚子蝈蝈，好不好？"

　　雯雯高兴地蹦了起来，连声说"好"。

　　齐梦欣坐在那里看着小吉兴奋地和雯雯一起又蹦又跳，也跟着笑了起来。

　　出了小镇上到半山坡，雯雯在田间跑来跑去采摘着野花，齐梦欣就用那些花给雯雯编了一个凉帽戴在头上。雯雯美滋滋地转着圈儿看自己的影子，还问小吉自己像不像一位小公主。小吉装模作样地上下打量她一番，故作深沉地对她说："雯雯不像小公主，因为雯雯本来就是小公主，是世界上最美的小公主！"。

　　小吉在地圪楞上采了些马莲草，编了两个可以装小虫的笼子，带了雯雯去追踪树荫下草丛里蝈蝈的叫声。不一会儿他就捉住了一只大肚子蝈蝈，和雯雯一起小心翼翼地放到笼子里，又教雯雯听声辨别方位找蝈蝈。在小吉的指导下，雯雯还真在草窠里找到一只大蝈蝈。小吉又去路边的地里摘了两朵西葫芦花，放到笼子里，蝈蝈们在里面开始唱歌了。

　　雯雯认真听了听两只蝈蝈叫，就跟齐梦欣说蝈蝈的二重唱很好听，雯雯也要为大哥哥唱歌，齐梦欣和小吉一起拍手称好。

　　三个人在一棵杏树下停了下来，小吉搬了两块平整的石头过来当凳子，和齐梦欣坐下来欣赏雯雯的演唱。

　　这一次，雯雯唱的是《马兰花》，齐梦欣依然打着节拍唱着和声，那歌声掠过树梢，随风飘荡，越过旷野，和着山间鸟儿虫儿的鸣叫声飞向了远方。小吉一时间忘却了之前所有的烦恼忧愁，清澈的世界里，静静地流淌着雯雯那动听的童声：

　　　　马兰花，马兰花
　　　　风吹雨打都不怕
　　　　勤劳的人儿在说话
　　　　请你马上就开花
　　　　马兰花，马兰花
　　　　歌谣唱在阳光下
　　　　痴情的人儿在说话
　　　　许个心愿为了她
　　　　马兰花开满天涯
　　　　迎来祥和与繁华
　　　　坚强的人儿在说话
　　　　伴着歌声再出发
　　　　……

三个人回到农机站，已经到了午后，老站长让伙房给留了饭。因为爬了山，虽然还是白菜豆腐大馒头，三个人都吃得非常香甜。

快乐的时间总是过得飞快，不知不觉已经到了下午三点，齐梦欣说要和雯雯回市里去了。雯雯虽然玩得有些累，但还有些想赖着不走，看妈妈的神情非常严肃，就万般不情愿地拎起蝈蝈笼子准备出门。齐梦欣在随身的挎包里翻了翻，拿出一张照片来，递给小吉，那是一张英武的战士的照片，如果不说，看照片的人肯定会认为这就是小吉穿了军装的照片。齐梦欣告诉小吉，这就是牺牲在越南前线的弟弟，她把这张照片送给小吉做个纪念，也要他记住他有自己这样一位姐姐。看着一向明媚开朗的齐梦欣神色黯然，小吉就安慰她说，过些天农机站的车去市里办事，他搭便车去看望她和雯雯。

齐梦欣摇了摇头，跟小吉说了一件事，小吉听了不啻是晴天霹雳，本来惜别的情绪也更加低落下去。

齐梦欣的爷爷本是中南艺术学院的教授，后来中南艺术学院改名为湖北艺术学院，爷爷一直在那里教书育人。后来，因为历史原因，全家来到雁澜地区，这一待就是二十多年。现在，全家可以回武汉了。这次来，既是给小吉送书，也是和小吉告别的，齐家已经办好了调动手续，武汉那边也做了相应的安置，所以全家很快就要回故乡了。

武汉，一个多么遥远的城市，最远只去过市里的小吉根本想象不出武汉有多远。齐梦欣说一路过去，要转两趟火车，大概路上得走一天一夜多才能到。小吉心里产生了一种近乎绝望的情绪，他不知道齐梦欣她们这么一走，今生今世还能不能再见面。齐梦欣对自己的种种好一下子涌上心头，尤其是都要走了，还给自己送了这么多好书过来。眼看着她要离去自己却无力挽留，小吉心里一阵发酸，无力感充满了全身，眼泪就流了下来。

自己可以解出《数学千题解》中高难度的函数题，可以策划一场浪漫的"迎迪行动"，可以修好冷却系统出故障的抽水机，却无法帮齐梦欣挽回弟弟的生命，也不能把要远离雁澜回家乡的齐梦欣留下，对将来何时才能再见面，甚至能不能见面都无法预知。只有要离别的时候，才觉得相聚是那么短暂，而此时此刻，小吉更是意识到，虽然从来没有明确地思考过，齐梦欣其实就是自己这段时间种种行动的精神支柱，有了她的支持，自己才那么自信那么坚强，她这一离开，还能有谁来支持自己的学习，鼓励自己的进步？谁来帮自己解答那人生的种种困惑？难道，给自己鼓舞照亮自己前程的姐姐，就要这样从自己的生活中消失了吗？自从上次林迪来信以后，小吉从未如此迷惘如此失落，仿佛一下子坠入了黑暗之中看不到一丝光明。

　　齐梦欣掏出手绢让小吉擦眼泪，她自己却也红了眼圈儿。控制着自己的情绪，齐梦欣含泪带笑地安慰小吉道："武汉虽然远，但也不是天涯海角，总会有机会再见的。武汉是重要的工业基地，随着祖国四化建设的快速推进，将来你会有很多机会到武汉出差学习的。再说，咱们还可以通信联系呀！我那边一安排妥当，就给你写信过来。"说到这里，齐梦欣还故意开起了玩笑："还有啊，连胜，你忘了我这个姐姐可以，但千万不要忘记叫你'大哥哥'的雯雯哦！对吧，雯雯？"听到妈妈的问话，雯雯忽闪着大眼睛认真地答道："对！"

　　"雯雯，你的大名是什么呀？"虽然小吉和雯雯已经不止一次见面，但只是喊她"雯雯"，叫什么名字却不知道。这次齐梦欣强调小吉不能忘记雯雯，小吉就跟着问了一句。

　　"莫秀雯！大哥哥，我叫莫秀雯！"雯雯响亮地回答完，又转头看了一眼妈妈，看到妈妈对她点头微笑，就转身俏皮地冲着小吉眨了眨眼睛，开口问道："大哥哥，你叫什么名字呀？"

　　"吉连胜，雯雯，哥哥叫吉连胜！"小吉蹲下身子，帮雯雯整理了一下头上的花凉帽，对她说道："雯雯要听妈妈的话，也不许忘记大哥哥哟！"

　　听吉连胜这么说，雯雯就伸出右手小指头要和小吉拉钩，说都不许忘记，小吉笑了笑，伸出骨节粗糙的小拇指和雯雯娇小的指头拉在了一起。

　　小吉从院子里的西葫芦藤上摘了几朵雄花，用纸包了交给齐梦欣，说是回去给蝈蝈吃。小吉步履沉重地送齐梦欣母女到车站等车，雯雯不时说过几天再来捉蝈蝈，他听了也只是苦笑。看着她们娘儿俩登上了长途公共汽车，小吉和她们挥了挥手，雯雯隔着车窗喊着"大哥哥再见"，齐梦欣面带微笑地看着小吉，直到车门关上。司机启动汽车，尾气筒喷出一股黑烟，车渐渐远去。

　　小吉一屁股坐在路边的石头上，低了头，任眼泪"吧嗒吧嗒"地滴在地上的泥土里。

　　看到小杨给自己的纸条上写着武汉音乐学院的联系人是"莫秀雯"，老吉心中一动，记忆深处那个戴着花凉帽的小女孩的印象已经有些模糊，但他还是隐约记起，四十多年前那个拉钩不相忘的孩子，好像就叫这个名字。不会那么巧吧？也许是同名同姓吧！老吉心里合计着。多年前自己跑到武汉来专门找她们都没见着，这次为了林迪的事情却能遇上，难道命运之舟就是这样飘来飘去的？

　　告别小杨，老吉回到酒店。天气炎热，一趟走下来，老吉身上的衣服已经被汗浸透。冲了澡，感觉舒服多了，老吉取出小杨给的那张纸条，看着那个名字发愣。好一会儿他才回过神来，拨通了那个手机号码。

电话里传来一个温和好听的女性声音。按照小杨说的，老吉称呼她为"莫博士"。报了名字，简单说明了情况，老吉表示希望能拷贝一份林迪做报告的视频文件。莫博士对老吉报上的名字有点无动于衷，只是按常规询问了老吉从哪里来的，和林总工是什么关系。老吉说自己是林迪的"故人"，昨天从雁澜市过来的。听闻老吉来自雁澜，莫博士停了一下，又问了一遍老吉的名字，告诉老吉下午四点以后到学校来找她，留了具体地址，然后挂了电话。

在楼下的焦太婆原汤水饺店要了份水饺吃了，老吉回到房间，靠在床上查了武汉音乐学院的位置，从酒店走过去也就二十多分钟的路，估计和四十多年前的校园大不相同了吧。定了三点的闹钟，老吉就躺下了。其实老吉是用不上闹钟的，他很少给闹钟叫醒自己的机会，定个闹钟只起个心理暗示的作用，这样他就可以安心睡觉，绝大多数时候他都会在闹钟响之前醒过来，然后起来关掉闹钟去办事。

今天也不例外，老吉睡了四十分钟就醒了，看看时间才到两点半，他又有些睡不着了，就爬起来，洗了把脸出了门。

沿着解放路一路向南，跨过武珞路，在彭刘杨西路右转没多远，前面便是武汉音乐学院的北门。查验绿码，测了体温就进去了。看时间还早，老吉想起位于校园南边的那个都司湖，现在也不知道咋样了，就顺着校园的林荫道向南走去，几分钟时间就到了。

老吉感觉都司湖大了好多，周边环境也非常优雅整洁，比当年那个水面泛绿的小湖不知道漂亮了多少倍，湖边的树下还设置了一些桌椅供人乘凉玩耍。此情此景，让老吉的脑子里出现了混乱，好像眼前的都司湖跟自己记忆里的那个湖，完全就不是一个地方。

四十一年前的那个秋天，吉连胜在接连遭受打击之后，为了逃避各种重压，寻求精神上的支持，来到这个完全陌生的城市，来到这所当时还叫湖北艺术学院的学校。在这里遇到了给自己指点迷津的一位老教授，听到了关于都司湖的掌故，一百多年前张之洞和两湖书院的历史，让这个名不见经传的小湖显得如此厚重；老教授的音乐鉴赏课，还让在现实中迷失的吉连胜找到了自己奋斗的方向，那种种激励，给他的成长道路打下了深深的烙印。那是一段多么神奇的经历，现在想来，简直恍如隔世。

在树荫里找了个空椅子坐下，面对盈盈的都司湖，老吉戴上耳机，打开主动降噪，在手机里播放起贝多芬的《命运交响曲》，慢慢地闭上眼睛，把自己沉浸在无边的音乐中，一时物我两忘。

　　看看将近四点，老吉按照莫博士给的地址，一路找了过去，在校园西边一处不起眼小楼的二层楼道里，找到了挂着"声乐美学研究室"牌子的那个房间。

　　轻轻地敲了敲门，里面一位女子应声道："请进！"推开门，却是一间有点儿像教室一样的大办公室，中间打了一米多高的隔断，靠近门这边的部分摆放着厚重的木质沙发和茶几，围出了一个会客或者开会的小空间，里面是两张古朴的大办公桌，背后是一排玻璃门木质书柜。书柜里面整齐地摆放着各种书籍。靠近窗户的地方，一架钢琴架在那里，有点像是音乐学院的标识符号。

　　一位看起来三十多岁的女子，已经从里面办公桌后迎了出来。老吉第一眼看过去，从她身上实在找不到当年唱儿歌那个雯雯的半点影子，按照当年雯雯的年纪算起，现在也应该有四十五六了，不可能这么年轻的。老吉觉得可能是自己想多了。

　　刚要自我介绍，那女子就开口问道："您就是吉连胜先生吧？您请坐。"

　　老吉看着她微笑着走过来，听着她那轻盈悦耳的声音，陡然升起一种微妙的似曾相识的感觉。这微笑，分明就是老吉记忆里齐梦欣所特有的样子，那么眼前这位气质不凡的莫博士，到底是不是雯雯呀？老吉一时有些恍惚了。

二十八

休言半纸无多重，万斛离愁尽耐担

起风了。

送走齐梦欣母女，小吉没有急着返回农机站，而是独自在镇口路边的大石头上坐了很长时间。他的情绪极为低落，泪水止不住地流了下来。尽管上午独自出勤修好了一台抽水机，再加上齐梦欣和雯雯的到来，都让小吉倍感兴奋，可是齐梦欣走前说的全家即将离开雁澜回武汉的事情，却把他从光明的世界一把推进了无尽的黑暗。

这些天来，林迪那边也没了消息，原来以为林迪会在暑假里抽时间到小镇来看自己，但至今没有见到她的身影。每天上午，小吉都会计算着从县城来的公共汽车到达小镇的时间。临近那个时间点，小吉便会充满期待。有几次他还偷偷从农机站跑出去，站在离车站不远的地方，看着公共汽车由远及近，就心跳加速，希望林迪就在这趟车上。等车停稳，看着车门打开，小吉就想着林迪会从车里下来，笑着奔向自己，每个下车人的背后都是小吉睁大眼睛搜索的空间；看着再没人下车，等车的人已经开始上车，小吉还是想着林迪可能在收拾东西落在后边，马上就会从车门里跳下来；直到车门关闭汽车轰隆隆地开走，小吉才不情愿地收回视线，知道今天的期望又落空了，怏怏地走回农机站。

每天上午邮递员来送报纸和邮件，也是小吉期盼的一刻。邮递员自行车的铃声响起，总会带来无限的希望，他希望林迪的信会夹在那些报纸杂志里被放到门口传达室。他抑制着自己内心的躁动，静等老王头整理登记完了，想着他会冲着里面喊一声"吉连胜，有信"；或者老王头给顾站长送报纸经过自己办公室的时候推门进来，对着自己晃一下手中的信，随手放到窗台上关门离去；或者自己正在拖拉机旁边忙乎，老王头经过的时候突然说有自己的信，看了看他满手油污，就把信给他装在工作服上衣的口袋里，顺手拍一拍他的肩膀；再或者自己中午下班回家的时候经过传达室，老王头会叫住他，说有他一封信，然后转身回去把信取出来递给他。可是这样的事情都只存在于小吉的想象里，从来没有变成现实。

每天晚上躺在被窝里，小吉一遍一遍地回忆起拉着林迪的手一起站在泡桐树下的情景，想多了，林迪的形象反倒开始变得模糊，记忆里拉着的小手逐渐失去了热度……小吉总是在失望焦虑中入眠，又会在半夜里突然醒来，在黑暗中开始怀疑，和林迪在一起的点点滴滴是不是从来就没有发生过？是不是在课堂上饿昏了头做了一个美丽的梦？是不是自己一厢情愿地把与林迪在一起的各种美好无限放大？看着黑漆漆的屋顶，他想到明天又是新的一天，也许林迪会在上午就到小镇来看自己，也许老王头会把林迪寄来的信交给自己，也许顾站长会让自己去县里办事，然后就有机会去看望林迪……各种设想中，小吉又会沉沉睡去。隔壁老王家的大公鸡总会按时报晓，被公鸡叫醒的小吉睁开眼来，回顾一晚上的胡思乱想，他觉得自己有些荒谬有些无聊，想来想去都是些没用的事情，与林迪之间的情感联系依然无从解决。

小吉每天重复着相同的思绪相同的失望，林迪就像天边的彩霞，绚丽多姿却又不可捉摸，一阵风就会离开自己的世界失去踪影。他发现自己因为思念林迪却又不知道该怎么办，好像已经站到了失落的悬崖边上，正不知道何去何从，却又遭逢了齐梦欣的离去。这个消息从背后给了本已处于困境的小吉重重一击，他都来不及挣扎就坠入了黑暗的深渊。

风逐渐大了起来，西北方向的黑云开始层层叠叠地堆积起来，快速向着天空中央移动，明亮的天空迅速被乌云蚕食，天色暗了下来。街道两旁的杨树柳树疯狂地摇摆起来，不时看到折断的枝条飞落到地面，又和着地面上的尘土四下里狂奔。几只惊慌失措的麻雀在狂风中忽上忽下地乱飞，它们已经完全失去了平时的轻灵和敏捷，不知道会被吹向何方。远处谁家的大黄狗也不再在街边上游荡，沿着墙根夹起尾巴一路小跑回家去了。

一场暴风雨就要来了。

小吉从石头上跳了下来，裹了裹工装，快步向农机站走去。天阴得像锅底一样黑，乌云恶狠狠地向着地面压来，狂风吹得小吉几乎都睁不开眼，勉强睁开眼也被那压在头顶上的乌云给镇压得视线模糊。还没进农机站的大门，一道闪电在空中劈开，"咔啦"一声炸雷，豆大的雨点噼里啪啦地往地下砸来，几个大雨点砸到小吉的脸上又四溅开去，冰冷的刺痛的感觉让他意识到那暴雨的厉害。他加速奔跑起来，一口气冲到农机站自己办公室的门前。推开办公室的门进到屋里，小吉赶紧回身用力去把门顶上，那狂风根本不以他为意，裹挟着雨滴重重地击打着门板，仿佛要一鼓作气冲进来涤荡一切。小吉生怕那门已经无法抵抗暴风雨的冲击，赶紧从里面插上了门闩。

　　回过身来，小吉靠在门上喘着粗气，刚才的冲刺比他在学校短跑测验都耗力气。肆虐的暴风雨总算被隔绝在外面，虽然它们撞击窗户玻璃的声音依然有些恐怖，但显然构不成威胁了。小吉这时才感觉到自己的工作服已经湿透，解开扣子，一把就把上衣脱了下来，却忽听得房间里有人"啊"地叫了一声，把小吉吓了一跳。眼睛逐渐适应了办公室里的昏暗后，小吉赫然发现，自己的办公桌前居然坐着一个女孩子。

　　慌乱中小吉又把湿漉漉的上衣披在身上，伸手去抓电灯的开关拉绳，连拉两下，灯并没有亮，小吉就又使劲拉了几下，那灯绳居然"咔嚓"一声，断在了小吉的手里。那个女孩子站起来说话了："别拉了，停电了。"

　　小吉听得声音熟悉，细看时，却原来是吴怡。

　　"你怎么来了？"小吉有些诧异地问道。

　　"你这里还有别的衣服吗？赶紧换上，湿衣服穿身上会感冒的。"吴怡并不回答小吉的问题，看了看披着湿衣服有些发冷的小吉，就四下里找寻有没有可以给小吉换的衣服。

　　小吉走到吴怡的身后，打开靠墙的一个柜子，从里面扯出一件旧衬衣来，一抬胳膊，把身上的湿衣服抖落在地上，快速把那件衬衣穿起来，把衣袖扯了扯，扣上了扣子。吴怡弯腰去地上捡起那件湿乎乎的工作服，两臂伸直使劲抖了抖，在椅子背上晾开。

　　小吉另外搬了把椅子，和吴怡隔着办公桌坐了下来。一时两个人都有些尴尬，不知道说点儿啥好了。

　　外面的雷声小了些，西边的天空开始有些透亮，屋子里也不像刚才那么黑了。吴怡翻了翻桌子上的那些书，问小吉从哪里买到了这么多好书，小吉说是上午齐梦欣和雯雯一起到小镇来，带来了这些书。吴怡的脸色就有些古怪，撇了撇嘴说难怪她中午回来的时候，听镇上的人说小吉带了个又洋气又漂亮的女人去爬山了，原来是她！

　　听了吴怡那有些怪气的话，小吉一下子就跳了起来，质问吴怡是谁在胡说八道。吴怡翻了小吉一白眼说道："反正是有人说，人家说的也没错，你和那个漂亮姐姐一起去爬山也是事实吧，人家就是胡说八道，你也不用跳起来啊！"

　　小吉让吴怡说得不禁有些尴尬，在这个封闭的小镇上，来个什么人不到半天时间全镇的人就都知道了，何况齐梦欣又是那么引人瞩目。但是他认死齐梦欣就是自己的姐姐，是亲姐，别人爱怎么说就怎么说去吧！小吉又慢慢坐了下来，看了看吴怡，问她不是学校补课吗，怎么跑回来了？

　　吴怡说过几天就是今年的高考时间，学校设为考场了，从今天起放假一周，考完后她们再返校补课。

小吉的心绪稍稍平静了些，和吴怡有一搭没一搭地聊了起来。吴怡说她期末的成绩差强人意，在班上排名第九，郝老师说她只要保持这个状态，应该是可以考上中专的；辛世远的总成绩不是很好，但数学成绩全班第一，让人刮目相看。说到林迪，吴怡说她考得不错，学习非常刻苦，英语成绩是全校最好的，郝老师十分看好她，认为她明年一定能考上重点大学。

"不过，"吴怡好像顺嘴一提地说道，"有个高大帅气的社会青年，穿着还挺时髦，每天放学都在校门口等林迪，也不知道是她的什么人。"

听了这句话，小吉心里"咯噔"一下，"高大帅气的社会青年"？还"穿着时髦"？那不就是钟跃进吗？钟跃进啊钟跃进，你怎么这么阴魂不散啊？小吉恨不得马上跑到校门口去，再和那个家伙打上一架！

看到小吉有些紧张的样子，吴怡笑了笑，拿起桌子上那本《红岩》翻了翻，问小吉这本书能不能先借给她看看，她返校前一定还回来。小吉正为林迪和钟跃进的事情懊恼，想也没想就点头答应了。

外面的雨又大了起来，眼看着天色已经全黑了，小吉本来是想让吴怡先回去，但看外面风紧雨急，话到嘴边就又吞了回去。四下里搜寻一番，总算找出半截蜡头，小吉用火柴点亮蜡烛，屋子里一下子明亮了起来。

吴怡从书包里拿出那本《数学千题解》，对小吉说，雨这么大，她也没法回家，听说他一直坚持每天做题的，她有几道平面几何的证明题，困扰自己好几天了，现在正好，可以请教小吉了。

看看外面依然电闪雷鸣暴雨如注，的确一时半会儿也出不去，小吉定了定神，取出纸和笔来，开始帮吴怡解答问题。吴怡把椅子搬了过来，和小吉并排坐在了一起。

吴怡开头问的几道题的确有些难度，小吉虽然都做出来过，但也费了很大的力气。小吉一道一道地给吴怡讲着，解题思路，辅助线画在哪里，公理定理的应用，证明的关键步骤，等等。每道题讲完，吴怡夸小吉一句好棒，一开始小吉还有些不好意思，做完三道题，吴怡再夸他，他就有些自得，也觉得自己真的很棒。

后边吴怡问的题难度有所降低，小吉几乎都是不假思索上手就能解决。吴怡更是一点儿都不吝啬自己的赞美，只要小吉一做完，她就拍了手说："你真是太聪明了！我想了三天三夜都没做出来，你这辅助线一比画，我就跟着有思路了！"或者说："咱们班上没有一个人有你这样的脑子，辛世远数学拿第一，也没法和你比！"

外面轰隆隆的雷声伴着敲打窗户玻璃的雨声不绝于耳，屋里烛光下的吴怡丝毫不掩饰自己的兴奋之情，一双乌溜溜的眼睛里写满了崇拜。一连做了六道题，小吉也觉得自己找回了做题的手感，就不等吴怡再问，把自己今天三道题的任务也一起拿过来开练。

吴怡趴在桌子上，看到正在解题的小吉一双眼睛发出深邃的光芒，瘦削的脸颊棱角分明，而鼻翼上沁出了细细的汗珠，她禁不住就去掏自己的手绢想给他擦汗。手绢拿在手里，吴怡犹豫了一下，几乎要伸出去的手又缩了回来。

前两道题比较顺手，小吉没花几分钟就做了出来，第三道比较难，小吉就有些挠头了。吴怡就凑过来跟着看，小吉的几条辅助线都很符合她的思路，但这样做显然不能得证。两个人的头凑近了，吴怡鬓角的头发偶尔蹭到了小吉的脸上。小吉一开始专注于纸上的题目，只是觉得一股似曾相识的野花香从鼻子前面飘过，等被蹭了两三次后，他挠了一下脸上发痒的地方，回头来看，发现吴怡一双圆溜溜的眼睛就在眼前，不由脸红心跳，急急忙忙向后靠去。向后的力量太大，屁股下面的椅子居然向外侧翻倒下，小吉就直接坐在了地上。

看到小吉摔到地上，吴怡也有些慌乱，赶紧伸手去拉小吉。小吉从地上一跃而起，这个时候，吴怡拉他的手也正好到了。小吉只闻到一股迎面而来的淡淡野花香，吴怡的手已经从他的脸上轻轻拂过，有点儿像故意抚摸他的脸一样。正在两个人面红耳赤心头狂跳的时候，一道闪电把外面院子照得雪亮，一声惊雷轰隆隆从屋顶上滚过，"梆梆梆"的敲门声跟着响了起来。

小吉赶紧搓掉刚才撑在地上那只手上的土，跑到门边去拉开了门上的插销。

门开了，一个人背着身一边退进屋里，一边收起手中的油布伞。

吴怡和小吉都涨红了脸，不知所措地看着那个背影，一句话都说不出来。

二十九

今宵剩把银釭照，犹恐相逢是梦中

青青校园，脉脉都司。

虽然已经是下午四点多了，但酷热却一点儿也没减退。树上的知了拉着长声，把滚滚热浪化作歌唱的热情，妄图吵翻整个夏天。

坐在武汉音乐学院小楼房间里的沙发上，老吉看着坐在茶几对面为自己泡茶的莫秀雯，努力从记忆里去找寻四十一年前那个和自己"拉钩永不忘"的小女孩的身影。

莫秀雯拆开一块茶饼，雪白纤细的右手拿起茶刀，左手扶住茶饼，小心地切了两小块下来，又把茶饼的包装纸折了回去。切下来的茶叶被装在一个古朴又不失精致的紫砂壶里，用茶海旁边烧好的开水先洗茶，冲上水，把洗茶的水浇在茶台上的四个小茶杯里，反复三遍，洗茶完成；把壶里泡好的茶水倒入一个清亮的玻璃壶中，继续在紫砂壶里冲入开水浸泡。莫秀雯的一套动作做得娴熟优雅。老吉从来没想过，原来泡茶也可以让人如此赏心悦目。

放下茶壶，莫秀雯身体微微前倾，面带微笑看着老吉。老吉本来一直在看她泡茶的动作，现在突然发现她停下来看自己，秀美的眼睛里目光甚是灼人。老吉很少这样近距离地被一位漂亮的女士直直地看着，感觉有些不太自然，就抬头去看了一眼天花板，回避了她直视的目光，身体也向后靠了靠。

"您是从雁澜来的？"莫博士微笑着开口问道，一口编贝细齿让人羡慕不已。

"是啊，昨天晚上到，没想到武汉这么热。"老吉尽量避免直视莫博士，好像她浑身都散发着耀眼的光芒一样。

"现在还好，等到了七八月，这个时间外面都待不住的。"莫博士看了看窗外说道。

感觉到莫博士的目光从自己身上移开，老吉顿觉轻松了许多，就点了点头说："三大火炉之一，名不虚传啊！"

"天气这么闷热，估计要下雨了。下点儿雨，晚上会凉快些。"莫博士看着

152

窗外说道。老吉也就顺着她的目光向外面看了一眼，不知道什么时候天色开始转阴了。

"吉先生之前来过武汉吧？"莫博士依然是一种平淡的口吻，声音听起来却是非常怡人。

"四十多年前来过一次，之后多次经过，但没下过车。每次火车过长江大桥的时候，都想着下次一定要专门来趟武汉，但是这么多年过去了，都没来成，居然要等到退了休才成行。"老吉有些感慨地说道。

"四十多年前？您那时候是来武汉串联的吧？"莫博士显然注意到了老吉说的这个时间，就跟着插了一句。

"没赶上大串联的时代，那得早生十几年才行。"老吉纠正着莫博士有些对不上的时间。

"对对，您看，我们这一代基本上对那个年代都没什么概念，以为您是从那个年代过来的，抱歉。"说是抱歉，莫博士却依然一副笑吟吟的样子，好像并不觉得自己说错了什么。

"是啊……莫博士应该是 80 后吧？真是年轻有为，后生可畏啊！"老吉的话里开始暗带玄机，希望能尽快确定莫博士是不是雯雯。

莫秀雯微微一笑，翘着手指把玻璃壶里的茶倒在刚才洗好的茶杯里，朝老吉跟前推了推，向老吉做了个请的手势。老吉往前坐了坐身子，伸右手到茶台上，食指和中指轻轻扣了两下，端了茶杯送到嘴边。

"不好意思，"莫博士看着老吉品了一口茶，好像有些烫嘴，就又笑着说，"热天还给您泡普洱，好像有些不合时令。"

"没事儿的，我就爱喝热茶。"老吉把茶杯里的茶倒进嘴里，让茶水慢慢地从舌头两侧滑向嗓子眼儿，分三小口咽下，品味了一下茶的回甘，点着头说道："好茶啊！"

"那当然，听说你要来，我专门找出这块我妈珍藏的八二年的茶饼，我比它也大不了几岁的。"莫博士依然一副笑脸，既回答了老吉关于年龄探寻的问题，又表达了迎接老吉的"隆重"，只是言语间的"您"变成了"你"。

老吉显然也注意到了她话里有话，略带疑惑地看向莫秀雯，她却不再与老吉有眼神上的接触，低了头去把紫砂壶里的茶倒入玻璃壶，缓缓地说道："你说……吉连胜……我是该叫你舅舅呢？还是叫你大哥哥呢？"说完放下茶壶，猛地抬起头来，伸出了右手小拇指朝老吉摇了摇，望向老吉的眼睛里闪现着略带调皮的喜悦光芒。

"雯雯！你果然就是雯雯啊！"老吉心中一阵激动，身子前倾，情不自禁喊了出来。虽然他一直猜测莫博士就是雯雯，但被她这样轻描淡写地点破，老吉一下子激动得两眼充满了泪水。

窗外隐隐传来了雷声，一场大雨即将到来。

被老吉的情绪所感染，雯雯的眼睛也有些湿了。她伸手在茶几上的纸巾盒里抽了张纸巾，探身递给老吉，又抽了一张擦拭着自己的眼睛。

两个人一番感慨，老吉就问起齐梦欣的情况来，雯雯重新给老吉续上茶，讲起了今天接了老吉电话后的情况。

开始接到老吉电话的时候，雯雯觉得一个老男人大老远跑到武汉来单纯为了拷贝一个逝去女人的资料，背后肯定有些故事，但也没想太多，只是当老吉自称来自雁澜时，才引起了她的注意。她隐约记得小时候和妈妈去过一个地方，那里山清水秀，一位大哥哥带着自己捉蝈蝈，好像就姓吉，具体叫什么，却想不起来了。

和老吉说好了时间后挂断电话，雯雯坐在那里拼命回忆，想起小时候发生的事情，却还只是模模糊糊，并不能想起更多来。她拨通了妈妈的电话，听说吉连胜来找林迪的资料，妈妈突然就激动起来，在电话里和雯雯原原本本说起了四十多年前的那段故事。齐梦欣甚至还记得林迪这个名字，听说老吉是为逝去的林迪而来，她不由一阵叹息。

说到让雯雯和吉连胜拉钩永不相忘的情节，齐梦欣在电话那头有些哽咽了。妈妈说吉连胜和雯雯的小舅舅特别像，要是小舅舅还活着，也是六十多岁的老人了……妈妈的话让雯雯想起家里珍藏的那张英姿勃发的舅舅一身戎装的照片来，再加上妈妈所说的编花凉帽捉蝈蝈的事情，一点一滴唤醒了她孩童时的记忆。她没想到这么多年后，居然可以再次遇到小时候带自己捉蝈蝈玩儿的那个人。而今，自己都已年近五十了，那个人想必已经退休，从电话里倒是听不出他有多老，只是不知道见了面还能否找到那张戎装照上青春少年的影子。

听说齐梦欣说起了自己许多过去的事情，老吉又是一阵激动，就说要去见一见齐梦欣。雯雯说妈妈身体不太好，住在东湖那边，平时深居简出，不太和人交往。不过，妈妈说雯雯下午见了吉连胜，如果确认是他，就让她明天带吉连胜过去家里一起坐坐。

老吉其实很想马上去见齐梦欣，她当年给了自己很多精神上的支持，送的那些书，对他的世界观和人生观都有着非常大的影响。尤其是那本《不结果实的智慧之花》，里面那些充满思辨色彩的哲学命题，都是吉连胜在学校里从来没有看到或听到的，极大地拓展了他的视野。他一遍一遍地读着书中的每一个哲学命题，从毕达哥拉斯的"数是万物的本源"到芝诺的"阿基里斯追不上乌龟"；从苏格拉底的"我知道我一无所知"到贝克莱的"存在就是被感知"；从蒙台涅的"我思考我自己"到笛卡尔的"我思故我在"……虽然都是所谓的唯心主义思想，但却让他深刻感受了自己的生活空间之外，还有一个看不见的理性世界。面对这个未知的世界，当时的小吉开始认真思考自己的人生，对自己的未来有了设想和期待，学习着跳出"自我"看待周围的人和事，汲取着历史哲人们绚丽多彩的思想来描绘自己的人生蓝图。齐梦欣送给吉连胜的这些书，成了他人生里每段黑暗经历的指路明灯，让他不至于彻底迷失自我，在每次陷入困境时候，总是可以找到自我救赎的力量。

看着雯雯微笑的样子，老吉想起了当年齐梦欣提着一捆书，满脸笑容从农机站大门口向自己走来，而那时候的雯雯，还只是个五六岁的孩子。老吉也不知道现在的齐梦欣到底是什么样了，当年心目中的"神仙姐姐"，如今恐怕也成了"老姐姐"了吧？

雯雯说齐梦欣让他明天再去看她，也许她有自己的缘由，吉连胜压制了那种立刻见到她的强烈愿望，没再向雯雯提今天去看齐梦欣的要求。

外面一道闪电划过，跟着是一声闷雷，大雨哗哗地冲落下来。南方夏天的雨和北方很是不同，倾泻而下的时候，几乎不给路人撑伞的时间，直接当头浇下，世界瞬间隐没在一片白茫茫的雨雾中了。

"嗒嗒嗒。"有人在轻轻地敲门。老吉看了一眼雯雯，恍惚间一种似曾相识的感觉出现在老吉的脑海里，多年前那个雨夜在农机站听到敲门声的情景，又一次涌上了心头。

小吉拨开门插销，从门外背着身收回油布伞进来的是老站长顾援朝。

顾站长一边把伞立在旁边，一边跺脚震去鞋上的泥水，嘴里说道："这雨太大了，这么多年就没见过这么大的雨。连胜啊，我看你办公室还亮着灯，估计你是被雨截住走不了，就过来看看……"说着话，顾站长一抬头，看见吴怡站在小吉旁边，不由一愣，脸色马上严肃起来。

顾站长黑了脸，看了看翻倒在地上的椅子，又抬眼上下打量了吴怡几眼。小吉有些着慌，心里暗叫"不妙"。再看吴怡，吴怡也是一副害怕的样子，小声叫了声"顾叔"就低下头去。

小吉情知顾站长误会自己了，一边俯身去把翻倒的椅子扶了起来，一边开始急急地向顾站长解释。他说吴怡也是小镇上的，在县中学和自己同班，来找自己问几道题，结果被雨困在这里了。他指了指桌子上摊开的书本，证明自己的确是在帮吴怡做题。

听了小吉的话，顾站长的脸色缓和了一些，转头去问吴怡，她爹是谁，吴怡小声说了一句，顾站长没听清，就又问了一遍，吴怡说叫"吴忠生"。顾站长阴沉着脸说道："这个老王，真是老眼昏花了，守了个大门，吴忠生家二闺女跑进来，他硬是没看见。"

小吉听顾站长这么说，知道他明着是说老王头，实际是在批评自己，就硬着头皮说这天不好，要不是下雨，下班就回家去了。

顾站长没理小吉的茬，看着吴怡说道："你是咋进来的？刚才你爹顶着大雨到处找你，还在门口问老王，老王说没看见。估计你们家里人正着急呢，还不赶紧回去？这么大姑娘了，别疯疯癫癫到处乱跑，给你爹省点儿心。"

听顾站长这么说，吴怡涨红了脸，手忙脚乱地去收拾桌上的书和纸笔，一着急，那本翻开的《数学千题解》还被撕了一页。书还没弄好，钢笔又滚到了地上。小吉上前弯腰从地上捡起笔来，放在了桌上。吴怡取过笔塞到书包里，看了一眼小吉，伸手去把那本《红岩》拿了起来，放到自己的书包里，低着头就往外走。

顾站长突然又叫了声"等等"，吴怡一下子就站住了，不知道顾站长还有什么事，小心翼翼地抬眼去瞄顾站长。顾站长却不再和她说话，转身对小吉冷冷地说道："看看有没有雨伞草帽啥的，你就看着她出去淋雨？"

小吉赶紧在屋子里到处去翻，却只翻出一顶边缘有些残破的旧草帽，里外看了看，把上边的土拍了拍，伸手递给吴怡。顾站长瞪了一眼小吉，把立在门边的那把油布伞拿起来塞到吴怡手上，说道："先用我的伞吧，明天让吴忠生给我还回来。女娃娃家家的，谁戴你那土灰土灰的破草帽？"后边那句显然是说给小吉听的，小吉不由又是一阵惶恐。

吴怡走到门边，把裤腿儿向上挽了两圈，往身后推了推斜挎的书包，开了门向外看去。外面的雷声小了些，但雨注依旧。全镇停电，准备出门的吴怡看着外面一片漆黑，又有些犹豫了。小吉刚想和顾站长说是不是去送一下吴怡，顾站长却好像知道他的心思似的，瞪了他一眼，从工作服口袋里掏出了手电筒，走到门边递给吴怡，说道："看着点儿路，明天让你爹一起还回来。"

吴怡按亮手电筒，一道雪亮的光柱射向院子里，无数的雨箭在光柱里纷纷射向地面，溅起一簇簇水花。吴怡回头看了一眼小吉，撑着伞冲进了雨里。

看着吴怡出了门，顾站长把门关上，脸色稍稍好了些，示意小吉坐下，他也拉过椅子坐到了办公桌边。

顾站长从腰后摸出烟袋锅，给自己装了一锅烟，凑着蜡烛的火点着了，深深地吸了一口，缓缓吐出一股呛人的烟雾。他看了一眼坐在那里有些惴惴不安的小吉，微微摇了摇头。

顾站长并没有批评小吉，只是讲了一段铡美案的故事，最后很有深意地看了一眼小吉说道："吴家的老二还是个好闺女，好好待人家，别白天一个晚上一个，一天三心二意的。"

说完，顾站长弯腰在地上磕掉烟锅里的烟灰，用脚踩灭了余火，不再看小吉一眼，站起来抓过那顶波草帽扣在自己头上，走了出去。

外面的雨不知道什么时候停了，桌子上的那截蜡烛也烧到了尽头，烛火忽闪了两下就熄灭了，屋子里陷入了一片黑暗。小吉想着这一天里发生了那么多的事情，最后还被顾站长说"白天一个晚上一个三心二意"，却偏偏都不是自己心里的那一个，长叹一口气，走出了办公室。

三十

忆在锦城歌吹海，七年夜雨不曾知

雨后的清晨，万里无云，碧空如洗。

小吉早早醒来，看妈妈还在睡觉，就轻手轻脚地穿了衣服出了房间。

风雨肆虐过后的院子一片凌乱，原本放在屋檐下的干草柴火，被卷得满院子都是；院子里种的几小畦蔬菜，也大多倒伏在地上，发青的小西红柿，不到拇指粗细的小黄瓜，散落得到处都是，已经爬上墙头的倭瓜藤从中间折断，上面结的小倭瓜也掉在了地上，咧开一个小口，仿佛在无力地控诉着苍天。

小吉皱了皱眉头，挽起裤腿，开始清理院子，归置了那些柴草，又把倒地的秧苗和架子扶了起来，用细绳子把藤蔓固定到架子上。

收拾着院子，小吉想起昨天晚上顾站长临出门时候说的话，就暗下决心，尽快把站里的农机都摸一遍，争取早日出徒，好申请去县农机站"锻炼"。去县农机站，一来离林迪近些，二来学习的问题也能就近请教学校的老师，无论如何，明年的高考他还是想参加一下，现在看来，只有和林迪一起参加高考，才是他们两个人可以走到一起的正路。

小吉又想到之前在市农机校进修，尽管学习非常刻苦，但最终也没拿到去省农学院学习的名额，现在自己想着努力学习，但明年能不能参加高考，考了又怎么样，都还是未知数，心中又有些郁闷起来。他捡起泥地上一个还有些发青的破西红柿，右臂攒足了力气，远远地隔着院墙扔了出去。刚要回身，却猛听得外面巷子里一个尖细的女人声音传了进来："谁家不长眼的，拿个烂西红柿扔老娘？是看你老娘长得喜人，八抬大轿抬你们家去当奶奶哇？"小吉一愣，听那声音好像是前院出了名厉害的康三婶子，就知道自己干了坏事儿，吐了吐舌头，溜回了屋里。

妈妈已经起来了，小吉赶紧在脸盆里舀了水招呼妈妈洗脸，又用牙缸兑了冷热水，把牙膏挤在牙刷上放在妈妈旁边，开始张罗着做早饭。

在锅里添上水，生着火，坐在灶前猛拉一通风箱，灶里的火被烧得通红。

水开了，小吉把小米盛到铁瓢里，小心翼翼地用水漂着米往锅里下，米里面的细沙子就沉到瓢底，直到米全下到锅里，瓢里只剩下沙子，把沙子倒掉，盖上锅盖，继续烧火。

表姐过来了，看小吉在呼呼啦啦地拉风箱，过来摸了摸他的头，去把小白菜和山药蛋洗了，切好了准备烩菜。

表姐问起昨天齐梦欣来的事情，小吉简单地说了一下和齐梦欣的认识过程，还说了昨天她来给自己送了好多书。表姐听了不说话，过了好一会儿，看了看炕上的姑姑，有意无意地嘀咕了一句，说镇上的女人们都说昨天来的那个女人有些妖里妖气的，小吉最好离她远点儿。

妈妈听表姐这么说，就有些担心地看着小吉。小吉红了脸，看了一眼表姐生气地说："咋就妖里妖气了？人家对我好，跟亲姐姐似的，给我送了那么多好书，你们都看不见，就知道瞎传话！"

表姐看小吉有些恼了，就笑了起来，过来拍了一下坐在小板凳上拉风箱的小吉说道："看把你护的，还亲姐姐，她是亲姐姐，我就不是啦？"小吉听表姐这么说，也有点不好意思起来。

拉着风箱，小吉想起昨晚顾站长还让他对"吴家的二闺女"好点儿，之前表姐也说吴怡来家里帮着照料妈妈，好像大家都觉得吴怡将来一定要跟了自己，心下还是有些懊恼，琢磨着怎么才能尽快离开这个是非之地。转念一想，自己要真的走了，炕上的妈妈怎么办，谁来照料她，想到这里，他又有些头疼不已。

吃了早饭来上班，进了农机站大门，小吉一眼看见老王头正拿了铁锹引水。院子里被拖拉机压得坑坑洼洼的地方积了不少雨水，老王头拿了铁锹，铲出一条引水的小渠，把积水排到大院中间的花坛里去。

小吉去库房找了把铁锹出来，脱了上身的工装，光着膀子和老王头一起开渠引水。老王头看到小吉来帮忙，脸色就有些古怪，先是夸小吉有眼色，接着就凑过来低声问他昨天是怎么把吴家的二丫头弄到办公室的。小吉听了并不吭声，一锹一锹地铲着泥土，原地挖出个不小的坑来，老王头看小吉有点闹情绪，咕哝了一句什么也就不再说话了。

小吉今天也不再想着溜出去到车站等那个等不到的人了，邮递员送报纸信件来的时候，小吉也没抬头，认真地整理起院子里的杂物来。他把在院子里躺了几年的一堆烂木头，都拖到了西墙边，还把花坛上掉落的砖头都码了回去。顾站长看他一直埋头干活，也没叫他，一个人到后边去收拾机器去了。收拾完院子已经快十点了，小吉看着自己的劳动成果，觉得还比较满意，就转到院子后面看看还有什么需要收拾的。顾站长正在清理昨晚暴风雨灌在几台露天放置的机器上的泥水，小吉去找了块抹布，也跟着擦洗起来。

强烈的阳光照射在小吉裸露的背上，有些灼疼的感觉。顾站长看到小吉已经晒红了的背脊，就让他去穿衣服戴草帽，说这大太阳会把他晒脱皮的。小吉也不吭声，就是埋起头使劲地擦着机器，好像跟那铁家伙有仇似的。

觉着小吉今天有些犯犟，顾站长想了想，暗忖也许昨天的话说重了，想着怎么鼓励小吉几句，却忽听得老王头在前面喊道："连胜，有人找！"顾站长和小吉同时抬起头来看，远远地望去，大门口站着一人，刺眼的阳光下看不清楚来人的样子，只能看出是个女孩子。

小吉回头看了顾站长一眼就往外走去，顾站长心里一阵恼火，刚才还想着鼓励他几句，谁知道还没来得及说话，又来了一个！

刚向外走了几步，小吉的心便"扑通扑通"地狂跳起来，站在农机站大门口的，分明就是林迪！

认出是林迪来了，小吉不由就是一阵慌乱，想到自己还光着膀子，马上掉头回去找衣服，但想到林迪可能已经看见自己，他掉头就跑怕是有误会，赶紧又转过身来往外走。顾站长看着小吉像个没头苍蝇似的来回折腾，摇了摇头，长长地叹了一口气。

匆匆忙忙套上工作服，小吉一边扣扣子一边快步向大门口走去。林迪也看到了小吉，低了头就往里走。拦在门口的老王头侧身让开了路，心情复杂地看着跑过来的小吉和那个姑娘一起进了办公室。

这是林迪第二次来小镇农机站了，上一次还是寒假刚开始的时候，林迪来找小吉，劝他别放弃高中课程的学习。两个人当时还有个"春暖花开一起去石嘴崖看青麻石"的约定，后来因为小吉在市农机校进修没时间，这个约定也没能实现。

自从四月份的"迎迪行动"小吉接了林迪一起在市农机校看泡桐花之后，尽管都是百般思念，但两个人都没再见过面。今天林迪的突然到来，小吉感觉真是喜从天降，顾站长老王头那些疑惑复杂的眼神，统统都被抛在了脑后。

小吉掩饰不住内心的喜悦，恨不得长出三头六臂来招待林迪。先是搬了椅子让林迪坐下，又给她倒了杯水，看她书包还斜挎在肩上，赶紧伸手去帮她取下来放到办公桌上，还拿了脸盆跑出去在院子里的水龙头上接了半盆水，回来倒了开水瓶里面的热水，试了试水温，念叨外面天气太热，招呼林迪过来洗把脸。

一通忙乎，林迪却坐在那里没有动，小吉这才发现有不对劲的地方。他挠着头看了看林迪，想起她自从进来后就一言不发，细看之下，她那双好看的弯弯的眼睛里还噙满了泪水。小吉一下子有些手足无措了，搬了椅子坐到林迪身边，看着她稍显苍白的脸，小心翼翼地问道："小迪，发生什么事了？"

林迪还是没有说话，慢慢地伸出右手拉住小吉的左手，眼泪扑簌簌地掉了下来。

窗外雷声隆隆，老吉和雯雯正说话间，听得有人敲门。

雯雯说了声"请进"，一位青春靓丽长发披肩的女学生推门走了进来，先朝坐在沙发上的老吉点了下头，走到茶几边把一个 U 盘递给雯雯，笑着说道："莫老师，您让整理的林总做报告的视频，我做成两个文件放在里面了。另外还有些林总和您的照片，都放在一个文件夹里了。文件我都加了密，密码就是您的手机号。您看还有什么事吗？"雯雯对她笑了笑说："可以了，谢谢嘉颖，没别的事了，有事我再找你吧。"那个叫嘉颖的女学生又笑着对老吉点了点头，转身走了出去。

雯雯看了看那个 U 盘，跟老吉说了声"稍等"，回到后边办公桌前，把 U 盘插在电脑上查看一番，拔下来回到沙发边，递给老吉说道："你要的林总的'资料'，都存在里面了。只是……"她略微停了一下，接着说道："林总人很好，学识渊博，颇有大家风范，只是这新冠病毒肆虐，也是没办法的事，人已故去……看这些视频和照片，你也别太伤感了……"

接过 U 盘，老吉突然觉得手里这原本轻飘飘的小小金属物，一下子变得似有千斤重量，几乎要把自己压垮。稍微定了定神，老吉默然把 U 盘放进了自己的包里。

雯雯看老吉情绪有些低落，重新给他续了茶，微微笑了笑说道："连胜哥，我还是叫你哥好吧？叫你舅舅还是觉得别扭，我妈说我小时候就认准叫你哥哥的，也不知道那时候是不是就很扳拗？"

"执拗？"老吉想了想，觉得当年那个天真烂漫的雯雯还是挺乖的，非常听妈妈的话，怎么会执拗呢？

看到老吉有些诧异的神情，雯雯又笑了，说自己多少有些完美主义，妈妈说她是偏执狂，非常执拗的。听雯雯这么说，老吉想起曾经听雯雯唱过的那两首歌，那么小的孩子对音色和吐词的要求都很高，可能她真的从小就有些完美主义，只是当时不觉得罢了。

"连胜哥，你刚才说四十多年前来过武汉，是我们家从雁澜搬回到武汉后来的？"雯雯想起之前老吉说过的话，就问了一句。

"对，你们搬走的时间大概是一九七九年的七月，我来的时候都是九月底快十月了，当时出了点儿事儿，就想着来找你妈。你可能不知道，你妈那会儿就是我的主心骨，想着找她给我指点迷津的，但是武汉那么大，好像你们也没回到学校，当时这所学校还叫湖北艺术学院，我找不到你们，就在这个校园里流浪了几天回去了。"老吉回首往事，心里有些戚然，转念又想，那次来武汉虽然没找到齐梦欣，但在精神上还是颇有些收获，也不能算白来。

"妈妈电话里好像说了和你失去联系的事情，但具体失联的原因我也不清楚，明天问妈妈吧。"雯雯的确不知道当初妈妈回武汉后为什么没和吉连胜建立起联系，依着她的性格，这个倒是不应该的。

"连胜哥，听妈妈说那时候你和林总感情非常好，为了给她买书，冒着大雪走了好远的路，还冻得生了场大病，是吧？后来你们怎么就没在一起呢？"雯雯端起茶杯，抿了一口茶，笑着问老吉。

"要不说造化弄人，阴差阳错的事情太多了，真是不知道该从何说起……"老吉也端起茶杯，一杯茶倾倒在口里，不知怎么的，那茶入口竟非常苦涩，他细细品着茶的余味，那苦涩逐渐消失，一丝醇香回到了唇舌之间。老吉看了看窗外，暴雨已经过去，天色又亮了起来。

放下茶杯，老吉缓缓地说道："要说故事，那可太长了。对自己很重要的事情，对别人可能都不值一提。我和小迪的故事，还真是应了那首点化了徐志摩诗的歌词，'有些人走着走着就散了/有些人想着想着就忘了/有些梦做着做着就醒了/有些事看着看着就淡了'，或许命运就是这么安排的吧。八〇年高考，小迪考上了北京建筑工程学院，而我还在一个小镇的农机站工作，这基本上已经注定我们是无法走到一起的了，只是我不甘心，总想折腾而已。其中很多曲折，也不是三言两语说得清楚的，估计你也不想听一个老男人跟祥林嫂似的絮絮叨叨说他自己的故事吧。"说起和林迪的往事，老吉好像不想多说，平静的神情下似乎隐藏着滔天的波浪，他的这种平静反倒让雯雯感到压抑。

看着外面的雨停了，老吉就起身告辞。雯雯说本应该请老吉吃晚饭的，但今晚七点钟需要给研究生在线授课，只好明天补上了。二人约好明天上午九点，雯雯去酒店接上老吉，然后一起去东湖看望齐梦欣。老吉告别了雯雯，从音乐学院返回了莫泰。

回到酒店，老吉换了衣服，靠在床上打开笔记本电脑，插上雯雯给的那个U盘，放起了林迪做报告的视频。

视频里的林迪一身灰色套装，显得非常干练，除了那双弯弯的眼睛看起来似曾相识，整个人于老吉而言都显得有些陌生。

二十多分钟的演讲，老吉断断续续看了一个多小时。林迪的每一次顾盼，每一次微笑，每一个手势，每一次侧身……都让老吉想起当年两个人在一起的某一个时刻。老吉不停地按下暂停，一遍一遍仰起头来让老泪从眼角向脸庞滑落。终于看完了，老吉合上笔记本，泪水已经完全模糊了他的双眼。开始看的时候，老吉还想的是今天晚上可以多看几遍，现在的他悲伤到不能自已，那颗靠药物调整才能正常工作的心，已经在抗议着闹罢工了。

笔记本是合上了，老吉的脑海里却依然是林迪的一举一动一笑一颦，他心里还是无法接受，视频里做报告的林迪，竟然已经离开了人世，自己永远见不到她了！曾经拉过的那双手，再也没有机会握住去感受她的温热；曾经凝视过的美丽双眸，再也不会望向现实的自己；更难以接受的是，她对自己来武汉寻找她踪迹的事情，也永远不可能知道了。老吉心中这多年来深藏在心底里的情思，最想说给那个人听的话，她却永远都听不到了，这让人情何以堪？情何以堪！

外面的天色一点一点暗了下来，老吉靠在床上，脑子里一遍一遍再现着当年林迪到农机站来找自己哭诉的情景，想起下午和雯雯说的那句话，不禁在心里再次质问苍天：

人啊，本来都是好好的，为什么走着走着就散了？为什么？为什么啊？

三十一

江心云带蒲帆重，载将离恨过潇湘

　　和两个多月前一起看泡桐花的时候相比，林迪明显憔悴了些，弯弯的眼睛显得更大了。小吉感觉到她拉着自己的手有些微微发抖，指尖传递过来阵阵寒意，小吉向前探了探身体，把她的两只手紧紧地握在自己的手中。

　　静静地坐了好一会儿，林迪的情绪逐渐平复下来，捧在小吉手里的双手也不像刚才那么冰冷了。小吉起身去脸盆边拧了一把毛巾，递给林迪，让她擦把脸。

　　喝了点水，林迪说还是想去看看那块青麻石，小吉看了看时间已经临近中午了，外面太阳正猛，就说下午晚点儿时候再去，现在太热了，他怕上山把小迪给晒化了。

　　林迪看了他一眼，说不想在这个办公室里坐着，总感觉大门口那个老头子在外面鬼鬼祟祟地看着，不舒服。

　　小吉想了想，就让林迪稍等，他得去和顾站长说一声再出去。

　　顾站长看着站在那里挠头的小吉，真是有些无可奈何。刚才吴忠生来还雨伞和手电，他还问了问吴怡的情况，对于吴怡和小吉相处，他是非常赞成的。自从小吉父亲意外去世，他家里的情况就更不好了，需要有个女人帮着照料。吴家本村本院的，都知根知底，要是能帮小吉张罗成了这门亲事，那他对意外亡故的老吉也算有个交代。

　　可是昨天小吉就领了一个带着孩子的女人爬山，今天临近中午又要带着另一个女娃娃出去，这让顾援朝觉得小吉太不踏实了。可是看着小吉在那里一直挠头，老顾心中又着实不忍，这孩子是个读书的料，却因为家中变故不得不来农机站上班，修农机上手也快，假以时日是可以在农机站挑大梁的。如果自己管得太严，挫伤他的积极性也不利于他的成长。况且，谁青春年少时没有个荒唐的时候，自己当年不也……老顾想了想，就让小吉去后边伙房看看饭熟了没有，先吃点儿东西，再出去吧。

小吉一直担心顾站长批评自己，尴尬地站在那里想，如果顾站长不允许现在走，就只好等中午下班后再出去了。听顾站长不仅同意了他请假，还关注到他的午饭问题，既惊喜又感激，给老站长深深地鞠了一躬，连蹦带跳地去后边伙房了。

伙房刚蒸好的馒头，小吉也顾不上烫手，抓了几个跑回办公室，用纸包了放在书包里拎着，拉起林迪向外跑去。

小吉带着林迪在镇外山坡上的杏树荫下坐下来，微风送来青纱帐里庄稼勃发生长的盛夏气息，刚才一顿疾走出的汗，也渐渐散去。小吉从书包里拿出一个馒头，一掰两半，递了一半给林迪，自己那半个一下子都塞到了嘴里。林迪接过半个馒头还没送到嘴边，就看到小吉狼吞虎咽地把半个馒头塞进嘴里，噎得直翻白眼，不禁"扑哧"地笑了出来。

小吉从旁边扯了几棵野菜过来，拍去上边的泥土，塞了一根到林迪的手上说："这是甜菊，就着吃，可好吃了。"说着把一根甜菊放到嘴里，嚼了起来。林迪学着小吉的样子，也把那根甜菊放到嘴里，刚嚼了两下，就"呸呸"地吐了出来，原来是小吉没拍干净泥土，里面的沙子硌了她的牙。林迪就作势伸手去打小吉，小吉把脸伸过来，连说"该打"，林迪却只是用手背轻轻蹭了一下小吉被晒得黝黑的脸颊，瞬间羞红了脸，头也低了下去。

两个人啃着馒头，林迪讲起了今天早上发生的事情。

早饭后，林迪坐在书桌前准备写作业。从抽屉里取文具的时候，觉得有什么不对劲儿，细看之下，发现放在抽屉里面小吉送给自己的日晷，中间的指针有些弯曲。她马上想到肯定是林珂动过自己的东西，便转身问在另一张桌子上写作业的林珂。林珂却并不认账，林迪有些生气了，拿出那个日晷质问林珂，指针是怎么弯的。

看到姐姐发怒了，林珂有些害怕，就小声承认，自己老是看到林迪经常把这个木头疙瘩拿出来看看又放回去，觉得有些好玩儿，昨天下午乘姐姐不在的时候偷偷拿出去和同学玩儿，刚好被跃进哥哥看见了，问她这个东西是哪里来的，她说是有人送给姐姐的，跃进哥哥就说要看看，拿过去没说啥，却把指针给掰歪了。她当时也很生气，还责怪了跃进哥哥几句。晚上拿回来给姐姐偷偷放回去，只希望姐姐没注意，谁知道姐姐今天一早就看到了。

林迪越听越气，林珂还在那里一口一个"跃进哥哥"，她心中恼怒，一把推了过去，林珂没防着姐姐推自己，"扑通"一下从椅子上摔到了地上。连吓带疼，林珂坐在地上哇哇大哭起来。

妈妈在西边屋子听见哭声，急忙跑过来看是怎么回事。一看林珂坐在地上大哭，赶紧伸手把她拽了起来，边给她擦眼泪边问她怎么了。林珂哭着把刚才的事情说了一遍，最后加了一句说，那个破木头疙瘩就是上次来家撞破头的那个小哥哥送给姐姐的，所以姐姐才宝贝得不行，为了一个破玩意儿打自己。林迪听妹妹又说小吉撞头的事，恨得牙痒痒的，对着林珂一伸腿就是一脚，林珂本来还没站稳，被这一脚踢得一栽歪，差点儿又倒下去。

　　妈妈一把把林迪拉到旁边，责怪地看了她一眼，说道："妹妹不懂事儿，你说说她就行了，怎么还打她？"

　　听得妈妈给自己撑腰，林珂哭得更起劲儿了。西屋的爸爸也坐不住了，跑过来问发生了什么情况。林珂又是一番哭诉，这次还加了一句，说姐姐还经常偷偷看那个小哥哥写来的信。

　　林迪爸爸听了小女儿的话，立刻火冒三丈，问林迪为什么还和小吉有来往，还要不要考大学了？说着还要林迪把那个破木头疙瘩交出来，扔灶火里给烧了。

　　林迪听得爸爸声声责问，眼泪也止不住哗哗地流了出来，大声回道："我和连胜的事情，也没影响到学习，我期末的成绩全班第二，你们要求的前三名我做到了！凭什么就听信小柯一面之词，那么武断地说我？"

　　爸爸见林迪还顶嘴，愈加恼怒，这时林珂又及时地加了一句："那你也不是全班第一，也不是全校第一！"爸爸果然就跟了上来："对呀，小柯说得好，你拿个班级第二就满足了？要不是姓吉那小子影响，你就应该是全班第一，还要争取全校第一，全县第一！"

　　听了爸爸的话，林迪彻底崩溃了，抹了一把眼泪，瞪着妹妹说道："去你们的第一！你们就靠她去拿第一吧！我跟连胜的事情，不要你们管！我以后就是讨吃要饭，也不用你们管！"

　　爸爸被林迪的顶撞气得全身发抖，嘴里说了一句"反了你了"，举起手来就要打林迪，却被旁边的妈妈一把拉住了。妈妈边把爸爸往外推，边使眼色让林珂别哭了，林珂却不理会妈妈的眼神，偷眼看见姐姐恶狠狠地瞪自己，又是"哇"的一声，大哭起来。

　　妈妈回手把林珂拉过来，推着爸爸一起出去了，屋子里只剩下林迪自己。林迪各种委屈一下子齐上心头，坐了下来，任眼泪恣肆地流淌着。拉开抽屉，那个被掰歪了指针的日晷静静地躺在里面，小吉那天跑到家里来送日晷的情形又出现在林迪眼前，甚至是他在门头顶上撞头的样子，咧个嘴都是那么帅气，可是，老被林珂说得那么不堪，心里又是一阵恨意……

　　流着眼泪，林迪想起了小吉带自己去看泡桐花的情景，那满树的花朵绽放出无限的生命光彩，那个时候，两个人对美好的未来都充满了信心，觉得整个世界都是自己的。可是眼前，面对这些实实在在的困难，小吉明年能参加高考吗？他能考得上吗？前途也不明朗，父母也不理解，后面的路该怎么走？满腔的苦恼又能对谁诉说？

就在林迪胡思乱想的时候，西屋又传来了爸爸的怒吼声。显然是妈妈的劝说没有什么效果，爸爸大着嗓门怒喝道："还不用我们管，是长大了，翅膀硬了是吧？那就让她滚，我管不了，也不管了！"

听爸爸这样说，一阵苦涩顶上心头，林迪默默地收拾了书包，挎起来推门走了出去。发现林迪在开院子的大门，妈妈赶紧追了出来，连声问林迪要去哪里，林迪头也不回，走出了家门。

等妈妈追到大门口，林迪已经消失在胡同口了。妈妈一阵着急，回身喊爸爸快点出来去把女儿给追回来，爸爸却在屋里大声吼道："让她走，有本事永远也别回来！"

林迪本来想着先回学校，找同学在宿舍里待一天，走到半路上想起学校被用作高考的教室，同学们都放假回家，谁都不能进去了。在街头徘徊了片刻，林迪一咬牙，直奔长途车站，买票坐车来找小吉。

书包里的馒头全部进了两个人的肚子，林迪也把早上发生的事情讲完了。小吉听了林迪的讲述，一时间豪气横生，脱口而出："别着急，你先在这里待几天，高考完了学校开始上课再回去，到时候我送你。"小吉一副很有担当的气势打动了林迪，她又有些激动，深情地看着小吉，点了点头。

小吉把工作服脱了下来铺在草地上，招呼林迪一起平躺在树下。看到小吉光了膀子，林迪还真有些害羞，但想了想还是躺了下去。小吉把自己的书包塞给林迪，让她垫着点头，省得乌黑的秀发沾上泥土和草梗。

透过树叶的间隙，阳光闪烁着洒了下来，瞬间变幻着一个个耀眼的光斑。如此贴近青草和泥土，如此仰面朝上看着头顶上的蓝天，对林迪来说都是第一次。清新的泥土气息，开阔的天空视野，让她的心情舒缓了许多。她偷眼看了看旁边躺着的小吉，那瘦削的脸上绽放着快乐和自信，林迪的心都有些融化了。

从石嘴崖的青麻石下来回到农机站，看到院子里停了一辆绿色212吉普车，林迪的脸色一下子变得有些苍白，拉住小吉就想向外走。门房的老王头早跑了出来喊住小吉，说顾站长让他们两个人去他的办公室，还特别强调了是"两个人"。

一进顾站长办公室，小吉就看到林迪的爸爸妈妈坐在顾站长办公桌对面的两把椅子上，脸色阴沉，顾站长则拿着烟袋锅"吧嗒吧嗒"地抽着。看到两个人进来，林迪爸爸刚要说话，却被她妈妈伸手给按住了。她看了一眼顾站长，显然还是希望他来说。

顾站长看了小吉和林迪一眼，让小吉把后边的骨牌凳搬了两张过来，示意二人坐下。小吉本来觉得自己应该主动和林迪的爸爸妈妈打个招呼，但看顾站长虎着个脸，也没敢吭声。

顾站长在桌子上磕去烟袋锅里的烟灰，咳了一声，先跟林迪的爸爸点了下头说道："林局长，还是我来说吧？"林迪爸爸面无表情地点了点头，顾站长就对小吉说道："连胜啊，我也是老糊涂了，不知道今天来找你的这位姑娘是林局长的千金，要不也不能让你胡闹的。都还是孩子，爹妈说几句也是正常的，别动不动就赌气离家出走，这爹妈得多着急啊！"尽管是对着小吉说话，但顾站长后面的话显然是说给林迪听的。"你看这大热天的，从县里老远跑来，中午饭都没吃。做父母的，天天得给你们操心，你们也要体谅他们，多不容易啊！"顾站长语重心长地说着，又给自己装了一锅烟。

"我让伙房给做饭去了，一会儿吃了饭，女娃娃就跟着你爹妈回去。我也倚老卖老地说句话，都是好孩子，也别着急，有事慢慢说，着急上火，越说越崩。"顾站长点上烟，又对林迪的爸爸妈妈说了几句。

林迪妈妈接了顾站长的话头，对着林迪说道："小迪，我们说你也是为你好，暑假过了一开学就是高二，离高考就剩不到十个月的时间了。家有千件事，先从紧处来，你现在最要紧的就是好好学习，不能为别的事情分心。当然，我们也不是说小吉这孩子不好，刚才顾站长还使劲夸小吉呢！小吉既是进修班的优秀学员，还能独立修好抽水机，要不是家里有实际情况，也不会退学参加工作的。你爸前段时间从你们学校回来，还说小吉的诗写得不错呢，是吧老林？"说到这里，用手肘顶了一下老林，老林抬头看了她一眼，哼了一声，也没说话。

林迪妈妈就继续说了下去："我们都是过来人，也理解你们的心情。但是你也要站在爸爸妈妈的角度想一想，做父母的哪有害儿女的心？哪个不盼着自己的孩子有个幸福的将来？我跟你爸爸着急，也是想让你把精力集中在学习上，就是怕你因为这个事儿分了心。"

说到这里，妈妈看了一眼小吉，看见小吉在旁边偷偷拉住了林迪有些微微发抖的手，就赶紧收回视线，假装没看见。她继续说道："你爸爸脾气是有些急，气头上啥话都说得出来，你也得担待着点儿。来的路上我也和你爸爸说好了，以后他就少说，有啥事我跟你说。行吧，她爸？"说着又回头看老林，老林有点儿勉强地点了点头。

"小珂也别跟你住一屋了，让她到我们这边来。"林迪妈妈继续说道，"这孩子还小，有些着三不着两的，但是不管怎么说，她是你亲妹妹，你当姐姐的，也得让着她点儿，别动不动就打她。我跟你爸都舍不得打，你看你，没几天都把妹妹打哭两回了。"

听妈妈这么说，林迪的眼泪就又下来了。看女儿哭了，林迪妈妈就又捅了捅老林，让他也说几句。

"你妈把话都说了，一会儿回家吧！"老林也不看女儿一眼，话说完，长长地叹了一口气。

吃完饭要走了，小吉和林迪都有些恋恋不舍，但顾站长和林迪的爸爸妈妈都在旁边，也不好说什么。上车的时候，林迪用身体挡了爸爸妈妈的视线，伸手去拉小吉的手。两只手短暂地握了一下就分开了，林迪爸爸却早就看在眼里，鼻子里"哼"了一声，扭头去看别处了。

看着 212 吉普车出了农机站的大门绝尘而去，小吉心里一下子又有些没着没落的。林迪匆匆而来，匆匆而去，他觉得自己还有好多话要对她说，却都没来得及，转眼之间就又分开了。

回想起来，林迪的爸爸从始至终都没正眼看自己一眼，倒是林迪妈妈看自己的眼神里还有些慈爱，小吉心里不禁又多了些惆怅。一转身，看到屋檐下顾站长正叼着烟袋锅看着自己，眼神里满是忧郁，小吉心里就是一沉：这样煎熬的日子，明天还是要继续呀！

镇外山上不知道是谁在唱山歌，那曲调高亢而悠扬，唱的正是那首《赶牲灵》：

> 你若是我的哥哥哟
> 招一招你的那个手
> 你不是我那哥哥
> 走你的那个路
> ……

三十二

曾是寂寥金烬暗，断无消息石榴红

这一晚上，老吉睡得并不踏实，断断续续地做了一个离奇的梦。梦里老吉看到了林迪，样子非常模糊，一会儿是高中暑假时和妹妹吵架后来找自己的林迪，一会儿是视频里做报告讲建筑美学和声乐关系的林迪，一会儿是一位老吉根本没见过的女性，但大家都叫她林迪，老吉看了看她那双好看的弯弯的眼睛，也认定了她就是自己要找的林迪。

看到林迪，老吉非常高兴，快步向她走去，快走到跟前的时候，老吉就喊了一声"小迪"。那个人看到老吉跑过来，弯弯的眼睛里满是惊喜的样子，提起长长的裙子向着老吉小跑过来。到了眼前，老吉伸手就去拉林迪的手，她却化成一缕轻烟慢慢地飘了起来。老吉心里着急万分，就跟着那缕轻烟奔跑着。那烟眼看着越飘越远，老吉总是追不上，右腿还有些抽筋，脚下一拌蒜，人便摔了出去。等他爬起来再看时，那缕轻烟逐渐飘向了远方天际。老吉大声呼喊着"小迪"，继续向前奔跑，可是腿总是使不上劲儿，怎么跑都是原地打转。眼看着再也看不到那缕轻烟了，他心里一着急，就从梦中醒了过来。

老吉想着梦中那个叫林迪的人，她的面目已是十分模糊，除了那双眼睛，别的什么都记不起来了。老吉翻了个身，发现右腿真的有些抽筋，坐起来揉搓了一番，感觉没那么疼了，就又躺了下来，看着天花板，想着梦中的情景，久久难以入睡。

早上起来，还是去户部巷过早，一碗热干面下肚，老吉觉得有些撑得慌。这热干面好吃是好吃，就是太干了。回到酒店，老吉换好衣服，坐在房间里浏览新闻。快九点的时候，雯雯打来电话，说学校里有点儿事儿，九点钟赶不过来，让老吉别急，她争取十点前过来接他。挂断电话，老吉情绪有一点点低落，就好像本已经在起跑线上听到"各就位"的口令，准备在枪响的时候冲出去，发令官突然把枪放下，让大家歇一会儿再说，刚刚鼓起的劲儿有些泄了下去。

昨晚看完林迪做报告的视频后，老吉的心情就一直不太好，情绪一直沉陷在悲伤之中，人也振作不起来。后来，梅哲诗打来电话，问了问情况，叮嘱他要按时吃药，早点休息，他才稍稍好了些。洗漱完躺在床上，想到明天可以见到心目中曾经的"女神"姐姐齐梦欣，心理上还是有些受鼓舞。可是一夜离奇的"林迪"梦，又把老吉折磨得够呛，早上出去吃热干面还算是提了提精神，可现在雯雯说有事暂时过不来，老吉就觉得时间又有些难熬了。

喝了口水，老吉告诫自己"少安勿躁"，心中暗嘲自己，都六十岁的人了怎么还跟二十来岁的时候沉不住气，雯雯只是说晚一个小时，又没说不见，怎么就如此"急躁"？正思虑间，一个陌生的号码打了进来。接起电话刚说了一声"你好"，电话那头就传来了一个遥远记忆里熟悉的声音："是连胜吗？"

电话是齐梦欣打来的，老吉一下子激动得说不出别的话来，只是连着叫了几声"姐"。齐梦欣也非常激动，简单问候几句，就让老吉把酒店的房间退了，住到她家里去。老吉有些犹豫，说这样怕是不太方便，他住酒店挺好的。齐梦欣用不容置疑的口吻说道："连胜，你现在是出息了？姐的话都不听了是吧？赶紧收拾一下，一会儿和雯雯过来，还有个老熟人儿想见你呢！"

放下电话，老吉想起刚才齐梦欣的声音，和年轻时候比几乎没有变化，只是不知道她人现在变成什么样了。想到这里，齐梦欣带着雯雯来找自己时明艳的样子又浮现在眼前。可是，雯雯从那个小姑娘变成了音乐学院的教授，自己也都已经退休了，齐梦欣老了也是非常正常的。算起来，四十一年零十一个月没见过，走在街上迎面碰到，估计两个人很可能都会认不出对方了。

收拾了一下，拖了行李箱下楼到酒店前台结账，服务台的小姑娘看了看老吉订房记录，说网上订的是三天，怎么住了两天就走？老吉笑了笑，说乡下人来城里找亲戚，找到了就不住。小姑娘看了一眼老吉的登记卡，从旁边拿过一束鲜花，打趣说乡下人还订鲜花，现在的乡下人都新潮得不得了啊！老吉昨天晚上回到酒店，想着去看齐梦欣，自己也没什么准备，当年齐梦欣送了自己那么多书，自己这样空着手上门似乎不太合适，就让酒店帮订了一束康乃馨，今早这花已经到了，时间还正好。

结完账，老吉在门口的沙发上坐下来等着雯雯来接自己。过了十点了，雯雯还没有到，老吉就又有些坐卧不宁。眼看着快十点半了，雯雯的电话总算过来了，说巷子太窄车不好进来，她就在从酒店出来左手边的中华路路口停车，已经让她的研究生赵嘉颖进来接老吉，就是昨天在办公室见到的那个女生。

老吉赶紧起身出了酒店，拖着行李箱没走多远，就看见那个长发飘飘的漂亮女孩儿迎面走来。

一辆白色的奥迪Q5亭在路口，看到老吉捧着鲜花，嘉颖推着行李箱从巷子里出来，雯雯赶紧开了车门跳下车迎了过来。

一个头发花白的老男人捧着鲜花往外走，越野车上下来一位漂亮的中年女性过来迎接，旁边还有一位身材窈窕的女大学生跟着，老吉注意到街巷两边路人纷纷侧目，就有些不大自在。

看到老吉手里一大束康乃馨，雯雯笑着问老吉是怎么知道妈妈喜欢花的，老吉说起当年小雯雯采了野花玩儿，就是齐梦欣巧手用野花给她编了一个凉帽，她应该是非常喜欢花的。嘉颖帮老吉把行李箱放到车的后备厢里，三个人都上了车，雯雯沿着解放路开下去，转到中山路上一路向东行驶。经过湖北省博物馆的时候，雯雯跟老吉说左侧看过去，隐约可以看到省博里面的"鱼沼飞梁"。老吉听了心中一动，原来每次到太原游览晋祠的时候，都会在那儿的"鱼沼飞梁"前徘徊良久，想不到远在武汉竟然也能看到这一特色景观。

车继续前行，雯雯说很快到了，妈妈就住在前面的东湖林语小区。

进入东湖林语，道路两旁绿树成荫，楼间的景观设计也别具匠心，环境非常优美。汽车直入地下车库，从电梯上到三层，老吉跟着雯雯出了电梯。雯雯正准备按门铃，门已经开了，一位满头银发，穿着一身浅灰色连衣长裙的老年妇人微笑着走了出来。老吉先是一愣，但马上意识到眼前的这个人就是齐梦欣，叫了一声"姐"，两个人两双手拉在了一起，两双眼睛里都已经满是泪水。

换上拖鞋，雯雯陪着老吉在客厅宽大的沙发上坐了下来，嘉颖去取了花瓶装了水，把鲜花的包装拆开，取出满天星做背景点缀，再细心地把一枝枝康乃馨插到了花瓶里。

宽敞的客厅四白落地，淡雅地布置着一些书籍和字画，隔断玄关的多宝格中也放着一些素淡的摆件。落地的大玻璃窗视野开阔，外面是高低错落有致的茵茵绿树，别是一番风光。齐梦欣到后边厨房里面叫出一个人来，边走边招呼道："连胜，你来看看这是谁？"

进入八月，夏收作物已经收获了，秋收还没开始，地里的庄稼长势喜人，各村进入了"小农闲"时间，农机站的工作也就没那么忙了。

这天上午，小吉正在办公室里看书，老王头开门进来，递过来一封信，还神秘兮兮地对自己笑了笑。

自从上次林迪的爸妈来过之后，农机站的人看小吉的眼神都不一样了，传说他和县粮食局副局长的女儿好上了，拐了人家的闺女私奔，被局长带着夫人打上门来，顾站长帮说了许多好话才遮掩过去。镇上还传出小吉去市农机校进修三个月，和市里一个有个五六岁孩子的漂亮寡妇不清不楚的，那个妖里妖气的女人还带着孩子找上门来，让小吉娶她；还说小吉和吴忠生家的二丫头在农机站一起过夜……种种说法都非常不堪。都说小吉没了爹没人管，顾站长又护着他，好好的檩条材料长成了茅厕板子，带坏了镇上的风气。

为了这些事情，小吉回到家里，表姐和妈妈唠叨了他不少不是。他一开始并不以为然，但听得多了，心里就非常憋屈，人也变得有些沉默寡言，每天都想着怎样才能离开这个地方。

老王头送信过来，那一脸的坏笑就很说明问题。小吉接了信过来，扫了一眼信封上的字迹，知道是林迪写来的，拉开抽屉把信扔了进去。老王头看小吉没有拆信的意思，就讪讪地走了出去。

透过窗户玻璃看到老王头已经走远，小吉急急地从抽屉里把信取出来，小心翼翼地撕开封口，取出散发着林迪特有的清香的信笺，展开来读了起来。

林迪简单说了一下上次回去的情况，爸爸妈妈对自己还是比较宽容的，学习和生活都回归了正轨。又说今年高考的成绩已经出来了，县中学的考生考得还算不错，估计能有七八个考上重点大学，参考他们的成绩排名，自己明年也有希望冲一冲重点，而且明年英语开始算成绩，虽然只算百分之三十的分，但她因为跟着电台学得还好，应该也可以帮她提升总成绩的。

信的最后几句话，林迪用波浪线做了重点标注，告诉小吉八月十号到十二号，学校从北京海淀教师进修学校请了几位优秀的老师给即将升入高二的学生补课，她已经和郝老师说好了，让小吉一定要请假来学校参加补习听课，毕竟这样的机会非常难得。

放下林迪的信，小吉赶紧去翻日历，今天已经是周二了，十号是周五，如果要赶十号的课，九号下午就得去县里，需要至少请三天假。想起顾站长那阴晴不定的神态，小吉颇有些犯怵，想着找个什么理由去和顾站长说请假的事情。

其实自从上次林迪爸爸妈妈来过之后，顾站长就更认定小吉是非常有潜力的一个好孩子，他并不以镇上的那些关于小吉乌七八糟的传闻为意，私底下也让农机站的人别乱传小话儿。虽然顾站长对小吉有了更严格的要求，但却像老母鸡护小鸡一样护着他。听说小吉要去县中学去补习听课，消息还是从林局长的闺女那里来的，顾站长略一沉吟就答应了小吉的请假请求，叮嘱他听课的事情不要对外说，就说是站里利用农闲时间，安排他去县农机站学习去了。小吉没想到顾站长答应得这么痛快，还帮自己做了周到的安排，心里异常感激。他也不知道如何表达才好，就又给顾站长深深地鞠了一躬。

正要退出站长办公室，顾站长又叫住了他，问他到县里后住在哪里，怎么吃饭。小吉说去跟同学挤宿舍，吃就得跟同学混了。顾站长听了没说话，打开抽屉翻了半天，从一个破旧的笔记本里翻出几斤雁澜地区粮票，递给小吉说，饿了就在外面买个烧饼买碗面吃，别饿着。小吉从站长手里接过粮票，眼泪哗一下就出来了。顾站长起身拍了拍他的肩膀，摆手示意他可以出去了，又坐回去在烟袋锅里装起烟来。

想到很快就能见到林迪了，小吉又有些激动得睡不着觉。妈妈听得他在炕尾翻来覆去地烙饼，就问他怎么了。小吉跟妈妈说站里安排后天去县农机站学习，要走三四天，妈妈听了没有吭声。过了好一会儿，黑暗中知道小吉还没睡，妈妈就对他说，去县里学习是不错的，就是别再去招惹那个局长家的闺女了。局长的女儿那就是公主，咱们普通人家，跟人家陪伴不起，娶了也养不住的。还是找个踏实人家的孩子，早点成亲，也算了却妈妈的心事。妈妈又说起吴怡来，说小吉爹在世的时候，和老吴的关系就不错，如果两家能结亲，也很符合他爹的心愿。再说，镇上的人都说你都和人家闺女过夜了，不管有没有这事儿，都得对人家黄花大闺女负责。

听妈妈这样说，小吉心头一阵烦躁，差点儿就想坐起来告诉妈妈，不要听镇上的人乱说，他和吴怡什么关系都没有，而他和林迪是铁了心要在一起的，任何人任何事情都不能把他们分开。但小吉转念又想，虽然林迪现在处处维护自己，学习上对自己也算是连拉带拽的，但明年高考，成不成还两说，自己一旦考不上，不用别人说，就这么想想，和林迪的距离就直接变成难以逾越的鸿沟了。想到这些，他觉得自己要是和妈妈说一定要和林迪在一起的话，徒增妈妈的烦恼，解决不了任何问题。小吉这样想着，就按捺住自己烦躁的思绪，并不去接妈妈的话茬，调匀呼吸，假装睡着了。

两天很快就过去了。吃了午饭，小吉回家收拾了一下，换上白衬衣蓝裤子和解放球鞋，把课本和参考书都装到书包里，小吉似乎又找到了当学生的感觉。当他背起书包准备出门去车站等车时，妈妈叫住小吉，问了他住在哪里怎么吃饭的问题，他说站里都给安排好了，妈妈不用给他操心。

看着儿子走出家门的背影，妈妈坐在炕上发了一会儿呆，有些茫然地叹了一口气。

三十三

莫恨生华发，唯须不负春。风光无老少，祗属有情人。

暑期的校园相对比较安静，毕业班在高考后已经全部离校了，只有即将升入高二的六个班返校补课。现在是上课时间，校园里看不到半个人影，只有从教室里隐约传出来的讲课声，才能让人感觉到这里还是一个拼搏的世界。

临近中午的阳光热烈地照射着，光线不再像六七月份那样从头顶上泼洒在窗户的外面，一部分阳光开始透过窗户玻璃向室内收复冬日曾经占领过的地盘。窗台上那一小块阳光照射到的地方，依稀还能看到去年冬天小吉留下的刻痕。

林迪看了一会儿窗台上太阳的影子，抬眼向教室外面望去，那棵大杨树上浓密的树叶里掩蔽着几只麻雀，它们在密叶深处不时发出一两声鸣叫，冲击着仿佛有些凝固了的时光，让人恍然感受到自己的真实存在。

给小吉的信发出去一周时间了，林迪没有接到小吉的回信，也不知道他有没有收到自己的信。明天就是北京来的老师开始补课的日子，按理说小吉应该在今天到校的。

林迪觉得如果小吉能来，应该是上午就到，她相信小吉和她一样期盼着见面，哪怕早半天都好。她都想好了，午饭后两个人一起到城北走走，有些事情她还是想问问小吉。现在看来小吉上午是不可能来了，就不知道他下午能不能赶到。

不会是小吉没有收到信吧？林迪开始有点儿担心了。县城的信寄到市里，最长时间四天就收到了，到小镇应该时间更短，这都一周了，信应该早就收到了，可是小吉到现在还没出现，会不会是信在路上走丢了？要是小吉没收到信，他根本不知道还有补课这回事，自己在这里望眼欲穿地等待，那该是多么傻的事情啊！林迪觉得也许应该发两封信给小吉，即使有一封信寄丢了，小吉也会收到另一封，双保险就可以保证没问题了，小吉也就绝对不至于错过这次补课。

　　林迪想着信的事情，又开始后悔自己没有在上个周日去小镇一趟，把补课的消息亲口告诉小吉，而且自己去了，也可以坚定他来参加补课的决心，不至于因为请假等原因打退堂鼓。

　　现在想什么也来不及了，只能是坐在这里静静地等，盼着小吉能收到自己的信，盼着他可以赶下午的车来县城，盼着他在昏黄时分出现在校园里。

　　从窗外收回视线，望着桌子上翻开的书本，林迪又有些发呆，英语老师在讲台上讲什么，她一句也没听进去。旁边的吴怡用手肘捅了捅林迪，提醒她老师好像注意到她走神了，林迪赶紧坐好，努力把注意力集中到讲台上。

　　年轻的英语老师正在讲简单的"主系表"句子结构，这是林迪早就学过的内容。讲台上老师一遍一遍地讲着例句，系动词的人称变化已经讲了三节课，下面依然是一片茫然的神情。班上那些连二十六个字母都写不齐的同学，一到英语课上就跟听天书一样，对明年高考的英语，他们大多采取了放弃的策略。毕竟英语只计算百分之三十的成绩，即使能考上个十分八分的，算到总成绩里也就只有三分两分，还不如在数理化上使点劲儿，多做对一道填空题就都有了。

　　用眼角余光扫了一眼旁边认真听讲的吴怡，林迪突然又有了一种烦闷的感觉，昨天晚自习前吴怡和她说的一些事情，又在脑子里回荡。

　　吴怡说镇上的人对林迪爸爸妈妈去小镇找小吉颇有看法，还笑着问林迪到底被小吉灌了什么迷魂汤，才背着爸爸妈妈去小镇找小吉。林迪佯装恼怒地要打吴怡，吴怡笑着躲开了。吴怡说小吉的家庭条件不太好，现在在镇里农机站混日子，小镇的人都觉得贵为局长家千金的林迪和小吉在一起是不可能的，那简直就是公主和乞丐之间的差距，吴怡借小镇人的口，夸张地说着。

　　林迪听吴怡说了小镇的种种"舆论"，内心很有些不平，但她还是对吴怡说，那些人都是瞎说，她关心小吉是因为她觉得小吉退学是件非常可惜的事情，跟小镇上那些人说的事情没有半点儿关系。既然连郝老师都觉得小吉如果不退学，考个大学应该是没什么问题的，她不能眼睁睁看着一个大学生的苗子就这样毁了，所以才去小镇找小吉说说情况的。

　　吴怡看林迪说话的时候脸有些红了，就说她说的不是真心话，不然她爸爸妈妈怎么都跑到农机站去找站长了？林迪说那是爸爸妈妈担心自己出门有危险才去的，根本不是小镇上那些人说的"打上门去"。听林迪这么说，吴怡笑了笑，夸林迪是"长公主"，爸爸妈妈宝贝得很，一个人出门，当然不放心，一定要用专车接回来的，不像自己在家里排行第三，上面有哥哥姐姐，下面还有弟弟妹妹，即使真的跑丢了都没人知道的。

　　吴怡随后又说起齐梦欣在那之前一天去小镇找了小吉，镇上的人都说那个女人妖里妖气的，一看就不是个好东西，小吉就是被人带坏的。林迪想起小吉和她说起过齐梦欣的事情，说是为了给她买书才认识的，而齐梦欣之所以对他好，是因为小吉非常像她在越南战场上牺牲的弟弟。齐梦欣比小吉大了七八岁，人特别善良，非常关心她的学习和成长，就是个可爱可亲的姐姐，而且齐梦欣还带着个孩子，怎么可能和小吉好呢？

吴怡又拿出一本小说《红岩》对林迪说，这本书是那个叫齐梦欣的女人送给小吉的，小吉让自己先看。她问林迪要不要看，她看完可以先不还给小吉，借给她看。林迪接过书来翻了翻，看到里面夹着一张纸，上面写着一首诗，林迪细看内容，写的是：

妹妹找哥泪花流
不见哥哥心忧愁
望穿双眼盼亲人
花开花落几春秋
当年抓丁哥出走
背井离乡争自由
如今山沟得解放
盼哥回村报冤仇
万语千言挂心头
妹愿随哥脚印走
赢得天下春常在
迎来家乡山河秀

看林迪读完了，吴怡伸手把那张纸抢了过来，故作神秘地说，这可是刚刚上演的电影《小花》主题曲的歌词，那首歌就叫《妹妹找哥泪花流》，歌是李谷一唱的，可好听了，她好不容易才找到的歌词。林迪看着吴怡那有些兴奋的神情，就淡淡地问道："你不会是想把这歌词夹在书里给吉连胜吧？"听林迪这样问，吴怡先是一愣，接着嘴角一撇说道："我辛辛苦苦抄来的，凭啥给他？"林迪笑了笑，没再说话。

林迪深信小吉对自己的感情不会有任何问题，但吴怡说的一番话还是让她觉得有些不舒服，想着等小吉来上课补习的时候，再好好问问他到底是怎么回事。

中午放学回家吃了饭，林迪没有像平时那样休息半小时再去上学，放下饭碗就收拾书包出门了。妈妈觉得林迪有些反常，看着她推了自行车开了大门出去，就问林柯这几天姐姐是不是有什么事情，林柯眼睛转了半天说："好像跃进哥哥去省城了，没去校门口接姐姐放学。"妈妈看着小女儿认真的样子，有些哭笑不得。

整个下午，林迪虽然一直身在教室，却觉得时间非常难熬。她不时抬头去看窗外，可是外面除了那棵大杨树不时摇曳几下枝叶，一切都单调如旧，心里等的那个人还是没有出现。课外活动时间，林迪跑到学校门口去，朝着车站方向张望了一番，但是直瞭到路的尽头，并没有看到那个瘦高的身影。独自往回走的时候碰到了郝老师，郝老师叫住她说，要是小吉来了，让他到教研室去找他一下。

放学后，林迪骑上自行车回家，进到巷子里，她隐隐觉得有什么不对劲儿。当看到院子大门上铁将军把门，她便有些慌乱起来。开了锁推开大门，把车子放进院子停好，看到堂屋的门也上着锁，屋子里既没人也没灯光，整个院子空落落的。平时每天回来都是爸爸妈妈和妹妹在等自己回来吃饭，今天人都消失了，肯定发生了什么事，林迪就着急起来。自从全家从邻县搬过来，林迪从来没有遇到过回了家没有人的情况，看看天色向晚，无论爸爸妈妈和妹妹出去干什么，现在都该回来了呀！

扶着自行车在院子里站了片刻，林迪返身出了家门，决定先去爸爸单位找找看。

刚进粮食局大门，守门的胖叔就把林迪叫住了，说她妹妹出了事，她爸爸妈妈现在都去县人民医院了，让她快去看看吧。

听得齐梦欣招呼自己，老吉赶紧从沙发上起身，顺着齐梦欣所指，老吉看到一位身材魁梧的老人边解胸前的围裙边向自己走过来，老吉觉得非常眼熟，但却想不起这个人是谁了。那人却哈哈大笑起来，把围裙放在一边，过来用双手拍着老吉的肩膀说道："好小子，当年哥叫得亲，现在连人都不认了！"老吉愣了愣神，猛地想了起来，前些年农机校的老同学聚会，有人说杜少辉好像跑到南方去了，就叫了声"少辉哥"，伸出双臂去搂那人的肩膀，两位老同学紧紧拥抱在一起。

众人落座后，齐梦欣泡上了一壶正山小种。一套非常雅致的茶具，摆放在沙发前的玻璃茶几上，红茶香味四溢，老吉觉得十分舒适惬意，心里对齐梦欣这样的情致高雅有些艳羡。

老吉品了一口红茶，问起杜少辉怎么会在武汉，杜少辉爽朗地笑了起来，说道："人生的故事，两句话可以概括，一句是'为爱浪迹天涯'，一句是'知识改变命运'。"说完后看了一眼齐梦欣，看到齐梦欣微笑着看自己，就又哈哈笑了起来。

忆起当年，杜少辉说第一次遇到前来找寻小吉的齐梦欣，就深深地被她高雅的气质折服，下决心要追随她一辈子。进修班结业告别那天，他借了自行车去接齐梦欣，明着是接她过来送小吉，实际上就是想着能和齐梦欣多待一些时间。齐梦欣跟着爷爷一家回武汉，杜少辉强忍着依依不舍之情忙前忙后地帮着收拾东西，那个时候已经产生了放弃机车厂的工作，到南方去的念头。

齐梦欣走后，开头几天杜少辉就像丢了魂儿一样，做什么都打不起精神来，就差下决心辞去现在的工作，啥也不管去南方了。那时候的他怕是中了齐梦欣的"毒"，一直在想，哪怕去武汉捡破烂，看着齐梦欣也心甘。但他后来也想明白了，如果自己真的去捡破烂，估计齐梦欣都不会正眼看他一眼了。难受了一个多星期，杜少辉冷静了下来，思前想后，觉得去武汉读书是到齐梦欣身边最可行的一条路。他毅然辞掉工作，返回高中校园，发奋学习，补习了一年，参加一九八〇年的高考，考到了武汉水利电力学院，毕业后虽然费了些周折，但总算是留在武汉参加工作了。说到这里，杜少辉又看着齐梦欣笑了起来："梦欣就是林徽因，我甘愿做金岳霖！"齐梦欣笑着瞪了杜少辉一眼说道："老都老了，脸皮还真厚，没听说过金岳霖最后住进了林徽因的家！"

杜少辉也跟着笑了起来说："说实话，我比金岳霖幸福多了，没有梁思成和我抢啊！当初我还以为连胜是那个梁思成，后来知道他的心在林迪那个小丫头身上，我就彻底放心了。"老杜说完又是一阵大笑。

雯雯捧了茶杯小口啜着红茶，见两位老人在那里斗嘴，就瞧着杜少辉笑道："今天见了连胜哥，这个老头儿高兴过头了，有点儿疯疯癫癫的。"

杜少辉看雯雯帮妈妈说话，假装不高兴地说道："你这个孩子打小就没大没小的，连胜叫你妈姐，所以你得叫他舅舅，要都照你这样乱称呼，不全乱套了吗？"

赵嘉颖在旁边听了，忍不住转过头去笑了。

老吉不由慨叹杜少辉真是个情种，当年少言寡语的他，居然会为爱痴狂到这种地步。当初在农机校的时候他虽然知道杜少辉喜欢齐梦欣，但一直觉得两个人差距太大，不会有结果的。谁知道杜少辉这么有行动力，居然把不可能的事情变成了现实。他开玩笑地问道："少辉哥，你到底是怎么得到我姐的青睐的？"

"要想抓住女人的心，必先抓住女人的胃！为了她，我千里迢迢来武汉读大学，暑假寒假在酒店当学徒，大学没毕业就拿到了国家二级厨师的资格，你姐可喜欢老哥哥我做的菜啦！嘿嘿，一会儿你也可以品尝一下你老哥哥的手艺！"杜少辉又得意地看了一眼齐梦欣，笑着对老吉说道。

"你这个老头子坏得很！"听了杜少辉的话，齐梦欣佯怒道，"就不能好好说话，一句话就把我说得跟个吃货似的，真是"毁人不倦"，也不怕孩子们笑话。"说着看了赵嘉颖一眼，嘉颖听了，又是一笑。

看得嘉颖在笑，杜少辉就问老吉是否还记得在农机校时候班上那位生活委员赵哥，老吉想了想说，记得，当然记得，当年这个家伙还给他和林迪捣过乱的。杜少辉就笑了，指着赵嘉颖说："你可别这么说，老赵人还是挺好的。喏，嘉颖就是老赵的孙女，去年考上了雯雯的研究生，亲得跟一家人似的。"

嘉颖也笑着对老吉点了点头，小声问道："连胜爷爷，我爷爷给您捣过啥乱，让您记恨了这么多年?"

吉连胜看这孩子还知道护着她爷爷，呵呵笑着说："没啥没啥，你爷爷当年好得很，你回去见着了替我带个好，说我很想念他。"

老吉不由感叹这世界真小，绕了那么多年圈子，这些人居然又都绕了回来。嘴里感叹着，心里却升起一阵感伤的情绪，别人绕来绕去都走到了一起，而自己却为各种世事羁绊，最终和林迪断了消息，时至今日，林迪和自己已经是阴阳两隔，此生已经再无聚首之时……

齐梦欣看到老吉神色变了，就知道他心里在想林迪，给杜少辉使了个眼色，让他说点儿开心的事情，老杜误会了齐梦欣的意思，笑呵呵地说要去看看肉炖得怎么样了，起身进了厨房。齐梦欣看老杜真把自己当吃货，使个眼色能理解成让他去看炖肉，也只有苦笑了。

三十四

仓惶已就长途往，邂逅无端出饯迟

午后的日头颇有当年后羿射日之前那九个太阳的精神，烧灼在照射到的每一寸土地上，耀眼到烫人。儿时喜欢光着脚在地里走，但到了这种午后也要避开烫脚的泥土，免得一双小脚被烫熟了。长大了，光脚的时候少了许多，脚底板反倒比小时候娇嫩多了，穿了鞋走在那土路上，都能感觉到地上蒸腾的热气，更别说光脚了。地里的庄稼在暴晒下也失去了早晨迎接旭日时的青绿和鲜嫩，多少有些蔫头耷脑。只有田野里偶尔飘过来的作物成长起来散发出的拔节抽穗味道，还可以让人精神为之一振。

来到镇口的汽车站牌前，吉圭胜意识到自己来得有点儿早了，现在刚过一点钟，而去县城的长途车一般要到三点左右才能经过小镇。在站牌旁边的树荫下躲避着酷暑，小吉看到镇口外一片快一人高的玉米地里，有个人在烈日下，站在地圪塄上发表演讲。细看之后，小吉认出演讲者正是镇上那位在方圆几十里都有名的被唤作"智叟"的精神病人。

"智叟"是一位四五十岁的中年男人，名字是镇上的人根据《愚公移山》中的故事人物给他取的，也许是因为他老喜欢像个下乡干部一样站在镇里大街上说话，才有了这么一个"雅号"。

这午后的大太阳异常烤人，而"智叟"穿一身灰不溜秋打满补丁的中山装，衣服倒是洗得干干净净，只是完全看不出底色了。上衣的扣子直扣到衣领，显然他是对酷暑的热浪予以战略上的藐视。一脸花白胡子，也被他梳得顺顺溜溜，瘦削的脸上写满了刚毅与坚强、热烈与奋进。

"智叟"从国际到国内，从政治到经济，从全国全省全县全镇到每个人，把人生的理想和科学的公理结合起来，激情澎湃地讲给玉米所代表的所有庄稼们听。一阵微风过后，玉米们宽大的叶子相互摩擦发出一片沙沙的响声，"智叟"对它们挥了挥手说，请同志们不要鼓掌了，要把他讲话的精神落实到日常的"与天斗与地斗与人斗"的战斗中去，要把满腔的革命热情，倾注到建设"四化"的实际行动中去！

听着"智叟"的演讲，想着终于又要踏上去县城的路，吉连胜的心情有些复杂。这一去，将又是一个怎样的开始？自己这个"小我"将如何才能成为一个对社会有用的"大我"？这条绵延到县城到远方的路，又有多少未知在前方等待着自己？

去年高一新学期已经开学了一周多，父亲托的那位教育局的朋友终于帮小吉解决了插班到县中学上学的问题。那天上午接到可以去报到的消息，父亲下午就带着小吉坐上客车到城里去。面对即将开始的高中新生活，小吉除了憧憬，更多的是不安。那是小吉第一次离开家去县城求学，毕竟自己初中课程学得不太扎实，能不能跟上县中学高中的课程还是一个大大的问号。

父亲扛着用两块牛皮纸化肥袋紧紧裹着的铺盖卷儿走在前面，小吉背着书包，用一个网兜拎着脸盆、水壶和饭盒跟在后面。上了拥挤的公共汽车，好不容易找了地方站好，脸盆和饭盒不时相互磕碰发出一些让人听着有些心疼的声音。那个声音现在想起来还回荡在耳畔，只是，那几乎是快一年前的事情了。

今天又在这里等候去县城的客车，小吉心里想着这将近一年的时间里发生的种种事情……如果没有那饥饿的第四节课，也许就没有那个计时器日晷的出现机会；如果不是用粉笔去画那个太阳的影子，就不会有和林迪的第一次"交流"；如果父亲还在世，自己现在肯定还是坐在教室里为明年的高考而刻苦读书，还可能和林迪一起学英语；如果没有林迪的支持和督促，他也很难在参加工作后还坚持学习高中的课程；直到今天，如果不是林迪来信说补课的事情，他可能还在镇农机站里昏昏度日……太多的如果，但是人生，从来就没有"如果"。人不能两次踏进同一条河流，哪里有什么"如果"？

终于等到车来了，车上的人不太多，大多在座位上昏昏欲睡或者已经睡到流口水了。小吉在车后边的一个空位置上坐了下来，把书包抱在怀里，目光投向了窗外。道路两侧的白杨纷纷向后掠去，小吉想着现在看到的白杨，并不是去年看到的白杨，而几天后回来，那些白杨也不是现在的这些白杨了，所以，去学校听三天补习课，吉连胜就不是现在的吉连胜，而是一个全新的吉连胜。那个吉连胜，要为明年的高考搏一搏，要为和林迪在一起搏一搏，要为自己的人生搏一搏。

一路上，小吉的思想非常活跃，想到激动处，脸上就显现出一往无前的表情；每次思想停留在林迪那里，他的脸上又会露出笑容，尤其是想着未来的三天又能和林迪一起听课了，他的笑容就格外灿烂起来；但每次想到一旦明年高考失利，自己就会掉入深渊万劫不复，各种愁苦的情绪又会爬上小吉的眉头。

旁边座位上的那个中年黑汉子看见这个抱着书包的家伙脸上变幻着各种表情，一会儿激动一会儿发愁，有时还绽放出莫名其妙的笑容，觉得他可能有点精神不正常，就往旁边靠了靠，尽量离他远些。注意到旁边这个黑汉子对自己一脸嫌弃，小吉突然觉得这个嫌弃他的人就是刚才镇口候车的自己，而现在车上的自己就是在镇口玉米地里发表演讲的"智叟"。

汽车接近县城，两边的房屋和行人也渐渐多了起来，风景不再是千篇一律的庄稼和树了。进到城里，汽车的速度明显慢了下来，司机不时会按响汽笛，提示前面的车马行人让路。

马上就要到了，很快就能见到朝思暮想的林迪，小吉心里一阵激动，不由地抱紧了胸前的书包，伸长脖子去看车的前方。

猛地，车前传来一声巨响，跟着一声刺耳的刹车声响起，客车一个急刹停了下来，全车的人都向前冲了一下，有两个睡觉的还从座位上摔了出去。

前面出事了。

司机打开了车门下去了解情况，车上的人也纷纷站了起来，有的见已经离车站不远了，收拾了行李直接下车走人。

小吉背起书包下了车，往车的前面走去，车前已经聚集了不少人，看不见到底发生了什么事情。他使劲儿地往前挤了挤，看到路中间的一辆拖拉机车头斜斜地倒向客车的前头，支撑两个前轮的主轴已经断掉，一个轮子跑到路的另一边去了，而路边上，一个背着书包的小女孩儿倒在了地上，头部的位置有不少血迹，小女孩儿的两个同伴则一脸惊恐地看着倒在地上流血的同学。一个年轻的男子一脸焦急地在旁边站着，估计他就是那个断掉前轴拖拉机的司机。

小吉挤到前面，听旁边的人说是那个拖拉机为给客车让路，转向打得太急，前轮主轴突然断裂，掉出来的车轮上飞出了一个螺帽，正好击中了路边行走的那个小女孩儿头部。小吉俯身去看，觉得这个头部流血脸色苍白的小女孩儿有些眼熟，细看之下，猛地想起，这不正是林迪嘴里讲述的那个老说自己撞破头的林柯吗？

小吉一看林柯的头上还在流血，人已经陷入了昏迷，心里一阵焦急，环顾四周，围观的人群里却没有一个熟悉的面孔。他在镇上见过一些摔伤的人的应急急救，知道现在林柯需要赶紧止血。他一边叫那两个惊恐的孩子赶紧去通知林柯的家长，一边蹲下身去，打开自己的书包，从里面掏出毛巾，用牙咬开一个缺口，用力撕成两个长条的"包扎带"，轻轻地把林柯扶起，把毛巾裹在伤口上，然后抱起林柯，朝前面的人灵医院跑去。

一阵忙乱，林柯终于被送进了医院急救室。小吉抱着林柯这一路疾跑，几乎都喘不过气来了，等林珂进了急救室，小吉一屁股坐在走廊的长条椅上，有一种全身都要虚脱的感觉。

喘匀了气，小吉又开始为林珂的伤势担心了，想着怎么才能尽快通知到她的爸爸妈妈，刚才那两个孩子也不知道把消息传到了没有。这个时候，要是能赶紧告诉林迪都好。但他现在也不能离开，万一急救室里有什么需要，好歹也可以支应一下。

一位医生从急救室里走了出来，小吉赶紧迎了过去，问里面的林珂的情况如何，那位医生却反问他和受伤的孩子是什么关系。小吉说那个孩子是县粮食局林副局长的小女儿，出事的时候自己刚好路过，帮着把孩子送到了医院。听小吉这么说，医生马上叫了一位护士过来，让她赶快去打电话到粮食局，通知孩子的家属来医院，特别强调孩子失血过多，已经休克了，需要尽快输血。

听说需要输血，小吉想都没想就往前站了站说，可以抽他的血输给林珂。医生看了一眼白衬衫上满是血污的小吉，没再说话，叫另一位护士赶紧给小吉和林珂做血型配对，自己又转身进了急救室。

林迪的爸爸妈妈闻讯赶来的时候，护士已经从小吉胳膊上抽了四百毫升的血送进了急救室。从医生那里了解到是小吉及时把小女儿送到医院来，还为了救治林珂抽了血，林迪的爸爸妈妈对小吉满是感激。看到一脸疲惫的小吉坐在长椅上，林迪爸爸便招呼护士，开了一瓶一千毫升的葡萄糖注射液，让小吉喝下去。

听粮食局传达室的胖叔说妹妹出事了，林迪跑回院子，推出自行车，锁了大门，飞身上了自行车，朝着县人民医院飞驰而去。

进了医院，一路问过去，找到了急救室，有些空荡荡的走廊尽头，急救室门头顶上"手术中禁止入内"的红灯醒目地亮起。林迪看到爸爸正在和几个穿白大褂的人站在急救室的门外说话，而妈妈在旁边不停地擦眼泪，走廊的长条排椅上坐着一个人，走近了看去，那人赫然就是小吉。小吉脸色苍白坐在那里，手里抱着一个葡萄糖注射液的瓶子，白色的衬衣上血迹斑斑。林迪被眼前的情景吓了一跳，不是说妹妹出事了吗？小吉怎么会在这里？看他身上还有不少血迹，难道他也受伤了？

林迪三步并作两步冲到小吉跟前，一把拉起他的胳膊，眼睛急速地在他身上扫过，看到他不像受伤的样子，也不松手，焦急地问道："吉连胜，你没事儿吧？我妹妹怎么了？"

小吉抬起头来，看到拉着自己胳膊的林迪在向自己问话，又惊又喜，赶紧站了起来，起身的时候有些猛，身体还晃了两晃。总算站稳了，看林迪满脸眼泪拉住自己，一副惊慌失措的样子，就伸手拍了拍林迪拉着自己的手，嘴里说着"没事没事"，安抚着情绪激动的林迪。

妈妈听到林迪在大声询问小吉，就跑过来一把把她拉到旁边，跟她说不要吵闹，妹妹正在里面救治呢。

林迪看着妈妈，眼泪哗哗地涌着，压低声音问妈妈妹妹怎么了。妈妈的眼泪也跟着流了下来，和林迪说小柯被拖拉机车轮上飞出来的螺帽打破了头，多亏小吉把她送到医院，还给她输了血。听了妈妈的话，林迪知道是小吉救了妹妹，转头去看小吉，见他也正望向自己，感到刚才有些失态，不禁就想过去拉住他的手向他说声"连胜，你真好"，但爸爸妈妈都在这里，她的感情又不能那么外露，只是朝小吉点了点头，投过去一个感激的眼神。妈妈告诉林迪医生说妹妹已经脱离了生命危险，就是有些轻微的脑震荡，需要一段时间恢复，应该不会留下后遗症的。妈妈说着拿出十块钱，让她出去买点儿吃的回来，招呼小吉吃点儿东西。

等林珂被从急救室里推出来，已经是晚上七点多了。林迪的爸爸妈妈看到包扎好伤口的小女儿已经苏醒过来，悬着的心总算放回了肚子里。把林珂送进病房安置好，众人退到了走廊上。林迪爸爸对小吉再次表示感谢，这个时候，他显然已经放下了对小吉的成见，不再对林迪和小吉站在一起感到焦虑了。林父简单问了问小吉这次来县城的目的，当他听说小吉是来参加补课，要和同学在学校宿舍挤着住的时候，他稍微想了一下，就说去医院值班室给粮食局打个电话，安排小吉去粮食局的职工宿舍住。小吉谢绝了林父的安排，说郝老师还找他有事，再加上明天一大早开始补课，他住在学校还是方便些。

林迪的妈妈让爸爸去病房里管着林珂，又让小吉稍等一下，她骑了林迪的自行车回家，取了些脸盆毛巾等医院里用得着的东西，又找了两件林迪爸爸的旧衣服，拿到医院，让小吉把被血沾染了的衣服换下。她还从家里带了一条新毛巾两包饼干过来，又取了二十块钱一起送给小吉。小吉推了半天，最后只收下了毛巾和饼干，钱却怎么都不肯要，林母也就只好作罢了。

小吉找了个僻静的地方脱了自己的脏衣服，换上了林迪爸爸的衬衣和长裤。衬衣还算合身，因为林迪爸爸的个子没有小吉高，所以裤子就显得又肥又短，林迪妈妈看他的裤脚吊了老高，就说今天晚上回去把他的衣服洗出来，明天让林迪给带到学校去。

小吉告别林迪父母向外走去，林迪也默默地跟了出来。出了医院大门，两个人站在路灯的灯影里，彼此看着，想着这分别了一个多月，居然是在这样的情况下重逢，一时都不知道说什么才好。小吉朝林迪伸出了双手，林迪一开始没明白他的意思，看他又往前伸了伸，恍然理解他是要拉自己的手。她偷眼四下里看了看，慢慢把手伸过来，和小吉的手拉在了一起。再次四目相对，小吉感觉到一阵微微的震颤从林迪的双手传了过来，一时间百感交集，再看她那双在黑暗里闪闪发亮的弯弯的眼睛，想要与她相伴一生的愿望，从来没有如此强烈。

看着小吉消失在黑夜的街头，林迪在医院的大门口站了一会儿，慢慢转身回到医院里去了。

无论如何，一切都会有一个全新的开始，不是吗？

三十五

朝来灞水桥边问，未抵春袍送玉珂

进了校门，还是同学们上晚自习的时间。小吉本来想着先去教室找辛世远，但想起林迪说郝老师找自己有事的话，就改了方向，直奔郝老师的教研室。

郝老师正在灯下批改作业，听到敲门声就说了声"请进"，看到进来的是背着书包的小吉，郝老师起身招呼他坐下。简单问了问小吉的工作和学习的情况，郝老师对小吉说这次补课非常重要，即使不是林迪提出来，他也会想办法通知小吉来的。郝老师是数学老师，非常看好小吉的数学学习能力。和之前的谈话一样，郝老师还是要求小吉要坚持自学，不要放弃，争取明年参加高考考取一所好的大学。说到明天的补课，郝老师让小吉在明早上课前来办公室搬个凳子去教室，在教室里插空坐下听课，如果有别的老师问，就说是郝老师同意的。

从郝老师办公室出来，下晚自习的铃声正好响了起来，小吉向教室跑去，希望在回宿舍的路上遇到辛世远，把这几天的住宿解决了。

宿舍里，十几位男生为小吉的"回归"举办了个小小的庆祝活动，主要节目就是"疯抢"小吉带来的两包饼干。一位叫董冬的同学一下塞了两块饼干在嘴里，吐字不清地说道："吉连胜，参加工作了就是不一样，带这么好吃的饼干来，我长这么大第一次吃到！"另一位叫刘整风的同学就"攻击"董冬说："再好吃也不能一口吃两块，就不怕噎死？"

听刘整风说自己吃相不好看，董冬反唇相讥道："我比不得你，心里还牵挂着人，刘整风，你是不是藏了几块饼干想明天送给'欢欢眼儿'啊？"

两个人你一句我一句地拌起嘴来，大家跟着一阵起哄。刘整风嘿嘿笑了起来："你们也别捣乱，老刘我一把年纪了，我妈说了，明年要是啥也考不上，领个踏踏实实跟我过日子的媳妇儿可去也行。"

"人家'欢欢眼儿'学习那么好，肯定考上大学，凭啥跟你回你那个穷窝过日子？"董冬终于把两块饼干咽了下去，边说边去桌子上搜刮饼干盒子，发现里

187

面还有些饼干渣，就拿起来倒到自己的嘴里。

小吉听大家说得热闹，小声问辛世远谁是"欢欢眼儿"，辛世远笑了笑，说是吴怡。董冬听到了小吉的问话，就又对刘整风说道："刘整风，你都快成大老汉了，还惦记人家'欢欢眼儿'，你不看看，'欢欢眼儿'跟吉连胜才是一对儿，又都是一个镇上的，正所谓天造地设、郎才女貌，说不定两家早就定了娃娃亲，是不是啊吉连胜？"

小吉脸一红还没说话，刘整风就板起脸瞪着董冬说道："你知道个啥，别吃了连胜的饼干就乱点鸳鸯谱。连胜那么心高气傲的，咱班上的女生，只有一个能入他的法眼，就是不知道缘分到没到。"说着掉过头来看着小吉问道："老哥哥没说错吧，连胜？"

小吉知道刘整风年龄比自己要大四五岁，是班上年龄最大的了，经见的人和事肯定不少，真的看破自己和林迪的关系也未可知，听他这句话分明是要把"战火"烧向自己，心里就有些慌，赶紧讨饶道："整风哥呀，我已经有一个学期没上课了，学校啥情况都不知道，回来补课也就是想能再在教室里坐坐，估计明天课堂上都听不明白，还得请你多多指点呢！"

董冬听了小吉的话，"呵呵"冷笑着说："你还指望他指点？他就一个鸡兔同笼的问题都请教'欢欢眼儿'一万多次了。"

刘整风听董冬揭了自己的短，也不生气，哈哈笑着说："你个毛孩子懂个屁，鸡兔同笼，嘿嘿，鸡兔同笼是好问题，属鸡的和属兔的，本来就应该在一个笼子里！"

听刘整风这么说，小吉突然想起吴怡好像就是属兔的，一个"鸡兔同笼"，还让他整出找吴怡的道理来了，心里也是一阵暗笑。

小吉不仅给大家带来了吃的，还带来了快乐，宿舍里好久没有这样开心的欢笑声了。闹了半天，想着明天紧张的课程安排，同学们都简单收拾了一下便睡下了。小吉挤在辛世远和董冬之间，心想这好在是夏天，没有厚被子占地方，要是冬天，这点空间估计翻个身都有困难。挤在两个人中间，一会儿就觉得热得难受。小吉想着今天在医院看到林迪拉着自己有些失态的样子，知道她是关心自己怕自己也受了伤；再想起从医院出来拉着她的两只手，看着她满是柔情的眼神，小吉心里暖暖的，悄然进入了梦乡。

天蒙蒙亮的时候，小吉被热醒了。听着通铺上此起彼伏的呼噜声，小吉再难入眠，于是爬起来穿了衣服，出了宿舍。

东方的天空已经开始泛起暗红的朝霞，校园里一片静谧。穿过那个大拱门，小吉到了操场上。他简单做了一些热身活动，上了跑道开始慢跑起来。

去年入学后，只要不是太过恶劣的天气，小吉每天早上都坚持到操场上跑步。学校操场的跑道不是标准跑道，一圈儿只有三百米。他每天沿着跑道跑五圈，再去拉拉单双杠，然后回教室上早自习。在农机校进修的时候，小吉还是坚持晨跑，一直到结业。回到镇上，因为每天早上都要起来从镇上唯一的水井往家里挑水，还得协助表姐做早饭，晨跑的习惯就中断了。

今天一上跑道，小吉一下子就找到了上学时候的感觉，心情格外舒畅，看着天色越来越亮，感觉就像是自己把天空跑亮似的。跑了一两圈，有早起的同学也来操场上锻炼身体，跑道上就多了几个人。

小吉慢慢地把速度提了起来，刚跑了几步就觉得脚下还是有些沉重，估计是昨天抽血有些影响吧。琢磨着昨天抽血的事情，想着白天一天的课，小吉告诫自己别跑快了，千万不要出问题耽误了补课，想着这些，就又放缓了步伐。

正跑间，小吉感觉右边手臂被人蹭了一下，一股熟悉的清香味道飘过，一个人轻盈地从右侧超了过去。小吉定睛去看，那个超过自己的人也放慢了跑步的节奏，在前面回过头来对他微微一笑，那双弯弯的眼睛波光流转，正是林迪！

小吉心里一喜，加速跟了上去，林迪却不再提速，侧脸看了小吉一眼，嘴里低声说道："氢氦锂铍硼……"

小吉脑子里一念闪过，脱口而出："碳氮氧氟氖。"

林迪又是一笑："钠镁铝硅磷。"

小吉接道："硫氯氩钾钙。"

林迪向小吉点了点头，对他的应对表示满意，说道："昨天抽了那么多血，少跑点儿吧。还有，你跑完先别回去，在操场上等我一下，我有东西给你。"说完就离开跑道，向操场外跑去。

小吉又跑了一圈，离开了跑道，朝着单双杠走去。在单杠上活动了一下，小吉觉得昨天抽血的左臂有些酸胀，就跳了下来，远远看见林迪从大拱门走了进来。她四下看了一下，朝自己走来。

到了近前，林迪从书包里拿出一个笔记本递给小吉。小吉接了过来，刚想打开看，林迪制止道："先别看，有话跟你说。"小吉抬起头来看着林迪，见她看向跑道那边，就知道她觉得两个人站在这里还是不太好。

林迪收回视线，看着小吉一本正经地说道："昨天小柯的事情，真的非常感谢你！当时我有些蒙了，你不许笑我！"看出林迪眼神里的羞涩，小吉心中一荡，故意假装赔着小心说道："看你都哭成个泪人了，我心疼还来不及，怎么会笑你？"

　　"别嬉皮笑脸的！说正事儿，还是想和你说说补课的事情。你的数学没有问题，物理你在农机校也上了些课，我都不担心。"林迪话题一转，说到了正题，"有可能跟不上的是化学，刚才跑道上问你元素周期表，也是提醒你一下。给你的那个本子，是我这几天给你抄的化学笔记，你抽空对着课本看一下，上课要是听不明白，就先做好记录。"

　　听林迪这么说，小吉心里一阵感动，想起昨天晚上拉着林迪的手的时候，两个人那么近，可现在却要隔着一段距离说话，感觉非常别扭，但现在也只能彼此相望，不可以再靠近半步。

　　林迪又从书包里拿出一个纸包递给小吉，示意他收起来，继续说道："这个是我爸爸出差从外地带回来的，好像是叫菩提子，据说可以启迪人的思想，提升人的觉悟。我带了两颗给你，学习烦闷的时候，在手里握着转一转，提提精神也是好的。"

　　小吉接过纸包，放到了裤兜里。看天色已经大亮了，操场上的人也多了起来，林迪就向旁边的双杠走了过去，回身对小吉说道："你的衣服妈妈已经给洗了，但是没干好，妈妈让我晚饭后再带给你。晚上下了课，你去校门外老地方等我吧。好好上课，别胡思乱想！"说完转身朝教室走去。

　　怎么就"胡思乱想"了？小吉还想辩驳几句，看林迪只给自己留下个背影，也就只好作罢。小吉低头打开那个笔记本，一行行娟秀的字迹跳入眼帘。小半本的笔记，从头到尾都工工整整，每一个元素符号每一行反应方程式，都清清楚楚。小吉看着笔记本，一下子觉得自己充满了精神力量，这三天的补课，将是自己冲击高考征途的新起点！

　　学校非常重视这次补课，为了最大限度提升听课效率，参加补课的六个班合并成三个班，这样就有三个班的同学要到邻班去上课。教室的空间有限，邻班的同学过来只允许带自己的凳子过来，课桌和原来班上的同学合用，所以一到上课教室里就人头攒动，几乎看不到桌子和椅子了。学校还要求所有的课任老师都要跟堂，这让逼仄的教室更加拥挤。现在是暑期，教室里本来就有些闷热，又凭空增加了一倍的人进来，有位好出风头的男生宣称，这教室里是最有人味儿的地方。

　　早饭后，郝老师给吉连胜找了张凳子，让他自己到教室里找地方坐。拿着凳子走进闹哄哄的教室，小吉有些蒙了。本班的同学本来已经根据老师的安排移到了教室的一边，空出一半课桌给邻班的同学；如果大家都能按照在原来班里的顺序坐下，也就没什么问题了。偏有几个邻班坐在后边的男生，今天早早跑进教室占据了前面的座位。那些被抢了座位的女生虽然不服气，但也拿他们没办法，当然她们也不愿意坐到后边，教室里的秩序就有些乱。

小吉的内心里是非常希望坐到林迪的身边去的，但看到本班的同学已经挤在一起，林迪和吴怡共用一张桌子，身边根本没有空位置，他有些失望，就在人群里找辛世远，正好看到他在朝自己招手，便把凳子举过头顶，从人缝儿里挤了过去。

从小吉出现在教室门口开始，林迪就已经注意到了他，但她一副全神贯注专注于桌上课本的样子，并不引人注目，反倒是吴怡，看到小吉高举着凳子往里走，脸上满是惊喜的表情。林迪看到吴怡的眼睛一直跟着小吉移动，脸上露出一丝不易察觉的冷笑，借着侧身到书包里掏书的动作，用胳膊肘顶了一下吴怡的后腰，吴怡的全部注意力都在小吉身上，居然没有感觉到林迪在故意顶她。

上午安排的是数学和语文课，每门课连着上两节，中间不休息。郝老师、邻班的班主任赵老师，还有几位教其他班的数学老师都搬了凳子坐在教室的前面；另外还有些其他学校的老师，找县教育局闹着要来听课，被安置到教室最前边冬天用来放煤块的地方。从教室门口到讲台，只留下一个可以侧身进入的通道，其他稍微有点空的地方都放上了椅子坐上了人。

马上就要上课了，胖胖的李校长领着一位四十岁左右的女老师走了进来。上讲台的通道有些窄，李校长通过还有些困难，引得同学们一阵哄笑。

李校长先把那位女老师向郝老师和其他几位老师做了介绍，然后站上讲台开始发表讲话。李校长说："这次能从首都北京请到优秀的教师来学校讲课，是首都教育界对我们偏远落后地区的教育给予的热情关怀和帮助，将极大提升咱们学校的教学水平，使全县的教育向前迈进一大步！所以，请老师们和同学们一定要抓住这次宝贵的机会，认真听课，汲取营养，让这三天时间的学习，切实起到点石成金的作用！这位孙老师……"李校长向台下示意了一下身边的女老师，继续说道："孙老师是北京市海淀教师进修学校特别优秀的数学老师，她参加了去年和今年的高考数学阅卷工作，对高考数学考核的要点有着深刻的理解和把握，下面请孙老师给大家讲课。"

李校长说完，把讲台让了出来，教室里所有人的目光都集中到了孙老师的身上。

孙老师中等身材，皮肤白皙，一头短发显得非常精干。上身穿短袖翻领衬衣，下身裤子没有一丝褶皱，裤线笔挺，外面是一套合体的米色套装。她微笑着走到讲桌旁，微微躬身，开口说道："各位老师，各位同学，大家早上好！"一口标准且悦耳的普通话，让所有人都为之一振。之前学校老师上课，从没有这样先向大家问候了再上课，一句"早上好"极大地提升了课堂的层次。孙老师优雅的样子，就跟从电影里走出来的演员一模一样，县中学里从来没有过这样一位形象高贵气质典雅的老师。

孙老师转身到讲桌前，打开教案，又把一块水果糖大小的手表从手腕上取下来，放在了讲桌的角上。然后她抬起头来，微笑着环顾四周，目光扫过教室里的每一个人，然后开始讲课。

孙老师并未马上照本宣科地讲课本上的定理或者后面的习题，而是用了不到十分钟的时间，从毕达哥拉斯"数是万物的本源"讲起，讲到了祖冲之的圆周率，讲到了高斯的"等差数列求和"，讲到了陈景润证明"哥德巴赫猜想"，快速回顾了中外数学发展的历史。她简洁明了地描绘了数学体系之完备，概念之简明，推导之严谨，结构之协调，思维之抽象，逻辑之严密，最后归结到一句话，那就是数学的一切都可以用一个"美"字来概括。孙老师说："大家学习数学，一定要发现它的美，找到学习它的乐趣。知之者不如好之者，好之者不如乐之者，只要乐在其中，数学就不再是一门枯燥的计算推导和证明的学科。它会像一位精确的向导一样，带领大家走入科学的殿堂，可以让每个人都插上翅膀，在科学技术的蓝天里自由翱翔。"

孙老师优美的语调，清晰的吐字，看似随意但处处大方得体的动作，深深地打动着每一位听讲人的心。即使是最讨厌数学的同学，都会觉得原来学习数学竟然是这样一件美好的事情。

进入正题，孙老师一手漂亮的板书在黑板上流畅地展开，她先从"数"的概念说起，勾勒了初等代数的整体框架，圈出了高考考核的关键节点，在每个节点上解析了涉及的概念、定理和推论，厘清前后递进的关系，然后讲了两道例题。仅仅两道例题，之前讲的几乎全部内容在里面都得到了应用，她还特别强调了解题的步骤，说明了高考阅卷时关注的要点。

下课铃响起的时候，孙老师正好说出了最后一句："今天的课就讲到这里，下次课要讲平面几何的内容，请大家提前预习。谢谢！"她依然面带微笑，合上那本从开始讲课就没看过一眼的教案，把手表重新戴在左手腕上，走到讲桌旁边，微微躬身致意。

李校长带头鼓起掌来，热烈的掌声瞬间在教室里响成了一片。

目送李校长和孙老师出了教室，议论声一下子让教室异常喧闹起来。小吉低头去看自己的笔记，不知不觉中竟然记了满满五页纸。他摸了摸裤子口袋里的那两颗菩提子，望向人丛里的林迪，看到她正好也回头看着自己，眼神里满是期待和热望，一下子觉得有好多感受要和她分享，告诉她原来她早上说的菩提子能给人以启迪是真的。原来自己每天做《数学千题解》上的三道题，几乎把书上的题做遍了，但都没有今天听孙老师的两节课的收获大。孙老师那开阔的思路和对数学的理解，恰如林迪送的菩提子一样，给了他诸多启发，为他打开了一扇门，一扇通往光明未来的大门。他突然对明年的高考充满信心，对和林迪并肩走进神圣的大学校门有了无限的憧憬。

三十六

烛残漏断频欹枕，仰望新月似当年

青青子佩，悠悠我思。纵我不往，子宁不来？

在齐梦欣东湖林语的家中，老吉说起这次武汉之行，起于对林迪的追念，失之东隅，收之桑榆，茫茫人海中竟然又和齐梦欣、雯雯及杜少辉相见，说起来真是令人喟叹！

齐梦欣问老吉来武汉除了找林迪的资料，还有些啥打算，老吉说从雯雯那儿拿到林迪做报告的视频，自己此行的目的已经达到了，还找到了失散多年的姐姐，非常圆满。早听说黄鹤楼归元寺都非常有名，所以明天去看看，之后就回雁澜了。

听老吉这样说，齐梦欣就面带不悦说道："吉连胜！你跟姐姐的感情也就值这么一天是吗？那你现在就走吧！"

大家对齐梦欣突然变脸都有些愕然，老吉却知道齐梦欣是希望自己多住几天而已。刚要说话，雯雯在旁边插话说，大哥哥在雁澜那边是不是还有什么人等着，怎么就着急回去？老吉说雁澜只有表姐和表姐夫了，再就是林迪，已经入土了。倒也不是着急回去，自己退休了，想着夏天在老家多住些日子，还有就是林迪的女儿是县医院的医生，答应帮自己把高血压和糖尿病调一下的。

听了老吉的话，齐梦欣就不再开玩笑了，说道："连胜，你来趟武汉也不容易，多住几天，我这里很宽敞，老杜跟你也熟，都不要见外。明天我陪你去旁边的省博物馆转转，一会儿让他们帮查一下明天编钟演奏的时间安排，带你听听穿越两千年的音乐。省馆展出的战国时期曾侯乙墓里的编钟，那可是一九七八年出土的文物，非常值得去看一看听一听。我这身体也走不远了，其他地方就让雯雯陪你去吧。武汉是一个有历史有故事的城市，你可以多转转的。"

齐梦欣的脸上早已没有了年轻时期的红润光洁，气色也不是很好，老吉就关心地问起她的健康状况。雯雯接话道："妈妈退休以来身体本来还是一直挺好的，前年冬天下楼的时候不小心摔了一跤，小腿有些骨折，虽然养好了，但出去的时候就少了。也怪我，当初帮她们买房子的时候，觉得这个小区挨着东湖，环境优美就买了，但这种复式结构的房子，其实不太适合老人居住的，上上下下的不太方便。"

把自己杯里的茶喝完，嘉颖起身说上去帮吉爷爷收拾一下房间。看到嘉颖把老吉的大行李箱往楼上扛，齐梦欣赶紧制止嘉颖，说就让老吉住在楼下那边的书房吧，家里人少，住下边也不会太吵，省得上下楼梯麻烦。老吉跟着齐梦欣走进那个书房，说是书房，也是非常宽敞明亮的。除了靠墙布置了放满图书的红木书架外，房间中间一张红木大书桌，文房四宝摆放其上，靠近窗户的地方是一架立式钢琴，房间靠里的部分用多宝格做了一个半高的隔断，里面布置了一个榻榻米，是读书累了小憩的地方，感觉很是舒适。齐梦欣看着老吉，问他在书房将就着睡榻行不行，老吉笑了，说这么好的条件算将就，那当初在农机校的宿舍就是猪圈了。齐梦欣也跟着笑起来，说第一次带着雯雯去他们宿舍，那个乱劲儿跟猪圈也差不了许多。

返回客厅，嘉颖说刚在网上查了一下，参观省博物馆需要预约，最近可以预约的时间也是一周后了。齐梦欣就对老吉说道："看吧，不是我留你，是省博要留你的，你就安心住些天，来武汉不看看编钟，上了火车也是满心的遗憾。"

老吉就笑了，故意装出一副憨厚的样子，看着齐梦欣说道："此地乐，不思蜀。"

齐梦欣也笑了，说道："难不成你在四川还有个家？"

说到家，老吉就有些不自然，想起自己广州的那个家，被自己锁了这些天，即使门窗都关着，估计也落了不少灰。他一走，那个家便没有人了，那还算是个家吗？

齐梦欣见老吉又不接话了，就转换话题问道："连胜，你看过《日瓦戈医生》没？"听齐梦欣突然问起一部电影，雯雯和嘉颖都觉得有些奇怪，老吉更是茫然，点了点头，望着齐梦欣，看她下面要说什么。齐梦欣接着说道："听雯雯说，你七九年的秋天来过武汉？"不知道她要说什么，七九年自己来武汉和《日瓦戈医生》又有什么关系？老吉还是机械地点了点头。

齐梦欣把茶杯里的茶喝尽，又重新泡了茶，给每个人续满杯，说起了一件事情来。

当年齐梦欣全家返回武汉，说好的安置并未到位，借住在红楼后面省文化厅的招待所里。由于工作还没落实，也没有个固定的家，过着一种水中浮萍一样的生活。每天除了吃饭洗衣，就是带了雯雯去长江边上玩耍。九月下旬的一个黄昏，她带着雯雯从江边坐车往回走，看着车窗外的雯雯突然喊起来："妈妈，那不是大哥哥吗？妈妈，快看，大哥哥！"她顺着雯雯指的方向看去，只隐隐约约看到几个人的身影，就问雯雯："雯雯，你说的是哪个大哥哥？""就是带我捉蝈蝈的大哥哥呀！"雯雯认真地回答道。

齐梦欣当时认为肯定是雯雯认错了人，因为吉连胜既没有理由也不可能出现在长江边上，但雯雯却坚持就是看到"大哥哥"了，还说那个人穿着白色的衬衣蓝色的裤子，头发有些长，瘦高瘦高的，肯定就是"大哥哥"。听雯雯这样说，母女俩就在下一站下了车，往回走了一站地，在黄昏江边的人流里穿梭，却没找到雯雯看到的那个人。

齐梦欣讲到这里，看了看雯雯说："估计你也不记得这件事了吧？"雯雯听妈妈讲起往事，就跟听别人的故事一样，见妈妈问自己，就摇了摇头说："这个真没什么印象了。其实当年连胜哥带我捉蝈蝈的事情，妈妈要是不讲，我也记不得当时的情况。至于那个拉钩永不忘的情景，我的记忆也有些模糊，昨天妈妈一说，我就想起来了。"

"我刚才提到《日瓦戈医生》，就是想起电影的结尾，日瓦戈医生在车上看到了多年前恋人的身影，也许那个人并不是他的恋人，但他还是着急下车去追寻，结果病发倒地，带着永远的遗憾离去了。昨天雯雯和我说起连胜七九年秋天来过武汉，我就想起了雯雯在车上看到的那个人。也许那个人就是连胜，也许是一个跟连胜有点儿像的人，现在都无法去追寻过往事情的本来面目，只能是这么一想。好在咱们今天见到了，比日瓦戈医生幸运多了。如果当初咱们真的在长江边上相遇，每个人的生命历程也许都要重新书写了。至少，有了老杜的先例，我一定会让连胜考武汉的学校来读书的。"说到后边，齐梦欣不再看吉连胜，目光转向了窗外，回首往事她也是心潮起伏，无法自己。

"姐，你说好了回了武汉要给我写信的，我却没有收到你的只言片语，当年的我们还没出发就走散了。于我而言，那就是茫茫大海，失去了唯一的航标灯的指示，只能随波逐流，不知西东啊。"老吉到现在还不知道为何会和齐梦欣失去联系，听她说起当年的事情，就问了一句。

"回到武汉安顿下就给你写信了，隔了十几天又写了一封，但都没有收到你的回信，所以……"齐梦欣也不清楚发生了什么事情，可能仅仅是信件在路上弄丢了，但两个人却从此失去了联系。

听齐梦欣说给自己写了两封信，但自己却一封都没收到，老吉想了想，觉得两封信都丢了的事情还是有些蹊跷。他的脑海里闪过当年镇农机站门房的老王头的身影，但这和齐梦欣说的雯雯在长江边上看到了自己一样，没有人能说清楚当初到底发生了什么……

"开饭咯！"杜少辉在厨房门口招呼着大家，雯雯和嘉颖赶紧起身去帮忙张罗，老吉和齐梦欣相互看了一眼，却并没有跟着站起来。老吉和齐梦欣的心里都在想，一九七九年的那个秋天，是什么力量让两个人像两列火车上的乘客在这个站台上擦肩而过各奔东西，直到四十一年后又一起来到同一个站台上，共同回顾多年前的一次错过，命运之神就是这样游戏人间的吗？

一天的课上下来，由于注意力一直高度集中，再加上教室里人员密集，挤在同学中间的小吉有些头昏脑涨。到晚上的时候，吉连胜和几乎所有同学一样，觉得非常疲惫，老师讲得再精彩，大家也都不太听得进去了。于小吉而言，也许昨天抽血的影响还在持续，精神状态尤其不好，但除了身体的不适外，来自课程本身的打击却更为要命。

数学是小吉的强项，两节课下来让他异常兴奋，但另外三门课的补习，就让小吉感觉异常吃力，尤其是下午的化学课，尽管有林迪给抄的笔记，毕竟差着一个学期的课，基础知识和基本技能都不具备，老师讲的东西很多时候对小吉来说就是在听天书。

接到林迪的信，小吉还是为补课做了些准备。数学语文和物理，小吉都是有基础的，所以自学的时候知道该从哪些方面努力，化学课从来没上过，他也不知道该怎么学才好，所以就是机械地把元素周期表和化合价背了几遍。今天一上课，这些东西在具体应用中根本施展不出来。光知道元素周期和化合价，缺乏实验背景，写反应方程式和配平的时候完全没有方向，至于化学实验操作要点，更是全然不知。根据林迪的建议，听不明白的就要先记下来，讲台上老师说一点小吉就记一点，但记在笔记本上的那些内容，却又仿佛和自己没什么关系。越往后听越不知所云，小吉沮丧到了极点，后半节课就干脆什么都不记了，坐在那里发呆。

晚上放学后，按照林迪"老地方"的约定，小吉在上次和钟跃进打架的那个胡同口等着林迪。这一天起起伏伏的情绪，他真希望能向林迪倾吐一番。

林迪推着自行车过来了，看到小吉从胡同的黑影里走出来，情绪却也不是很高。原来林柯的伤情有些反复，下午开始发烧，晚饭的时候林迪去看她，好像是睡着了还没醒，这让林迪非常担心。小吉安慰了林迪几句，自己听课跟不上的话也就没和林迪说。

林迪从书包里把小吉的衣服拿出来，说白衬衣上有些血迹怎么洗都洗不掉，妈妈去给小吉买了件新的让她带过来。小吉借着路灯光看了看自己那件衬衣，所谓洗不掉的血迹其实基本上看不出来了，估计是林迪妈妈为了感谢自己才去买了新衬衣，他就坚决拒绝林迪递过来的那件崭新的白衬衣。林迪知道小吉要强的个性，也就没再坚持。

上课的疲惫和各自要面对自己的实际情况让两个人没再多说话。最后小吉还是朝林迪伸出了手，林迪迟疑了一下，伸手过来轻轻拉了一下，说了声"晚安"，就推着自行车离开了。小吉看着林迪越走越远，身影逐渐淹没在黑暗中，便拿着自己的衣服快快地往学校走去。这次和林迪站在一起一共就两三分钟，一肚子的话也没能和林迪说，拉手的时候都只是彼此的指尖轻轻地掠过，连一丝可以亲近的感觉都没有。小吉的心情又有些郁闷起来，想着还有两天课，如果都是这样的话，那上下去的意义又何在？

快到校门的时候，背后传来了自行车链条转动的声音，小吉回头去看，路灯下却见林迪骑着自行车返了回来。小吉心中一喜，站在那里等林迪。到了跟前，林迪从车上跳下来，前后看了一眼，对小吉说道："心里一直记挂着小柯，刚才忘了跟你说，后天补完课你别急着回去。郝老师说是星期一要放一天假，要是小柯没事的话，咱们可以一起去爬长城。"听了林迪的话，小吉一阵兴奋，刚才那些低落的情绪瞬间被抛到九霄云外，马上跟林迪说他可以多待一天再回小镇。

两个人再次互道"晚安"，林迪跳上自行车回去了。

进入校门没走多远，树影后闪出一个人来，小吉吓了一跳，定睛仔细看去，原来是吴怡。

吴怡有些嗔怪小吉，说他来学校听课也不和自己说一声，说完后又觉得有些不妥，就说上周回去，本来是想和小吉说补课的事情，结果家里的事情太多没去成小吉家。不过小吉能来补课，真的挺好，以后自己其他课程有问题，也可以向他请教了。

小吉想着林迪刚才说的周一一起去爬长城，根本没心思和吴怡敷衍，就说自己听课跟不上，可能补了也白补，现在就是想着赶紧回宿舍睡觉，因为一天的课太累了。吴怡见小吉着急回宿舍，就把手里的那本书朝小吉晃了晃说："这本《红岩》，本来说的是看完就还你的，但我还想再读一遍，先不还你行吗？我给书包了书皮，保证不会弄脏弄坏的！"小吉点点头说了一句"你看吧，不着急"，扭头朝着宿舍走去。

看着小吉有些像是逃离的背影，吴怡满肚子都是委屈。她嘴角撇了撇，顺着树影慢慢地回宿舍去了。

三十七

最是凝眸无限意，似曾相识在前生

居然就睡过了头，一睁眼，天已经大亮，宿舍里空无一人，窗外却是阳光耀眼，显然时候不早了。吉连胜急忙爬了起来，冲出宿舍，冲出校园，冲向和林迪约定去爬长城会合的地点。到了地方，极目四望，并没有看到林迪。不知道是不是林迪等得太久，等不到自己，就回去了，小吉一时有些茫然。恰在此时，一只黑猫迈着小碎步跑了过来，近前看时，正是林迪家的那只黑猫，只是长大了许多，看起来竟然比普通的狗都大。那只黑猫的眼睛里透着幽深的碧绿，一步步逼近前来，小吉心下着慌，想跑却又拔不动沉重的双腿，眼睁睁看着那只黑猫把一只硕大无朋的脚爪一下子摁在自己的胸口上，小吉感到呼吸困难，身体沉重，头脑发昏，想跑跑不了，想喊喊不出，猛一用力挣扎，一下子醒了过来，原来还是躺在宿舍的通铺上，却只是一个噩梦。

一身冷汗的吉连胜清醒过来，发现旁边辛世远粗壮的胳膊正压在自己的胸口上。他使劲儿推开世远的胳膊，翻了个身。窗外月光洒进屋内，一地的细碎金黄。看来离天亮还有些时间，小吉再想睡就睡不着了。

三天补课很快就结束了，收获肯定是有的，但更多的却是打击和由之带来的沮丧。补课就像是试金石一样，学得最好的数学怎么听讲都不在话下，语文勉强也能对付，而物理和化学欠账太多，越到后来越跟不上，最后一天的理化课，小吉开始由沮丧变得绝望。

补课总算结束了。下了晚自习，宿舍里的男生们又活跃起来，五大三粗的刘整风还捏细嗓门，给大家唱了一曲《妹妹找哥泪花流》。董冬起哄让他来一段《小女婿》，刘整风义正词严地说道："这是无产阶级专政下的校园，是劳动人民的校园，怎么能唱那些腐朽的东西，董冬这个反动分子，样子都跟个偷地雷的似的，想让我们吃二茬苦受二茬罪，我们贫下中农坚决不答应！"董冬翻了刘整风一眼，撇着嘴说道："我们让唱你不唱，要是欢欢眼让你唱，估计比谁都唱得欢！"刘整风听了故作傲慢地说道："马克思主义认为，对立统一是宇宙的根本规律，董冬就是对立，那个谁就是统一！对立的说啥都不能唱，统一的可以随便唱！"

一句话把大家都逗乐了，董冬也笑得不行，指着刘整风说道："瞧你那点儿出息，连个名字都不敢说，还'那个谁'，你倒是说说，到底是'哪个谁'呀？"

宿舍里一片欢腾，同学们又纷纷议论起那些从北京来的老师，刘整风说讲数学课的孙老师比铁梅都好看，比银环都有情，比阿庆嫂的声音好听，比方海珍都有气势，比吴琼花都坚定，比江水英都果断，比韩英都有头脑……这样的老师要是能来教大家数学，那高考人人都是满分；辛世远说还是讲语文的那位老学究厉害，就讲了《曹刿论战》和《过秦论》两篇古文，把文言文所有的东西都讲通了；后边又有同学讲到物理和化学，也都是对北京来的补课老师各种钦佩和仰慕。因为第二天可以休息，大家的"卧谈会"也进行得比较晚，直到郝老师的咳嗽声在宿舍外面响起，大家才闭了嘴睡觉了。

小吉默默地躺在铺上，心里却在一点一点地发凉。很快，他就要离开这个生机无限的校园，离开这些朝气蓬勃的同学，回到那个偏僻的小镇，面对那单调的两点一线生活。尽管想着明天可以和林迪一起去爬长城，但短暂的相聚之后那长长的别离让他难以高兴起来。而且，补课也让他对现实有了更为清醒的认识，靠自己每天在农机站挤出来的一星半点儿时间自学，明年高考想考大学那无疑是痴人说梦。这真是个令人煎熬的现实问题，原来觉得通过自己的努力可以跟上林迪前进的脚步，现在方才知道，前进的每一步都在被林迪拉开距离，自己的各种努力，只是去望一望林迪的背影而已。

唯一让他感到安慰的是，林珂的伤好得很快，林迪放在妹妹身上的那颗心又回到了自己这边，连着两个早上都陪自己跑步，还不停地给他加油打气，劝慰他不要因为一两次课听不懂就泄气就放弃。这些都让他意识到如果就这样自哀自怨地唉声叹气，不仅解决不了实际问题，还对不起林迪的热情鼓励和扶持，还没上战场就退缩了，那会更早地失去林迪。所以，他咬牙也要拼一把，不能就此认输！

小吉抹了一把冷汗，看着窗外皎洁的月光，听着旁边董冬的磨牙，在瞻前顾后的思虑中又昏昏睡去了。

按照约定，小吉早早来到城北铁路桥边等着林迪。远远地，林迪骑着车子过来了，在地平线上清淡的晨雾里渐渐清晰，东升的旭日为她镶了一道金边，自行车偶尔压上石子儿的颠簸让她像冲浪一样有一种跳跃的感觉。辉映着东方天际的朝霞，吉连胜看着越来越近的林迪，心里想，那个人根本不是林迪，那是一位叫林迪的仙女儿正踩着七彩云霞向自己飘来。

到了近前，林迪跳下车来。骑着自行车赶过来，让她的脸色泛起秋天挂在枝头上的苹果般的红润，挺直的鼻梁两侧沁出了细细的汗珠。小吉从她手里接过自行车，两个人并肩沿着铁道线旁边的碎石路向着城北山上的方向走去。

"你吃饭了吗？"林迪侧脸看着小吉问道。

"刚才吃了个烧饼。"小吉拍了拍挎着的书包说，"昨天课外活动时间，我去校门外的那个烧饼店买了几个，够咱俩中午吃的。"

"我带了饼干的，给你拿几块吃？"林迪指了指挂在车把上的书包说道。听说有饼干吃，小吉就想起林迪妈妈给的那两包饼干，拿到宿舍就被饿狼般的同学们给瓜分了，自己也只吃到一块，真是好吃。林迪看小吉有些嘴馋的样子，笑了起来，伸手到书包里掏出一个小袋子，从里面摸出两块饼干来，递了一块给小吉，自己也小口小口地啃着手里的饼干。

两个人慢慢地走着，嘴里嚼着饼干，说着今天的安排。林迪说她下午还是要早点儿回来，替妈妈去医院陪林珂。说话间，后面一列火车不紧不慢地开了过来，车头经过两个人的身边，司机探出身来对两个人吹了声口哨，还喊叫了一句什么话，在轰隆隆的车轮铁轨碰撞声中远去了。听得那个司机在嚷嚷，小吉知道那不是好话，就瞟了一眼林迪，看见林迪也是脸一红，转头去看远方了。

在山下的小村子寄放了自行车，两个人背起书包，向着山上爬去。

县城北边山上蜿蜒的是一段明代的外长城，接近山麓的地方，有很长一段只剩下一两米高的土塄，只有四四方方的烽火台还依稀有些当年边关的模样。也许是因为接近平地，长城上的砖石都被人挖走做了自己家的建材，而山上的长城，则因为地势险阻，反倒保存得好一些。顺着山脊走向蜿蜒的长城，很多地方是没有路可以过去的，两个人只能顺着牧羊人踩出的蹬脚小窝向上攀爬。

刚爬过两个烽火台，前面开始陡峭起来。向上望了望，林迪把小吉叫住了，找了块石头坐了下来，示意小吉坐到自己身边。小吉以为林迪累了想歇歇，就张罗着要把林迪的书包接过来自己背，林迪俏皮地笑了笑，推开了小吉伸过来的手。

"连胜，你往上看，"林迪指着上面山包上的一个烽火台说道，"这个地方，我感觉有些眼熟，好像来过一样。"

小吉顺着林迪的指向看去，无非是残破的城墙连着一个又一个被风蚀得有些破败的烽火台，并没有什么特别的，就看着林迪问道："你以前爬过长城吗？"林迪摇了摇头说从来没有。向上看的林迪突然说道："连胜，咱们还是不要往上走了，好像从下面那个村子往西，还有一条上山的路，咱们从那边走吧。"

"为什么呀?"小吉有些诧异地问道。

"我想起了前天的一个梦,好像不太好。"林迪脸上现出了几许疑虑,"前天晚上和你说了爬长城的事情,晚上就做了个梦,梦里去的那个地方,跟这里很像。只是咱俩一起向上爬的时候……"说到这里,林迪突然就停住了,望着山上的那个烽火台,有些出神。

小吉还想听林迪讲她的梦,却看到林迪的目光停留在山上的某个地方不动了,也就跟着向上看去。他看了半天也没有发现什么异常,就追问道:"向上爬又怎么了?"

林迪收回了目光,看了小吉一眼说道:"向上爬的时候,看到山崖上的那个烽火台外面,有一棵开得火红火红的山丹丹,你非说要给我摘下来不可,后来……后来你爬了上去,快要够到那朵花的时候,脚下滑了一下……我就吓醒了。"

小吉就笑了:"这梦是有些蹊跷,估计是你想让我做成一件事情,就做了这样一个梦。让我想想,看看你想让我干啥呢……"小吉故作沉思状,突然一拍大腿说道:"那棵火红火红的山丹丹,应该是大学录取通知书吧?你就是想让我努力考上大学是不是?可是,脚下一滑,是不是说小迪同学对连胜同学有些信心不足呢?"

"瞎说!"林迪听小吉分析自己的梦分析得头头是道,马上予以否认,但心里却闪过了"小吉的说法有些道理"的念头。她在脑子里强行把这个念头压了下去,转过头来认真地望着小吉说道:"连胜,不管前面有多少困难,你都要努力去克服,以你的基础,只要努力,明年考上大学是没有问题的;即使明年考得不理想,再补习一年,一定可以的!我对你非常有信心,真的!"说着伸手去拉住了小吉的手,用力地握了一下,弯弯的眼睛里透着真诚和坚定。

受到林迪的感染,小吉也用力回握了一下林迪的手。林迪继续说道:"你现在欠缺的是学习时间和学习方法,下午咱们回城后,你再去找一下郝老师,让他给你些建议,他带出过那么多好学生,肯定有些关于自学的方法;还有你的物理和化学,也要找课任老师问问,制订一个学习计划;咱们俩可以定期通信,交流学习体会;你自学过程中有什么解决不了的问题,我也可以帮你去问老师。"

"小迪,你说得对!我现在的学习的确没什么计划,只是跟着兴趣走,缺乏系统性。这次回去,一定要好好安排,把剩下这一年的时间抓起来。梦里的那棵山丹丹花,我一定去摘下来送给你!虽然前面的路不好走,但有了这个起点,我们一定可以上去的!"小吉被林迪的话鼓舞起来,觉得身体里充满了力量,一下子从石头上蹦了起来，拉起林迪，继续向上攀去。

正所谓"望山跑死马"，刚才看见的那个烽火台好像只隔着六七个烽火台的样子，望去并不遥远，但要爬上去还是有不少的路要走。刚爬过两座烽火台，长城就向下延伸到一条沟里去了，而在刚才坐着的位置根本就看不见这条沟。眼前的山沟虽然不太深，但沟壁陡峭，几乎看不见下到沟里的路，两个人站在沟边，看着沟对面的长城，琢磨着如何才能过到对面去。要是绕行的话，还得跑挺远的距离；可是不绕的话，从这里下去，还是有些危险的。

看小吉在沟边上找路准备攀下去，林迪还是有些犹豫。小吉对林迪笑了笑说："我已经看好路了，对于我们山里的孩子，从这里下去根本不是问题。你跟着我往下走，不要低头看下面，这沟不算深，难爬的地方就那么一两处，我会接应你的。"被小吉的话一激，林迪嘴角一翘，看着小吉说道："你能下去的地方，我就能！"

小吉伸手把林迪的书包接过来挎到自己的身上，才发现那书包有点重，就问林迪干吗要在书包里装了石头来爬山。林迪瞪了小吉一眼，说书包里有了个装满水的水壶，本来水壶是可以单挎在身上的，她觉得那样太显眼，就放到书包里了。林迪说着就去小吉的肩膀上往回抢自己的书包，说要是小吉背不动，她自己背也没问题。小吉按住林迪拉书包带的手，笑着说："一个水壶怎么会背不动，你要是不敢下去，我背你下去都没问题！"林迪抽回手，一拳打在小吉的肩膀上，小声说了一句"谁要你背"，脸就红了。

林迪跟在小吉后面，两个人攀附着陡峭的沟壁，手抓着岩壁的凸起处和丛生的野棘蔓，一步步地向下攀去。小吉不时指点着林迪落脚的位置，嘴里不停地给她加油。看到已经接近沟底了，小吉轻轻一跃，直接跳到沟底的一块石头上，回头看挂在沟壁上的林迪，还在小心翼翼一点点地往下挪，就给她鼓劲儿说，手上抓稳了，下面很快到底了。林迪听小吉这么说，低头向下看了一眼，发现下面还有两人多高，反倒有些害怕，贴在沟壁上不敢动了。小吉把两个书包从身上解下来放到石头上，回身就又向上爬去，接近林迪后，用手去托住她的脚，叫她不要向下看，只要跟着指引挪动就可以。林迪的腿有些微微发抖，也不知道是因为害怕还是因为脚被小吉抓住感到害羞。

马上就能下来了，小吉翻身一跳落回了那块石头。林迪见小吉跳得轻巧，也就学着他的样子往后跳，但她显然没掌握好力度，左脚落在那块石头上，身体却向旁边甩了出去。小吉条件反射一般伸右手去接林迪，一把把她拉了回来，一条右臂搂住了林迪纤细的腰肢。

意外的"亲密接触"让两个人都吓了一跳，小吉担心林迪摔出去，搂着的手也不敢马上松开，林迪却是害羞地挣了挣，就这样任由小吉搂着自己了。

沟底的一条小溪流水潺潺，衬托得周围格外安静；两边的峭壁直立向上，把头顶的蓝天压成了一条窄窄的带子，几朵白云悠悠地从那里飘过，匆匆消失在沟壁遮掩处。搂着林迪的小吉从来没有如此和她亲近，低头去看怀里的林迪，她早已娇羞地低下了头去。林迪那乌黑柔顺的秀发占据了小吉的视野，她呼吸的清香侵入他的整个嗅觉系统，让他的四肢百骸都有一种被融化了的感觉。此时此刻，小吉突然觉得那四周的沟壁上都开满了美丽芬芳的鲜花，那些花瓣儿晶莹剔透，娇艳欲滴；衬托着鲜花的叶子沁出浓厚的无边绿意，像绿色的绸缎一样铺开在山崖边；山的边缘都被绣上了灿烂的金边，绚丽耀眼；天空飘过的每一朵白云都洁白柔软得像新棉花，送来的是无际的温暖；溪水的叮咚声恰似一曲美妙的旋律轻轻奏起，缓缓拂过耳边，抚平了人生的各种苦痛和心伤。除了流水，除了旋律，所有的一切都静止在那里，小吉恍然觉得，这就是世界上最美好的时刻，真想就让自己的人生，永远定格在这一刻。

不知道过了多久，林迪推了推小吉的胸口，低声说道："放开我，好像我踩着什么了……"

小吉恋恋不舍地松开了搂着林迪细腰的胳膊，跟林迪一起低头去看，却发现林迪右脚正踩在他的书包上，而书包正在往外洇着什么湿的东西。

小吉暗叫一声"坏了"，蹲下身子去捡起书包，打开一看，昨天下午买的两个香瓜，已经被林迪踩成了好多瓣儿，里面的瓜瓤流得到处都是。

林迪也跟着蹲了下来，有些不好意思地看着小吉，接过书包往外清理着破碎的香瓜。小吉看她拿起一块碎掉的香瓜要放到旁边的石头上，突然拉过她的手，让她把那块香瓜放到自己的嘴里。林迪见小吉"来势汹汹"，轻轻一笑，顺手一推，那块挂着些瓜瓤的瓜就糊到了小吉的鼻子上了。

破碎的香瓜能吃的都吃了，烧饼被"转移"到了林迪的书包里。两个人清理了小吉的书包，就着清冽的溪水把书包洗了洗，整理了行装，继续向山顶上的那个烽火台进发。

三十八

闲倚花屏思往事，忽梦庭前燕归来

　　几天来，老吉没让工作繁忙的雯雯陪着游览武汉风光，自己去了黄鹤楼、晴川阁、鄂军都督府等几个历史名胜景点转了转，也无特别感受，心下惦记的还是武大珞珈山和归元寺。

　　下午四点多，老吉从古琴台出来，正看回去的坐车路线，雯雯的电话过来了。听老吉说正要往回走，就让老吉稍等，说她要去东湖林语，过来接了连胜哥一起回去。

　　回到东湖林语齐梦欣和杜少辉的家，一进门，看到客厅里多了一位中年男士，雯雯就问他"你不是说今天不来了吗"，那人回道："大热天出差真是有点累，回到家里的确不想动，但想着老婆大人几天来电话里一直说起的连胜哥，不过来拜会一下，难免会有下次出差回来家门锁换之虞。"原来那人是雯雯的先生，名叫郑一枫，在一家文旅公司供职，相互介绍寒暄之后，老吉就去房间洗漱换衣服了。

　　稍事休息出来，齐梦欣泡了一壶阿萨姆红茶，切了一盘水果，五个人坐在客厅沙发上叙话。

　　聊到今天去的古琴台，老吉说自己出门的时候就犯了一个错误，没做功课，想当然地认为古琴台是司马相如和卓文君的历史故地，自己还纳闷，四川人的故事怎么跑到湖北来了，去了才知道是自己搞错了。郑一枫就哈哈笑着说："司马相如蔺相如，说相如实不相如啊！"雯雯白了丈夫一眼说道，"就你聪明！连胜哥，咱们公孙无忌魏无忌，你无忌他就无忌！"

　　齐梦欣也笑了起来，说道："这俞伯牙摔琴谢子期，史书上的记载本也不太细致，《列子》里讲的很多事情都有些玄之又玄，所以有没有这回事情都不好说，但有这么个美好的'知音'故事，让人对人对世界有所期待，总还是好的。"

　　"妈妈说得对，"被雯雯"弹压"了一下，郑一枫赶紧扭转风向，顺着齐梦欣说道，"我们做文化旅游的，就是历史文化故事的搬运工。故事讲好了，既传播了文化，又陶冶了情操，还繁荣了市场，搞活了经济，雯雯老说我是下里巴人，其实我们才是文化自信主旋律的践行者。今天咱们说到的，这都是和音乐相关的事情，是真正的阳春白雪。刚才连胜哥说的司马相如和卓文君，也是因一曲《凤求凰》而心心相印，比伯牙子期的高山流水，自是毫不逊色。要说这'知音'，我个人觉得还是异性的知音更为和谐，所以支持连胜哥说的司马相如和卓文君的故事，至于俞伯牙和钟子期，同性知音，听着就像'男闺蜜'似的，有些……哈哈……"郑一枫打着哈哈望向雯雯，一副自得却又讨好的表情。

"一枫你这是'新古典主义'啊，新派人物反倒有些老古板，哈哈！"老吉看了一眼齐梦欣，接过了话头，"今天我在古琴台，想起姐姐当年在雁澜的新华书店工作，那时候颇有文君当垆卖酒的风采。我去买了一回书，结识了一位'皓腕凝霜雪'的引路人，实在是非常幸运。当然，最幸运的还是少辉哥，悬梁刺股追寻挚爱，披肝沥胆精研厨技，竟成就一段高山流水的佳话。"

听老吉又说杜少辉的厨艺，齐梦欣也是一笑，说道："看来，我这个吃货的名在连胜那里是挂了号了，这不白之冤，也不知道何时才能昭雪。少辉，这天气炎热，今天晚上就别做那些鱼啊肉啊的了，罚你做些少油少盐的菜，省得你老都老了，还学得油嘴滑舌的。"

杜少辉一脸憨厚地看着齐梦欣，等她说完，就嘀咕道："咱们湖北菜，一直就是口味比较重，少油少盐有啥吃头？要清淡，那就每人一个苹果一盘盐水菜心，既省时又省心，只是今天连胜和一枫都在，这也不是待客之道啊！"

雯雯看了一眼郑一枫说道："一枫最近胖了许多，正需要减肥；连胜哥血糖血脂都高，适合清淡饮食，我觉得老头儿的建议可行！"

郑一枫有些不情愿，就打岔道："好端端地说音乐谈知音，都是风雅之事，巍巍乎高山潺潺兮流水，想一想都是让人神往的不垢不净不生不灭的极乐世界。你们这些搞艺术的哪能这么轻易就食了人间烟火，吃啊吃啊，着了皮相，凭空就让我这个俗不可耐的文化贩子站到了精神的制高点上了。"

"行啊，一枫，今天晚上，你那菜心和苹果都别吃了，就在制高点上给大家站岗好了。"雯雯一撇嘴，故意揶揄郑一枫。

"别啊，那些吃吃喝喝的事情，就由我们这些俗人来做，你们接着讨论音乐，当我啥都没说。"郑一枫和杜少辉对了个眼色，两个人就都是一副笑呵呵的模样端起了茶杯。

"说起知音，也有一段故事和咱们家有些渊源。"齐梦欣笑着说道，"现在大家都知道'二次护法'讨伐袁世凯之前云南都督蔡锷将军和小凤仙的故事，那是因为八十年代的一部名叫《知音》的电影才广为流传。当时拍摄电影《知音》的时候，制片方还联系了爷爷，说是希望老爷子能对片子的音乐给些意见。我跟着老爷子去了剧组，见到了电影的两位主演，当时已经红遍大江南北的张瑜和王心刚。张瑜是因为前一年的电影《庐山恋》一炮走红的，那部片子是改革开放后第一部以恋爱为主题的片子，而且张瑜还有泳装镜头，英语对话学习，很有些惊世骇俗的意味，对传统的文化思想冲击很大。见面的时候，张瑜的美丽真的是让人惊为天人，她在筹拍的电影《知音》里饰演女主小凤仙。因种种原因，老爷子当时谢绝了剧组的邀请，也算与《知音》擦肩而过吧！"

与"知音"擦肩而过，这话让老吉颇为感慨，人生一世，知音难觅，茫茫人海中太多人擦肩而过，又有哪一位能成为知音？

郑一枫看到老吉沉吟不语，就笑着问道："连胜哥，听说你这次来武汉，也是为了寻觅一位知音的踪迹。这份痴情，在现在这个浮躁的社会里，真是非常不寻常啊！"

听老公夸赞老吉，雯雯接话道："对啊，反正演艺市场现在也不景气，你们那个公司差不多都剩了个空壳了，又没什么可以贩卖的，不如让连胜哥讲讲他的故事，你把他和林总的故事'贩卖'一回，拍一个以平淡见真情的爱情剧，就算是二〇二〇版的新《知音》，在这疫情过后，唤起人们心底里最真挚的美好情感，涤荡尘世中弥漫的戾气，也是弘扬正能量的举措呢！"

听了雯雯的话，老吉笑着摇了摇头说道："每个人心里，都有一亩田；每个人心中，都有一个梦。各人心田里的梦想自己种自己收，种什么收什么又有谁去关心？自己觉得是百转千愁的爱恨情仇，在别人看来，也无非是平淡无奇的饮食男女而已，能有什么打动人的故事呢？"

"连胜，我并不完全赞成你的看法，"齐梦欣看着老吉说道，"能跑到武汉来千里追寻林迪的消息，这样的事情并不会发生在很多人的身上，而且，我这几天听你讲林迪的故事，还是有很多质朴动人的地方。如果一枫有这方面的资源，把你和林迪的故事记录下来，那也是对林迪最好的纪念。"

老吉默然不语，端起茶杯一饮而尽，两眼望向窗外，良久才幽幽地说道："也许一切都是命运的安排，我们只是一枚棋子而已。"叹了一口气，老吉收回目光，看了一眼齐梦欣说道："姐，我明天想去归元寺看看，虽然我并不信抽签算命那一套，但还是想去数数罗汉，看看冥冥中是不是有什么天意，要在人生中安排这么多的聚散离合。"

说到聚散离合，老吉就在心里想着和林迪的每一次相聚和别离，第一次林迪来农机站看自己，第二次去林进家送自己做的榆木日晷，第三次"迎迪行动"

带林迪一起在市农机校看泡桐花，第四次林迪和父母吵架离家出走来小镇和自己倾诉，第五次暑假补课之后一起爬长城……和林迪一起爬长城的那个上午，一下子又回到了老吉的眼前。那天在幽静的沟底搂着林迪细腰的感觉恍如昨日，相聚的幸福却每每被分离的痛苦侵蚀消磨……

  抵达山顶上那个烽火台下面，吉连胜和林迪都有些累了。在残破的石阶上坐下，林迪从小吉身上取下书包，从里面取出一个军用水壶，打开盖子，自己先喝了两口，递给小吉。

  "真甜！是糖水？"刚喝了一口，小吉侧身看着林迪问道。

  "是，我早上出来前灌开水的时候，偷偷从妈妈的柜子里找了几块冰糖放了进去。甜吧？"林迪笑着问小吉。

  "甜！真甜！"小吉望着林迪满脸灿烂的笑容，也是开心地一笑。他举起水壶，仰头就是"咕咚咕咚"几口，然后灌了一大口在嘴里，分成几小口咽下，细细品着那冰糖水的甘甜。把水壶递还给林迪，小吉抹了一下嘴角，说道："上个学期在农机校生病住院，每天都要吃一种很苦的药片儿，每次把药片儿放到嘴里的时候就想，要是吃完药能喝上糖水就好了。这会儿有糖水喝还不用吃药，真是好幸福呀！"小吉故意做出一脸陶醉的样子，看得林迪直想笑。

  从小吉手里接过水壶，林迪抿了一口，盖好壶盖，又去书包里取出两个煮好的鸡蛋，剥开一个递给小吉，自己慢慢地剥着另一个，对小吉说道："刚才在下面踩烂了你的香瓜，我还担心这鸡蛋也被压坏了。昨天晚上给小柯煮鸡蛋，我偷偷多放了两个，嘿嘿……"原来这样"偷吃"也是一种幸福，小吉这次是真的陶醉了。

  林迪还在剥鸡蛋的时候，小吉的那颗鸡蛋早被他放到嘴里，没怎么嚼就吞进了肚子，现在看着林迪小口吃鸡蛋，他就一眼一眼地看着林迪的书包，多么希望林迪的书包里还能有啥好吃的，他也可以像她那样，慢慢地小口地细细品尝。看到小吉一副意犹未尽的馋样，林迪把手里吃剩的半个鸡蛋递向小吉，说道："别看了，包里只有饼干和你的烧饼了，如不嫌弃，这半个鸡蛋归你吧！"小吉非常高兴，也没多想，从林迪手里接过鸡蛋，又是一下子全丢到嘴里去，没嚼两口就又咽下去，被蛋黄给干噎了一下，嗓子眼一阵难受，想起刚才自己想的要小口小口细品，不由就是一阵懊恼。

  看着小吉被鸡蛋给噎着的样子，林迪窃笑了一下，把水壶拧开递了过去，说道："昨晚多煮两个鸡蛋，我还担心妈妈发现，她要是问上几句，我难保不说实话，把今天和你出来的事情告诉她，要是让爸爸也知道了，也许就出不来了呢!"

小吉喝了两口水，总算把嗓子眼儿里的蛋黄送下去了。想起自己刚才吃鸡蛋的饿狼样全被林迪看在眼里，心里感觉很不好意思，他拿起水壶又灌了两口糖水，遮掩着脸上不自然的表情。

"连胜，告诉你个秘密。"看到小吉的尴尬样，林迪有意岔开话题。

"什么秘密?"

"今天，嗯……今天是我的生日……"林迪看着小吉的眼睛，声音低了下去。

"啊? 你怎么不早说，我……"小吉又有些紧张，心里想着怎么为林迪的生日祝福。

"早说了就不是秘密了。你不用那么紧张，今天咱们俩能一起出来爬长城，就是对我生日最好的祝福!"林迪看着小吉，弯弯的眼睛里充满了幸福和希冀。林迪的眼神再一次让小吉甜到了心里，他不禁又伸手去搂林迪的腰，却被林迪轻轻地推开了，她的脸上又飞上了彩霞。

小吉的手缩了回来，一本正经地对林迪说道:"小迪，真诚地祝你生日快乐! 从今以后，你的每一个生日，都会收到我的祝福! 我发誓!"

林迪抬眼看了看小吉那张瘦削却又坚毅的脸，轻轻地靠在了他的胸前，任由小吉把自己搂在怀里。

两个人依偎在一起，看天上白云苍狗，也不知道时间过去了多久。

一阵山风吹过，林迪的几缕秀发飘到了小吉的脸上，他鼻子有些痒痒，感觉要打喷嚏，但心里可不想因为自己的喷嚏破坏现在充满柔情的氛围，便一直使劲儿憋着，最后实在忍不住了，肩膀都开始了抖动了。靠在他胸前的林迪感觉到了异样，挺起身来看小吉，却见他面部表情怪异，侧脸到一边，大大地打了个喷嚏。刚打完，小吉指着林迪说道:"你的头发……啊痒……"话没说完，又是一个喷嚏。

林迪理了一下自己被风吹乱的头发，看着小吉的狼狈样，不由就笑了起来。

呼吸终于正常了，小吉看着林迪明媚的笑脸，想着和她开个小小的玩笑，就严肃地说道:"小迪同学，刚才，我验证了一个问题。"

"什么问题?"林迪随口问道。

"那天在宿舍里，老刘说了一句话，被大家围攻了。"小吉不紧不慢地说道。

"老刘? 是那个刘整风吗? 他说啥了?"林迪的好奇心被勾了起来，看着小吉，一脸疑问。

"他说，"小吉斟酌着措辞，清了一下嗓子说道，"他说，真心相互喜欢的话，男生手臂的长度，是和女生的腰围相等的。"

"瞎说！"林迪听到小吉的话，觉得根本就没谱，马上坚决予以反对，说完猛地想到刚才小吉说的"验证"，他分明是说用他的手臂量自己的腰围了，又羞又急，连着几声"瞎说瞎说"，声音和头都低了下去。

小吉故意叹了一口气说道："我验证过了，老刘说的不对。"

"怎么不对？"林迪有些奇怪地抬起头来看着小吉问道，问完又隐隐觉得不妥，把头低了下去。

"我刚才量过了，我的胳膊比你的腰围长，所以要么是老刘说错了，要么……"小吉故意拖了一下，接着说道："要么，就不是真心相互喜欢！"

"你们这些臭男生，一天在宿舍里也不知道瞎说啥，你跟着他们不学好……"林迪发现小吉一直在给自己设"陷阱"，就抬起右手，使劲拍向小吉臂膀，脸红得更厉害了。

小吉挨了第一下，看林迪还要"打"自己，就回身架住林迪的手，拉到自己的胸前说："小迪，我已经验证过了，我们的相互喜欢是永恒的，就像这屹立的烽火台，千年不倒！"说着伸手指向头顶的那座烽火台。

两个人仰着脸向上看去，嘴里同时发出了一声"咦"。目光所及，那烽火台的外侧石缝中，一支美丽的山丹丹花，在阳光下闪耀着火红火红的光芒。

收回目光，俩人相互看了一眼，小吉就要起身上去，林迪拉住了他，眼神里分明是一个大大的"不"字。

三十九

此情惘然逝如梦，未知秋思落谁家

看着烽火台残垣外侧上的那朵火红火红的山丹丹花，小吉想都没想就要上去摘下来，把它送给林迪。

林迪拦下了要往上爬的小吉。那朵花是好看，但长在陡峭石壁的一个凹窝里，下面就是几十丈深的山谷。从残缺的箭垛爬过去，稍有不慎就会跌落山崖，危险极大。为了一朵花，让小吉去冒生命危险，林迪当然要非常坚决地制止小吉的冒险行为。

林迪大前天夜里的梦中，小吉就是为了给自己去摘那朵山丹丹花，脚下没踩牢，滑了下去……想起当时自己惊醒时的情景，林迪心里还有些后怕。而就在刚才两个人抬头看到那朵花的时候，林迪忽然觉得梦境再次出现，几乎一模一样的山，一模一样的长城，一模一样的烽火台，一模一样的山丹丹花……绝不能让事情结局也一模一样！那梦里的一切都太真实，太令人恐惧！

林迪拉住小吉的手，把自己的梦又给小吉讲了一遍，说到梦里小吉向山沟里滑落，她的眼睛里泛起了泪花，情绪激动到哽咽。

小吉听着林迪的叙述，抬头看了看那朵山丹丹花的位置，又前后观察了一下山势，重新坐到了林迪的身边，拉起林迪的手说道："那就是个梦，你不要当真，我这不是还好好的吗？说实话，对于山里的孩子，比这难上的地方我都爬过，你其实不用担心的。"看到林迪还是一副不放心的样子，小吉突然就笑着说道："小迪，你唱歌真好听！"

"你啥时候听我唱过歌？"听小吉不再说爬烽火台的事情，林迪略略放下了悬着的心，但他突然说自己唱歌好听，又让她觉得有些莫名其妙。

"你说话声音那么好听，唱歌肯定也好听！"小吉还是一副笑模样看着林迪。

"你都没听过，瞎说啥啊？"林迪有些小得意，但还是假作嗔怪地看着小吉说道。

"去年在学校的时候，我听到过你小声哼哼曲子，那也算听过吧？真的很好听!"小吉还是坚持着。

林迪看了看小吉，笑了笑没再说话。

"你会唱那首《赶牲灵》吗？"小吉看林迪只笑不说话，就又问道。

"可以唱几句，但歌词好像记得不太全。"林迪回答道。

"唱给我听听吧！"小吉看着林迪的眼睛，真诚地请求道。

"我唱得不好，会跑调的。"林迪又有些害羞，在心里琢磨着歌词。

"你唱得肯定好！唱吧唱吧！"小吉像个孩子似的请林迪唱歌。林迪看了小吉一眼，想了想，转脸看着远处绵延的山脉，清了清嗓子，轻轻地唱了起来。

林迪的声音清越纯净，一首悠远嘹亮的民歌，她却唱得带出了丝丝缕缕的惆怅，唱到后边那几句"你若是我的哥哥哟/招一招你的那个手/你不是我那哥哥哟/走你的那个路"，让小吉听得心情激荡，双眼望着林迪有些出神了。

唱完了，林迪回头看见小吉还在呆呆地望着自己，就有些羞涩，轻轻地推了他一下。小吉回过神来，赶紧说道："小迪，你唱得真好！比郭兰英都唱得好！"

林迪脸上一红，扭头望向了远方。小吉从上衣口袋里掏出了一张折成四折的纸，看着林迪说道："小迪，我昨天写了一首《信天游》，想着唱给你听，但我的嗓子实在太差，还是听你唱吧。"说着把手里的纸递到林迪的手里，继续说道："你就坐在这里，像刚才那样，对着远方唱，你的歌声会和这大山、这长城一样，永远铭记在我的心中。"

林迪接过那张纸，打开来粗略看了一眼，想了想《信天游》的调子，回头看了一眼小吉，见他一双眼睛闪闪发亮地看着自己，就跷着脚打着节拍，把纸上的词唱了出来：

东边天上出了个红日头
圪蹴那镇口满心眼里蹓

一阵风把柳叶儿数啊数
想和妹妹在那树荫里头手拉手

山坡坡上羊羔羔寻母羊
妹妹毛眼眼好看不平常

月亮地儿瞅瞅山沟沟水洼洼

你就是那心坎坎让人记挂

心口口里兔娃儿扑楞楞地跳
盼着那个美好的人儿早来到

五更天亮着颗启明星
妹妹不来哥哥等瞎了心

漫天的雪花儿六瓣瓣开
暖心的日曷曷上窗台

夏天的暖阳忽撒撒地照
想起妹妹心花儿都开了

说不尽的相思道不完的挂牵
走走站站只念和你心手相连

玉米苗苗高来山药花花香
喜人的丰收路越走越亮堂

高粱穗穗红来谷穗穗黄
连胜小迪比翼齐飞向远方

　　唱到最后一句"连胜小迪比翼齐飞向远方"，林迪心里瞬间充满了和小吉在一起的热望，她的目光投向了远处叠嶂的群山，蜿蜒的长城，流动的云雾，飞翔的白鹭……小吉倾注在歌词里的所有情感，让她脑海里想起了他为自己做过的每一件事，她为他的真情感动，为他的用心而心潮澎湃，全身心沉浸在小吉的《信天游》创造出来的那个美丽世界中……然后，又想到了他的退学，他要是不退学，那该多好啊！林迪内心里感到无限的惋惜，想到这里，她从远处收回了视线，转回头去看那个磨人的小吉。

　　小吉不见了。

　　石头上只有小吉的衬衣和两只球鞋。

　　林迪一下子慌了，起身向上面的烽火台上看去，眼前的一幕让她几乎要惊叫起来，但她马上意识到不能喊。手里的那张纸一下子飘落在石缝里，她双手捂住了自己的嘴巴又去捂自己的双眼，她都不敢再看，可是，她又不能不看，一颗心被生生地提到了嗓子眼儿里，恨不得要从嘴里跳出去。

那个人，那个叫吉连胜的人，光着上身，瘦长的四肢展开成个"大"字形，全身贴在了石壁上，手上的每个手指头和光脚丫上的每个脚指头都紧紧地抠在微微凸起的灰褐色石头上，一点一点地向着烽火台的一个缺口移动。他的嘴里，叼着那朵火红火红的山丹丹花！

看着小吉挪动到离右侧的那个缺口还有两尺多的距离，林迪觉得自己都要紧张到窒息了。正当她万千揪心的时候，只见小吉突然左手一松，左脚用力一蹬，右手和右脚用力贴紧石壁，整个人一个反跳，两只手抓住了缺口边缘的岩石，然后又是奋力一撑，两只脚在石壁上连踩带蹬，转眼间人已经跳回到箭垛缺口中了。

林迪脸色煞白，两腿一软，缓缓地坐在了石头上，两只手还紧张地捂在嘴上。

小吉三蹦两跳地从烽火台上下来，回到了林迪的身边，穿上衬衣，把嘴里的山丹丹花捧在手里，给林迪送了过去。

林迪并没去接那朵花，眼睛直勾勾地看着小吉，两行泪顺着鼻梁淌了下来。好半天，林迪才回过神来，攥起拳头，狠狠地朝小吉肩膀胸口就是一顿捶打，嘴里一直低声说着"你这个坏蛋你这个笨蛋"，转眼间已是眼泪涟涟。

小吉微笑着面对林迪的愤怒和击打，拿花的右手不时闪躲着林迪的"攻击"，避免那花落到地上。

林迪突然停下了手，一把拉过小吉的左手来看，只见他的小臂前部一道一寸多长的口子，正在往外渗着鲜血。原来刚才小吉回身跳上箭垛的时候，左边胳膊磕在那个缺口的石头上，被划出一个大口子来。小吉这时也感觉到自己左胳膊上有些疼痛，但看到林迪紧张的样子，他笑着说"没事儿没事儿"，想把胳膊收回去。林迪抹去自己眼角的泪水，狠狠地瞪了小吉一眼，使劲拉过他的胳膊，俯身用嘴吹去伤口周围的碎砂石，掏出自己的白手绢，给小吉包了上去。

从小吉手里接过那枝山丹丹花，从石缝儿里拣回那张写着《信天游》的纸，林迪默默地坐回到石头上，背朝着小吉，望着攀缘上来的路，不再说一句话。

小吉知道林迪生自己的气，觉得自己不听劝阻，爬到危险的石崖上去摘花，还弄伤了手臂，让她担惊受怕了。但他一时也不知道该如何向林迪解释才能让林迪原谅自己鲁莽的行为，就坐在林迪的背后，一句一句地低声念叨起来：

"小迪，生日快乐！"

"小迪，你唱得真好听，真的!"

"小迪，我饿了。"

"小迪，我错了。"

"小迪，我真的饿了!"

……

林迪听得他一个劲儿地喊饿，又好气又好笑，实在忍不住，回身去书包里拿出个烧饼，瞪了小吉一眼，递了过去。

小吉看林迪终于搭理自己了，却并没去接林迪手里的烧饼，两臂一圈，从背后把林迪搂在了怀里。

回到城里已经是下午三点多了，恋恋不舍地目送林迪走进人民医院，小吉回想起在山上拥抱着林迪的那些时刻，而今却不知道什么时候才能再见到她，和她相拥，和她说那些永远也说不完的知心话。他突然觉得浑身乏力，心里仿佛被掏空了一般。

在医院门口站了好一会儿，小吉重新振作精神，向学校走去。为了将来能和林迪在一起，他需要加倍努力，现在就去找郝老师，请他指点自己的自学之路。今后洒下的每一滴汗水，都是在浇灌和林迪美好未来的树苗，终有一天，那小树会成长为参天大树，树上将结满两个人共同奋斗的累累硕果!

听老吉念叨着第二天要去归元寺，雯雯说正好明天也没课，可以陪着老吉一起去。老吉有些过意不去，说自己一个人去就好。雯雯说像归元寺这样的地方，要不是陪亲戚朋友，自己一个人肯定也不会去的，陪连胜哥也就是个由头，她也想去走走呢。说到这里，雯雯就问郑一枫要不要一起去，郑一枫摇了摇头说，这几天天气太热，出差到南京上海，天天在外面跑，今天回到武汉，实在是只想待在空调房里休息休息，哪里都不想去了。雯雯听了一撇嘴，鼻子哼了一声，说本来也不想带你玩儿呢!

归元禅寺位于武汉三镇的汉阳，始建于清顺治年间，寺内的罗汉堂是道光年间修的，后为太平天国农民军所摧毁，之后咸丰年间重修，说起来也有近两百年的历史了。

雯雯陪着老吉进了山门，无非是韦驮殿、藏经阁走了一圈。他们在大殿前看了那副名联，上联是"见了便做做了便放下了了有何不了"，下联是"慧生于觉觉生于自在生生还是无生"。两人相视一笑，自觉既放不下，更是难以自在，只能是不了和无生了。前行到了罗汉堂，雯雯向老吉说道，佛教里所说的五百罗汉，大致是个约数，一般会是五百多个。与文艺复兴时期的艺术作品一样，艺术家总是把自己或者尊敬的人放到作品当中去，所以五百罗汉中，也有不少是根据当时的皇帝或者权臣的形象制作的。归元寺的罗汉，据说有五百一十八尊，但到底有多少，自己也说不好。

老吉说只知道《西游记》里孙悟空大战太上老君那个坐骑青牛的时候，因为青牛有老君的金刚圈加持，所向披靡，如来佛祖就派了十八罗汉在空中下沙子想陷住妖精，结果被妖精用金刚圈连金沙都给套走了。也不知道这十八罗汉和那五百罗汉是啥关系。

雯雯就笑了，说古人总是这样的，孔子说起弟子三千贤人七十二，也就是个约数，要说名号，也许每个人都有，但大家说来说去，也就是《论语》里常提的子路子贡冉有公西华几个而已。五百罗汉，自然是个个有名有来历的，但就是有道的高僧，也未必每一个都记得住。小乘佛教认为普通人修持佛法，也可以修成金身，得证正果，所以成就自己的就是罗汉，只是还是要留在人间的。罗汉只是度己，若说度人，那就是菩萨了。

老吉说《西游记》里，唐僧师徒四人完成取经功业之后，唐僧和悟空成了佛，八戒被封为净坛使者，白龙马被封八部天龙，而沙僧就是金身罗汉，最后众人齐颂的时候，好像又被称作"南无金身罗汉菩萨"，也不知道到底是罗汉还是菩萨。

雯雯听老吉老是拿《西游记》说事儿，就笑着说，连胜哥来武汉寻踪林总工，慈悲心发，本可为菩萨，但六根不净，那就勉强做个罗汉吧。

罗汉堂里，众多罗汉的塑像被安置在多条通道里，看得多了，的确无法分辨那些神态各异的罗汉到底是哪位。雯雯让老吉选定一位罗汉，然后数下去，数到自己年龄的那个罗汉，就是心中所想之事的身外反映。

老吉依了雯雯的说法，随机挑了一尊罗汉，看那名号，叫作"不退法尊者"，沿着通道，一路数了过去。数到第六十尊，再看那尊罗汉，踞坐在一块浪花盘绕的岩石上，名号为"成大利尊者"。

老吉翻查了成大利尊者的偈子，却是四句诗：

　　　　　　起于青萍运未交，
　　　　　　意欲平息风雨摇。
　　　　　　长骄短怠今道远，
　　　　　　识得淡泊业自消。

再看解词，却又是一段云里雾里的文字：

梅苦寒而清香，兰无畏而卓绝，菊妖娆而美艳，竹孤直而挺拔。凡所有言，未明世事，悖之狂妄。他山之石，攻之于玉，可见光明。玉能慎于处世，博采众长，虽趋至臻，然以实就虚，或终为春梦一场。以为真情，实则虚幻，返璞归真，方得始终。

老吉看了半晌不得要领，就请雯雯帮着参谋。雯雯读了两遍，笑了笑说道："连胜哥来武汉追寻林总工，原来这罗汉堂里也是有感应的，只可惜我也没这个慧根，不要解歪了偈子才好。"

老吉又把那四句诗看了一遍，心里觉得雯雯有些故弄玄虚，也没再多问，和雯雯一起出了归元寺，驱车回到了东湖林语。

得了"返璞归真"的解语，老吉萌生回雁澜之意，恰好赵嘉颖打来电话说，省博要休整一周闭馆，还是无法预约。老吉遂向齐梦欣说起归期，齐梦欣见留老吉不住，就让雯雯帮老吉订了两日后的车票。

安排妥当，四人坐在客厅里，面对即将来临的分离，都觉得心里有话要说，却又不知道从何说起。

窗外渐渐阴沉下来，一场暴雨在静静地酝酿着。老吉感觉到大家的情绪不佳，琢磨着要打破客厅里的沉寂，就讲起了那年秋天，自己为追寻齐梦欣，孤身一人离开雁澜南下武汉的事情。说到艰辛处，齐梦欣一家三口也是一阵唏嘘。

四十

曾伴浮云归晚翠，犹陪落日泛秋声

　　九月的早晨，空气中透着些清凉。吃过早饭，安顿好妈妈，吉连胜到农机站去上班。

　　蹲在办公室的窗台下，看着同事们满是兴奋地忙前忙后，自己却有一种局外人的感觉，让小吉心里颇为纠结。

　　农机站里到处都洋溢着喜悦的气氛，每个人的脸上都写满了高兴。县里给配发了一台解放牌的大卡车，今天就要到了。

　　昨天一早，站长顾援朝就带着技术员大吴和会计老李去县里接车，预计今天上午就把新车开回来了。

　　自从去年小吉的父亲老吉开着那辆老拖拉机掉到沟里出事儿后，站里再没有大块头的机动车了。遇到各村请求支援或者调用运输的情况，只能靠那台三十马力的老旧拖拉机去救急，好几次明显不赶趟，解决不了问题，拖拉机冒着黑烟"突突突"吼叫半天，不仅没把陷在沟里的马车拉出来，结果还坏在了现场。这下好了，有了动力强劲的新车进来，全镇秋收农耕的需要都可以得到响应，农机站在镇里的地位也会得到极大的提升。

　　农机站今天就和过节一样，大门两边的柱子上贴出了红彤彤的对联，逢年过节或者重要节日才能看到的锣鼓，也被从仓库里取出来，在院子当中敲打起来。镇上一些闲散的妇女老人，都跑来看热闹，院子里一下聚集了好多人。大人笑孩子叫，跟到了秋收后生产队分口粮似的，仿佛这辆新卡车将带来未来一年的幸福生活一样。

　　自从县里通知新车到了，让农机站安排时间去开回来，小吉就合计着跟着顾站长去接车。昨天顾站长说要动身了，小吉满心以为会叫上自己一起去，他甚至把到了县城找个理由去学校找林迪的计划都想好了，结果顾站长并没有叫他，而是叫了技术员大吴和会计老李跟着去。老李去，那是有些财务方面的交接需要，而让大吴去不让自己去，则是小吉没想到的。

小吉没跟着顾站长去县里的事情，不仅仅是小吉自己没想到，农机站的很多人也没想到。农机站的人认为，自从小吉到了农机站，处处都得到顾站长的照顾，先是去进修三个月，回来后一有机会就派出去学习，当然所谓派出去学习也就是小吉自己去县中学补课那次走了四五天，但在农机站的职工眼里，那就是派出去学习了。

小吉也是很给顾站长长脸，这完全得益于他原来跟着父亲看了很多农机方面的书，而且初高中的数学和物理学得都还可以，所以农机维修技术进步很快，初步具备独当一面的能力。有时候下边村子有需要，站里实在派不出老技术员，顾站长也脱不开身，就让小吉自己下去看看，虽然不是所有问题都得到解决，但能解决一大半也已经很让人刮目相看了。附近几个村子，都知道农机站新来了一个年轻人，修机器有谱，干活儿还利索，少不得还有家里有好姑娘的，托人打听能不能和他家结亲。当听说这孩子不仅少年风流，眼光还挺高，在和县里一个局长家的姑娘搞对象，就又觉得非常遗憾，有点高攀不起。

顾站长不带小吉去县里，在农机站的人看来还是说明有情况。站长身边的红人失宠，正所谓"皮裤套棉裤，必定有缘故"，人们私底下猜测了多种可能性，但到底为什么，却也没个权威的定论。其实有人从八月中下旬就觉得顾站长对小吉没那么好了，有了出勤的任务，也不带他一起去，更不给他安排重要的工作，有些要把他晾起来的意思。顾站长在站里没有特别表示，那些看出来的人也只是偶尔私下里议论，并没人特别注意到这件事。但这次不一样，去接新车这么隆重露脸的事情，顾站长居然不带他的"小红人"一起去，说明问题可能有一定的严重性了。今早见小吉一个人蹲在窗根底下百无聊赖在地上画圈圈，那些平时嫉妒他的人就更加确定：顾站长是彻底不待见他了！

小吉倒是没想那么多，八月补课回来，他向顾站长汇报了一下自己补课的情况，表达了明年要参加高考的决心。顾站长听他说完，就问他如果要备考，都有什么困难，站里能帮他解决什么。小吉想了想，说主要是学习时间没保证，其次就是自学的效率有些低，效果和学校上课比差太多。顾站长默默地抽完一锅烟，问了问小吉妈妈的身体情况，又问他表姐啥时候出嫁，之后就没再说啥。

从小吉的角度理解，后来站长给自己安排的工作少了，显然是要为他留出更多的学习时间，但在别人眼里，那就是站长有意疏远小吉，小吉倒也不是特别在意。

进入八月以来，小吉有时候也会想起齐梦欣来，算着她早该回到武汉了，但一直没有消息，也不知道她是不是到了新的工作岗位，把他这个弟弟给忘了。每次在生活或者工作中遇到问题，自己一时无法解决，小吉就会想到那个气质高雅总是在笑的姐姐，要是有她在，那些问题就都不会是问题了。七月份她带着雯雯来小镇的时候，说是等到了武汉一安顿住就会给自己写信，但一直到现在都没有只言片语，难免让小吉有些焦心。

补课回来这一个多月，小吉和林迪通了两封信，大多是说学习中遇到的问题。第二封信发出去一周多的时间都没收到回信，小吉内心有些焦急，好在第九天中午，老王头叫住往外走的他，递过来林迪的回信，小吉算是稍稍踏实了些。林迪信中说开学后学习全面紧张起来，离高考剩下不到十个月的时间，同学们都在争分夺秒地学习，繁重的课程让人缓不过劲儿来，另外还要帮小吉去几位老师那里请教问题，所以回信时间稍晚，让小吉别太着急。

林迪信里流露出来的紧迫感，更增加了小吉的焦虑。当别的同学不分白天晚上拼命学习的时候，自己却还要上班，自习中遇到的问题也没人可以交流请教，虽然每天晚上他也会在办公室里学习到很晚才回家睡觉，但总觉得有些"盲人骑瞎马"的意思，学习的方向全靠摸索，这样下去，明年高考上大学也只能是镜花水月了。小吉知道顾站长已经尽量给他腾出时间学习了，但总是觉得时间不够用，又不可能请了长假去学校听课，这也经常让他感到困扰。

小吉一直对顾站长对自己好深信不疑，但这次接新车老站长不带自己去，他的心里也开始有些没底儿了，难道站长因为自己铁了心要参加高考，觉得留不住人就放弃了对他的培养？外面那些人说的站长要疏远自己不会是真的吧？小吉蹲在窗台下，用草梗在跟前浮土上画了一个日晷，抹平之后写一遍一元二次方程的求根公式，然后又抹平了画一个日晷，再抹平了写一遍用高锰酸钾制作氧气的化学方程式……也不知道重复了多少次，内心里很是有些翻腾。

到了十点多，太阳开始晒人了，镇口那边传来了"嘀嘀"的汽笛声，院子里的人"哗"地一下跑向大门口，远远地看见那崭新耀眼的军绿色大卡车雄赳赳地开了过来，车头上的"解放"两个字格外闪亮醒目，人群就爆发出一阵欢呼。卡车转眼就到了农机站，车厢中还装着两台机器，那是县里给小镇调剂来的脱粒机和卷扬机，虽然是半新的机器，但也说明县里对小镇秋收的支持力度是非常大的。

早有人到旁边的镇革委会请来了马主任，一场盛大的迎接仪式开始了。顾站长把新车掉了头，车头朝南车尾在北，也不熄火，发动机有节奏地"突突突"响着，和着人们的欢笑声奏起了"奏鸣曲"。有人在车头上绑上一朵大红绸花，那大卡车就像新郎官一样傲然挺立在那里。顾站长从车上下来，把马主任请到车前，让锣鼓队停了鼓点，请马主任讲话。

顾站长见众人还在兴奋地说话，跳上汽车按了两声汽笛，示意众人安静下来。马主任往前站了站，清了清嗓子开始讲话，刚讲了两句就发现那"新郎官"在后边的发动机声音有些大，便示意把发动机的火熄了。

马主任讲的内容有些多，众人在太阳下被晒得有些冒汗。有几个小孩子耐不住拘束，在人群里乱钻起来，被家长照着屁股来两下。孩子哭声一起，讲话的马主任也有些绷不住劲儿，用充满激情的话号召大家以新解放卡车的到来为契机，鼓足干劲，打好秋收抢收的硬仗，为实现农业现代化添砖加瓦。马主任总算讲完，顾站长带头一鼓掌，欢迎仪式就算结束了。

送走马主任，顾站长让大吴把新车停到院东墙那边，组织几个人把车上的机器卸下来。蹲在窗台前的小吉把浮土上的日晷图一把画拉平，站起身来，活动了一下压麻了的两条腿，正准备回办公室去，突然看到顾站长远远地注视着自己，感觉到今天的精神状态确实有些问题。他马上提振了精神，去后面找了两根茶碗粗的木杠，又去仓库里找了几条麻绳，到前面来准备和大伙儿一起卸机器。

大吴停稳了卡车，熄了火，跳出驾驶室就往厕所方向跑去。车边七八个小伙子见小吉拿了木杠和麻绳过来，就有人跳上车厢去看看怎么往下搬机器。几个人踅摸半天，发现车厢后边靠墙太近，实在不好往下搬，就嚷嚷着让大吴来往前开一开。一个一头乱蓬蓬头发的小伙子看着小吉哈哈大笑，说现成的司机不用，找什么大吴。小吉认出说话的人正是西河口的赫化天，小名叫作"二黑猫"，自己小学的时候从石嘴崖的大青麻石上跳下来把胳膊摔骨折了就是他怂恿的，就没吭声。旁边的小伙子们听赫化天一说，就都看着小吉，让他把卡车给往前开一点儿，省得再去叫大吴过来。

小吉看着新车也是手痒，大家一起哄，他稍稍推托了一下，就拉开车门跳上了汽车驾驶员的位置，看到车钥匙还插在打火孔上，心里有了数。驾驶室里散发着汽油和橡胶的新机车味儿，仪表盘上的指针箭头挺直清晰，方向盘光滑圆润，挡杆也是新得发亮。小吉摸遍了操控台上的所有地方，扶着方向盘的手来回滑动，模拟着大幅度打方向的动作，想着可以开着这样的大家伙在乡间道路上驰骋，都不知道要威风多少倍！下次林迪来小镇，拉着她去兜风，让她坐在自己身边，看着他操控这个大车，那会是多么幸福的事情啊！

车下的那几个小伙子却等得有些不耐烦，高声吆喝小吉赶紧开车。小吉听得大家喊他，才回过神来，回头看了一眼后边车厢和墙的距离，看到赫化天正站在墙边笑眯眯地看着自己，虽然心里还是稍微有些嘀咕，手还是放在了车钥匙上了。

转动钥匙，发动机"突突突"地响了起来，卡车直接向后倒去，跟着就听到"轰隆"一声，有人大喊起来"撞墙啦，压着人啦！"小吉听得心里一慌，掉回头去看后边，右脚一伸直接踩在油门上，卡车加速向后倒去，吓得旁边的人四散奔逃。车厢从后边倒塌的墙体越过，直接撞在墙后的大杨树上，那棵一人搂不过来的杨树被撞得歪向一边，卡车跟着也憋熄了火，小吉在驾驶室里惊得面如土色，浑身发抖，动弹不得。

人们见卡车熄了火，就靠上前来，看到赫化天被倒塌的围墙压住了一条腿，在那里痛苦地哼叫。大家赶紧去把压在他腿上的砖头搬开，鲜血已经从裤腿里洇了出来。

喧闹声起，顾站长和大吴都跑了过来，各个办公室和车间的人也都出来了。顾站长看了一眼坐在卡车驾驶室里脸色惨白的小吉，来不及多说，跑到赫化天身边，见他腿部伤势严重，赶紧让大吴去把那辆农用车开过来。众人七手八脚地把"哎哟哎哟"叫唤的二黑猫抬上了车。顾站长黑着脸走到车头前，对还呆坐在驾驶室里的小吉说让他先回办公室等他回来，上车拔了钥匙，装在自己的兜里，和冯副站长一起跳上农用车向镇卫生所开去。

新卡车进到农机站还不到一个小时就撞墙的事情很快就传遍了小镇，原本喜气洋洋的小镇蒙上了一股悲凉之气。人们纷纷议论着这件"诡异"的事情，小吉父亲把旧拖拉机开到沟里摔死了，小吉开着新卡车撞塌围墙还压伤了人，看来姓吉的真是不"吉"，还有些"凶"，还是远离他们家人为好。

从卫生所回来，顾援朝把刘副站长叫到自己办公室，又让人去把大吴和小吉找来，说是要了解情况。等大吴小吉都进来，顾站长看了一眼刘副站长，点了一锅烟深深抽了两口，说赫化天的右腿被压骨折了，在镇卫生所做了简单包扎，让冯副站长跟着，已经送到县人民医院治疗去了。说完，顾站长就让大吴说说事发时候的情况。大吴挠着头说停车的时候自己着急上厕所，想着一会儿就回来的，所以只把新卡车熄了火，没拔钥匙，等上完厕所出来，看见小吉在车上打火倒车，他还没来得及制止，车厢就撞塌了后边的墙，把赫化天的腿给压断了。

小吉闯了祸，一直心乱如麻。老拖拉机被父亲开到了沟里，新卡车被自己开得撞塌墙，还压伤了二黑猫，小吉觉得人生一下子变得无比灰暗，脑子里好长时间都几乎是一片空白。顾站长和大吴说的话，他都听见了，但根本没过脑子，心里想的就是两个字："完了！"听站长问自己怎么回事儿，小吉强压住心里的绝望，稍微捋了捋事情发展的顺序，讲起自己本来是要回办公室，注意到了顾站长看自己，就觉得应该帮忙去卸机器，然后去找了木杠和绳子去车边，准备卸车的人都觉得卡车车厢后边离墙太近不好卸东西，那个赫化天就说让他把车往前开一点儿。上了车，他还观察了一下车后的距离，一打火，车就直接向后倒了出去……后边的事情，他完全蒙了，不大记得了。

刘副站长听小吉说完，看了一眼顾站长，转头问大吴把卡车倒到墙边停车后，有没有把倒挡挂回空挡再熄火，大吴的脸一下就红了，吭哧了半天说记不清了。

情况基本上清楚了。大吴倒车后直接熄火，没把倒挡挂回空挡，钥匙留在打火孔上就下车走了；小吉上车后没有留心车的挡位，转动钥匙打火，发动机运转起来，挂着倒挡的卡车向后倒车，撞塌了墙，压伤了人。

顾站长铁青着脸，听完事故发生的过程和刘副站长的分析判断，眉头锁成了一个疙瘩，烟锅里的火都熄了，他也没再去点。办公室里四个人都不说话，气氛压抑到了极点。

眼看快到正午了，有人敲门，进来的是镇革委会的办事员小王，说马主任让顾站长去他办公室一趟。

顾站长就让大吴和小吉先回去吃饭，有什么事情吃了饭再说。小吉和大吴走出顾站长办公室，走在后边的小吉回手把门带上，隐约听到身后刘副站长对顾站长说了一句"年纪轻轻作风败坏，尾巴都翘到天上去了，一定要严肃处理"，顿时感觉头皮发麻。正午阳光暴晒下的院子里，竟然是一片黑暗，他感觉全身都像掉到冰窖里一样，没有一点儿热气。

四十一

唯将终夜长开眼，报答平生未展眉

从顾站长办公室出来，吉连胜既没有去食堂吃饭，也没回家，而是向镇外走去。

到了镇口，抬眼望向秋天的田野，一个多月前满眼的绿色，现在已经开始透出了金黄。八月上旬去县中学补课时候等车的情景还历历在目，那时候满脑子都是回到课堂的憧憬和见到林迪的渴望，可是现在，那些都变得那么飘忽，那么遥远，那么捉摸不定。

"智叟"还在那里对着玉米地发表他的演说，只是那些玉米已经长到了一人多高。玉米秆中间结出了一个个挂着红缨的玉米棒，随风摇动的时候也显得"稳重"了许多。

小吉默默地走到智叟演说的地头，坐在圪塄上听着那个穿着整齐的人充满激情地发表讲话："今年的大丰收，和我们镇全体社员同志们不怕牺牲，艰苦奋斗，发挥出来战天斗地的大无畏精神是分不开的。我们的秋收事业将从一个胜利走向又一个胜利！今年的秋收，不但要做到颗粒归仓，绝不能浪费，不能给黄耗子留下一粒粮食；还要处理好秋收的后续事项，秸秆要归田，不能拿回家烧火，为今冬明春的各项农业生产活动做好准备！我们的目标一定要实现！……"小吉听着智叟的演讲，躺倒在圪塄头的草地上。尽管肚子早就"咕咕"叫了，但小吉却丝毫没有感觉到饥饿，或者说，他现在根本就没有关注饿不饿的问题。"目标"，一个本已经很清晰的词，努力学习，明年参加高考，和林迪一起进入大学读书，这就是和林迪确定的最重要的目标，是一个"一定要实现的目标"。虽然这个目标实现起来难度相当大，但在最后的时限还没到来之前，它就是支持小吉努力奋斗的精神支柱，正因为有这样一个目标，小吉每天早起晚睡地学习才变得有意义。可是，上午的一个随意且无意的动作，手伸向了那把钥匙，扭动了打火装置，把这个目标以及附着在目标上的所有美好都给毁了，让那个目标化成了泡影。

走出顾站长办公室后刘副站长那句钻心刺耳的话，像阵阵惊雷一样不停地响起在小吉的耳边："年纪轻轻作风败坏，尾巴都翘到天上去了，一定要严肃处理！"从齐梦欣带着雯雯来，到那个暴风雨的夜晚吴怡找自己请教数学题，然后是林迪到农机站来找自己，"作风"问题成了他头上的"紧箍咒"，要不是顾站长压着，站里那些人的唾沫星子早把他淹死了。学东西快上手快，也成了他的"罪状"，什么"目无老师傅"，什么"骄傲翘尾巴"，自己无形中得罪了那几个在农机站"混饭"吃的人，流言蜚语都是从他们那里起来的。今天自己犯下的撞车伤人的错误，无异于帮那些人找到了"修理"自己的理由，刘副站长说出来的"一定要严肃处理"，像如来佛祭出的五指山一样，将把自己压在那里，再难翻身。

"怎么办？怎么办？怎么办！"小吉看着高天上流动的云彩一遍一遍地问自己，要如何面对那即将到来的"处理"。大笔的赔偿金，加重处罚，甚至被开除……这些"处理"，没有一样是自己可以承受的。撞坏了汽车，撞塌了墙，压伤了人，还翘尾巴作风败坏，小言从来没想过这些可怕的事情可怕的"罪名"会和自己沾边，可现实就是这样残酷，"没来由犯王法，不提防遭刑宪"，这满肚子的冤屈满脑子的混乱又能向谁诉说？退一万步说，即使那些"处理"都得到从轻，哪怕就只是做个检讨，通报批评，但对于小吉而言，光撞坏新车这件事情本身，也足够让他在农机站抬不起头来，更别说小镇人那刀子般的目光了。如果能平安渡过所有的难关，明年的高考同样是一道天堑，一旦跨不过去，坠落后将粉身碎骨万劫不复。这个时候，小吉多想能有个人说说知心话，他能告诉迷惘的自己，到底该如何才能走出这个人生的"黑洞"。

他首先想到的是林迪，但一念过后就被否决了。这不是什么光彩的事情，找林迪能怎么样？只会让她瞧不起自己，或者即使她能接受自己的失误，但并不能帮自己解决问题摆脱困境，反而会增加她的烦恼，影响她的学习，所以断不能去找林迪说这件事情；妈妈和表姐早晚都会知道的，她们肯定帮不上忙，何必让她们这么快就为自己担惊受怕？找郝老师？他又能帮上什么忙？自己早已退学，他处处关照，却换来一个轻浮浪荡的学生，出了问题找他，不也是要拖累他吗？

齐梦欣！小吉想起了那个总是能及时帮助自己的姐姐！可是，自从七月一别，再无她的消息。武汉，一个听着就仿佛是火星上的地方，根本就够不着，连写信也没个地址，本来最适合倾诉最能给自己力量的人，却真的是远在天边，遥远到无法企及。

智叟的演讲好像告一个段落了，他正对被风吹动发出"哗哗"声的玉米们表示感谢，谢谢大家给他热烈的掌声。

风过耳，一个空灵的声音突然深入到小吉的内心：去找她！去找齐梦欣！无论她在天涯海角，找到她就找到了摆脱困境的出路！找到她就找到了人生道路的光明！她一定会给出"正确的指引"，也只有她，才能给自己"正确的指引"！

去找齐梦欣的念头一起，小吉再也无法按捺自己的心绪。他一骨碌从草地上翻了起来，迅速在脑子里梳理了一下去找寻齐梦欣所需要做的事情和面对的困难。

到目前为止，小吉只记得齐梦欣说起她爷爷刚解放的时候是中南文艺学院的教授，好像是要回到一个叫湖北艺术学院的单位。除此之外，关于齐梦欣的去向，没有更多有价值的信息了。仅仅依靠这么一点信息去武汉找人，那无疑就是大海捞针。可即使是大海捞针，也要找到她！去武汉，首先得先到县里，然后坐火车去，听齐梦欣说，要倒两次车，但在哪里倒车，她也没有说。小吉由此马上想到了一个要命的问题：在哪里倒车的问题是次要的，要完成一次长途旅行的费用才是最大的麻烦。

小吉匆匆回到农机站办公室，搜刮了一遍桌子里的钱。每个月十九块八的学徒工资，他都要给表姐十块钱作为家里的开支，剩下的除了非常必要的开销，他都放在一个小盒子里收起来。别人抽烟喝酒打平伙，他一样都不沾，所以每个月都能存下四五块钱。"搜刮"出来的钱统共不到四十块，拿这点儿钱去武汉，估计连路费都不够。小吉稍做思考，取出纸笔，写了两封简短的信，然后找出两个信封，一封信连同二十块钱放进了一个信封，夹到那本《傅雷家书》中装进书包；把桌子上的课本和作业本叠放整齐，把另一封信放在最上面，那是给顾站长的检讨书。做完这两件事，小吉看了一眼老旧残破的办公桌，打开中间抽屉取出那两枚菩提子放到裤子口袋里，背起书包出了办公室。

农机站门口，老王头看到小吉匆匆回来又要匆匆离去，就叫住了他，说顾站长说了，让他下午待在站里别出去，等候谈话。小吉斜了一眼老王头，还是走出了农机站的大门。望着小吉的背影，老王头有些无奈地摇了摇头。

回到家，看到妈妈正在午休，小吉蹑手蹑脚地取出夹在书中的信封放到妈妈的枕头边，在灶台上找到两个馒头装进书包，拿起一件外套披在身上，回头看了一眼熟睡的妈妈，走出了家门。

站在院门外，小吉忍不住还是回头看了看这个老旧的大门，门上斑斑驳驳的是风吹日晒留下的岁月的痕迹。小吉脑海里浮现出高尔基的《童年》结尾处那个背着背包走向未知世界的只有十三岁的阿廖沙的背影，而现在，他也要跨出那一步，告别从出生就一直生活在这里的熟悉的家园，去陌生的世界找回迷失了方向的自己。

搭了两段顺脚车，步行了十几公里，晚上七点，小吉到了县城。又是华灯初上的时候，小吉的心境却远不能和前几次来县城相比。他打算今天晚上就离开县城，朝着武汉方向进发，走之前，他还想再去学校看一眼林迪。到县城的路上，小吉一直在纠结要不要和林迪见面，还是只在教室外望上她一眼就走。

直到站在学校的大门口，小吉还是没有拿定主意。心里渴望着和林迪见面，拥抱着她说说话，说说这分开一个多月的思念之苦，说说自己的努力学习和工作中遇到的种种问题，说说自己随意的一个动作毁掉了通往美好未来的路……可是，赶了一下午的路，中午从家里拿的那两个馒头早已经被消化殆尽，风尘仆仆还饥肠辘辘，这样的形象根本不适合和那个清纯美好的女孩子相见，况且他还"负案在身"，怎么可以把她也拖进这个旋涡？

正是晚自习时间，进了学校，到了教室外面，小吉偷偷从窗户玻璃向里面张望。教室里座无虚席，几乎所有的同学都沉浸在学习中，自己朝思暮想的那个人正在聚精会神地看书，手里的笔不时在书上轻点一下，或者写上几个字。看了有一分多钟，小吉从窗户上退了下来，如果来学校只是想在离开前看她一眼的话，那目的已经达到了，他可以走了，但他实在不甘心仅仅是这样隔着玻璃远远地望上一望，可不甘心又有什么用？他根本没有理由进教室去找她，或者把她叫出来呀！

慢慢转身向外走去，小吉不时回头看那间教室。看着教室的门，他多么希望林迪突然从里面出来，哪怕她什么都不知道，就是去教研室找老师，或者是去宿舍找同学，或者就是出来确认一下自行车是否锁好，或者无论什么理由，只要她出来，他就可以跑过去叫她的名字，到跟前去看看她，然而，这简单的愿望也只能是幻想罢了。

前面拐过一排教室之后，就再也看不见那个教室的门了，小吉停下了脚步，回头再望向那个教室，再看一眼那个紧闭着的教室门，一股异样的情绪涌上心头。在这一刻，小吉突然在心里清楚地意识到，这次以前往武汉找寻齐梦欣的名义的"逃跑"，是选择了一条没有回头路的路。这一去，自己人生的轨迹将完全改变，也许再没有回来的时候。虽然从此告别明年是不是要参加高考的困扰，却投入到一个更大的无法预知的困境当中去了，即使将来能看到心爱的林迪，那也是一条完全不同的奋斗之路，至少现在还看不到任何希望之光。

想到这些，那个教室门在小吉眼里变得模糊了，泪水不知不觉流了下来。小吉知道现在不是软弱的时候，抹了一把脸上的泪水，扭头向校门外走去。

　　出了校门，小吉脑子里依然满是刚才趴到教室窗户上看到的林迪认真看书的样子，两条腿逐渐沉重起来，步子也越来越慢了。到了那个和钟跃进"打架"的路口，小吉停住了脚步，两次在这里等候林迪的情景又浮现在眼前。第一次等候林迪放学出来，是四月底从市农机校跑回来的"迎迪行动"，那天晚上林迪坚定地站在自己一边，钟跃进气急败坏地骑车走掉了；第二次则是八月份补课的第一天晚上，林迪把她妈妈洗好的衣服还给自己，约了在这里见面，就是那个晚上林迪和自己相约去爬长城，才有了在沟底和林迪第一次相拥……以后，再也不会在这里等林迪了，一点一滴的回忆涌动着揪心的感觉，让小吉再次流下了泪水。

　　伫立良久，小吉还是走进了那条胡同，在灯影里找了个地方坐了下来。他打算在林迪放学经过的时候，再看她一眼，只看一眼！

　　秋天的夜晚，满天的星斗既高又远，秋虫的鸣叫已经开始乏力，阵阵凉风贴着地面扫过，小吉想着教室里的林迪，没出息的眼泪又不经意地汇入了眼眶……小吉的期盼和焦虑在心里斗争着，折磨着他，让他几乎为之发狂。小吉期盼林迪能快点儿下自习过来，她骑车从胡同口经过，自己就可以看到她了，但心里又有一个声音提醒着他，最好让她永远也不要来，那样自己就可以在这里满怀希望地等她，等她……小吉心里清楚，林迪从胡同口经过后，自己就再没有理由赖在这里，眼前只剩下一条去武汉的路，不能再回头。

　　远远地，下晚自习的铃声传了过来，那一声声的响铃不停地敲击在小吉的心上，他知道，无论自己是否愿意，能够看到林迪的机会就要来到，也只有这一次了。他起身来到胡同口，站在黑暗中望向校门。

　　放学回家的同学们陆续从校门里出来，三三两两各奔东西，人丛里小吉看到了那个熟悉的俏丽身影。远远地，林迪骑着自行车过来了，她目视前方，自行车蹬得飞快，眼看就要从胡同口经过的时候，小吉几乎按捺不住自己喊她的冲动，"小迪"两个字已经到了嘴边，但终于没有叫出来。电光石火之间，林迪已经从眼前飞驰而去。

　　望着林迪逐渐消失在夜色里的背影，吉连胜突然感觉两眼有些发黑，两腿有些发软，他意识到那个软弱的自我正在偷偷地逼迫着他，要他回头。他心里马上警醒起来，咬了咬牙，穿好外套，背起书包，摸了摸裤子口袋里那两枚菩提子，坚定地向火车站走去。

四十二

小舟从此逝，江海寄余生

"我们每个人，都会有这样的时候，困顿、疲惫、走投无路，精神无所寄托，看不清未来，不知道该何去何从……这种时候，往往是内心最脆弱的时候，也有可能是精神最强大的时候，一个极端到另一个极端，距离为零，正所谓一念天堂，一念地狱。这种时候的选择，如果不求诸内心的突破，就容易物化为外在的寄托。所以，我想我是这样理解连胜的，当年说是到武汉来找我，其实也是你在内心里'神化'了一个齐梦欣，只是为逃避现实寻找一个突破口而已，这个冲动……"东湖林语的客厅内，天色渐暗，听吉连胜讲起当年"逃离"农机站，齐梦欣神情恬淡地说道，"当年的冲动，一定也付出了代价。现在评价，所谓事后诸葛亮，都具有上帝视角，貌似全能，但如果真的能借助'月光宝盒'返回到当年来一次 yesterday once more，我想我们的选择大概率还是一样的，我们每个人从出生一直走到今天，成为现在这个人，看似有很多偶然，其实是一种必然。"

"妈妈说得对。"雯雯虽然为老吉当年的"出走"感到震惊，但她带了这么多年学生，对这类事情还是深有感触的。"我的理解，倒车撞墙压人这件事情也只是一个触发吧，或者说就是压垮骆驼的最后一根稻草。从根儿上说，对未知未来的恐惧，对和林总的爱情没有信心，才是连胜哥'逃离'的根本原因。即使没有发生倒车的事故，面对高考考不上就和林总分开的预期，也会有别的事情发生的，只是'出走'的形式不同罢了。我说的对吧，连胜哥？"雯雯微笑着看向老吉。

说起过去可不是为了给自己开"精神分析"研讨会，老吉觉得聊天有些被带偏，就笑了笑说道："你们说的都对，只是当时的我根本没有意识到这些。不过，出走武汉，是我成长中对我个人影响最大的一件事情，逃离未必是青春必经的磨难，但有了这样的经历，就像是注射了疫苗一样，免疫力会增强了许多。后来在老山前线的猫耳洞里，艰苦卓绝的条件下能够靠着坚强的意志坚持下来，正是因为有了那次武汉行的磨炼，才有了那种绝地求生的坚定信心。"

"连胜哥还上过战场？"雯雯听老吉说起曾经在"猫耳洞"里"绝地求生"，一下子来了劲头，"原来坐在这里的还是一位战斗英雄，《血染的风采》就是歌唱你们的呀！连胜哥，你怎么会想起去当兵的？"

听雯雯问起自己的过去，老吉苦笑了一下说道："去当兵的念头，从七九年二月份的对越自卫反击战开始就有了。少辉哥知道的，当时在农机校的宿舍里，每天都会说起前线打仗的情况；少辉哥当过兵，讲了很多关于兵器和战术的知识；再加上同宿舍的钟跃进，他后来娶了小迪的妹妹林柯，当时就像个战争狂人一样天天鼓吹，我虽然不怎么参加讨论，但内心里觉得当兵打仗保卫祖国冲锋陷阵，那真是至高无上的荣耀。八〇年高考因故没能参加，到八一年妈妈去世后，我在小镇再没有什么留恋，改变现状的冲动也越来越强烈。当人生陷入一种平庸或者是没有希望的状态的时候，肯定会寻求改变的。选择去当兵，也是一条自我救赎之路，用姐姐刚才的话说，这个选择看似偶然，其实也是一种必然。"

"连胜，刚才你说当年'绝地求生'，我也好奇，你兜里连二十块钱都没有就出发去武汉，是压根儿不考虑路途艰难，还是抱定了走一步看一步的想法呢？"齐梦欣又把话题拉回到那次武汉行，她为当年没有联系上吉连胜感到难过，无论当年小吉来武汉是一个触发的借口，还是真心要来找自己指点人生的迷惘，她都觉得自己责任重大。尤其是想到雯雯认出了这个流落在武汉街头的弟弟，但她们却在长江边上擦肩而过错失了重逢的机会，她心里一阵隐隐作痛。

老吉注意到齐梦欣有些黯然的神情，觉得当初的冲动自己当然应负主要责任，与齐梦欣并没有太多关系，此时的自己更不应该再逃避什么，没有什么不可以说的。想到这里，老吉端起茶杯一饮而尽，放下杯子，看着齐梦欣说道："把生病的妈妈托付给表姐是当时最缺乏担当的事情，在事故处罚结果还没出来就不敢面对，选择了逃跑主义，对我的教训也算刻骨铭心。现在'复盘'那时候的情形，有些情况我自己也不能完全理解当时的想法。不过，身上没钱的事情，在离开农机站的时候并没有特别考虑，下决心走，就觉得自己可以应付路上的一切困难，或者说就是完全不管不顾前路的艰险。当然，在武汉没有找到姐姐，有一段时间我陷入了绝望的境地，站在长江大桥上，也曾有过跳进滔滔江水之中一了百了的想法。那时候能从黑暗的深渊里找到一丝亮光挣扎出来，跟小迪的情感是最主要的精神力量，用现在常说的来说，就是认为自己'还可以抢救一下'的。"说到这里，老吉哈哈一笑，身体后仰，靠到了沙发上。

老吉在那里笑谈当初的生死，仿佛在讲别人的故事，看起来貌似洒脱，但这次千里迢迢来到武汉，只为追寻林迪临终前的一些信息，雯雯和齐梦欣都还是有些动容。

说到林迪，老吉明显话多了起来。老吉想起在梅哲诗那里看到的林迪整理的自己发表的论文，就又向齐梦欣说道："虽然当初分开后逐渐失去了联系，我觉得小迪一直在关注我，并且她也知道我的工作单位，只是没有和我联系，现在看来也许是一种遗憾。但让我回首当初南行武汉的经历，和这次二次到武汉的际遇，我觉得最终还是得到了正向的反馈。能够和姐姐、少辉哥与雯雯在这里重逢，我想还是天道互补，让我有机会弥补当年出走武汉的错失和遗憾。如果小迪真的在天有灵，也一定会开心的。"

齐梦欣对老吉点了点头，说道："那天雯雯和我说你为小迪的事情来武汉，就知道你们年轻的时候阴差阳错出了状况，只是没想到经历了那么多周折，最终却是这样一种结局。多年以后，都有了自己的家庭孩子，还要考虑种种社会因素，不可能像年轻的时候那么冲动。我想，小迪之所以不联系你，估计还是有家庭因素的考虑，毕竟多年不通音信，她哪里知道你是什么情况？况且，当初你就那么离开雁澜到武汉，如果我是小迪，也会对你有看法的，即使你一定要走，至少应该去和她说一声吧。"

老吉苦笑了一下说道："我当时就是怕自己不够坚定，说一声就走不成了。"

看着林迪的身影消失在暗夜中，小吉朝着火车站方向走去。昏暗的路灯下几乎看不到几个行人，小吉心里开始轻松起来。这样出走，他并没意识到自己一下子放下了多少负担，但他已经不打算再去考虑那么多的责任，后边的日子只需全身心关注一件事情，那就是去武汉，找到齐梦欣！

到了火车站，进了空荡荡的候车室，看到里面那些长长的椅子，小吉想起镇上经常去外地的那些人说的"爬站房"，就是没钱住旅店或者为了省下住店的钱，可以在车站所谓的"站房"——候车室里过夜。"爬站房"的念头一起，饥饿和疲惫的感觉就突然袭了上来。小吉心想饥饿现在管不了，那先去长椅上躺下睡一觉，然后再想办法离开这里。

小吉还是第一次来火车站，这里比汽车站的候车室明显大了许多。斜靠在椅子上，小吉四下打量一番，一盏吊在大厅顶上的白炽灯发出惨淡的灯光，照射在两三个和自己一样打算爬站房的人身上，和自己不同的是，那几个人都已经躺在那里，有一个还打起了呼噜。

虽然是县里的火车站，售票窗口却只在客车进站前十几分钟才售票，那个窗口大部分时间都是关着的。窗口的上方挂着两幅大图，一张是全国铁路图，另一张是经过本站的列车时刻和到各地的票价表。小吉想了想，起身走到售票窗口前，抬头去研究那张时刻表。看了一分钟，小吉弄明白了那张表的内容，所列的无非就是经过本站的车次时间和前往全国主要城市的分段票价。小吉把每个站都看了一遍，上面根本就没有武汉站，他突然想起齐梦欣说的要倒两次车，说明经过本县的车是直接去不了武汉的。小吉又转向了那张全国铁路图，先是看到雁澜所在的位置，又一路向南找去，在地图中间的地方找到了武汉。

小吉把从雁澜到武汉经过的那些大大小小的地方看了几遍，又在心里按顺序默默记了两遍，回身到椅子上准备休息。突然一个奇怪的念头出现在小吉的脑子里：如果顾站长和表姐发现自己不见了，他们肯定会四处找寻，汽车站和火车站很可能成为首要目标，自己在这里睡觉，很容易被来找的人发现，到时候就走不成了，所以，今天晚上不能在这里睡觉，还是要先离开县城再说。

候车室通往站台的门上了锁，小吉无法进到站里。隔着窗户玻璃看到站里面停着的货车车厢，小吉有了主意。出了候车室，小吉拐到车站旁边的胡同里，一直向前走，寻找可以进站的地方。直到前面没了房屋人家，小吉终于看到了延伸向车站的两条铁轨。一阵一阵的饥饿感袭来，小吉看了看铁路两边，黑魆魆的庄稼地也不知道种的是什么。下到地里，看清楚是玉米地，小吉顾不得许多，掰下一个玉米棒子，三把两把撕开包着的外皮，一口啃了下去，甜美的玉米汁进到嘴里，小吉一下子觉得踏实了许多。

黑暗里连啃了两根玉米棒，几乎被饿晕的感觉才被"驱逐出境"。小吉放慢了啃第三根玉米的速度，那一刻，他觉得世界上最好的食物，就是手里的玉米了。

又掰了两根棒子放到书包里，小吉返身回到铁路线上，沿着铁轨向站里走去。

第五天的黄昏，一列货车缓缓开向武昌站。躲在一节装满大木头的车厢里的小吉，瞅准机会，从车上跳了下来。

这一路上，他不记得自己换了几趟车，凭着对那张铁路图的记忆，他躲避着巡查的铁路工作人员，靠爬货车一站一站地向南走去。饿了就在铁路边的庄稼地找些吃的，或者在车站附近花上一毛钱买两个馒头；渴了就在车站的水管子上灌几口冷水，或者找小吃店讨一碗面汤喝。虽然知道自己很快就接近目的地了，但货车经过汉口和汉阳的时候，他并没有意识到已经到了武汉，直到过长江大桥时，他看到桥头上的大字，才知道这里就是武汉了。火车快进武昌站时，速度慢了下来，小吉跳下车，艰辛的四天多，他觉得自己就像取经的唐僧一样，经历九九八十一难，终于来到了灵山脚下。

　　九月下旬的武汉，天气依然闷热。站在黄昏的街头，呼吸着南方特有的潮湿和微腥的空气，耳边是几乎完全听不懂的方言，疲惫的小吉心里一片茫然。从小镇出走的时候，小吉的目标很明确，就是到武汉找齐梦欣。现在已经在武汉了，真的直接面对一个和小镇完全不同的世界的时候，小吉觉得齐梦欣比在小镇的时候更遥远了。

　　找了家小吃店，小吉要了一碗面。从一个小窗口端了面回到桌子前，小吉急不可耐地挑了一筷子面送到嘴里，刚嚼了两下，就被辣出了眼泪，武汉对小吉的欢迎就这样突然来到眼前。

　　五天多，总算是吃了一顿正经饭，尽管被辣了个够呛，但小吉还是体会到了吃饱了的舒适。从小饭馆出来，问了好几个人湖北艺术学院怎么走，总算听明白个大概方向，小吉沿着街道慢慢地走下去，路灯在他的身后拉出了长长的影子。

　　不知走了多长时间，宽阔的江面出现在了前方。小吉突然意识到这里就是毛主席诗词里的"才饮长江水，又食武昌鱼"所说的长江。浩渺的江水奔流不息，浪花不时冲向岸边，发出一阵"哗哗"的声响。小吉脱掉了鞋子和上衣，挽起裤腿，踩进了略显清凉的江水中。

　　一弯镰刀般的月亮升起在东边的天空，映在江水中的影子被波浪打成细碎的金黄，变幻着各种形状。在江中洗干净自己的小吉靠坐在江边的一棵桂花树下，闻着清幽的桂花香，望着天边的月亮，听着江水拍打岸边的声音，想着这几天风餐露宿的各种辛苦，对自己冲动的"出走"开始反思。

　　卧病在炕上的妈妈和即将出嫁的表姐，肯定要急坏了吧？虽然自己写了信留了钱，说要出来闯一番世界，但没有写去哪里干什么，妈妈和表姐怎么会放心？农机站里估计也翻了天，顾站长一定会派人到处去找自己，想起顾站长对自己的各种照顾，一阵愧疚在小吉的心头升起……可是，一想到刘副站长那句严厉的话，小吉立刻收回了思绪，既然来了，开弓没有回头箭，还是想想怎么找到齐梦欣才好。

　　思绪万千，但小吉的心里总想避开那个刺痛的点，那个让他想起来就一阵一阵心痛的人。"反思"多少都没有用，因为她总会在这种时候适时出现在脑海里。是的，最思念最放不下的，还是那个人，那个双眼弯弯带着清香督促自己学习和自己一起爬长城为自己唱一曲《信天游》让自己不顾生命危险为她摘取峭壁上的山丹丹花的那个名叫林迪的人！现在的她，一定是在教室里苦读吧？出行前趴在教室窗户上看到林迪的样子，在脑海里一下子变得那么清晰！多想能陪在她的身边，和她一起看书，一起写作业，哪怕一句话都不说，一眼都不看她，就是静静地坐在她的旁边，闻到她的气息，感受到她的存在，那就是世界上最幸福的事情了……可是，现在想这些，又是一件多么奢侈的事情！工作上的一次失误，冲动后的出走，让那美好的一切都变成了不可能。想到这里，小吉的心中泛起了阵阵苦涩的滋味，江面上反射的细碎月光，仿佛突然间被江水吞没，眼前再没有一丝光亮……

　　带着对林迪的万千思念，小吉在馥郁的桂花香气中沉沉睡去。那一刻，滔滔的江水好像凝固了一般不再奔腾，这个世界从此归于安宁。如果遗忘可以治疗伤痛，就让这一切煎熬，在梦乡里沉到那无人知道的海底去吧！从此切断与过去所有痛苦记忆的连接，找到那属于自由心灵的天堂！

四十三

秋槐叶落空宫里，凝碧池头奏管弦

"呜——呜——"远处江面上传来货轮长长的汽笛声，唤醒了沉睡的吉连胜。睁开眼，看着眼前浩浩的江水，小吉愣了好半天才清醒过来，自己这是在武汉的长江边。

一轮旭日从东边升起，为江面铺上了一层红色的霞帔。远处横跨在长江上的大桥，被清晨的太阳映成一个剪影，两边江岸是两条平行线，那座桥斜着截在江上，形成了一个巨大的"之"字。远远地，一艘货船在东流的江水上缓缓前行，给人一种江水不动船在动的错觉。

"孤帆远影碧空尽，唯见长江天际流。"小吉想起了李白的诗句。当年诗人是送好友远行才写下这样的千古绝句，而自己却是来寻找亦师亦友的齐梦欣的。虽然面对的是同一条江，看到的是一样的风景，滚滚东去的江水流逝千年却早已完全不同，就像自己当前的心境，和那送别友人的诗人是多么不一样啊！

小吉起身活动了一下有些僵硬的身体，就着江水洗了把脸，回到桂花树下取了外套和书包，向着湖北艺术学院的方向走去。

一路问过去，终于来到了学校的大门外。看着校门口挂着的白底黑字的大牌子，小吉心里有了一丝怯意。大学的校门天然有着一种神圣的气质，多少人头悬梁锥刺股凿壁偷光囊萤映雪刻苦努力读书，不就是为了踏入这大学的校门吗？千军万马过独木桥，又有几人能拿到那绝壁上山丹丹花儿一样的大学录取通知书？而现在，对于从山沟沟里出来的小吉来说，为了寻找一个人进到一所大学的校园里，伴随带着无上光环的"大学"而来的那种压迫感，几乎让他迈不动脚步。

小吉远远地站在校门外，看着门口进出的学生和老师，每个人都衣着整齐，目不斜视，挺着高傲的胸膛。这种震慑人心的气质又让小吉想起了暑假从北京请来讲数学课的那位孙老师，原来大学就是可以给人注入这种气质、"镀上"这种光环的地方。

　　小吉抹了一把头发，整理了一下自己的衣服，把书包从斜挎换成挎在左边的肩上，把胸脯挺起来，学着那些老师和同学的样子，向校门走去。

　　进入校门的时候，小吉竭力拉匀步伐，尽量显得自然，强迫自己不去看那个门卫。差不多走出门卫的视线了，小吉才长长地舒了一口气。

　　校园不是很大，没用多长时间就转了大半圈，小吉看着一栋栋的楼房，却又不知道齐梦欣会在哪栋楼里。前面的一栋二层小楼的门上挂着"办公楼"的牌子，小吉决定先从这栋楼找起。围着那栋楼慢慢地转了一圈儿，小吉希望从一楼开着的窗户看看里面房间有些什么人。楼的地基明显架高，比外面的地面高出半米多，所以想从窗户看到房间里面就比较困难。转了两圈儿之后，小吉并没有获得可以帮助自己做出判断的有价值的信息。想了想，他壮着胆子走进了楼门。楼道里光线昏暗，有一两间办公室的门开着，小吉走过去向里面张望，见到有人在里面忙碌着什么。

　　注意到门口探头探脑的小吉，里面一位中年女士过来问小吉有什么事，小吉说找一位姓齐的教授。那位女士接着问叫齐什么，哪个系的，小吉就说不知道，只知道他姓齐，大概七十多岁了，刚刚落实政策回到这所学校的。那人想了想，又掉头去问里面的人，都说不知道有这样一位教授，小吉只好失望地出来了。

　　跑了两三栋楼，小吉一无所获，早上过来时候充满希望的心凉了下来。快快地走在校园里，小吉有种不太好的预感：齐梦欣要从自己的世界里永远消失了。

　　往前走了一小段路，来到了一个小湖边，平静的水面有些泛绿，显然湖水不太干净。小吉围着那个湖转了一圈儿，看到有块残破的石碑斜着插在地面上，上面是三个隶书字："都司湖"。半个"湖"字被掩埋在土里，勉强可以识别。小吉在湖边坐了下来，望着湖水开始发呆。到了武汉找不到齐梦欣，小吉这次出走的基本目标难以实现，他下一步又该何去何从？

　　转念又想，小吉觉得齐梦欣不可能就这么没消息吧？记得齐梦欣对自己说的是"湖北艺术学院"，就是这里没错，她的爷爷已经七十多岁了，是这所学校的教授，怎么会没有人知道呢？

　　发了一会儿呆，小吉感觉到肚子又在"咕咕"叫了，这才想起早上还没吃东西，起身在校园里转悠着找吃的。转了一大圈儿，在校园后边看到了挂着"食堂"牌子的一溜儿平房，但食堂的门关着，显然已经过了早饭时间。小吉只好出了校门，找地方吃了碗热干面，又回到了学校，在校园里继续着"找寻之旅"。

大半个上午，小吉在校园里转悠了好几圈儿，向那些看起来像是学校老师的人打听齐梦欣的爷爷，但没有获得任何可以带来希望的线索。再次坐在都司湖边，小吉从未像现在这样困顿无助，心情简直糟透了。

摸了摸裤子口袋里那两枚菩提子，小吉暗自提醒着自己，给自己打气，一定不要失去希望，齐梦欣不会欺骗自己，她全家刚回来，大家不认识也是正常现象，只是自己没有找对方向罢了……

黄昏时分，小吉再次来到长江边，上到长江大桥的行人通道，缓缓地向对岸走去。漫长的大桥，漫漫的道路，小吉一步步向前，一步比一步沉重。走到桥的中间，小吉远眺夕阳西沉江面，想着这一天匆匆而过，毫无所获，心中升起一阵悲凉。俯身向桥下看去，滔滔江水东流不歇，不知道那江水何处是头，何处是尾，恰如自己这苦寂的人生，看不清从何处来，为何而来，又是要到何处去，作何而去。如果说出走武汉仅仅是冲动的行动，那即使不出走，自己的出路又在何方？眼看着出来这么些天，全是为了一个信念，就是找寻能给自己方向的人，现在看来，那个人就像是只存在于自己意念中一样，现实里无影无踪了。

天色渐暗，奔流的江水在视线里显得有些模糊了。从早上吃了一碗面，到现在还没有再吃过东西的小吉有些发晕。他睁大了眼睛，使劲向着桥上望去，多么希望远远走来的那个人就是齐梦欣，就是自己要找的那个人，可是，走近了看，那也只是个路人。小吉清醒地意识到，想在这里遇到齐梦欣，几乎是不可能的。

夕阳的最后一缕余晖已经收了起来，小吉觉得两条腿就像灌了铅似的，向前一步都要耗尽全身的力气。离对岸还有多远？到对岸去做什么？小吉脑子里胡乱闪过这些念头，不禁有些恍惚了……齐梦欣，她是真实的吗？真的在自己的生命里出现过吗？找到了她就真的能给自己指明人生道路的方向吗？而没有方向，今后的路又在哪里？总不成就这样回去？回到农机站，听任站里的处分，背负着沉重的债务被开除？那明年的高考呢？考不上之后又怎么办？看着林迪上大学远去的背影，自己躲在黑暗的角落里伤心流泪？那不就是一个窝囊废吗？这样失败的人生要来何用？

想到漫漫的前路，就和这太阳落下去之后的江面一样，暗流涌动却并无一线光明。趴在大桥的护栏上，小吉内心里充满了绝望。也许，就这样纵身一跳，融化在下面奔腾的江水之中，从此不用再去找寻什么方向，不用再为犯过的错误担责，不用再去面对那些世俗的风言冷语……所有的苦痛都会在这一刻结束，所有的磨难从此再和自己无关，跳下去，人生的终点就是天堂。

　　江上一片黑黢黢的，江水的涛声阵阵传来，仿佛在召唤着小吉："来吧，孩子！别看这里一片漆黑，你跳下来就能看到光明，这是你摆脱人生枷锁的最好时机，别犹豫，跳下来吧！"那隐约的声音越来越响，越来越清晰，小吉的耳边再没有别的声音，只有那连绵不绝的"跳下来吧"不停地呼唤着他。黑暗中，小吉看到了一双双手，从江上温柔地热情地伸向自己，那是妈妈的召唤，那是表姐的希冀，那是齐梦欣的指引，那是林迪的示意……小吉拼着全身的力气，双手使劲撑住大桥的护栏，身体侧倾，右腿跨了上去……

　　下雨了。

　　一阵狂风呼啸而过，几滴大雨点跟着砸了下来。远处的天边划过一道刺眼的闪电，跟着就是一串轰隆隆的雷声。

　　"懦夫！""逃兵！"伴随着那雷声，一个声音在小吉脑海里响起，那是林迪弯弯的眼睛看着自己，对他愤怒地喊叫着。为了她，你爬到峭壁上去采摘那朵山丹丹花，那时候不是一样需要面对危险和困难吗？现在怎么就这么轻易退缩了？林迪那炯炯的眼神，穿越了无尽的黑暗，来到了小吉的眼前，他不禁打了个激灵，从护栏上收回那条跨出去的腿，慢慢地坐在了地上，任暴风雨劈头盖脸地砸向自己，什么都不再去想……

　　来武汉的第三天早饭后，小吉再次来到湖北艺术学院。寻找齐梦欣，哪怕只有万分之一的希望，也要投入百分之一万的努力，他相信，齐梦欣不会欺骗他，在校园里多走走，说不定那个擦肩而过的人，就会是她。

　　转了一大圈，问了几个人，还是没有消息，小吉又一次来到都司湖边坐了下来，望着那湖水，心里又泛起了丝丝缕缕的不安。尽力让自己烦躁的心安静下来，小吉从书包里拿出那本一路陪伴自己的《傅雷家书》。前天晚上的暴风雨把书包里的所有东西都打湿了，昨天就着太阳晾晒许久，《傅雷家书》的纸都变硬变形了，翻起来有些别扭。读着这本书，傅雷对儿子的各种教诲和开导，让小吉激动而且羡慕，多么渴望自己也能有这样一位师长，在自己孤寂迷惘的时候，指点光明的方向。可是，唯一有可能成为指路明灯的人，只把这本《傅雷家书》丢给自己，她却消失在茫茫人海中，有可能再也找不到了。

　　读了几页，小吉沉浸在傅雷所描绘的音乐世界里了，尤其是关于翻译罗曼·罗兰的《贝多芬传》和欧洲一些音乐会方面的内容，傅雷渊博的学识和理想主义情怀，让他完全进入了一个飞扬的音乐时空。他从未听过什么交响乐什么协奏曲，更不知道什么是双簧管什么是钢琴，那些夹杂着英文单词的描述，对于小吉来说是完全陌生的，但他觉得这是汲取新鲜思想的独特力量，让他忘却所有折磨人的现实苦难，把自己幻想成一位骑着骏马自由驰骋的王子，穿过云海奔向雄伟的雪山巅峰……

"同学，你是哪个系的？"一个苍老的声音从身后传来，小吉回头看去，那是一位身材高大的老人，一头银发整齐地向后梳起，目光慈祥地看着自己。

"我……"自从来到武汉，这是第一次有人主动和自己说话，小吉赶紧站了起来，神情有些慌乱，"我……我不是这个学校的……"后边的几个字，小吉声音低得自己都快听不到了。

"坐下说，坐下说吧。"老人边说，边坐到了小吉的身边，"我看你这两天一直在这里读《傅雷家书》，还以为哪个系的老师布置了阅读的任务，所以问问，你不用紧张。"

看到老人和蔼可亲的样子，小吉的窘态渐渐消失了。他俯身坐了下去，把自己来武汉找人的情况简单说了一遍，说找不到人又无处可去，心情烦躁，就读这本随身带着的书，它可以让自己内心得到安宁。

听小吉说完，老人点了点头说道："你说的齐教授，可能在这里教过书，但据我所知，最近落实政策回来的教授里，没有一位是姓齐的。找人这件事，我帮你留心一下吧，但估计一时也难以找到。不过，你千里迢迢从北方来到这里，在都司湖边读关于音乐的书，也算是和这所学校有缘吧。当年湖广总督张之洞在此开设'两湖书院'，培养了许多人才，孕育了一批维新志士，领导武昌起义的黄兴、'戊戌六君子'中的谭嗣同、杨锐、刘光第等人，都是两湖书院学生。新中国成立后这里建成了中南艺术学院，后来又改名湖北艺术学院，培养了许多音乐方面的人才。古人云'物华天宝人杰地灵'，这都司湖就是一方宝地。在这里安静地读书，可以上承先哲，地接福荫，实乃人生一大幸事！我看你那么专心地读傅雷的书，应该也是出于对音乐的热爱，这就是和音乐的缘分，所以忍不住才问你的。"

老人话里说的那些人和事，小吉根本没听说过，但老人说他热爱音乐，他才意识到自己内心里原来真的有这样一片天地：从听雯雯和齐梦欣合唱《马兰花》和《两只老虎》开始，到"迪迪行动"在泡桐树下和林迪一起欣赏泡桐花时耳边仿佛响起的那些绚丽的旋律，还有林迪为自己唱的《赶牲灵》和《信天游》，所有这些，都是音乐带给自己的美丽新世界。老人的微笑，让小吉心里感到一阵温暖，他站了起来，给老人深深地鞠了一躬说道："谢谢您！您要是不说，我自己可能也没有意识到，包括这些天来读书，感觉音乐好像和我根本不是一个世界，那些都是可望而不可即的。您的话点醒了我，让我意识到读书是一件多么美好的事情，而且我是真的热爱音乐，我期望自己能够融入书中所说的音乐世界里去。"

　　老人又是微微一笑，招呼小吉坐下，说道："孩子，音乐的世界没有高低贵贱之分，也不会拒绝任何人，她是人生奋斗的最佳陪伴，她可以让你更加热爱生活，帮助你理解生命的真谛。呃，今天下午，在第二视听教室，有我的一节音乐鉴赏课，你可以来听听，也许会对你有些启发。我姓袁，下午两点钟上课，第二视听教室，别忘了。"

　　老人说完，站了起来，朝小吉笑了笑，转身离去了。

　　望着老人高大的背影，一种难以言表的感动涌上心头，下午，他也要坐到煌煌大学的教室里，去听那位姓袁的老教授讲课了！

四十四

当时明月在，曾照彩云归

"连胜哥说的可能是袁老吧？"听老吉讲起四十一年前那个秋天在湖北艺术学院遇到的那位老人，雯雯看着齐梦欣问道。

"应该是。袁老非常喜欢勤奋上进的年轻人，提携后辈更是不遗余力。老先生师从萧友梅先生，对音乐教育有着执着的追求，连胜遇到他老人家，真是幸运。"说起前辈，齐梦欣言语间充满了敬意。

"连胜哥，你在艺术学院找姓齐的老教授，肯定找不到了，因为爷爷不姓齐，他姓莫，叫莫之问。"雯雯此话一出，老吉大为震惊，马上转头去看齐梦欣："姐，这是怎么回事儿？"

看着老吉充满疑问的眼神，齐梦欣也讲起了一段往事。

齐家和莫家本是世交，莫之问的长子莫耶和齐家的少爷齐希音从小一起长大。莫耶随父亲学了音乐，齐希音年龄虽小，却有建功立业光宗耀祖的抱负，背着家里去参了军。新中国成立初期，莫耶成了中南音乐学院的一名教师，而齐希音也因屡立战功升至营长。两人各自成家，莫耶育得一子，取名莫求知；齐希音的妻子生下一女，取名齐梦欣。时值抗美援朝战争打响，齐妻又是身怀六甲，齐希音把她托付给莫耶，率部编入志愿军，跨过鸭绿江，壮士一去不复回。

其后齐妻生下一子，就是齐梦欣牺牲在越南前线的那个弟弟，因为他和吉连胜长得非常像，才有了后来姐弟结识的奇缘。齐梦欣自幼聪慧，音乐方面颇有天赋，奈何命运多舛，七岁时母亲染病去世，梦欣和弟弟即为莫家收养。五八年反右，梦欣姐弟跟随莫家到了雁澜。七十年代初，梦欣嫁给了青梅竹马一起长大的莫求知，生下了女儿莫秀雯。

七五年，莫求知本有机会推荐去工农兵大学学习，但因爷爷的历史问题影响被取消了资格，其后单位有人用历史问题施压，莫求知一时想不开，抛下娇妻齐梦欣和年幼的女儿雯雯，投了雁澜湖……齐梦欣只能带着雯雯，跟莫求知的父亲莫耶和爷爷奶奶一起生活。

"求知走了之后，又遭遇弟弟牺牲的打击，我本已心如死灰，却又机缘巧合认识了连胜和少辉……"讲到这里，齐梦欣看了一眼杜少辉，继续说道："之后的事情，你们应该都知道了。所以，连胜，爷爷是我的亲爷爷，那是没有血缘关系的至亲。这些家世，我本不愿别人知道，当初也就没和连胜说起过。连胜去艺术学院找姓齐的教授，当然是无法找到了。况且，当时我们也还没有回到学院，寄居在文化厅的招待所里，所以连在校园里偶遇的机会都没有。"

听齐梦欣讲完，老吉低了头，半晌沉默不语。当初千辛万苦到武汉找齐梦欣，认定齐梦欣的爷爷姓齐，谁能想到这个逻辑判断因为起始条件出了错，后面根本不可能有正确的结果。雯雯见老吉心情有些郁结，就笑了笑开口说道："连胜哥，这件事情也是事出有因，咱们现在能这样坐在一起聊过去，就是对当初错失的最好补偿，一切都是最好的安排，这充分说明咱们的缘分还长着呢！对了，你后天就要走，我刚才在微信上和学生们商量了一下，明天下午的课改成一个小型的演奏会，也请袁老看上的有天赋的连胜哥给指点指点，看看我这些学生资质如何。"

"在你们面前，我一个门外汉咋敢班门弄斧，音乐方面我哪有资格指点你的学生？"老吉赶紧回应着雯雯，"当然，能有机会聆听雯雯高足的演奏，我自然是求之不得。"

"行，那就定在明天下午，爸爸妈妈一起去，到时候我来接你们。"雯雯看齐梦欣没有反对，就把这件事说定了。

"你们说的袁老，是那位名叫袁恩悦的老前辈吗？"老吉虽然当年听过一次袁老的课，但之后再没有接触过专业的音乐教育，刚才听齐梦欣说袁老是萧友梅的弟子，猛地想起音乐界有这样一号人物，就向齐梦欣询问。

"是的，袁老对音乐有独到的理解，性格开朗，教书育人循循善诱，我听过他的几次讲座，黄钟大吕，非等闲之人可以企及。"说起袁老，齐梦欣满是崇敬之情。

"姐姐说的是，我唯一一次听袁老的课，让我在关键时刻做出了正确的选择，所思所想所感所悟，都让我终生受用。"想起多年前的那个下午，老吉也是颇为感慨，心头又是一阵激动。

看着天色向午，小吉跑去学校食堂买了四个馒头，胡乱吃了个半饱，在洗碗池上的水龙头灌了几大口冷水，直奔之前在校园里转悠时看到的教学楼。

那个第二视听教室位于教学楼一层的顶头，门头上挂着一个标识牌，两扇厚重的棕漆木门紧闭着。小吉再一次看了一眼那个标识牌，确认这就是袁教授说的"第二视听教室"。尽管有袁教授的"邀请",小吉却并不敢造次,趴着门缝向里看,黑乎乎的什么都看不见,听了听,里面也没有声音。他小心翼翼地推开右边那扇门,探头进去看,整个教室里空空荡荡,并无一人。小吉想着是自己来早了,这个时候还是午休时间,学生们都还没到。他的心一阵狂跳,觉得这样好,要是里面有人,他可能还真不敢直接往里走。

教室里的座位呈阶梯布置,小吉进了教室,在后排角落的位置上坐了下来。他定了定心神,向前面看去。说是教室,却有点儿像一个扇形的小型音乐厅,估计可以容纳一两百人。小吉从来没进过这样的教室。讲台上的黑板是用四块小型活动黑板拼接而成,讲台的一角放着一架琴,讲桌也不像县中学那样放在讲台的正中,而是置于讲台的左半边,上面架着一个喇叭一样的东西。

过了半个多小时,来上课的同学陆陆续续进来,教室前面五六排座位很快就坐满了。快上课了,袁教授抱着一个大袋子快步走了进来,马上有同学起身上前,从他手里接过袋子,帮着放到了讲桌上。

袁教授站在讲台上,目光扫视着教室里的同学,看到小吉坐在后排的角落里,就招手让他到前面来坐。一股暖流流过小吉的心口,他虽然有些胆怯,但还是挺起了胸膛,在第八排边上找了个座位坐了下来。看到袁教授特别关照一个陌生的同学,有几个坐在前面的学生回头来看小吉,这让他又感到有些不自在。

终于坐进了大学的教室里,终于要像大学生那样听课了,小吉内心里既忐忑又骄傲。这样的情形,即使是在听北京来的老师讲课的那几天,他对大学有了无限的遐想,也不曾想到这么快就变成了现实。虽然还不是大学生,虽然还没开始上课,但这种美妙的感觉让小吉心里一遍又一遍地下着决心,无论以后人生的道路有多难,但上大学一定是他要坚定不移要走的那条路!

上课铃响起,袁教授站在讲台中央,清了清嗓子,全体同学立刻都安静下来了。

"各位同学,大家下午好!"袁教授环视全班同学,开始讲课。

"今天的音乐鉴赏课,我要和大家分享的是贝多芬的《C小调第五交响曲》,又被称为《命运交响曲》。"说完,袁教授走到黑板前,用粉笔写了两个大字"命运",下面又写下了一行小字"贝多芬:C小调第五交响曲"。

写完回到讲台中间,袁教授继续讲道:"你们很幸运,今天听到的这张唱片,是一位朋友跟随中央考察团去欧洲考察带回来的黑胶原版,是卡拉扬指挥柏林爱乐乐团演奏《命运交响曲》的现场录音,我听了听,音效非常好,情绪饱满激昂,是我听过的最好的演奏版本。"说着,袁教授从讲桌上的大袋子里取出一个方形的封套,小心翼翼地从封套里拿出那张唱片,展示给下边的同学们:

"这样精美的唱片，先不说听，就是拿到手里，你都能感觉到音乐的生命在无限的世界里律动，何况这张唱片，是著名的指挥家和著名的乐团，演奏出的最伟大的交响乐！所以我刚才说，你们是幸运的，并不是什么人都能享受到这激动人心的乐曲。"袁教授的目光掠过全班同学，不曾在谁的身上停留，但小吉却感觉到袁教授很有深意地看了自己一眼，心里就又是一阵狂跳。他第一次看到所谓的"黑胶唱片"，第一次听到有人把音乐说得那么神圣那么伟大，这让他内心产生了一种爬上一道道山梁高岗，即将看到清晨太阳从云海里喷薄而出的渴望。

袁教授回到讲桌边，把唱片安放到那个喇叭旁边的机器上，小吉一下子想起来，这不就是电影里面看到的那种叫作"留声机"的机器吗？

放好唱片，袁教授先对乐曲的背景做了一个简单的介绍。他说："同学们，乐圣贝多芬的这部《命运交响曲》，是他在一八〇四年至一八〇八年，用了四年多的时间创作的。那个时候，适逢法国大革命之后的一个低潮阶段，整个欧洲处于剧烈的变革时期；而贝多芬本人，当时双耳已经完全失聪，一位音乐大师，即使坐在舞台前第一排都听不到台上的演奏，那是什么样的困扰和折磨？另外，他还深爱着一位'永恒的爱人'，却并不能和她共结连理，爱恋之花没有结果带来的痛苦也让他经常彻夜无眠。无论是社会大背景，还是个人因素，贝多芬都面临着极大的挫折和更多的不确定性。在此期间，他既写下了著名的《海利根施塔特遗嘱》，显示出对未来的悲观和绝望，但也在给弗兰茨·威格勒的信中发出了'我要扼住命运的咽喉，它不能使我完全屈服'的怒吼。了解贝多芬创作《C小调第五交响乐》的大背景，可以让我们更好地在他的四个乐章中厘清情感线索，感受穿越时空的激烈抗争和胜利后澎湃激昂的喜悦。那位跟团去欧洲考察的朋友回来，不仅把这张唱片送给我，还对我说，打倒'四人帮'之后，我们的祖国将进入一个全新的大变革时期，你们将会见证一个与之前完全不同的伟大时代！同学们，现在，让我们一起来感受这部伟大的交响曲第一乐章那命运的敲门声吧！"

讲到这里，袁教授放起了唱片。短促的有节奏的音乐响起，阴暗、冷酷、威严，命运的敲门声以很强的力度奏响，随后，音乐主题以弱的力度急促地出现，仿佛是厄运在四处蔓延。命运啊！它究竟要干什么？

小吉感受到了那个渐强旋律带来的惊慌不安的情绪，脑海里出现了去年父亲意外去世自己失学的彷徨和无助，离开教室，离开校园，离开同桌的那位眼睛弯弯的美丽女孩儿，妄图主宰自己人生的厄运不就是这样一步步紧逼自己吗？那种恶劣情绪渲染的旋律在与激昂向上的音乐的交战中渐渐平息，一个抒情的、安谧的、温暖的旋律缓缓响起，让小吉渴望安宁的那颗心终于见到了一线光明，那是林迪在寒假开始第一天来找自己。林迪穿着军大衣站在农机站的院子里，冬日的阳光一下子变得明媚起来，那时的振奋，正如这强有力的坚定的旋律以不可阻挡的气势将所有的彷徨和无助扫荡一空……小吉从未曾想过，没有听过任何交响乐的自己，此时此刻却竟然完全沉浸在音乐的波涛里，随着命运的肆意冲撞而跌宕起伏，也为逆流而起的扩争和搏斗冲突挣扎。

第一乐章结束了，袁教授暂停了播放，再次站在了讲台中间。他和大家回顾了第一乐章的主题，介绍了乐曲中弦乐与管乐的对话和呼应，引用大家熟悉的《琵琶行》中"大弦嘈嘈如急雨，小弦切切如私语。嘈嘈切切错杂弹，大珠小珠落玉盘。间关莺语花底滑，幽咽泉流冰下难。冰泉冷涩弦凝绝，凝绝不通声暂歇。别有幽愁暗恨生，此时无声胜有声"，阐释了文学和音乐对命运的不同表达。小吉支棱起耳朵，生怕漏掉袁教授所说的任何一句话任意一个字，但依然跟不上老教授的节奏，就像之前他在《傅雷家书》中看到关于《人间词话》的内容，却因为自己对那本书一无所知，根本无法理解傅雷信里面说的是什么。现在的情况也一样，尽管袁教授的讲解已经非常通俗直白，但缺乏太多关于音乐的基础理论和相关的背景知识，对于那些稍微涉及术语的话，他也只能是徒唤奈何了。

袁教授开始介绍第二乐章，凶残的命运终于露头，它阴暗地、无休止地在各个调性上反复着，寻找着时机，窥测着空隙以闯入人的生活、主宰人的一切。接着，号角音调响起，它在召唤人们奋起斗争……

小吉的思绪随着旋律跳跃着，他想起突然闯入的命运，把自己规律的学习和生活打乱，虽然有农机校的进修，但还是没能拿到去省农学院进修的资格。为了能和林迪在一起，他克服重重困难，跑到林迪的家里去见她，约了她一起去看泡桐花，每一次的行动，自己都会历尽艰辛，翻过一个接一个的沟壑，只为追求美好的明天。可是，命运总是要在意想不到的时候跑出来捉弄自己，直到这次离开农机站出走……音乐中那频繁交换的音调，低抑而不稳定，让小吉对过去的人生产生了怀疑、动摇，却又总是给他留下一线希望，一丝温暖……

第三乐章，袁教授说到了巡礼，所有忧伤的过去，一幕幕地再现，而面目狰狞的命运却左冲右突，掀起一片惊涛骇浪，用阴霾掩盖它窒息生命的阴谋，暴露出它试图主宰整个世界的险恶用心。"每当我心力交瘁的艰难时刻，都会把人的光辉形象呼唤到我的面前。"袁教授说道，"高尔基的作品《人》中，多次这样呼唤着人的力量，呼唤着精神世界的力量，有了这种力量，就可以驱散一切忧郁、悲伤、苦痛、黑暗、饥寒、哀怨、凄凉和孤寂的乌云，迎来朝霞满人间。这恰如宋代词人张先词中所云，'莫把幺弦拨。怨极弦能说。天不老，情难绝。心似双丝网，中有千千结。夜过也，东窗未白凝残月'。"

那是怎样一种喜与悲的交织，爱与恨的纠缠。随着音乐的流淌，小吉仿佛看到自己的懦弱、自己的脆弱暴露在命运狞笑着的脸孔前，他恐惧，他忧虑，他如履薄冰，他无所适从，他患得患失，他踌躇不前……谁能把他从命运的桎梏中拯救出来？谁能给他一往无前前进的勇气？小吉想起前天晚上面对毫无希望的未来完全绝望的时候，自己跨上长江大桥护栏几乎要跳下去的那一刻，一个声音出现在耳边，一个身影出现在脑海里，那不就是高尔基所说的"人"吗？那个给自己勇气给自己力量的人，她，就是林迪！对，就是她拨开迷雾，穿透阴霾，把光明带给他，用希望的光辉为自己劈开荆棘，开拓前行的道路！

进入第四乐章，袁教授再次站到了讲台中间。他像一位乐队指挥那样，全身充满了光明和无比欢乐的情绪，和着激昂的乐曲挥舞着双手。他的面前不再是听课的学生，仿佛有着无边无际的人群，汇成了欢乐的海洋。这场与命运的决战，最终以光明获得完全彻底的胜利而告终。

听着那明快上升的旋律，小吉仿佛回到了童年，跟随父亲去爬山，崎岖的山道总是那么奇妙，转过一个山弯就会看到更加壮丽更加不同的景象。层层递进的节奏，冲击着小吉几乎干涸的情感源泉，刹那间，他的胸中升起了一股强烈的愿望：他要回到雁澜去，回到学校去，回到小镇去，回到农机站去；他要回到顾站长的身边，他要回到妈妈的身边，他要回到小迪的身边，他要回到每一位关心他爱护他陪伴他成长的人的身边！他要用自己的奋斗去创造未来，要用行动告诉他们，吉连胜已经告别过去一切，要雄赳赳气昂昂地迎接一个全新的明天！

音乐鉴赏课结束了。袁教授开始收拾桌子上的东西，同学们也陆续离开了教室。

小吉坐在座位上，沉浸在《命运交响曲》第四乐章的欢乐和喜悦中，禁不住已是泪流满面。难以抑制自己内心的激动和高亢的情绪，他站起身来，几步冲上讲台，向满头银发身材高大的袁教授深深地鞠了一躬。

中秋之夜，一轮明月挂上了东天。吉连胜推开家门，喊了一声："妈！姐！我回来了！"

妈妈偎坐在炕头，表姐正把一个又大又圆的月饼切成四份，那是每年八月十五中秋之夜分吃象征全家团圆的月饼的仪式。

看着从门外进来高高瘦瘦的儿子，妈妈浑浊的眼睛里瞬间充盈了泪水，嘴唇翕动着却说不出一句话来；表姐抬头看到小吉先是一愣，等确认眼前这个人就是失踪了半个月的弟弟，眼神里流动着喜悦、激动和责备，"哐啷"一声，手里切月饼的小刀掉在了案板上。

四十五

纵使相逢应不识，夜来幽梦忽还乡

夕阳西下，再次站到都司湖畔，老吉别是一番滋味在心头。

音乐美学教学课结束后，雯雯陪着老吉和爸爸妈妈一起从教学楼出来，在校园里走了走。老吉记忆里湖北艺术学院的食堂、教学楼，都已经没有了，只有都司湖还在那里，只是湖面大了许多，湖水也不再泛绿，两只鸳鸯几只麻鸭戏水其上，增添了许多生气。

波光粼粼的湖水，让老吉觉得既陌生又熟悉，陌生的是这个叫作"都司湖"的地方，和他四十一年前坐在湖边看《傅雷家书》的"都司湖"相比，除了名字，一切都已经变了模样；而所谓的熟悉，却是来自上周第一次来音乐学院拜访雯雯前静坐湖边时听《命运交响曲》的那种犹豫和期待。

昨天听齐梦欣说袁老已经去世多年，老吉不由一阵唏嘘。沧海桑田，物是人非，当年承蒙袁老指点迷津的毛头小子吉连胜，如今也已经是满头华发。两次来江城，都司湖竟成了他心路的见证。

四人在湖边的椅子上坐了下来，对于明天老吉北返雁澜，都有些不舍之意。尤其是齐梦欣，自觉自己身体不好，经不起长途旅行，无法北上雁澜，所以下次再想见老吉，只能等他再来武汉了。

和四十一年前那次南行相比，老吉这次来武汉，也算有了一个完美的结局。除了完成追寻林迪生前讯息的"任务"，还意外重逢了"没有血缘关系的至亲"。说到这里，老吉看着容颜已经老去的齐梦欣和保养得像三十岁"小姐姐"的雯雯，甚为感慨。他和杜少辉开玩笑说道："咱们这一家至亲，原来都成了兄弟姐妹了，我叫你少辉哥，欣姐本来应该是嫂子，但从姐姐这边来论，你又是姐夫了；依着雯雯叫我哥哥，那你俩又要大我一辈儿，这么论起来，真是亲上加亲，说不清道不明的亲啊！"

杜少辉一阵大笑，还没说啥，雯雯却装作严肃的样子对老吉说道："连胜哥就是哥，那种大我一辈儿的企图，就是痴心妄想，武汉人民是坚决不答应的！"

大家就又是一阵笑。

"连胜哥，我还是非常好奇，你和林总的感情那么好，后来为啥要分开呢？"雯雯想着刚才老吉说的"追寻林迪的讯息"，还是把这几天心里一直想问的话说了出来。

躲避着雯雯认真问询的目光，老吉略做思考，看着远处湖面上戏水的那对鸳鸯，说起了他和林迪的那些往事。

一九八〇年高考，林迪以全校第三的成绩考取了北京建筑工程学院土木工程系。而那时，吉连胜的表姐已经出嫁，虽然还是在镇里，但却不能每天过来照顾妈妈，家里的很多事情就落在了小吉的身上。高考前，妈妈的病突然加重，小吉连着几天几夜没怎么休息，就这样上考场的话，成绩肯定好不了，权衡再三，最后只得放弃了高考。

去北京上学前，林迪写信鼓励小吉，让他坚持复习，不要放弃，可以在明年再考，去年约定的"会师省城"，可以改成明年"会师京城"。于小吉而言，去北京的林迪，和去武汉的齐梦欣也差不了许多，不再是在县里或者市里那么近的距离，想见一面就成了奢望。随着高考越来越正规，各科的题目也越来越难，英语成绩占比逐渐加大，说是"会师京城"，以自己的学习水平和学习条件，只能是一幅美丽的"田螺姑娘"图画，根本不可能成为现实。

林迪来信了，看着那印着北京建筑工程学院字样盖着北京邮戳的信封，一阵酸楚涌上小吉心头。打开信封取出信纸，那信笺上依然散发着林迪特有的清香味道，小吉拿着信纸的手却一直在微微发抖。展开信纸，一行行的字迹都是那么熟悉，信上的每个字也都认识，但读了半天，小吉却没有读进去一句话。林迪上了大学，而他却还在小镇的农机站为了生活挣扎，即使林迪的信中充满了鼓励和期待，但小吉已经深深意识到，林迪就是一只天鹅，在蓝天上展翅翱翔，而自己却只会困守着一个残破的池塘，瞪着眼睛望着天空做着一个飞向蓝天的白日梦。

心乱了。

心乱如麻。

小吉拿了那封信，跑到石嘴崖边的大青麻石上坐了大半天，任呼啸的山风把不时涌出的眼泪吹干。

夜幕降临的时候，小吉回到办公室，再次整理自己的思绪。他下定决心，努力努力再努力，备战明年的高考，从现在开始！

寒假里，林迪来小镇看望小吉，给他带来了好多高中课程的参考书，还给小吉讲了大学里的学习和生活。小吉一直笑着听林迪说话，看着她明媚的脸上充满了阳光和自信，她那双弯弯的美丽的眼睛流淌着许多高中时候没有的奇异光彩。这些都让小吉感到了一种无形的压迫，那种压迫也让两颗心有了不易察觉的距离。两人说了那么长时间的话，小吉内心里一直激烈地斗争着，数次冲动都被那种压迫感逼了回去，最终也没有勇气再去拉林迪的小手。

送林迪上公共汽车回城，还是林迪主动伸手去拉小吉的手，两个人的眼里都有了一些对方看不懂的陌生。

离高考还有三个月，小吉内心无限恓惶，以他准备的情况看，考上大学是不可能的，充其量也只能上个中专。上中专有可能连省城都去不了，更别说和林迪"会师京城"了。

每天晚上安顿好妈妈，小吉就在灯下铺开书本为高考做最后的冲刺。随着高考的临近，小吉时常感到头疼欲裂，学习效率也急剧下降，很多时候不得不完全停止复习，跑到小镇外的山路上一阵狂跑，尽量让紧绷的神经放松下来，但效果却不太明显。在给林迪的信中，小吉除了表达自己对她的思念外，把自己艰难的备考情况也和她说了，林迪的回信依然充满了鼓励和支持，但让小吉提劲的效果却越来越差。

学不进去加上对林迪的思念，小吉觉得自己已经处于崩溃的边缘。思量再三，小吉下决心出去走几天，去北京见林迪。和表姐商量了一番，让表姐代为照顾妈妈，小吉登上了东去北京的火车。

坐了八个多小时的夜车，小吉一大早抵达北京南站。他一路问询，找到了林迪所在的那所位于西直门外的大学。有了在湖北艺术学院找人的经验，小吉打听到林迪上课的地方，就坐在教学楼外的台阶上等候林迪中午下课。当看到林迪和同学有说有笑地从教学楼出来，小吉又有些迟疑了。

他来北京事先并没有和林迪说过，原来想着给林迪一个惊喜。但当林迪经过身边的时候，小吉听到林迪一口标准的普通话，神采飞扬地和身边的一位女同学说着什么，说话的声音和表情，像极了高一暑假从北京来补数学课的孙老师。这种感觉让小吉突然觉得那个和自己一起爬长城的林迪不见了，眼前的她成了电影里的人物，而自己则是一位站在银幕前边仰视观影的局外人，银幕上的故事已经和他没有关系了。那一刻，小吉悲哀地发现，将近一年的大学生活，林迪已经不仅仅是翱翔在蓝天里的天鹅，而且是可望而不可即的仙女儿了。

尽管脑子里满是退缩回去的念头，小吉还是鼓足勇气喊了林迪一声。听到有人叫自己，林迪下意识地回过头来。当她看清站在台阶上叫自己名字的那个人是小吉后，脸上一红，飞速看了一眼和自己同行的同学，略一迟疑，就让那个同学先走，然后朝着小吉走来。

　　午饭后，林迪带着小吉出了学校，一起去了天安门广场。平展的广场，高大的纪念碑，都让小吉感到震撼，而更震撼他的，是林迪开阔的视野和不俗的谈吐。回到学校吃了晚饭，两个人散步在校园里，小吉逐渐找回了去年暑假两人一起爬山的感觉，原来那个看起来让人无法亲近的林迪，又变回了处处替自己考虑时时鼓励着自己的小迪。

　　林迪以表哥来看望自己的名义，让小吉在男生宿舍借住了一晚。尽管两个人还有好多话想说，但鉴于林迪的课程安排很紧张，而小吉还惦记着家里的妈妈，他就在午饭后告别林迪，坐火车返回了雁澜。

　　那是后来小吉和林迪待在一起时间最长的一次，但即使那个夜晚两个人在校园里拥抱在一起说话，也都小心翼翼地回避了"会师京城"的话题。

　　高考前一个月，小吉的妈妈去世了。处理完妈妈的后事，高考已经近在眼前。就这样成了"孤儿"，面对即将来临的高考，小吉的精神状态变得非常差，知道小吉境况的林迪连着给小吉写了几封信，不停地给他加油鼓劲儿，但小吉最终还是没有取得理想的高考成绩，不仅没考上大学，离中专的录取分数线也差了几分。

　　吉连胜都不知道自己是怎么度过那个艰难的暑期的，其间林迪也曾邀他去县城相见，但他以工作忙走不开为由，留在小镇孤独地"疗伤"。

　　秋天来临的时候，县武装部发布了征兵的消息。小吉眼看着考大学已经无望，和林迪"会师京城"的可能性像春分后的冰凌一点一点消失，再在镇农机站干下去，人生绝难有根本性突破，与林迪就更不可能有什么结果了。和表姐商量后，小吉毅然去找顾站长说自己想去当兵，顾站长看到小吉的状态一直很差，考虑良久，觉得当兵也许可以让他换个环境，换一种奋斗的方式，就同意了。

　　参军走之前，小吉给林迪写了一封信，说自己要参军去保家卫国杀敌立功，高考可能就成了一个永远的梦了。欢送新兵那天，小吉多么希望可以在县城大街上拥挤的人群里看到那双弯弯的眼睛，但最后还是带着遗憾离开了县城。

　　小吉去的是驻扎在南方的解放军某部。新兵集训三个月后，小吉照了一张穿军装的标准照，寄给了林迪。那之后两个人的书信渐渐少了，即使写信，原来可以一起说的话，也少了很多。

　　一九八三年春天，小吉所在的部队换防上了老山前线，他和战友们驻守在前沿阵地的猫耳洞里，在艰苦卓绝的环境中与越南军队周旋。在一次小规模战斗中，小吉身负重伤，从前线转移到后方养伤。因为名字登记错误，小吉被误报在阵亡战士的名单里。

　　小吉"牺牲"的消息传到已读大四的林迪那里，她悲痛欲绝，很长时间情绪极度低落。班上一位本省来的男生梅东，从入学起就追求林迪，但她一直没有答应。当梅东看到林迪每天眉头紧锁，心情沉重，愁容满面，就愈发多方面关心她帮助她，这也让林迪渐渐走出了痛失小吉的情感阴霾。大四毕业分配的时候，梅东通过在省建设厅工作的父亲，把林迪安排到了省建筑设计院，并向林迪求婚。

一九八五年初，林迪嫁给了梅东，转年生下一女，取名梅哲诗。

吉连胜养好伤后，部队推荐他上了军校。之后小吉辗转得到林迪大学毕业分配回省城的消息，也曾试着联系林迪，但在听说林迪已经嫁人后，就断绝了再找她的念头。

那时匆匆一别，从此两情渺茫。

听了老吉说的和林迪之间的事，看着老吉戚然的神情，齐梦欣、杜少辉和雯雯却是一阵默然，一时间竟找不出合适的话语来安慰老吉。

沉默良久，大家想到林迪已经在另外一个世界了，只把老吉一个人孤零零地留在这俗世红尘中苦苦思念，不禁喟叹造化弄人，有情人难成眷属。总以为是一世情缘，总念着一生守候，说不尽的爱与哀愁，道不完的风雨同路，到头来有缘无分，来不及说再见，等不到说分手……人生的列车总是一路向前，一路风景一路流连，有人在起点站上车陪伴，却在中途下车走散；有人不知道从哪一站上来来到你的身边，只是为了在人群中看你一眼；这奔驰的列车，谁都不知道在哪一站仅仅是稍做停留，而在哪一站却已悄然到达旅途的终点……

从武汉回到小镇，不知不觉已经是六月中旬，北京又传来新发地市场发现新冠病毒的消息，老吉也暂时断了回广州整理林迪书信的念头。

休息调整了几天，老吉约了梅哲诗第二天去县医院开药，他把在武汉雯雯给自己的有关林迪的视频和照片复制了一份，准备明天带给梅哲诗。

翌日一早，老吉吃了早饭，和表姐表姐夫打了招呼，坐上了开往县城的公共汽车。车上的人都戴了口罩，防疫的气氛显然又紧张起来了。老吉取出无线耳机戴上，开启主动降噪，在手机上放起贾巴阿叁的《晨曦》，空灵的歌声把一切喧嚣隔离于外面的世界。

到了县城，时间还早，老吉信步来到新时代广场，再一次站在那座巨大的日晷雕塑前面。

日晷盘面上的刻度精细而复杂，似乎要把流逝如不竭江流的时间切分得细些再细些。百年为世纪，甲子六十年，一年十二个月，每月三十天，每天十二时辰三十须臾，每须臾二十罗预，每罗预二十弹指，每弹指二十瞬，每瞬二十念，一呼一吸谓之一念。一念地狱，一念天堂。老吉顺着盘面的刻度细细看去，想起庄子所说的"一尺之捶，日取其半，万世不竭"，这时间不也是这样吗？再细致的划分，谁又能说清，哪一刻是起点，哪一刻是终点？巨大的圆盘上，那缓缓移动的太阳光影，仿佛在吟唱着一首时光的恋歌：

> 冬日高一上午第四节课的饥饿
> 寒假里阳光下农机站院中的细说
> 用榆木疙瘩制作日晷的悉心打磨
> 前往书店买书顶风冒雪的奔波
> 泡桐树下看满树飞花燕子穿梭
> 分吃甜菊土沙硌牙的嗔怪羞涩
> 晨曦微露时学校操场边柳树的婆娑
> 长城断壁上山丹丹花开的娇娜
> 大学校园里轻唤名字时的回眸
> 穿越时空江城绝唱视频的吟哦
> ……

　　不知不觉中，泪水充盈了老吉的眼睛，他内心里再一次被撼动，一段青春的记忆，竟然被林迪用这座巨大的雕塑，静静地凝固在自己眼前。

　　在雕塑前呆立半晌，老吉收拾起黯然的心情，正准备转身离去，却蓦然发现，那日晷指针尖端的影子，竟然在圆盘上微微晃动起来。老吉颇为惊异，抬头去看那根刺破蓝天的指针，却见上面有一只小鸟在不停地跳动。看到老吉看她，小鸟竟俯身冲了下来，落在日晷边缘刻着的"初"和"正"两个篆文中间，却原来是一只画眉。老吉分明看见，那小鸟弯弯的眉毛下，一双乌溜溜的眼睛正望向自己，他不由心中一动，待要上前细看，那画眉鸟却轻轻跃起，一展双翅直冲云霄，转眼之间已然成了远处天边的一个小点。

2020 年 3 月 29 日至 6 月 18 日第一稿
2020 年 6 月 24 日第二稿
2020 年 7 月 18 日第三稿
2020 年 8 月 3 日第四稿
2021 年 3 月 13 日终稿